熟年

伊北
著

中信出版集团 | 北京

图书在版编目（CIP）数据

熟年 / 伊北著 . -- 北京 : 中信出版社，2021.1 (2021.2重印)
ISBN 978-7-5217-1118-9

Ⅰ . ①熟…　Ⅱ . ①伊…　Ⅲ . ①长篇小说－中国－当代
Ⅳ . ① I247.5

中国版本图书馆 CIP 数据核字 (2019) 第 222618 号

熟年

著　　者：伊北
出版发行：中信出版集团股份有限公司
（北京市朝阳区惠新东街甲4号富盛大厦2座　邮编　100029）
承 印 者：北京诚信伟业印刷有限公司

开　　本：880mm × 1230mm　1/32　　印　　张：14.5　　字　　数：340千字
版　　次：2021年1月第1版　　印　　次：2021年 2月第 2 次印刷
书　　号：ISBN 978-7-5217-1118-9
定　　价：58.00元

我的人生就这样了吗？

一

生日刚过，春天还没来的时候，张春梅遇到两件事。

一件好事，一件坏事。

好事是尽人皆知的。

她升职了，多年的媳妇熬成婆，成了杂志社的副主编，还是常务的。其实这位子早该是她的，只是过去，她不争不抢，无欲无求，一门心思扑在家庭上，照顾婆婆，辅佐丈夫，教育儿子。当官，呵呵，她不感兴趣。

现在不同。她四十多岁了。儿子刚签了保送，本校硕博连读，扎根西部某高校重点学科重点实验室；丈夫事业有成，是大学教授，学术带头人，刚聘了博导，在圈内小有名气，主研究“加密”，很是个人才。

她作为倪伟强的夫人是有点骄傲的。也只有到了这个年纪，春梅才能安心“做官”——一切顺理成章。伟强的成功，对她的事业也是加持。做个副职，混到老，责任不用担多少，面子也好看，春梅觉得很满足。

任命刚宣布，编室的同事们就要求她请客。春梅也大大方方请了。日料。中等偏上的馆子，不过这么多张嘴，也算被敲了一笔。饭桌上，同事小王打趣：“哎呀，啥时候才能像春梅姐这样，花钱不看数字。”同事小胡接话：“怎么比，人家是功德圆满，我们是负资产，脱了鞋也追不上。”

春梅笑而不语，她是赶上了好时代，有房有车有存款，经济上她没有担忧过。她是年轻人羡慕的对象，事业有成，家庭和睦，人也还不算老。上头只有一个婆婆，身体还算健康，性格也算开朗，婆媳相处和睦。按说她最有资格享受人生。

可是，春梅不快乐。

每天早晨一醒来，她总有点“如临大敌”之感，她觉得生活冗长、麻烦，没有希望，她把生活当成困难，而不是一次有趣的冒险。她对生活充满倦怠。她时不时觉得情绪低落，却找不到人排解。

跟伟强没法说。他看上去春风得意，正活得有滋味；跟儿子斯楠也没法说，她不想把负能量带给儿子——他还是孩子，正在学习，五年之内的目标是拿下博士学位，成为“准科学家”；跟老太太更没法讲——老太太的口头禅是，“我都满足得很！”她觉得自己的日子跟过去比，好得不是一点半点，她的生活目标很简单，除了吃好睡好、大便正常，别无他求。那些对于老年生活担忧的传说，在她婆婆看来，根本是危言耸听。

老太太强调，“不是人人最后都是瘫在床上要人端屎倒尿的”，她现在快八十了，还能自己做点小饭，给春梅搭把手。

只有春梅是郁闷的。

终于，这郁闷迎来了小高潮，短、平、快，扣球！一下把她打蒙了。

坏事只有她一个人知道——

她的例假，毫无预警地，停了。

去医院瞧，医生给开了点药，告诉她，妇女停经属于正常现象，让她不要慌张。正常吗？老天！她才多大啊！人人都觉得她最圆满最幸福，可例假却毫不留情不失时机拆她的台，不告而别。这算什么？一个警告？是年龄发给她的生死牌？是，年轻的时候，春梅嫌例假麻烦，有一次还染红了她的白裤子，让她在外人面前出了丑。可上了年纪，她逐渐意识到，例假是上天给予女人的勋章，一个不流血的女人，基本等于退出了生活的战场。河流干了，河床裸露，从此她成为中性人。不男不女，被剥夺了生育权，雌激素水平下降，伟强更有理由对她视而不见。

他们将完完全全成为一对社会学意义上的夫妻，而不是生物学意义上的。春梅感觉自己未经审判，就直接被执行了死刑。糟透了！呜呼！悲哀！我老了吗？春梅想哭。

她把这不快乐的根源归咎于伟强对自己的忽视。性生活，几乎没有；关心，面上的关心。他们缺少推心置腹，多半是心照不宣，张春梅严重怀疑丈夫和他招的第一个博士——现在在所里从事博士后研究，等于是伟强的同事——周琴，有点故事。

不过，春梅有涵养，也知道其中深浅，她既没点破，也不过问，静观其变，只是有一次在婆婆面前流露过失落，含沙射影地提及。婆婆送她两句话。一句是，“年龄到了”；另一句是，“老二就你一个太太，我就你这一个儿媳妇，我活着，就不会变”。等于给她吃定心丸。她生了儿子斯楠，给倪家传了后，正宫位子稳坐，而且这么多年，她说的做的，老太太不是没数。没有功劳也有苦劳。应当应分。

老实说，春梅也感谢婆婆。多少年前，伟强迷恋过一个摇滚女孩，被婆婆一棒子打散，她是婆婆钦点来的“老家人儿”。说起来，她跟婆婆还沾点亲，虽然早出了五服[①]，但论理，春梅还是能叫婆婆

---

① 指虽然出于同宗却不算亲戚的关系。——编者注

一声姑。她进这个家门，进得明明白白，婆婆对大儿媳二琥不满意，找她张春梅来，就是想让她给自己养老送终。

伟强是大孝子，知道老妈的态度，所以就算玩，也有分寸，逢年过节从来都顾面场，没陪博士后去。只有一回情人节，春梅闻到一点不一样的香水味。伟强很少喷香水，见外国朋友时除外。不过那个情人节，他香水喷得格外浓重。不是说所里开会吗？动动鼻子，春梅一下就分辨出来。有两种味道。他重喷香水，只不过为了掩盖另一种味道——出轨事实罢了。

春梅当然没点破，只是那天，伟强竟然主动要求交公粮。春梅半推半就，一晚上来了两次——他吃了药，特别勇猛。结束后，还支着头问："舒服吗？"春梅说舒服。

不舒服也得说舒服。男人觉得亏欠你才这样，她还得顾大面场。她和伟强的婚姻框架得保留，他们还是社会上的人物，女从文男做理，一对令人羡慕的夫妻。春梅告诉自己，只能这样了，他不撕破脸，还顾着家，她最好的应对，就是睁只眼闭只眼。有老人，有孩子，有名分，有生活，得了。现在升副主编，再弄点事业——她没想到自己到这岁数还能在事业上奋起直追。

她或许也能像三妹倪伟贞那样，写点东西，满足一下自我价值实现的需求。还想怎么样？还能怎么样？春梅突破不了，也不想突破。维持现状，熬到退休就行。

吃完中午这顿，晚上还得忙，儿子从学校回来，这是他硕博连读确定后第一次"返乡"，虽然只做短暂停留，春梅认为，摆一桌是有必要的。人生得意须尽欢，锦衣夜行没必要。

进了包间，伟民、二琥两口子已经到了。

倪伟民是伟强的大哥，厨师，过去在国营饭店工作，店子倒闭后，他出来干了几年，后来因身体不好，便退休在家，去年儿子倪俊结婚，他也正式办了退休手续。用他自己的话说，任务完成了。

大嫂吴二琥自称祖上是富户，三反五反时被打倒，家道中落，她过去在国营食品厂营业部做营业员，改制后内退。正式退休前在商场打工。退休后，生活的主要内容是打麻将。

春梅对哥哥嫂子向来尊重，当他们是统战对象，她和伟强的婚姻要维持，哥嫂的舆论支持也很重要。春梅进门，找服务员问了菜，才脱衣服放包，倪伟民打了招呼，出去抽烟，春梅坐下来，二琥倒上茶，妯娌俩说闲话。

“忙啊。”春梅笑着。

“闲得慌！”二琥说。她俗辣。

“养精蓄锐，再过过有的忙。”春梅含蓄地说。这可点到了二琥痛处。

“忙什么，”她放下茶杯，忽然小声，“我都怕她没那功能，两年了，一点动静没有。”

“总得有个程序。”

二琥叹：“小梅，以后你也做婆婆，这里头的难，大了去！说话做事，轻了不行重了不行，一个屋檐住着，说句不好听的，我敢掺和吗？老了人真虐我。”

春梅笑说将心比心，咱们不都是儿媳妇，对妈，不照样很好。二琥叹：“现在的儿媳妇跟过去能比？”她留半句没说，她对儿子倪俊没信心。从小看到大，倪俊不啃老已是万岁。二琥又埋怨：“妈也是，现成的房子……”她点到为止，不往下说。二琥每每放话给春梅，希望她转达给老太太，可春梅从不中计。

家里一套小房，给老三伟贞了，她是老姑娘，快四十了还未嫁。

二琥和伟民怀疑，早过户了。他们是长子长孙也别想。二琥看不上伟贞，觉得她总拿着知识分子的劲儿，因此，她更捧春梅。

“什么时候上电视呀？”二琥总这么问伟贞。伟贞做编剧，出来十年，编过什么，谁也不清楚。背地里，二琥总是嘲讽伟民：“你们家的人，全是闭着眼睛放屁！”伟民反驳：“你有能耐？没见你赚三个两个。”二琥恨：“儿子是你生的？老三婚不结孩不生，没公公没婆婆，写婆媳剧？胡嘞嘞[①]！”伟民护三妹：“那是艺术。”二琥可不管什么艺术，她落在烟火里，生儿育女，摔摔打打过日子。倪俊当初要找刘红艳——一个外地女孩，二琥死不同意，谈了多少轮，后来倪俊绝食以死相逼，家长们只能举手投降。不过二琥希望红艳早点生孩子，她好抱孙子，转移注意力。可红艳肚子一直“不争气”。可恨。

伟贞到了，搀着老太太——她闲，去接的妈。披个披肩，波希米亚的样子。她现在还在学三毛，二琥看着别扭，招呼了一下，去厕所了。老太太坐大椅子上，两手搭在扶手上，一尊佛似的。春梅给倒了茶，跟伟贞说话。这些年，老太太绝大部分时间，是跟春梅和伟强过。伟贞单身，也不能带妈，她自己还需要人照顾，老太太跟过她，不舒服。老大那边困难，老太太也不愿意添麻烦，偶尔去住住，不是便秘就是失眠。紧赶慢赶接回来，立刻好了。

春梅问伟贞创作情况。伟贞叹，在弄个项目，快了。春梅不往下问。人艰不拆。伟贞的回答永远是快了。什么时候结婚，快了；影片什么时候上映，快了；什么时候发财，快了；她的人生永远在“快了”的路上，徘徊不前，硬生生被拖成中年少女。二琥从厕所出

① 方言，胡说八道的意思。——编者注

来，踱过去照例问了几句斯楠的学业，再夸夸，又转回头问伟贞，上次那人见了没有。是她介绍的相亲对象。

“见了，不行。”伟贞面无表情，给明确答案。她知道大嫂想打发她出门。老大两口子盯着房子。二琥讨了没趣，坐到大桌去，研究菜单。春梅这才问：“周琴最近怎么样？”问得很露骨了。伟贞知道周琴跟二哥关系近，她怀疑有故事，但不能细问，于情于理，她都要维护伟强。“好像要出国。”她说了实话，让春梅放心。春梅这才解释：“我就说，你哥现在所里，留不住人，前几天他还念叨，说再招人不容易。”等于涂抹一下，放烟幕弹。春梅巴不得周琴出国，但是不能直接问伟强，只好拐着弯问老三。

二琥凑到老太太跟前，想提提房子的事。老太太闭上眼，好像睡着了。二琥无从下口，气憋在心里。讨厌，妈现在就这样，只听自己想听的，只看自己想看的。老年人最自私！春梅侧面看着，发笑。这个问题上，老太太一视同仁：伟民穷，她认为穷就穷着过；伟强外头有故事，她认为不过分就行；伟贞不结婚，她认为平平安安就好。她很容易满足，很容易妥协，年轻时候是暴脾气，现在活成了“贾母”。春梅认为，这种变化，不但是心理上的，还是生理上的，据科学研究，人到了老年，大脑功能下降，但有些神经却能再次连接，尤其是女性，对抗消极刺激的能力加强，从而有了“智慧”。这似乎跟佛家、道家的说法异曲同工。

比如有两点，她张春梅就一定不会妥协。首先是不离婚，不光为了自己，也为了儿子，为了儿子的前途、未来，单亲家庭的孩子，将来找对象要受歧视。不行。其次，儿子不能往下找。暑假期间，他在网上玩游戏认识一个北方某县的女孩，在廊坊读戏剧影视文学，一听就是个妖精。斯楠要去见面，春梅硬生生打散。开什么玩笑，儿子以后要做科学家的！找个戏剧影视文学的 ?! 春梅正色："楠楠，你要去可以，不要给妈妈添麻烦，妈妈不想跟那样的家庭做亲家！"斯楠躲在被窝里哭了几夜，终于，放弃。春梅获胜。初恋总是痛苦的，她认为儿子能挺过去，长大了会明白妈妈的苦心。

红艳和倪俊到了，向长辈打了招呼。红艳坐到老太太跟前，搀着，这个家，她跟老太太最亲，原因很简单，在老太太眼里，众生平等，老太太不嫌她是小地方来的，不催她生孩子，不说她上进心太强，还时不时问候问候她妈妈庆芬。老太太是菩萨。

人到齐，上座。春梅对儿子说："楠楠，给你爸打个电话。"伟强迟到了，大人物都这样。倪斯楠收了手机，头一抬："他出差。"出差？春梅头大，怎么没听他说。伟民也在旁边道："是说出差几天。"春梅憋气，过去出差，总打个招呼，这回算什么。"对对，都忙忘了。"春梅安排落座，又叫服务员。

没有伟强，一顿饭吃得沉闷，基本各自为政。春梅带了红酒，给伟强和倪俊的。红艳也满了一杯。二琥立刻阻拦："不行不行，特殊时期。"又是要孩子的事。红艳只好说不喝，让给二琥。老太太要了一杯。春梅劝："妈，行吗？"老太太说"满上"，连喝两杯。这顿饭主角是斯楠。伟贞当场给钱，算庆祝侄子硕博连读的奖励。二琥不想给，也没带钱，但伟贞给了，她不好意思，只好拍打伟民，让他给。倪伟民有带现金的习惯。他掏出钱来，数了五张，递给斯楠。斯楠不要。"拿着！"伟民豪气，越穷越要面子。他是家里老大。春梅说拿着，斯楠才收了。老太太笑呵呵地说"好好读书！"算最后总结。

吃到最后，上主食，是大丰收。二琥拿勺子抄了点花生，对红艳说："这个你多吃。"一桌子人都看着红艳。二琥伸手又捏了两个红枣，放进红艳的碗里。

“配齐了！”她笑。

早（枣）生贵子。红艳不动。

二琥盯着：“吃啊，吃。”

红艳只好屈辱地往嘴里放。像服毒。倪俊看不下去：“妈，行了，还管人吃喝。”

二

十不充一[①]聚餐，本来高高兴兴，可晚上回去，除了老太太依旧酣睡，谁的日子都不好过。春梅给伟强打电话，无法接通，发微信短信，没回复。这是过去几十年来都不曾发生过的情况。出差了？去哪里？做什么？一概不知。

春梅问斯楠，斯楠说，老爸电话打来的时候正在机场。至于去哪儿，干什么，不清楚。他只说出去几天。春梅往下推理，出去几天。出去，又是飞机，应该是出国了。难道是参加了国家保密的项目，谁都不能说？可那也应该打个招呼。何必做得那么突兀。或者是跟情人幽会去了？过去也是有借口，现在连借口都不想找了。张春梅越想越觉得危险，躺在床上，心神不宁，她想用看书调整情绪，却一眼扫到书架上那本《失乐园》[②]。

糟糕。

她突然想到一个最坏的答案：倪伟强跟情人私奔了。

这种新闻不是没有，某投资业大佬跟情人私奔。可这事发生在身边，发生在自己家里，春梅万分震惊。蛛丝马迹她都能感觉到。伟强状态不佳，起床困难，神色疲倦，难道是生病了？有病治

① 方言，偶尔的意思。

② 此处指日本作家渡边淳一的长篇小说，讲述一对中年男女产生婚外恋而后双双殉情的故事。——编者注

病，也没必要人间蒸发。而且，他有什么理由对生活不满？事业有成，妻子贤淑，还包容他外面有情人，红旗不倒，彩旗飘飘，还不满足？得寸进尺！春梅自认大度，但同时意识到，可能正是自己过去的纵容，才终于养虎为患。不行，必须采取行动。张春梅在床上翻来覆去，一直到凌晨三点才迷迷糊糊进入梦乡。

红艳同样睡不着。睡不着就折腾倪俊。她跟倪俊，自由恋爱，要结婚时轰轰烈烈，结婚之后平淡如苦水。结婚前没谈好的问题，结婚后爆发出来。倪家希望红艳早点生孩子。红艳不是不爱孩子，她在幼儿园系统工作，每天都能见到大量孩子。只是，生了孩子，等于放弃事业，放弃各种加班、兼职赚钱的机会，等于自断可能性——靠自己买房无望。因此，她希望公婆能给个首付，算作补偿。当然，这些话，过去她都没有明里提出来过。她觉得公婆包括丈夫倪俊，都是在大城市摔打的，能理解、能体会、会自觉，但几年过去，根本没人理会她的需求。暗示没有用。

面对房子，她有焦虑，不光是为自己：为孩子，她希望有独立住房，让孩子有自由成长的空间，脱离爷爷奶奶的“坏影响”；为老妈，她更要有独立住房，为了培养她，老妈嫁了两次，第二任继父如今身体一般，一旦闭眼，把老妈接到跟前赡养就成了她的责任。那么，来了，住哪儿？房子是刚需中的刚需。

“有意思吗？同一个问题反复说。”红艳叠衣服。

“也是为了我们好。”

“是我不生吗？怎么不查查是不是自己儿子精子不行。”红艳一说起来没完，“我能凑合，但是孩子需要空间，我们也需要自己的生活，老跟父母挤一块，什么时候长大。”

“慢慢来。”

“说真的，你去跟爸妈说说，首付能有几个钱。”

“回头说。”倪俊打太极。

红艳着急：“不是为我，是为他们儿子他们孙子！”她就不提是为自己妈。必须掩护掩护。

那边屋，床上，二琥侧着耳朵，倾听，然后用腿碰了伟民一下。

“吵起来了？”她说。

“睡吧。”

“你什么意思？”二琥扭老倪耳朵。

“没意思。”

“我可跟你说，要妥协投降，用你自己的钱割地赔款，我的，一分别想动，都是养老钱！生病害灾，能指望他们往外掏？直接等死。”

倪伟民不作声。作为家里的老大，他有点过于内向。儿子的婚房，他考虑过要买，但终于没出手。不仅仅是舍不得钱，更是舍不得儿子。这么多年，老婆整天在外打麻将，不沾家，就一个儿子贴心。买了房，搬走，他孤家寡人，难受。宁愿挤一挤。

二琥继续念叨：“没过门的时候哭爹喊娘，图咱们本地户口本地人家，过了门要这要那，”说着，二琥转换攻击对象，“老三也是，死不出门，摆明了硬吃那房。妈太偏心！儿子孙子不给，给女儿！也没见她伺候过妈一天。”

老倪护短：“少说两句。”

二琥愈发来劲：“都是事实。”

“你伺候妈几天？”老倪反攻。

二琥冷笑：“你要有老二那本事，我伺候妈、伺候你、伺候全家十八代都没问题。我不管，以后老了，你过你的，我过我的。”

老倪道："儿子管我。"

二琥哈哈一笑："做你的春秋大梦，还儿子，你怎么不说孙子？眼珠子都不行还眼眶子！也就我，穷不嫌富不想，死跟，对我好点！"二琥拧老倪胳膊上的细肉。他疼得嗷叫。

红艳在那边屋听到，对倪俊打趣："感情真好。"倪俊发窘。红艳又笑道："嫌我不利索，不会自己生一个吧。"用脚轻轻踢了一下倪俊，"恭喜你啊，儿子没来，先来个弟弟。"

伟贞对嫂子春梅撒了两个谎。

哦，头一个不算。充其量是隐瞒事实。二哥伟强"出去"前，给她也打了个电话，说让她多照顾妈，他出去几天。听着像遗言。伟贞着急道："二哥，没事吧。"伟强说了句没事就说要上飞机，挂了。这个情况，她没向嫂子反映。第二个，是她最近见过周琴一次，同学毕业十五周年聚会。而且马上还要见。

伟贞走进产房，都是人，一个铁杆闺密生二胎，周琴也来。刚进门，伟贞一眼就看到她。

周琴底子好，瓜子脸，身材窈窕，气质出众，站在人堆里，扎眼。伟贞认为这归功于她一直单身。不过，也分人，伟贞也单身，却胖胖圆圆的。周琴更善于自我管理。身材是这样，事业更是这样。倪伟贞可以三天打鱼两天晒网，周琴不允许自己这样，大学毕业，工作一段，又去考硕，再考博，再博士后。当伟贞得知周琴当了自己二哥的第一个博士，她也吓了一跳。真是全凭本事啊！一点关系路子没找。这两年，周琴对伟强的帮助很大，尤其是事业上。不过，一到见面，周琴和伟贞心照不宣，都不提伟强。后来知道两个人有故事，伟贞更是封口。

伟贞同情春梅，但又觉得周琴实在是凭实力，这样的女人，天天接触，哪个男人不动心。伟贞同样钦佩二哥，能把家里家外，事业感情摆得那么平，这才叫成功人士。伟贞对周琴，还有点同为单身的惺惺相惜。虽然周琴有情人，她没有，可名义上一样，在同学群里，尤其是女同学小圈子里，她和周琴是最后两个单身的人。战友。

伟贞对周琴点了个头，两个人站在病床前，靠后，床沿上还有其他“妇女”。大家都在听产妇讲述惊心动魄的生育故事。无非是，这是她最后几颗卵子啦，生的时候等于走过鬼门关啦，做妈妈多不容易多幸福啦——二胎是个男孩，一女一子凑成个好字，人生圆满。

伟贞不是没恋爱过，那时候她还没入行，写了个本子，被杜正阳看中，两个人有了第一次合作，灵魂相投，有了火花。那时候伟贞燃烧到觉得自己可以为正阳去死。可是，当她得知杜正阳有妻子有家庭，她没有勇气再迈一步。杜正阳说：“跟我走。”倪伟贞退缩了。可奇怪的是，分手后，伟贞在情感上却一直处于休眠状态，她还在等他。潜意识里她在等他跟老婆分手，成为自由人，重燃爱火。

可惜，十几年过去，这一切都没有发生。唯一发生的，是她从少女变成中年少女。或许正因为当年的“不勇敢”，她才格外想成全周琴和二哥的“勇敢”。人生为什么一定要正确。不正确的，才是艺术人生。更何况，周琴似乎从来都没要求过名分。这是伟贞做不到的。婆媳故事写多了，她的头脑里，条条框框也多。她不像周琴，有抵御世俗的才华。她只是世俗中的一分子，只不过有点失败罢了。

咖啡厅，伟贞和周琴对坐着。看完闺密，两个人都有点头大。关键是受到了触动。这个年纪，难免会比较，而且往往是以人之长比己之短，看看自己哪些方面又败下阵来。

对望着，都不说话。

终于，伟贞先开口，讪笑着：“都两个了。”

“又不是比赛，想要你也能。”周琴理性。

“时间不多了。”

“别杞人忧天。”

“就那几颗卵子，”伟贞说得惊骇，“要不要先冻几个。”

“想生找个人呗。”

“我可不想当单亲妈妈。”

“结婚也行啊。”

“没爱情怎么结。”

“不结也能有爱情，也能生孩子。”周琴亮出观点。伟贞脑海中自然浮现她二哥伟强的面容。有爱情可以，生孩子，问题严重。她觉得二嫂春梅的忍耐极限，是有爱情，装看不见；有孩子，平衡就被打破了。老公在外头生了个孩子，谁也无法装傻。

“别冲动。”伟贞灭火。

“你就吃亏在没冲动，”周琴身子后仰，像看一幅画一样看伟贞，“好多事情，不能想，先做出来再说。”伟贞头皮发麻。难道她知道自己多年前的故事了？不要说，是二哥告诉她的。那些痛苦的日子，她找二哥伟强倾诉最多，只有他知道她的秘密。真不是东西！他们是亲兄妹，怎么一下就投靠到周琴那边，对她知无不言。也是，妹妹怎么比得上情人。“我哥告诉你的？”既然她点破，伟贞也不遮掩。“说了一点，”周琴笑眯眯地，“纯关心。”

过度关心。可谁人背后不说人呢。

伟贞想问：你跟我哥打算怎么办。可话到嘴边，又觉得太露骨。都是成年人，知道分寸，用不着她嘱咐。不过，当周琴说出自己准备去出差几天。伟贞脑中神经元迅速连成个网。二哥出差，她跟着也出差。意思很明显。保不齐，两个人约会去。可怜的二嫂。她唯一的安慰是孩子。硕博连读的倪斯楠。周琴见伟贞发呆。又点一句："勇敢一点。"

没头没脑地，去哪勇敢？勇敢什么？伟贞不屑。

周琴的下一句才真正吓到她："导演离婚了。"

"什么？"伟贞本能地跳出问句。

"杜正阳离婚了。"

"谁说的？!"伟贞失态，咖啡杯差点打翻，溅出几滴来。

"你不看新闻？"周琴反问。

杜正阳离婚了。这对伟贞来说，比美国换总统的新闻还大。那感觉好像是，打了好多年官司，突然法院通知你，你胜诉了。倪伟贞胸口猛觉畅快。细想想，这一切跟她又有什么关系呢。他又没来找她。她只是觉得好奇，正阳这么多年，几乎没拍出什么作品，落魄到拍网大赚钱，居然还有新闻。她上网查查，并没有搜到他离婚的消息。事实上，网上关于他的新闻，还是十年前那个烂作品的事。只是，她相信周琴不是随口说说，人家是科学家，讲求实证。伟贞觉得自己心里像是被丢下了一粒种子，借着这春天的光景，随时能发芽似的。

三

一睁眼，又是个工作日。春梅向社里请了个假，直接开车去伟强学校，上七楼，敲响了院长办公室的门。院长姓朱，是比伟强高几级的师兄，跟春梅也认识。他太太和春梅处得不错，两家有往来。见春梅来，朱院长起身迎接，表情严肃，强笑着。他让春梅坐，关上门。

春梅不寒暄，直接说："院长，不跟你客气了，我今天来，是想问问我们家老倪的情况。"

朱院长皱眉头，要给她倒水。春梅说不用了。朱院长在春梅旁边的单人沙发坐下，道："正准备找你呢。"

"找我？"

"伟强要辞职，报告压在我这儿，还没批。"

春梅心中大惊，脸上顿时结一层冰，表情冻住了。这么大的事，倪伟强一点都没透露！至亲至疏夫妻！

"最近院里，是不是有什么事？"张春梅强压惊慌。她是正宫太太，必须镇定。

"没什么大事。"

"他犯错误了？"

"没有。"

"科研上有困难？"

“这次黄河学者，院里打算报他。”

“跟学生有纠纷吗？”

“他的课，选的学生最多。”

“会不会受到了胁迫？”春梅变身警察。往悬疑推理小说的方向想。

“我私下调查了，没有线索，”朱院长凝眉，“春梅，是不是家里遇到什么困难。”

春梅着急：“如果是家里的困难，我就不会来找你了！”

“是不是身体……”朱院长还没说完，春梅便道：“半个月前还跑了马拉松。”

朱院长搓了搓手。

春梅叹气。她不是没想过报警，可现在还没到那地步，伟强走的时候给儿子和大哥都打了电话，说要出去几天，不像胁迫失踪。现在报警，就怕闹得太大无法收场，面子上不好看。她相信倪伟强这次不是失踪，是故意“离家出走”。她本能地觉得朱院长知道倪的动向，只是不肯说。

“我现在联系不上他。”春梅说。

“都冷静冷静，给他一点空间。”院长好像并不着急。

“再这样下去，只能报案。”

院长连忙说不至于。

“朱院长，朱大哥，”春梅拖着声调，“他辞职，报告是当面递的吧，总不可能什么也没说，有什么情况，你得告诉我。”

“他就说他做不下去。”

“说了去哪没有，”春梅刨根问底，“既然是辞职，肯定有下家，这么多年在院里做得不错，哪怕是换摊子，也还是朋友。”

院长语重心长："春梅老师，你是他爱人，你都不知道，突然来问我。我到现在都是一头雾水、一筹莫展，老倪要是走，我这个当院长的也算失职。"

"最近有什么学术会议吗？"春梅问。

朱院长说有。

春梅逐渐深入："小周去了吗？"

朱院长脸上的表情有点变化，不明显，但春梅能感觉到。男人习惯包庇同类。

"去了。"院长如实答。

"能把学术会议的开会地址、时间、流程给我一份吗？"春梅问。

"那个会，小周一个人去的。"院长说，像是在解释。此地无银三百两。奸夫淫妇无疑。

春梅心里有数了。"院长，我们是老朋友，我们都是为倪教授好，你也说了，他如果就这么走，对院里是重大损失，现在我的全部做法，都是在亡羊补牢。"春梅眼神坚定，口气沉稳，仿佛在谈着一件大案。朱院长转身去倒了点茶，背对着她喝了两口。哼哼，缓兵之计，春梅看准了他。

她相信朱院长多少知道倪伟强和周琴的事，因此，她这么问，他才会突然紧张。据她所知，朱院长年轻时也有点花花故事，只不过夫人下手快、准、狠，砍断了风花雪月。没准，朱院长还很羡慕伟强呢。男人，都不是东西！哪怕做到院长，一样！都管不好裤裆里那点破事儿！过去她能忍，是考虑大局，现在，伟强突然"失踪"，不顾大局，她觉得该出手了。

"朱院长！"春梅语气很重。

"不是不给，就是……"他言语支吾。春梅立刻明白他意思："放心，绝不殃及池鱼。”停一下，又叮嘱，“院长，保密。”

朱院长道：“和平解决最好。”

从院长办公室出来，张春梅心里踏实点，八成，倪伟强和周琴在一块，出差，开会，顺便度假。地址她拿到了。可去不去，春梅犹豫。如果现在杀过去，一旦三个人碰面，一来她理亏，伟强可以说，正规开会，你干吗大惊小怪，其次，就算当场捉到点什么，画面血淋淋，但一旦撕破了脸，接下来怎么办？离婚？那是春梅不愿意看到的局面。

一咬牙，干脆再等两天，会议开完，总该回来了。忍一时风平浪静，静观其变。而且，她虽然跟朱院长说了保密，但他能不能做到，不好说。最好的情况是，朱院长去通风报信，伟强和周琴受到敲打，伟强乖乖回家，一切恢复原状。这样等于借力打力，解决问题。

主意已定，张春梅逼自己转移注意力，把儿子送走，叮嘱他把心思放在学习上，少打游戏，少上网聊天，又带老太太去医院拿药，心思稍微平定点。她劝自己，或许一切只是她脑补过度。伟强可能真去开会，并没有什么多余的故事。是停经引起的吗？自己到了更年期？春梅忍不住有点自我怀疑。晚上，她陪老太太聊天，装作不经意，问：“妈，你更年期时候什么感觉？”

老太太眼睛朝天花板看看，努力想，遥远的事情。

“哪儿不舒服？”婆婆问。

“不是……是大嫂……”情急之下，春梅撒了个谎。

“她上月不还来那个。”老太太目不斜视，看她的电视。二琥来看她时翻找过卫生巾。

春梅震惊。二琥上个月还有……例假？她比二琥小不了几岁，却已经告别女人生涯。天理何存！张春梅更感到郁闷，甚至自卑。补品没少吃。没用！春梅觉得，眼下的情况已经不是调理能挽救的了，得打针吃药。春梅见桌上有包蜜枣，问：“红艳来过？”老太太说中午来过。红艳知道老人家喜欢吃蜜枣，特地来送了一盒。春梅没说话，对于红艳，她一方面真心怜惜这孩子。红艳跟她一样，从外地过来，白手起家。可惜时代不同，现在更难。现在又跟老大两口子同一屋檐下。老实说，老大两口子人不坏，就是市侩，再一个，太抠。老太太也是因为这，才不愿意去那过。另一方面，她对刘红艳又有点提防。换位思考，那样的家庭出身，那样的现实处境，刘红艳这种女孩，不得不有野心。倪家长孙倪俊，偏偏又是个不求上进，随遇而安的孩子。用时下的词叫“佛系青年”。刚开始靠着老爹的关系，在大饭店面包房做事，嫌胳膊疼，后来他二叔伟强托了关系，安排他去外国领事馆做管理（约等于保洁）。

伟强曾经在春梅面前批判：“这臭小子，要不是生的地方好，老婆都找不到！”倪俊虽然名字里有个俊字，长相可不咋地。红艳找他图啥？不就图个稳定，嫁个本地人方便孩子未来上户口。这样的婚姻，春梅看着，都觉得提心吊胆。她来看老太太，当然是因为老太太对她不错——老太太是家里的佛爷，众生平等。不过春梅忍不住觉得这女孩还有所图。可想而知的，无外乎老人留下的、伟贞正在住的房子。可是，伟贞不出嫁，那房子谁也动不了。红艳估计也是急了。

春梅点过一次，说小两口可以出去租房，用公积金，二琥立刻反对，认为那是一大笔钱，将来儿子养老用得着，得存着。“还要养孩子呢！”二琥嚷嚷。春梅认为，这一切都要引以为戒，斯楠找对象，不能这么胡找。

刘红艳最近心情不错，有朝气，像早晨的太阳。她在民营幼儿园总部做事，当女总裁助理三年，现在转去幼儿园的艺术团做负责人，相当于是当封疆大员，算对她努力工作的肯定。刘红艳庆幸自己当初没进体制（当然也没找到体制内的工作），如果进体制，三年内打开局面是不可想象的，她现在就是凭苦干、凭实力，在职业生涯的窗口期迅速上位。将来如果幼儿园上市，搞不好还能得到一些原始股，到那时候，买房付个首付应该不成问题。

不过眼下，红艳还是寄希望于倪家。首付也是他们应该出的。儿子娶媳妇，备一套房子，是当下婚恋市场的“题中之义”。这天，红艳故意多加了一会班。就是留出空间给倪俊，让他跟二老商量房子的事。红艳给倪俊下的任务是，必须拿下。方法可以婉转一点，先礼后兵，“实在不行你就再来一次，一哭二闹三上吊，这法子管用。”红艳拍拍倪俊肩膀。倪俊无奈，只能从中协调，实话实说，他也愿意搬出去，可是，一来钱上紧张，爸妈始终强调，那点老本，是养老钱，二来搬出去等于独立生活，烧饭洗衣服各种杂事都要自己处理，更没法安心工作。能借力为什么不借力。当然，倪俊还是同意去找父母沟通，他理解红艳的焦灼。外地来的，没有安全感，老觉得马上就是世界末日，得把一切都早点准备好。

红艳坐在办公室，桌台上放着手机，忙了一天，她一点力气都没有，不想动，不想说话，不想看手机。艺术团的那些外聘的艺术老师，不好管理，孩子唱歌跳舞，也不好管理。红艳还没完全适应这个岗位，最主要的，她缺少威信。那些音乐舞蹈老师，好多都是本地人，或者是那种家里有钱的外地人——学艺术，家里没钱根本学不下来。因为有钱，这份工，老师们做得很随意。丢了工作也没关系似的。有些人，还没成艺术家，却有了艺术家的放旷。红艳颇头疼。这份工作就是她的全部呀！夏天的文艺会演，只能成功，不能失败。

八点了，倪俊还没来消息。红艳发微信问情况。倪俊回复："先回来吧。"

"怎么样。"

"差不多。"

"什么叫差不多。"

"有戏。"

有戏就行，说明有谈的空间。红艳压根就没指望倪俊能一次攻破堡垒。收拾东西，开车回家。这辆车，曾经也是她和公婆争论的焦点。二琥和伟民认为，车是消耗品，又危险，没必要买。可现实情况是，她上班确实不近，晚上加班，有个车更方便，何况倪俊好不容易摇到号。她驾照都考下来两年了，不买干吗。买车的钱是她老娘庆芬出的，又没要老倪家出一点血。别扭。倪家人，就这么别扭。她刘红艳就是长相欠缺点，否则也不会找倪俊。

到家，进门，倪家三口在客厅坐着。红艳不看他们，挂好包，又叫声爸妈。倪伟民和倪俊起身说去遛弯。

"这都几点了。"红艳好笑。她明白，接下来要跟二琥一对一。女人对女人，分坐沙发两头。

"吃了吗？"二琥问。

"吃了。"其实没吃。没胃口，没心情。

"那个事，俊俊说了，一家人，不用拐弯抹角。"二琥单刀直入。红艳讪讪地，显得她藏着掖着，理亏。

"房子以后不值钱。"二琥切入。

"妈，不是值不值钱的事，咱们是……刚需。"红艳微笑着，"将来孩子……”

“生出来再说。”二琥抢白。刘红艳卡在那儿，一时无言。二琥见儿媳妇色变，又和缓道，“这房子，还有你三姑那房子，将来不都是你们的？再多人都够住！不是急茬儿，将来有了宝宝，不得我们搭把手？还是你们觉得，我们这些老东西就一点用没有？”

“妈，不是这样……”

“知道你是孝顺孩子，”二琥道，“房子，我和你爸一直在看，你不知道你爸那毛病，看房子是他一大爱好，就是你们不说买，他自己还想买一套保值呢。”说着，她凑近一点，拉住红艳的手，“前几天吃饭，是妈不好，不该当着那么多人的面催你。妈是为你们着急。我知道，你嫁给我们家俊俊，亏了。”

“妈！”红艳惊。她没想到婆婆能说这话。

二琥继续：“可既然自由恋爱走到一块，以后就是你当家。红艳，你跟我一样，好强，能干，跟你掏实话，我嫁给你爸，也不满意。可来都来了，总要有点作为，你爸以后养老，还是靠我。俊俊靠你，他没你这能耐！你要觉得我当你是假，我对自己儿子不会假，有好的，肯定第一时间给你们。不要也给！红艳，你听妈一句，趁年轻，精力跟得上，生吧，生出来孩子也聪明漂亮些，不然你看你三姑，怎么弄？一把年纪旁边没人，下边也没人，真到她往下秃噜[①]那天，谁顶着？兄弟姊妹再好，也不能搁旁边照顾，何况她上头两个都比她大。”

婆婆一席话，让刘红艳有点发蒙。她光想着买房子，给老妈一个安定晚年，还没来得及想，自己老了怎么办。“养儿防老，前提是，

---

① 方言，往下坠，形容人走下坡路或遇到难事。

你得早点生。否则，像三姑那样，四十了还孤家寡人。就算现在生，紧赶慢赶，孩子还没进入社会，你都已经很老了。他有能力帮衬、照顾你吗？”

刘红艳怅然。二琥乘胜追击：“你放心，只要你生下来，房子不是问题，价格下来点，立马买，实在不行，我跟你爸出去租房，你们宽宽敞敞地往。”

“妈——”红艳喊。

姜还是老的辣。

刘红艳不好意思了。倪俊回来，红艳已经洗好澡，在床上躺着。倪俊不吭，玩手机游戏。红艳一动不动。过了一会儿，“喂——”倪俊捣一下她腿。

红艳突然哭了。倪俊慌忙：“又怎么了，妈说话不中听，你担待点。”红艳眼泪收回：“可说好，你得死我后头！”倪俊不懂她怎么突然说这个。红艳道：“我那么辛苦，你得给我养老送终。”倪俊笑说：“咱们不得有儿子闺女呢。”红艳抢白：“孩子指望得上吗？爸妈都不指望你，所以才不肯在你身上投资。”

四

等了三天，没一点动静，张春梅坐不住了。太不正常。倪伟强简直像给自己加了密。信息没有，电话不通。她打到会务组，人家说会议已经结束。再打到院办，院办的老师说，周琴老师已经回校，正常上课。张春梅没办法，看来迂回策略无效，她只能正面强攻。

张春梅站在教学楼走廊里。下课铃响了。学生们从教室走出来，走廊里很热闹。春梅凑到门口，朝里看。周琴在收拾教案。一会儿，她走下讲台，出教室门。

“周老师。”春梅叫了一声。

周琴站住，看了她一秒。不认识。倪伟强从未给周琴看过他妻子——师母的照片。周琴读博三年，伟强也从来没安排过饭局。

周琴继续往前走。

春梅跟上，“周琴。”她又叫一声，直呼其名。

周琴回头，指着自己：“叫我？”

“我是倪教授的爱人。”春梅稳住阵脚。

二人都站着。学生走光了，打扫卫生的阿姨用长臂夹捏纸头。“我知道你。”周琴面无表情，“去我办公室说吧。”

这女的知道自己犯罪，春梅心跳得厉害。她是良家妇女，上门撕小三这种事，只在电视剧看到过。可现在她也是被逼得没办法。怎么弄？总不能任由伟强这么玩下去！任由她张春梅半辈子的积累毁于一旦，身败名裂！

“我今天来，是想问你一点情况。”进了办公室，春梅依旧镇定。

“请说。”周琴做了个邀请的手势。教师的职业病。

“倪教授在哪儿？”

“什么意思？”

“倪教授跟你一起参了会。”

“是不是有什么误会？”周琴并不慌张，“这次研讨，系里只派了我一个人去。”

春梅迅速地：“系里派了一个人，那实际去了几个人呢？”

“就我一个。”

春梅死盯着周琴，沉默片刻，她要酝酿一下，在气势上压倒她。“小周，”春梅端着胳膊，“好多事情，适可而止，人的忍耐是限度的，都是女人，善良点。”

“对不起，我还有课。”周琴打算撤。她才不要听张春梅在这荒腔走板指桑骂槐。

春梅挡在道儿中间，索性说开：“你以为这样，你们就可以双宿双飞了吗？我告诉你，我是不会同意离婚的。你要是还想在这个学校混下去，最好停止这种无聊的把戏！”

周琴本不打算理论，可来者不善，话说得那么难听，她再不反击，会被人坐实了是罪犯：“第一次见面，您又比我年长，我敬您三分，可你要一来就不分青红皂白，劈头盖脸一通问责，对不起，你说的罪名，我一个字也不能认。倪教授是我的师长、我的同事、我们领域的带头人，我对他，只有尊敬，没有其他任何越轨之举，更没想过破坏你们的婚姻。”停顿一下，“如果真有那想法，不会等到现在。”

“倪教授失踪了！”春梅咆哮，“你敢说这事跟你没关系？！”周琴发怔，向前走了半步：“确定是失踪吗？”

学校第五食堂，周琴和张春梅面对面坐着。菜打好了，中午周琴请张春梅吃饭。张春梅怎么也想不到，周琴也不清楚倪教授的去向。她说她也在找他。项目正在运行，倪教授是核心人物，他不在，工作无法推进。张春梅看周琴着急的样子，不像撒谎。“不像出差。”周琴分析，“带走什么东西没有？”春梅说都在。周琴觉得奇怪。春梅又问，倪教授最近有没有什么异常表现。“好像有点倦怠，有畏难情绪。”周琴说。“会不会是抑郁症？”春梅问。周琴认为不好说。不过，综合分析，周琴的建议是报警，如果是失踪，不排除被人劫持，那么，越早报警越好，如果是自行出走，估计会有电子消费记录。顺藤摸瓜，早报警，早找到人。

春梅问：“你知道他要辞职吗？”周琴讶然，表示完全不知情。“到底想干吗？！”春梅把勺子丢进免费汤碗里。

开车回家的路上，张春梅差点出车祸，连日的紧张，让她神情恍惚，今天，她更是有点魔幻感。老婆找情人撕，结果两个女人竟然能坐下来，众志成城同仇敌忾，讨论倪教授的去向。真行。倪伟强要成仙。不是私奔。辞职，人间蒸发，除了被绑架，或是得了精神病，张春梅不认为哪个正常人会这样。她伸手捏捏眉头，如今之计，似乎只剩下报警这一条路。

不行，这不是她一个人的事。即便报警，也得全家先知情，共同决定。倪教授是倪家的顶梁柱，老老少少，都受过他的恩，危难当头，都得站出来。张春梅给大哥大嫂打了电话，又通知伟贞，说晚上务必来家里一趟，有急事。结果伟贞先到，一进门就大喊妈，她以为是老太太出事。老太太拄着拐棍，从里屋踱步出来：“在呢！”

伟贞舒了口气。老太太在，她总觉得有主心骨。

伟贞问嫂子什么事。春梅让她先坐。不一会儿，伟民、二琥两口子到。一家人围坐在客厅。张春梅看看老太太，又看看其他人，委屈道："妈，大哥大嫂，三妹，有个事，我不敢隐瞒，也不知道怎么办。"伟民忙道："弟妹，有事你说，都是家里人，大哥给你做主。"二琥讨厌伟民装大，拍了他一下。老太太面容舒展，伟贞一脸焦急。

"伟强失联三天了。"

"失联？"二琥第一个叫，"找不到人了？"

"找不到。"春梅叹气。

老太太道："老二小时候就顽皮，喜欢躲猫猫。"

春梅纠正："妈，不是顽皮，是失去联系，手机短信都不回复，没人知道他去了哪儿。"

伟贞看悬疑小说看多了，说道："会不会是，谋……"杀字没说出来。老妈在，不能说这种话。伟民掏手机打给老二，听筒里传来的依旧是无法接通。

春梅道："我也是没办法，想着叫大家来，商量看怎么办。"伟贞耐不住："还怎么办，赶紧报警呀！"翌日，春梅便在伟贞和二琥的陪同下去派出所报警。警方询问了基本情况，予以受理。但春梅提供不出倪伟强受到侵害的证据。警方表示会协助调查。

出派出所，春梅还去上班，杂志社例会，她作为新上任的常务副主编，必须到岗。二琥拉住伟贞问："是不是有什么不可告人的情况？"伟贞不明白什么意思。二琥说："你没看，妈都不着急，没准儿心里有数。"伟贞反问："你意思是，二哥躲二嫂呢。"

二琥连忙撇清："我可没这么说。"

报完警，二琥回自己家，下午还有一场麻将。伟贞拐去二哥家看老太太。儿子失踪，当妈的肯定急死。她想去安慰安慰娘亲。连带着，她自己也有点烦心事：那天周琴透风过后，不到二十四小时，杜正阳出现了，给她来个电话，谈合作，说有个想法，想找编剧，看能不能再度联手。伟贞不置可否，只说手里有东西在弄："老娘没闲着，未必能接。"杜正阳没多讲，说再约。

一石激起千层浪，倪伟贞的心晃悠悠的。曾经，她跟他爱得死去活来。因为他有婚姻，所以止步于雷池之前。这么多年，不是没人给伟贞介绍，可看来看去，都没有当初遇到杜正阳那种感觉。她喜欢有才的男人。只是，时过境迁，他离了婚，恢复单身——彻彻底底的单身，他和前妻没孩子，又不知是哪一方的问题。都是成年人，倪伟贞当然明白杜正阳的意思。但见不见面，迈不迈这一步，她没考虑好。二哥不在，能商量的，只有老妈。

进门，老太太坐在沙发上，嘴里嚼着蜜枣。伟贞简单说了报警的情况。老太太还是一派风平浪静。

伟贞道："妈，您不着急？"

老太太说："老二有分寸。"

"他跟您打招呼了？"

"没有。"

"二哥也是，添乱。"

"估计是去庙里清净几天，"老太太道，"你爸这岁数的时候，不也去温州躲过。"

倪家老头子五十岁玩上花花绕[①]。去温州，是和情人分手。倪伟贞不继续往下说，腻在老妈旁边，头靠着。像小猫窝老猫怀里。

---

① 方言，形容做了出格的事。

“有什么事，说。”老太太淡定。

倪伟贞笑嘻嘻地，在老妈面前，她就是个小女孩：“杜正阳离婚了。”

“哪个杜正阳？是演《暗算》那个？”

“杜正阳，导演，杜导，跟我合作过。”

“哦，他。”老太太似乎想起来了，“因为你离的？”

“当然不是。”伟贞连忙纠正。

“他追你。”

“没有！”

“那说什么。”老太太瞅女儿。伟贞轻轻捏起老娘手上的皮：“就是陈述一个事实。”老太太说：“这么多年了，要真喜欢，就凑一块吧。”倪伟贞又不愿意：“妈！不是这意思！”

究竟是什么意思，伟贞自己也说不清。等到杜正阳正式约她见面，两个人在高级饭店一碰面，伟贞才意识到，时隔多年和旧情人碰面，是个无比错误的选择。视觉冲击力太大。她跟杜正阳恋爱的时候，他正值壮年，是那种对小姑娘有着致命吸引力的熟男大叔，这隔了十几年再见面，伟贞乍一看，以为赴约的是某个大爷。

光从外表看，倪伟贞还撑着，小四十，装装嫩，凑合。杜正阳可不行，他真老了。原来的圆脸，变成了包子脸，还有点下垂，头发也掉了不少，微微谢顶。当然，面上伟贞没露出来，这个礼貌她还有。不过，好在一开口说话，伟贞才觉得，那种独属于杜正阳的魅力又回来了，甚至有增无减。

他仍葆有有趣的灵魂。这灵魂还对她有吸引力。他们热热闹闹谈了将近四小时，谈戏，谈艺术，谈创作，好像一下要把这十几年没说的话补回来。

谈到婚恋题材的作品，伟贞巧妙地借题发挥，问：“离了？”

杜正阳呆了两秒，肯定地说：“离了。”

“Why？”她躲在外国语言里。

“不想继续凑合。”

倪伟贞内心一震。她感同身受，这么多年，她一直未婚，多半就是因为死守着不想凑合的原则。

“不可惜吗？”

“人生很短的，”杜正阳还是意气风发，“为自己活。我现在什么都不想，就想着创作，多拍自己喜欢的戏。别白活一场。”真是想开了，倪伟贞突然有点佩服杜正阳。敢于清零，敢于从头开始，这可不是人人能做到的。尤其到了这个年纪，无论是事业还是家庭，都是层层积累，仿佛一道道沙埋上来，财富、荣誉、责任裹挟着每一个人，放下，说起来容易，做起来难。

伟贞端着咖啡杯，眼睛藏在杯身后面：“老了呢？老了怎么办？”杜正阳笑呵呵道：“结局我都安排好了。”

“哦？”她提着口气，愿闻其详。

“真到不行的那天，我就开着车，去沙漠，油门踩到最大，冲向无人区，眼睛一闭，去那个世界。”杜正阳幻想着。

真浪漫。男人无论活到多大，都有孩子气的一面。他要死在车上，死在荒漠里。不切实际，但这就是艺术家。伟贞呵呵笑着。杜正阳说你不信吗。倪伟贞说不是不信，是真到那天，你还能开车吗。

“那你帮我开。”

好笑了。“凭什么我开？”

“咱们是搭档。”他追击。

“我可没同意。”

“小伟，”他喜欢叫她小伟，真别扭，“已经错过一次了，咱们都这年纪了，别再错过一次。”这算什么？求婚？倪伟贞措手不及，她拼命把手从杜正阳手里抽出来。在没调查清楚、想明白之前，她不会做任何承诺。

五

张春梅打算自己干。等警方找人得等到猴年马月了，他们警力不足，不可能满世界帮你找人。只能靠自己。只要伟强不是被人挟持撕了票，她就是挖地三尺，也要把他找出来。

请了年假，让儿子帮忙，查看伟强支付宝的消费单。

结果是，没有消费，无从查起。查飞机记录，这是拜托警方调查，依旧没线索。由此可见，倪伟强撒了谎，出走当天，他根本没在机场，至少是没搭乘飞机。他去哪儿了？春梅实在找不出头绪。

是大嫂二琥提醒了她。对，没准老太太知道，儿子失踪，她出奇淡定。反常。而且伟强这么个大孝子，不可能不打招呼就把老娘撇下。

不是他的行事风格。

于是乎，春梅只能做老奶奶的工作："妈，您要知道，务必告诉我。"

老太太一口咬定说不知道。

春梅两手叉腰，大喘气："妈，他辞职了您知道吗？辞职，不干了！多不负责任！就算我讨人厌，他不想看到我，也没必要作践自己自毁长城，他还有老娘还有儿子！"春梅激动了，她在老太太面前，几十年也没这样过，可这一回，伟强真把她惹毛了。为什么？凭什么?!有问题解决问题，哪怕他直接闹一场呢，也比这一个屁不放玩消失强！幼稚！可笑！

老太太慢吞吞道："是不是有个地方叫什么牛蹄岭。"

想起来了。牛蹄岭。春梅似乎有点印象。伟强有个中学同学前几年在那租了地，盖了房子，算作别墅。从去年年中，伟强一直念叨要去，因为工作忙，始终未能成行。他真去那儿了？不可思议。可八十岁的老太太能记起这么个名字，一定有其道理。是，最近老太太有点"返老还童"，有的事情记不清，有的事情又记得出奇地清楚，有的地方她糊涂，有的地方又充满智慧，春梅跟二虢说过好几次："妈不会得老年痴呆了吧。"二虢不那么认为："可能吗？我看她老人家，不但不痴呆，还把咱玩得一愣一愣的，妈现在是，该痴呆的时候装痴呆，该精明的时候，咱们七八个人合起来，也没她心眼子多。"

宁信其有。春梅打算走一趟牛蹄岭。不知为什么，当导航确定，正式出发的刹那，春梅感觉自己像是关公，这一趟走的是麦城。失败的可能性居多。那也要走。活要见人死要见尸，她一分钟也等不了。她给伟贞打电话，让她来陪老太太一夜。伟贞问她去哪里。"牛蹄岭！"春梅说话透着生气。

开了一个多小时车，进山了。天慢慢黑下来，张春梅不敢开快，车像个小甲虫一样，眼睛射出两道光，战战兢兢闯入无边黑暗。到牛蹄岭附近的村庄，春梅停下车，徒步朝灯光处去。到一家小卖部，她买了瓶水，顺带问这附近有没有人盖别墅。小卖部的中年妇女瞅瞅她，问："你找别墅干啥？"春梅说找人。中年妇女不想惹事，只说不太清楚。春梅没辙，在周围转了转，又回到车里。打算过一夜，天亮了再展开搜寻。

春梅家，老太太打开柜子，拿被子出来。今晚上，娘俩两个被筒，一张床。伟贞心情不错。问了问老妈牛蹄岭的事，就去厨房切水果。片刻，端过来一盘橙子。老太太说不吃。倪伟贞问："妈，跟你女儿说句实话，二哥在哪儿，您老人家是不是知道。"

"不知道。"老太太是活菩萨。

"二哥外头有故事，妈您知不知道。"

"管不了。"继续打太极。

伟贞捏着橙子边角："我挺佩服二嫂的，委曲求全，能忍。说不定……二哥是跟人私……奔了。"

"那不会。"老太太否认。

"这您又知道了！"伟贞叹，"他是不是去执行什么特殊任务呀！"

老太太笑说："心情那么好，是不是有喜事？"

"没有。"

"跟妈还瞒着。"

伟贞抽了张纸巾揩揩嘴，滚在沙发上："妈，我要是说，有人跟我求婚，你信不信？"

"我不信。"

"为什么?!"伟贞嚷嚷，"你女儿挺优秀！"

老太太呵呵笑着："别把自己看得太高，多大了？"

伟贞一骨碌翻起来："妈，干吗灭自己威风。你女儿无论多大，在同龄人里，都是属于优秀分子。"

老太太笑眯眯地，不言声。女儿是自己惯出来的，怪不得谁。

"妈，说了您别不信，今天真有人向您女儿求婚。"伟贞改用第三人称，间离效果。

"好事。"

“我还没答应呢。”

“有人要就不错。”

“妈！”倪伟贞对老妈的消极态度很是不满，搞得好像她特困难。三十岁那年，有个四十五岁的男人向她求婚，她没同意，嫌人离过一次。三十五岁那年，有个二十九岁的男孩也对她表示过好感，她也没同意，觉得小孩不成熟。她从来都是抢手货。“五年一次。”老太太总结。伟贞恨，这老娘，这事倒记得清楚。老太太补一句，“错过又是五年。”神补枪。跟着还有一句，“到时候，能不能生，不知道。”伟贞听了简直幻灭。妈就是妈！她心里那些弯弯绕，老太太明镜似的。早两年，倪伟贞就流露出想要孩子的意头。那次同学高龄二胎，对她更是个刺激。过去还能等，现在到了生育的最后几步路，她纠结、痛苦，真像周琴说的，去冻卵？伟贞有点接受不了。她对新事物的态度，向来审慎。冻住了，若干年后，质量能保障吗？冷冻肉总是没有鲜肉好吃。或者随便找个人生一下？伟贞也不能接受，她总觉得，孩子，应该是爱情的结晶。

这十几年来，跟她发生过爱情的，只有杜正阳。假如十几年前，杜正阳离了婚，单了身，伟贞可能想都不想就会跟他结婚，生孩子。可现在不一样了，那次见面，爱情的感觉隐约有一点；选他做孩子爸爸，伟贞不是不能接受。可是，要说结婚，倪伟贞犹豫了。杜正阳不年轻了，跟他结婚，不等于给他当老妈子，伺候他养老？她没有享受到壮年的他，那么，凭什么要负担晚年的他呢？现在接手，不等于捡了他前妻吃剩的？而且他离婚时的具体情形她还没调查清楚，最坏的情况，净身出户，她更不可能跟他结婚。他没有孩子。如果结婚，等于他的老年生活一下子堆到她头上。亲妈在这儿，她尚且没怎么动手照顾，总不至于到这岁数还要给自己找个爸。她不是某女，杜正阳不是某男，她只是个普通编剧，他则是个过气导演。她是普通人，没必要充英雄。当然，恋爱还是可以谈的，合作也没问题，都很落魄，更应该相互扶持，伟贞觉得，或许在艺术上，他们可以互借东风，再行一程。

天渐渐亮了。春梅用湿纸巾擦擦脸，又去村头厕所方便了一下，吃了几口饼干，便展开巡查。周围是连绵的群山，春梅朝北走，似乎看到山坳里有盖的房子，样式跟村里的不同。有山路。春梅启动车子，继续往里开。只是，越往前进，她越觉得渺茫，倪伟强会来这吗？他来这鸟不拉屎的地方有什么意义？这里有什么东西比大学的教职还重要？魔幻。张春梅本能地觉得倪伟强在逃避什么。可是，这最核心的是什么，她始终触碰不到。他连情人都抛下了，活着还有什么盼头？

不知不觉，车靠近了。在那座巨大的别墅前，张春梅停下车。她走到别墅大院门口，两只巨大的狗猛扑过来，汪汪直叫。张春梅吓得腿软，差点没一屁股坐地上。她只好往后退，离门远点。过了一会儿，里头走出来个人，是年轻女人，看样子，有点像保姆之类。她牵过狗，问春梅找谁。张春梅怕狗，怯生生问："请问倪伟强倪教授在这吗？"为了让小姑娘听清楚，倪伟强三个字她说得特别慢，尽量发音清晰。

"没有。"

"郝奇胜呢？"春梅急中生智，说伟强同学的名字。

"先生今天不在家。"

"我是你先生的朋友！"张春梅喊出来。

小姑娘瞅了她半天，还是打开大门，让她把车开进来。

郝奇胜跟伟强是中学同学，大学读的美术学院，学雕塑。正式发达，也就这几年，国内许多城市的大型雕塑，都出自他手。赚到钱后，郝奇胜脱离体制，在牛蹄岭上租了块地，盖了个庄园。这算他的别墅加工作室。张春梅停好车，脚踏在庄园的土地上。那种魔幻感更加强烈。两栋别墅，一栋住人，一栋是工作室。院子呈长方形。顶西面，是一片栗子树林。大院正当中，是两个长方形的鱼池。鱼养得很密，挤来挤去的。

春梅一抬头，小姑娘不知踪影。她无所适从，又不敢乱走，只好站在别墅墙根底下，东张西望。工作室里走出来个人。远远看，一袭道姑袍子，丸子头，仙风道骨。离近了，才发现是个中年妇女，胖乎乎的，跟道袍不太搭配。“郝老师现在不接活儿。”道姑先发声。张春梅连忙说：“我是奇胜同学的爱人。”嚯，古怪的关系。那妇女眼珠子转了一下，似乎听懂了，点点头。

六

一来一去，妇女才明白春梅的来意。再聊聊，春梅得知妇女是郝奇胜的爱人，姓厉。春梅自报身份，厉女士连声说是自己人。春梅问她知道倪教授在哪吗，厉女士有些为难。春梅上前，恳切地说："如果知道，一定告诉我，全家都急疯了。"厉女士笑容讪讪的。窝藏犯了错误的男人是大罪。所有的女人是一体的，必须互助。

春梅追问："倪教授在这儿，是不是？"

厉女士终于松了口子。当她领着春梅来到工作室别墅的顶层阁楼门口时，张春梅还是有点不敢相信，自己的丈夫会在这儿？他想干什么？他想要什么？他到底图什么？门微微露一条缝，春梅凑过去看，是个背影。男人的背影。是伟强没错。他化成灰她也认得出。

厉女士打两个手势，又说有什么需要叫她，然后下楼去。她给他们留足够的空间。春梅推门进去，叫了一声倪教授。她在家有时也这么叫他。倪伟强没回头，手里还在摆弄着一个类似根雕的东西。他想学雕塑？

"伟强。"春梅朝前走了两步。

"来了。"他声调稳定。似乎对她的到来并不吃惊。哼，人家早有准备。根本就是蓄谋已久！

春梅提着步子，避开地上那些乱七八糟的材料和工具走近，终于看到倪教授的脸，胡子拉碴，人也瘦了，看上去像刚从山里出来，成了野人。

春梅问："怎么了？"

"没怎么。"

"没怎么你这干吗呢。"

"你不都看到了吗。"

"辞职，离家出走，就为了这？"春梅指着他手里的根雕，满脸疑惑，"演《月亮与六便士》呢？为什么？"

"没为什么。孩子大了，工作做够了，我有这个自由。"倪伟强还是忙手上的东西。什么狗屁东西，他当个宝！丢到大街上都没人要！

春梅蹲下来，像幼儿园的老师在跟小孩子说话，她要看到他的眼睛。"好，就算你要出走，要辞职，提前告诉我总可以吧，我是你的妻子，还帮你照顾着老娘，儿子硕博连读成功了你知不知道？一家人都在庆祝，就你不在！这事对儿子多么重要，你一个大学教授不清楚吗？到底为什么？你告诉我，我们共同面对。"

"就是想出来两天。"

"度假？有必要辞职吗？"春梅靠近了。伸手拨他一下，伟强躲开。

身体健康，事业有成，家庭和睦，外头还有个情人，老婆全然包容，春梅不明白倪伟强到底对生活还有什么不满意。他就没有资格不满意！

"跟你说不清。"

张春梅着急，口气如调查犯罪行为的警察："总有动机吧，有什么说不清呢？除非这个动机不光明正大难以启齿，连你自己都觉得不对。"

"没什么不对。"

“你病了？”

“没有。”

“你这症状有点像抑郁症，咱们去三院，没关系的，能治好。”

“说了没有。”

“因为周琴？”

倪伟强停了半秒：“跟她没关系。”

“我还不够包容吗？”

“都说了，跟她没关系。”

“那为什么？又没病又没疯又不是要跟情人私奔。一个好端端的教授、博导、成功人士，为什么突然要辞职跑到山里？还是说打算献身艺术？总有个原因吧。”

倪伟强放下手中的根雕，突然激动：“能给人点空间吗？原因都告诉你了，就是不想做了，不想那么活，一直那么工作那么生活，我烦我郁闷我不想我不要！我不想下半辈子都这么交代了，春梅，医生说了，我有病，随时都可能去见阎王。你让我随心所欲痛痛快快活几天行不行?!”

张春梅压住火，在她看来，不管什么原因，倪伟强的这种做法都十足幼稚，谁不想说走就走，可人活着，不能那么任性。

“什么病。”

“随时可能死的病。”

“总有个名字吧。”

“罕见病症，目前的医学水平治不了。”

“编，继续编。”

“你别管我。”

“然后呢，你要干吗？你想干吗？就弄这些树根子？”

“我不知道。”

“你还没到退休年龄。”

“我们的钱现在够用。”

“周琴让你这么做的？”

“车轱辘话不来回说了。”

“妈在家等着呢，大哥三妹都操心你，儿子因为你这事实验都做不好，我为了找你在车里睡了一夜。你给我来个这，你让我回去怎么交代？就说你儿子你二哥你爸说走就走了？对人生幻灭了？不想这么过了？谁信？倪伟强，人要知足，你的日子过得不错，比上不足比下你绰绰有余，你是不是应该去参加参加那什么节目，变形记，过过苦日子，知道知道人家穷苦人怎么过的，你才能明白才能认识到自己的幸福。”春梅差点没声泪俱下。

“我的人生就这样了吗？”倪伟强冷不丁问一句。

刀劈斧砍，凭空一道闪电。他居然跟她谈人生，中年男人是不是都有这种毛病。“什么？”春梅不太信任自己的耳朵。

“我的人生就这样了吗？”他重复道。

“你还想怎么样？”

“你回去吧。”

“你不回我不回。”

“也许我哪天就玩完。”

“都一样！谁知道明天怎么样，活在当下！你根本没病。你这是中年危机，你以为就你一个人难受，就你一个人痛苦吗？你以为我就过得轻松？我也觉得日子没意思，丈夫在外面有姘头，我还得装不知道，我得笑，我不能让人家看笑话，我们是个组合是个家庭，我们走到今天不容易……”春梅快把自己说哭了。

“可以离婚。”他口气仿佛在说着一件微不足道的小事。雷终于劈了下来，张春梅感觉自己被剖成两半，心都电焦了。是的，没错，这才是他的真正目的，终于说出来了，狐狸尾巴露出来了！他就是想离婚，然后跟那个婊子双宿双飞！她不会让他们如愿！绝不！

“这就是你跟那女人设的局？”她连周琴两个字都不想提。

“是你说过得不开心，”伟强道，“到这年纪，有什么过不去？谁离了谁不行？”

“离婚，然后呢，跟她结婚？”

“没这打算。”

“你对天发誓。”

“又来了。”

“你不敢。”

“没什么不敢的。”

“你对着老天爷说，你要是离婚后跟周琴结婚就……”誓言太毒，春梅说不下去。

“就天打雷劈、被车撞死、不得好死、死了也不得超生，行不行？”伟强口气轻松，仿佛是小孩在念儿歌。

春梅哑然。

油盐不进，看来倪伟强这次铁了心颠覆格局，难道他真生病了？不治之症？所以看破红尘为自己活？可看上去，他除了胡子长点，人瘦了点，并不像有病的样子。春梅说：“好，离婚，你离家出走，接下来呢，你去哪儿？做什么？一直就在这儿？”

“没想好。”

“总有方向吧。”

“想过去印尼，把名字改了，当酒店服务员，或者干点别的。”

倪伟强口气依旧轻松。

春梅脑子里噼里啪啦一阵炸响。印尼，改名字，酒店服务员，这三个关键词组合起来，简直就是个恐怖故事。这不是有病是什么？这人恐怕得送到五院去电击。这事跟谁说得出口，说自己的丈夫要去印尼当“酒店服务员”？多大岁数了？开什么玩笑？老天爷！

“这就是你的……梦想。”

“换个活法。”

“别跟我说这些！”春梅咆哮，跟着又哀求，“伟强，别闹了好不好，跟我回家，妈担心你，所有人都担心你，回家，咱们回家……”

“怎么我说的话你就是不明白吗？”倪伟强终于不耐烦，站起来，把根雕放在一边，“我说了过几天回，也说了真实原因，你怎么还是纠缠不休，你这样让人很难受。”

“你以为只有你难受！”春梅终于失控，“我都停经了！我才多大！我都停经了！”眼泪喷涌，她终于控制不住。停经了，对她来说，这就是天大的悲剧。

“很抱歉。”伟强说，“你有权利寻找幸福。”

春梅哭了一阵，脑中突然叮的一响：“你是不是杀了人？还是犯了其他什么罪？要是有，你得去自首！”

没人回应。抬头看，倪伟强已经不在这个房间。

到家之前，张春梅逼自己把情绪处理好。眼下的情况异常复杂，但直接矛盾明朗了，倪伟强尚在人间。冰冻三尺，非一日之寒，春梅认为倪教授突发的叛逆，跟厄尔尼诺现象一样，包含着很多缘由：对过去生活不满，对自我的严重怀疑，怀疑生活的意义，对即将到来的日子不满足，另外不排除他确实有抑郁症。从庄园出来之前，张春梅再三委托厉女士关照倪教授。

厉女士安慰她："男人到这年纪，都这样。"春梅不解，问："郝大师也这样？"厉女士肯定地说没有例外。越是成功的男人，越容易自我怀疑。"都想动动。"厉女士一副过来人的口气，"要不怎么那么多换老婆的呢？最后的疯狂。"换位思考，春梅能理解人到中年那种感觉，她月经停了，不也慌张得感觉简直是世界末日，到了这岁数，二十几岁那种每天都有的新鲜感，三十几岁那种付出就有收获的稳定感，全都不见了，取而代之的，是前不着村后不着店，再成功的人也会觉得自己郁郁不得志。适才伟强的一句话对她刺激很大，他说"我的人生就这样了吗"，他这是不甘心，觉得眼下的生活是牢笼，迫切想要突破。还好，他突破的办法只是到山里躲几天，没选择离婚重组家庭。不对，他也提到离婚了。听上去不是说笑话。春梅心里难受，她多年的委曲求全看来并没有得到他那份"人情"。中年男人，最自私！你要活出自我，别人呢？周围这些人呢？

气归气，张春梅还是第一时间想着帮伟强善后。她给朱院长打电话，说伟强去徒步了，手机没电，所以才没法联系，让他不要担心。又声明倪教授不打算辞职。休息几天就回岗位，还干。他现在正当年，不会因为一点困难就退缩。春梅问朱院长，院里最近体检没有。院长说体检一般安排在五月，目前还没开始。"生病了吗？"院长问。春梅连忙说没有。到家已经是下午，老太太还在午休，倪伟贞正在饭桌上对着笔记本电脑创作。

一进门，张春梅便故意装出轻松的口吻："找到了！"

"哪儿呢。"

"几个同学聚会，山里猫着呢。"

"这个二哥。"

"谢谢你啊，三妹。"

“人没事就行。”

老太太在里屋睡着。春梅不去打扰她。她给伟民挂了个电话，报了平安。伟民用那种大哥的口吻道：“告诉老二，以后不许这样！”

伟贞告诉春梅，她马上要去宾馆闭关创作，万一妈这边有事要照顾，请她找大嫂。春梅忙说没问题，又问这回写什么。伟贞说是个杨贵妃题材，投资方组了个创作班子，想尽快出活。

“真羡慕你。”春梅说。

“行啦二嫂，多少人羡慕你呢。”

“我有什么好羡慕的。”

“孩子争气。”

春梅一笑，说这倒是，现在我最大的安慰就是儿子好，儿子上进。伟贞试探性地问：“二哥那没事吧？”

春梅道：“出不了大事，估计就是年龄到了，作一下。”

二琥一手抓着瓜子儿，另一只手扒拉伟民问情况。

伟民说：“老二，找着了。”

“钱多就作！”二琥撇嘴。

“跟钱有什么关系。”

“钱多呀，生活不成问题，开始追求精神上的东西。”二琥比比手指，她戴了个大玛瑙戒指，“追求到最后，就剩空虚。”

伟民瞅着戒指，问：“拿它出来干吗？”

二琥道：“打麻将，就我手上光秃秃，拿出来撑撑场面，”喘口气，又拖着腔调，“怪我自己，没嫁个好人家，没人给买大钻戒，就这命！”

伟民斥道：“糙老婆子！给你个钻戒，戴上像你的吗？”二琥跳起来：“有什么不像?! 鸽子蛋都能驾驭！死鬼！挣钱去！”

七

又一个教学日，倪伟强准时出现在讲台上，开始讲授他为本科生开的唯一一门课——密码学。伟强给大哥大嫂打了电话，还给老太太买了她喜欢吃的蜂蜜蛋糕和桃酥。一切似乎都过去了。他自己不提离家出走的事，其他人更不提，张春梅装不记得——但她非常清楚，倪伟强的问题并没解决。他是一个定时炸弹，随时可能爆炸。她和伟强还睡一张床，跟以前一样，两个被筒。他依旧保留着那个习惯，从不跟她一起上床。他总是在她睡着之后，才偷偷上床休息。张春梅曾经问过，为什么，倪伟强的解释是，一起上床睡不着。

春梅苦恼，小说中电视剧里形容夫妻或者情侣感情好，不都是用相拥而眠的场景。她不记得他们多久没有相拥而眠。不过，伟强回来之后，春梅变得风声鹤唳，即便早上床，她也睡不着。非得等到倪伟强上床，睡着之后，她才能慢慢入睡。这天，伟强上床，春梅翻了个身，把手伸到他的被筒，触碰到他皮肤。伟强连忙躲开。春梅小声道："我又不是蛇。"伟强说："睡吧。"

"怎么了？"春梅问。

"没怎么。"他最怕她说这三个字。

"对我有意见，可以提。"春梅口气贤良淑德。

"那事想好没有？"

"什么事？"

“好聚好散。”

“你什么意思。”

伟强不耐烦：“咱们这日子过不下去，干吗非要折磨彼此呢。”

“你有什么不满意？”

“哪哪都不满意。”

灯光下，春梅看着他紧皱的眉头，愤怒，伤心，无奈。是，他是遇到了问题，他的问题原来很大一部分是因为她。可她多么委屈啊！春梅怕惊动老太太，压着嗓子：“你还要我怎么样？你在外头……”她说不下去，一说又提到周琴。提到周琴她心就痛。她自认作为太太，很合格。放到古代、现代、未来，都合格！

倪伟强道：“我没说你做得不好，你做得很好，是个好女人，可这跟我们能不能过下去不是一码事。真的，到这个年纪了，我们还有多少日子，面对现实，放轻松点，我说过了，离婚，不是因为我变心，没有，没变心，没出轨，也不是因为作为妻子你做得不好。”

“不是出轨是什么？你跟周琴……”

“她对我有好感，也是过去，现在什么都没有，我对她的感情，还不如对你百分之一。她更烦，在她面前我就是头驴，被催着往前走。永远是科研，永远是项目。该变一变了。咱们还能活多久？为谁活？现在不是过去，吃饱喝足就满足了。”

“妈都没你那么消极！”

“这不是消极，是面对现实。”

“除了周琴还有谁。”

“你说有就有吧。”伟强知道跟她说不通。

“行，这就承认了。”张春梅拿起枕头，她的武器，“我就那么难以忍受?!”还没等春梅下手，伟强就抱着枕头出去了。

摒除小三，事业成功，儿子争气，老婆温良，倪伟强要离婚，这在谁看，都是不可理解的。春梅不得不向老太太“告状”。老太太的意思是，拖一拖，过了这个年龄就好点。她劝春梅不要把事情想得太严重。“跟你停经一个道理。”老太太打比方。春梅羞愧难当。不用说，伟强也找老太太做过工作。还把她停经的事暴露了。

王八蛋！

春梅尽量统一战线，老三去闭关，她就把大哥大嫂拉到自己阵营。伟民立刻打电话把二弟骂了一顿：“好日子不知道好过！”伟强说了句我还要做实验，挂了。他从来不把大哥当回事。二琥分析：“十之八九有人。”倪俊和红艳得知，也很惊诧。倪俊感叹：“有钱人有有钱人的烦恼。”红艳白他一眼：“麻烦你让我也烦恼烦恼。”

经过一通“围剿”，倪伟强暂时没再提离婚的事。他早就知道这事只要一拎出来，必然受到激烈抵抗。

不是因为周琴。

他和周琴，早就井水河水，两不相犯，他发现情人比老婆还糟糕，老婆为了名分，多少隐忍点，情人呢，索求无度，像一只蚂蟥吸在你身上，吃饱了还不肯收嘴。跟周琴这些年，倪伟强觉得自己对得住她，从博士到现在基本留校，可以了。可周琴似乎还在勇攀高峰，想要成为学界名流。他已经不想奉陪。

他前一阵老觉得头晕，去医院检查，查出来脑子里长了个瘤。位置不好，在脑干附近。没法动手术。医生的意见是只能观察，如果不再生长，保守治疗没问题。如果持续生长，可能有生命危险。这话他没跟春梅细说。说了她又咋咋呼呼。而且，在别墅的时候，他已经说了他生病。她不信。

倪伟强现在有一种强烈的感觉，他对周围的一切都不满意，不满意工作，不满意家庭，他觉得自己像被圈在笼子里，迫切想要逃离。而逃离的第一步，就是离婚。因为伟强想来想去，这么多年，对他束缚最大也最有韧劲，看似颠扑不破的，就是他和张春梅的婚姻。

就从最难也最容易的入手吧。

他对她早厌倦了。厌倦她的唠叨，厌倦她的神经质，厌倦她的贤淑，就算他跟周琴不清楚她都能忍，这样的女人多可怕！冷静理性，摆明了吃定你，一辈子！他说实话，她当他是疯子，还按照自己的逻辑来。比如，他说他想去印尼，换个名字，当酒店服务员。

这是实话。他就是这么想的。人生下半场，不知道什么时候就会被吹红牌罚下，倪伟强下定决心换种活法。

倪伟强的突然变化，让张春梅的生活来了个U形大转弯，狼奔豕突，水漫金山。那感觉仿佛是打排球，对方不跟你吊小球，每次都是重扣，硬吃你，根本无解，春梅意识到，眼下跟伟强“讲理”是不行的。他现在不讲理，铁了心大破大立，强攻不行，只能软磨。春梅认为眼下自己还有两张牌可以打。一张是老太太。这么多年，她陪伴老太太，不用说，老人是站在她这边的。她知道伟强跟老太太提过，老太太不建议离婚。另一张就是宝贝儿子斯楠。就冲着这么优秀的儿子，倪伟强也应该知足！基地班，硕博连读，学习问题上没让他们费过一点心。做男人做爸爸，能有这样的“不劳而获”，夫复何求。

春梅知道，她和伟强的夫妻关系，长久以来都有问题。从周琴介入开始，她就想挽回、想表现，可是她越在意，事情越糟。她跟踪、监视伟强，每次都被他破解。人家可是搞密码学的。她那点雕虫小技，等于关公面前耍大刀。斗到最后，倪伟强干脆来个，手机不设密码，随你怎么查看，跟踪器就放身上，不去反侦察，他就摆明了让她看到。

春梅甚至感觉，倪伟强希望她先受不了，先提离婚。春梅震惊。她不。她死守婚姻，死守尊严。从山里出来之后，除了那天晚上，倪伟强没再主动谈离婚。不过，他给张春梅发了微信，表明自己愿意净身出户。春梅没回复。伟强继续发消息：“你要的是一个过家庭生活的丈夫，我不合适。”春梅考虑了一个下午，回复：“你多大了？现在离婚，老了谁照顾你？伟强，悬崖勒马吧，女的比男的活得长，我们是有感情的，想想过去，我们刚在一起的时候，想想儿子，想想妈……”张春梅打了长长的省略号。倪伟强没回复。春梅以为他被打动。还是文字有力量。

谁知跟着，伟强向大哥伟民提要求，希望大哥大嫂能接老太太过去住一阵。伟民当即同意，二琥不好拒绝。不过根据这一动向，二琥判断，老二两口子估计会正式开战。来接老太太时，二琥问春梅：“没事吧？”

春梅要面子，挺住：“没事，是妈说想孙子。”

一听就不对。老太太从来没说过想倪俊。

“你啊，就是太贤惠。”

这也是错。春梅哭笑不得。

二琥继续：“男人得治，哪能由着胡闹！”她挥拳头。

春梅没接话。大嫂说得没错，男人得治，可那得看是什么男人。大哥那样的没本事的，你能治，伟强这样羽翼丰满的，怎么治？男权社会，他们站在食物链顶端，他不治你就算不错了。

春梅道：“过一天算一天。”

二琥道：“那女的够厉害的。”

"什么女的？"

"就那个……"二琥良家妇女，当着春梅，不好意思说小三。

"没有。"

"哦？"

"实事求是，是没有。"

"那老二闹什么。"

"心情不好。"春梅这样解释。二琥表示无法理解。

同样无法理解的还有周琴。倪伟强回来第二天，她就在实验室找到他。她觉得倪伟强简直变了个人，从前，他对科研充满热情，恨不得献身；回来之后，佛系——倪伟强第一时间退出了黄河学者的推荐名单。

"到底怎么了？"周琴痛心疾首地问。

"没事。"

"她来找我了。"周琴不遮着瞒着。

"你多包涵。"

"我冤枉。"

"是，这事与你无关。"

"项目你不带了？"

"不带了。"

"原因呢？"

"换个活法。"

"是因为我吗？"周琴把自己看得很重要。

"不全是。"

"那就有一部分是。"

"你别想太多，我们年龄不一样，追求不一样。"

“你什么意思。”

“以后你有你的自由。”

“倪伟强！”周琴愤怒，“我去院办举报你你信不信。”

举报什么？性骚扰？周琴也昏了头。

“别激动。”

“我逼过你吗？要求过什么吗？我说了让你跟你老婆离婚，跟我结婚吗?!”

“都说了跟你没关系——”倪伟强有点不耐烦。

“那为什么？”

“你要的是一个合作伙伴，我现在不想做事。”

“人不能这么自私！”

“想怎么活怎么活，我有这个自由吧。”伟强道。

“你活哪儿去？上天?!”周琴发起火来比春梅厉害。她跟伟强平起平坐，不用顾忌。

倪伟强想了想，苦笑道：“有可能。”

“见你的鬼去吧！”周琴急得冒家乡话，把实验报告往桌子上一摔，走了。

在不理解倪伟强人生的突转这个问题上，妻子和情人出人意料地达成了共识。实际上，在倪伟强“出山”之后，张春梅和周琴又见过一次面，两个人竟然如姐妹般惺惺相惜。原因很简单，她们被同一个男人“甩”了，他对她们完全不在乎，一门心思要过另一种人生。只是，令周琴不解的是，另一种人生在哪儿？张春梅说：“说去印尼，换个名字，当酒店服务员。”周琴当场瞠目结舌。两个人不约而同地提到了毛姆的名著《月亮与六便士》，倪伟强一定是学那个男主角。周琴非常肯定，倪伟强不久之前提过这本书，也表达过对男主角的敬仰。只是，人家是去塔希提岛作画，他倪伟强呢，去印尼酒店当服务员？人家肯录用吗？莫名其妙。其次，两个女人一致认为，倪伟强过去活得太压抑，可能也是大爆发的大背景。张春梅向周琴讲述了倪伟强青少年时代的故事，核心是，他们兄妹三个，老大天生脑子不好，平庸，老三叛逆，所以倪家把全部希望都压在倪伟强身上。他们死去的父亲，生前最看重伟强，对这个儿子严格管教，寄予厚望，他的人生，从没有踏错一步（唯一的“错误”以跟摇滚女孩分手，奉母之命和张春梅结婚得到修正）。周琴则向春梅介绍了伟强在科研和教学方面的状况，核心评价是一个词：完美。两个女人综合全部因素，得出结论，很有可能是这种“完美”，压垮了他。“还是要挽救。”春梅对周琴说。

“必须挽救。”周琴表态。

很奇怪地，她们俩似乎都更愿意回到过去的状态，一个做妻子，一个当情人，心照不宣，各取所需，相安无事。

八

柳树发芽的时候，刘红艳遇到两件事。她个人认为，两件都是坏事。第一，她怀孕了。不知为什么，得知有“影儿”的刹那，刘红艳有点沮丧。这是个信号。等于宣布了她和倪家的斗争终告失败，她“割地赔款”，即将“奉献”一个孩子。这种情绪，刘红艳自己也注意到了，她感到有些奇怪，这明明是她自己的孩子，却为什么总感觉像在为别人生。究其根由，还是因为这孩子不是自然来的，而是在爷爷奶奶敦促下来投胎的小鬼。

消息属实，红艳没有第一时间通知倪俊。她感觉还不是时候，晚上到家，她打算有枣没枣打一竿子，先给倪俊出个难题。

小卧室里，红艳用脚轻轻蹬了倪俊一下，拿着开玩笑似的口吻说：“俊，咱们要真怀上了，爸妈是不是得给点奖励。”倪俊回头看她一眼：“咱是为自己生的。”

果不其然，这臭德行。也配当个爹。

红艳抢白：“自己定时间，那叫自己生，现在是爸妈定的时间，那就是给爸妈面子。”停一下，又说，“行了行了，指望你没用，我找奶奶分析分析。”倪俊道：“奶奶刚来，别给她添堵。”老太太晚上跟二琥睡。倪伟民在客厅搭个行军小床。刘红艳道：“以后奶奶在家住的日子多着呢。人稠地满，再来个小的，怎么住。”

倪俊上钩，问：“那你说怎么办。”

红艳脱口而出："独立住房。"

倪俊道："爸打算盘个门面，做餐饮，正用着钱。"

刘红艳不满："那不麻烦你。"

倪俊又软下来："我也没说不去。"

红艳脸色又和缓下来："说点软话，重点提孙子，不是为我们掏钱，是为孙子的未来投资。"

"万一是女孩呢。"

红艳戳倪俊一指头："死性！就那意思！孙子孙女，不都是你们老倪家的第四代。"

倪俊哝哝唧唧，好歹应了下来。红艳存心想着，只要二老一松口，她立马公布怀孕消息，锁定胜局。可没想到，倪俊这边工作还没做通，红艳的继父在厕所摔了一跤，脑出血，直接住院，不巧，检查中又发现老人脑中有个肿瘤。红艳继父有两个儿子，可母亲庆芬还是给红艳打了电话。无论如何，请她回老家一趟。继女也是女儿，这个时候，不能让人说出什么来，理当回去尽孝。红艳顾不上肚子里的小的，请了假，夜以继日往回赶，到医院，见老妈守在老头床前，眼泪啪嗒，大哥不在，大嫂跟旁边守着。红艳刚到，二哥也来了。二嫂全职陪读，要照顾女儿，抽不开身。几个人你看看我，我看看你，都不说话。半路兄妹，平日里话就少，现在老头子突然倒下，说轻说重都不合适，几个人都不知道怎么起头。护士进门，督促缴费。没人动。护士又喊一遍。

庆芬抬头看红艳："艳儿……"

红艳连忙转身，对护士道："来了。"

这笔医药费由刘红艳垫付。里面情况分几种，有些能报销，有些不能。红艳倒不是心疼这点钱，她是实在瞧不上哥嫂那样子。说句不好听的，搞清楚，你们是亲的，我是外的，你们亲老子倒下，需要钱、需要照顾，你们还不往前冲，摆什么姿态？红艳心寒，亲生骨肉，不过如此。又或许他们心里有数？知道她会当这个冤大头？老实说，红艳跟继父关系还算可以，这么多年下来，没有感情也磨出点感情。她做不到见死不救。他们看准她这点，死啃。

红艳抽空跟她妈说："钱我可以先付，可不能没个说法，老头躺倒，亲生儿子哪能装鳖。"庆芬只是抹泪。次日开家庭会议，就在医院的花池旁。庆芬、红艳，大哥、大嫂，二哥，围成一圈。

病情基本稳定下来，但医生指明了不能等，如果保守治疗，能拖多久不好说，可能活个三年五年，也可能两三个月都耗不下去。积极治疗，那就是开颅，有风险，能不能下来手术台难讲，术后恢复也是大问题。

一时沉默。谁也不愿意先开口。在这看护的几天里，刘红艳觉得，继父的两个儿子并不十分上心，老头是负担，治好了更是。她甚至不怀疑哥嫂们有恶毒的想法，干脆老头死了最好，一了百了。嫂子已经开始关注财产分配了。她大哥先说话，对红艳妈说："芬姨，听您的，治还是不治。"庆芬被突如其来的灾难压得喘不过气，东看看，西望望，成个没嘴的葫芦。红艳代妈道："治肯定治，就看怎么治。"大嫂插话道："还是得去大城市再瞧瞧，咱小地方医生，不中。"二哥沉吟半晌，也说："最好去看看。"

红艳明白他们的意思，去大城市瞧，自然是投奔她，等于把最重的包袱甩到她肩上。看病不说，住哪首先是个问题。红艳不可能让继父住在婆婆家。现在老太太来了，几间屋子挤得跟下饺子似的，再添一个病人，实际吗？何况红艳也不想被婆家人瞧不起。三姑去闭关创作，她那房子或许可以借住，但也只能短期，一旦人家回来，就得住宾馆。都得用钱。

对于继父的病，刘红艳抱持着复杂而微妙的态度。治好了，估计也是瘫痪在床，后续伺候，不用说，都是她老妈庆芬的任务。治不好，撒手人寰，她老妈一个孤寡老人，独居在家，肯定不成，红艳得把妈接到身边来。那么，就需要独立住房。立刻、马上，火燎燎地。红艳几年前就感觉到这个危机，她之所以着急要独立住房，就是想在这个危机到来之前，做好全部准备工作。

理想的情况是，继父去世前，她就已经准备好了属于自己的独立住房，老头子一去世，她顺理成章把老妈接过来，娘俩开始人生新篇章。

继父的突然滑倒打乱了她的计划。要么，继父病治好，要么，迅速买房，可眼下可行的，似乎只有治病。何况继父俩儿子的表现令红艳寒心，硬逼着她生出了点义气。红艳下定决心，老头有难，怎么着她娘俩也得伸把手，不枉这么多年相濡以沫一场。“再找个专家，确诊一下，我去安排吧。”红艳揽在身上。她只提出一个问题，运病人这一路，有风险，需要人看着。二哥说他能找车。大哥表示他愿意全程护送，一定能安全抵达。

情况紧急，红艳立即给三姑伟贞打电话，说了继父要去瞧病，想借住几天。倪伟贞正在郊区宾馆闭关，听到病，本能地排斥、硌硬，可侄媳妇难得张一次嘴，她又在外头，现成的空房间，不好拒绝。于是伟贞笑说：“次卧干净的，被子在大衣柜里头。”红艳明白她的担忧，连忙说住次卧就行。三姑的卧室，我们不开，书房也不开。伟贞没接茬，只说让她找二嫂春梅拿钥匙。落脚的地方确定，红艳远程遥控倪俊，查看医院，寻找医生。

几口人一上路，红艳就跟二婶春梅联系，说拿钥匙的事。春梅一听也很上心，主动说要帮忙。红艳忙说不用。挂了电话，春梅思忖着，红艳父母要来，二琥那儿肯定不够住，趁这个机会，把老太太接回来正好。理由恰当。伟强还在跟她僵持，没老太太，春梅势单力孤，没安全感。她立即跟伟强说明情况，大致意思是，老太太必须接回来。大哥大嫂家马上要迎来一大拨人。伟强只能同意。

红艳还没到，春梅就开着车，上门去接老太太。

二琥一听这事，愣了："我怎么不知道。"儿媳妇太不像话，亲疏里外不分。她做婆婆的，怎么倒在春梅后头知道。

春梅意识到不妥，忙说："太乱，回来就告诉你了。"

次日，红艳、庆芬和大哥护送老头子抵达，春梅送了钥匙，陪着安顿在伟贞家次卧。春梅问："够住吗？"红艳和庆芬忙说够住，次卧挤一挤。春梅盛情邀请红艳和庆芬住斯楠卧室。她理由很充分，两家离得不远，过去住，也能随时照看。而且她也知道伟贞毛病多，她那间闺房，一定是不许人动的。架不住二婶盛邀，红艳和庆芬当晚就去春梅那安顿。其实春梅邀请人来家，还有个深层意义。她和伟强走到这个地步，危险，不怕亲戚多。越多亲戚上门，对倪伟强越是个牵扯。倪俊下了班，到二叔二婶家露了一面，说挂号的情况，然后回自己家。红艳陪妈，暂不回婆家。

二琥见倪俊一人回来，问了问情况。等忙完家务，才极不高兴地对伟民说："能耐，真能耐！"

伟民不明白："说什么呢。"

"我说你家这儿媳妇，能耐。"

"又惹着你哪儿。"

"是个人才，会调兵遣将，决胜千里，"二琥撇撇嘴，"人都没见，把老三房子借了，让老二媳妇来接老奶奶，招呼都不打一个。老三借房，看谁的面子？不还是倪家的老脸？电话都没一个。一个萝卜一个坑，瞧着吧，老奶奶把窝腾出来，铁定要抵一个萝卜，没准要把她那老娘往这儿塞。当初我就不同意咱儿子找她，你还做我工作。现在好了，苦果！当你是盘菜吗？哼哼，可能是，大头菜！不值钱！”

伟民劝道：“人是急病，讲你这些臭规矩。”

二琥恨不得戳伟民额头：“你搞清楚，这是为你们家争脸。瞧着吧，事在后头呢。不正经生孩子，歪门邪道特起劲。”伟民反驳：“别说人家，真等那天，你我躺在床上不能动，你儿子要对你不利索，看你什么感觉。”

“我儿不会。”二琥手一挥，十分肯定。

洗完澡，收拾完，庆芬还一个劲儿跟春梅道谢。关起门，只有母女俩，静静对坐着。“二婶人真不错。”

红艳说是，又说：“好人总是没好报。”

庆芬不解。红艳把二叔闹腾的事简单说了，庆芬不予置评，只是叹息，过了半晌才说：“夫妻过日子，富了未必就比穷了好。”红艳接话：“贫穷不光荣，贫贱夫妻百事哀。”庆芬劝：“别太好强。”

红艳抢白：“不是我好强，是环境逼迫，叔这病，看妈面子，我不得不撑，照他俩儿子架势，怕是都不想治了。真不知道养儿子有什么用。”

庆芬连忙道：“孩子还是得有，有，总比没有强。”红艳怕她妈催孩子的事。她原本想趁着单独相处的机会，把怀上孩子的事跟庆芬说了，可话到嘴边，又忍不住担心万一将来有变动，现在说会被动。而且叔的情况不明，妈挂着心，何必再添一件烦心事。

红艳舌头一拐，道：“妈，您可得有思想准备。”

“知道。”庆芬半低头。她隐忍惯了，标准苦瓠子。

“那二位，死的活的都不会问事，真要瘫床上……”红艳说不下去。庆芬道：“该怎么怎么，都得管，你养我小我养你老，总不能因为这个走，太无情了吧。”

红艳调子深长：“妈，不是说走，是怕你太累。”

“没事。”

“要治不好呢？”红艳又问。

庆芬叹气。

“哥哥嫂子都等着呢，跟秃鹰似的，盯着肉，”红艳说，“要是能醒，最好叔把身后那点钱财都分配好。”

“也没多少钱。”

“没钱有房，”红艳急忙说，“别老头一走，人把你老窝端了。再说，该什么就什么，你占一半，剩下的三个平分，妈，对家里我在乎钱吗？这是尊重。不怕说句不好听的，你伺候叔这么多年，落点不也应该？叔要是明白人，早该考虑。”庆芬还是说走一步看一步。

刘红艳知道，她妈还抱着希望，认为老头不会那么快走。她索性把话说深了：“万一有个什么，你一个人在老家住？能行吗？我不放心。还是奔我来，到时候咱们不得有个自己的窝。”庆芬知道女儿难处，连忙说：“能动就行，我自己住没问题，顶多一年来看你几次，你再回去几趟，老家我熟悉，有亲戚朋友，到你这儿，我不习惯。”

红艳知道妈妈的心，她不愿来，是替她考虑，可她做女儿的，不能不考虑，不能不孝顺，这么多年，妈付出多少，她这个女儿清清楚楚，轮到她伺候妈，她就得顶上，这事现在就是她全部目标里的第一顺位，比生孩子都重要。想到这儿，红艳有点动感情，鼻子发酸："妈，你就我一个孩，不跟我过，跟谁？人生不过百，我还能孝顺你多少年。"孩子懂事，说出这话，庆芬欣慰，眼眶红了。只是现在困难重重，女儿心高，一门心思想在大城市打出一片天，她怎么能来拖后腿？何况红艳嫁了人，婆家情绪不能不考虑，到现在肚子没点动静，庆芬也觉得对不住人家。要是生了孩，如果人家需要，条件允许，她或许可以以带孩子为借口，跟女儿靠靠近。但如今这局面，一切免提。

庆芬随即问："等你叔这病定了，跟倪俊说，把你公公婆婆，连带二婶二叔，都叫到一块吃顿饭，咱们请，我掏。"红艳拖着音调："妈，哪这么多讲究，叔的病是第一位。"

"我老觉得欠人家的。"庆芬道。

"谁也不欠谁的，叔看病，也没人让他们出一分钱。"

"话不能这么说，房子借住，二婶忙前忙后，不都是情分吗？"庆芬劝。红艳这才松口，说一切依叔的病情而定。

九

像这样闭关写作，倪伟贞好久没尝试过。这回要不是杜正阳力邀，她估计不会“出山”。主要是太累。找个犄角旮旯，几个人关起来，跟坐牢似的。倪伟贞打过一个比方，这样的“生产方式”，像圈养奶牛，时间一到，就得产奶。不过，一进入流程，倪伟贞似乎一下被激发出斗志，仿佛又回到年轻时那种不管不顾、忘我的创作状态。杜正阳似乎也年轻了。他理了发。毛寸。微微秃顶也不太显，有一种成熟的魅力。在伟贞的逼问下，杜正阳承认，他在脸颊打了肉毒素。

“你也怕老？”伟贞开玩笑地说。

“谁不怕。”

“我以为你有才华扛着。”

杜正阳嘿然：“我那点才华，早被岁月稀释了。”

倪伟贞同感。上了岁数，她发现阅历有了，对于创作的流程也熟知，但写东西却越来越慢。过去一天六七千字没问题，现在一千五百字就累得哼哧带喘。质量还不能保证。而且自从上一部作品创作失败后，倪伟贞很久都没缓过劲来。没灵感。写的东西不对味。不过这回跟杜正阳重逢，两个人凑到一块，却很是激发出了点灵感，一加一大于二，两个臭皮匠，也能赛过诸葛亮。杜正阳和倪伟贞都觉得巧思如泉，状态大勇，两个人，外带一个助手，一鼓作气完成了故事大纲，跳过分集，直接进入剧本创作。倪伟贞不管剧本格式，直接写小说，一般是下午讨论，晚上睡一觉，第二天清晨开始创作。哗啦哗啦哗啦，前五集很快面世。“牛奶”产量惊人。杜正阳和倪伟贞击掌相庆。

正阳非要庆祝，来点仪式感，几个人开车，到山口脏兮兮的小酒馆，喝了个酩酊大醉。席间，杜正阳又歌又舞，看上去很高兴，倪伟贞却在这歌舞的调子里听出一丝悲壮。他老了。她也不算年轻。能双剑合璧，再度出击，在艺术上、商业上重新闯一闯，双方都有点感慨。

晚上回去两个人睡到了一张床上。

都这岁数，伟贞和正阳都不扭捏。久别重逢，伟贞能感觉到正阳的吃力，也感谢他的努力。为了表现诚意，伟贞格外配合，稍微演了演。

正阳何等聪明，从她身上下来，歪在一边，他笑着说：“对不起了。”

伟贞一怔：“太客气了。”

正阳一本正经：“我服务工作没做好。”

“能力有大小，态度端正就行。”伟贞顺着他的话说。老干部风。

正阳又说：“跟我结婚，会不会委屈你？”

伟贞发蒙。真不愧是导演，台词编得不错。一句话，好多含义。首先是，他认为她会跟他结婚；其次，这算不算隐形求婚；再次，说“委屈”无非是请她不要介意他老。

真自信。杜正阳还是那个杜正阳。可我倪伟贞不是原来的倪伟贞啊。确切地说，杜正阳也变了，可他还以为自己有过去的掌控力。盲目自信。伟贞把这话含在心里，仔细想着如何对答。她是专业编剧。关键时刻，不能失了水准。

伟贞笑笑：“人活着，没一个不受委屈，得看是不是心甘情愿。”模糊的回答。没说情愿，也没说不情愿，泛指。模糊处理，这就是倪伟贞给自己和杜正阳关系的定位，过去，她总想要一个答案，名不正则言不顺，到了这个年纪，又面对这样一个杜正阳，倪伟贞觉得，每走一步都要慎重，随着年龄的增长，人生的终极秘密一点一点显露，倪伟贞干干脆脆认识到，人生就那么回事！很多事情，不用非此即彼，非黑即白。她现在跟杜正阳恢复情侣关系，还有点激情，结了婚，恐怕不但这点激情消失殆尽，她还得做他的老妈子，艺术生涯搞不好打上句号。她不想也不会伺候老头。只是，面对着眼前发问的杜正阳，倪伟贞不能不给他面子。

“杜导，”她这么称呼他，抬起头来，“这么多年，你身边的小姑娘可不少。”

杜正阳立刻回道：“假的，都是假的，现在想找一点真东西，太难。”停顿一下，又提着腔调补充，“但凡找到一点点，立马要抓住，珍贵！”再补充，“你是真的。”

话到此为止，伟贞没继续往下接。真的也好假的也罢，活儿干了，大家发财，伟贞打心眼里认为这才是真的。第二天，工作继续，两个人都很有热情，在这天地当中小小一隅，倪伟贞和杜正阳暂时做着情侣。过了几日，安全套用完了，两个人兴致高涨，没做安全措施。伟贞心想，她都这个年纪了，就算雨露普施，也不会禾苗发芽。退一万步讲，就算有个什么，她也只会带小的走，不会买一送一，跟杜正阳结婚。何况，她都查清楚了，杜正阳是净身出户，所以才那么着急重拾艺术梦想。她搞不懂，这些男人都哪来的自信？别说女人，就是赚钱，这年纪一下子输得精光，就一定能挣回来？也不知道留点棺材本。她倪伟贞可不干那赔本的事。

不日，红艳娘仨把老头拉去找专家瞧了，专家不建议开颅，病人年纪偏大，又有慢性病，这种状况保守治疗为妥。专家建议，如果有条件，可以用点好药。红艳问："有机会恢复吗？"专家说完全恢复几乎没可能，能保命就是胜利，活一天是一天。"会有啥麻烦？"她大哥问。医生说，病人有可能成植物人。红艳和她大哥面面相觑。谁也没张口，但心里都明白，一旦成为植物人，那对活着的人，会是个巨大负担。她大哥想到的是钱。刘红艳当然也想到钱的问题，但她更担忧自己的妈。继父如果成植物人，她妈面临的，将会是旷日持久的劳碌。庆芬本人倒安之若素，不见惊慌，打跟老头在一起第一天，她就做好了最坏的打算——老了可能会有这天。老头也是因为看透了两个儿子不管用，才找妻防老。

都落定，准备回乡。按原定计划，走之前，庆芬一定要请倪家人吃顿饭。她委托倪俊去说，又让红艳去饭店订了桌，叮嘱她上点档次。红艳嗔怒："妈！又不是什么上档次的人家，哪那么多穷讲究。"她觉得花这钱冤枉。这次继父来瞧病，二琥伟民全没露头，红艳的理解是，怕花钱。两口子抠是出了名的。

庆芬道："该花还得花。"她要为女儿撑场面。她大哥听说要吃饭，托词要照顾老爹，不出席。庆芬对红艳大哥道："旺儿，就一顿饭，你帮你爸收拾收拾，回来我们就走。"

包间门口，庆芬站着，二琥迎面走来。伟民跟在她后头。红艳和倪俊开车去接老太太，还没到。二琥直接来了个拥抱："亲家，想死你了。"活像女版冯巩。庆芬对伟民点了个头，才向二琥说道："早该来，红艳叔病，一直没得空，真对不住。"伟民忙问病人情况，庆芬简单说了。二琥转向伟民："你不是认识那个脑科专家，去问问。"庆芬看出二琥是故意客气，说了声"别麻烦了"，连忙请二位进屋坐。

没大会儿，红艳、倪俊搀着老太太进门。庆芬站起来，说了声老奶奶好。老太太招招手，笑笑，坐进太师椅，一尊佛似的。似乎不认人。二琥凑到跟前，对老太太："妈，这是红艳妈妈。"

老太太微微抬头，看了几秒，才突然说："哦，小妹呀，怎么才来。"二琥回头看伟民。红艳也到老太太身边。倪俊放下酒，对岳母说："妈，稍喝点。"庆芬摆手。

二琥对老太太："妈，那是红艳妈妈。"

老太太没好气："知道！那年发大水，我跟小妹坐在城墙牙子上，水淹那么高，"她伸手比到脖颈，"脚下都是蛇、老鼠、癞蛤蟆。"二琥不解，轻声嘀咕说糊涂了。正说着，春梅和伟强进门。又是一番招呼。落座。

大圆桌，女的坐一边，男的坐另一边。倪俊给男人们满上酒。老太太道："给小妹一杯。"庆芬忙说不胜酒力。老太太坚持："小妹！咱老姊妹难得见面，满上！"庆芬只能从命。二琥也要了一杯，陪着。问红艳要不要，红艳坚决拒绝。肚子里还有一个，她万不能饮酒。春梅也不喝，以茶代酒。庆芬率先举杯："老奶奶，亲家，他二叔二婶，老给你们添麻烦，对不住，这杯酒我干了。"说着，爽快喝了。

庆芬是打心眼里觉得对不住亲家，也想帮女儿架架相。红艳嫁进来有日子了，肚子不响，不见人影。下意识她老感觉是自己养了个不合格的女儿——女人不生孩子，对于婆家来说，价值大缩水。每次红艳提丁克不丁克，她都强烈批判。不能让红艳有那种思想。她来自外地，人家肯"收留"，她应该报答——用孩子。

众人也喝。伟民见伟强没精神，胳膊肘拐了他一下，瞪他一眼。意思让他顾点大面场。看得出来，老二跟春梅的"问题"还没解决，夫妻俩貌合神离，毫无交流。倪伟民就不明白，伟强到底还有什么不满意，他那个学生情人，他听说了——老实说，有点羡慕。他倪伟民也想动花花肠子，可没那福气，也不敢，二琥那么大一头……咳咳，镇守着——她连名字里都有个琥。他只能从一而终。庆芬挨个问情况，问到春梅，引出斯楠。二琥抢着说："老二家的儿子优秀，硕博连读。"说着觑一眼倪俊。

倪俊立刻浑身不自在。虽然跟堂弟差着年龄，可从小到大，哥俩没少被放一起比较。倪斯楠是天之骄子，别人家的孩子，倪俊则是不争气的货！老大难！废柴一根，烧锅都嫌他湿。春梅看出倪俊的窘迫，帮着找补："俊俊才是真孝顺，顺顺当当的，成家立业。就搁身边，以后父母老了也是个安慰。"说着，春梅看伟强一眼。

倪伟强看菜，不作声。二琥接过话："安慰什么？成家立业只是第一步，接下来还要……"生儿育女四个她没说。伟民不乐意，劝阻："别说那没用的。"

庆芬领会到，偏头对女儿说："努努力。"红艳脸红。倪俊连忙举杯："妈，我敬您一个。这离得远，平时孝顺不到，是我们做儿女的不是。"

庆芬说："你们好好的，就是对父母最大的孝顺。"

二琥故意问春梅："你说这现在的人，身体真不如我们那拨。你看那小学生门口，那孩子，个个都跟大肉龙似的。发育那么早，老得快！不经踹！还有那些小夫妻，年纪轻轻，生个孩子哪那么困难，咱们那时候，不跟放个屁似的，一使劲就生出来。如今，遍地都是不孕不育医院。咱们过去是大兴安岭黑土地，现在都是盐碱地，种子丢下去，不长庄稼！"

又扯到孩子的问题上。刘红艳听着，觉得完全是针对自己，备感屈辱。她恨不得当场就把怀孕的消息公布了，以洗刷冤屈，证明自己不是盐碱地，是沃土。可再一想，不行。消息一公布，主动权就不在自己手里。不能冲动，还是暂缓。稳住。

吃得差不多，二琥问庆芬还待几天。春梅道：“就说要走。”伟强问要不要车送。庆芬忙说，有人开车来，直接拉回去，红艳都不用跟着。该上班上班，恢复正常生活节奏。红艳担忧地说：“妈，我还是跟回去一趟。”

“你忙你的。”庆芬坚持。

“要不让倪俊跟一趟。”红艳建议。二琥在一旁听了，不大乐意，呦呵，真是一个女婿半个儿，用起来不手软。庆芬还是坚持说不用。二琥扶着老太太往外走。倪伟民跟伟强去洗手间。

春梅、伟强都要工作。二琥送老太太回春梅家。谁知老太太一把挽住庆芬胳膊，死活不撒。二琥说：“妈，该走了。”

“你们走，我跟小妹走。”老小孩一个。

二琥只好耐下性子：“妈，跟您说了几回了，这是红艳的妈妈，不是小妹，人还有事，撒开手，咱回家。”

老太太大声：“我跟小妹回老家，不跟你回家。”

二琥和庆芬对看，都觉得不妙，红艳站在一旁，不吭声。倪俊喊了一声奶奶。

“我不是你奶奶！她是你奶奶！”老太太指二琥。

“不是……妈！”二琥叫出来，扯老太太胳膊。老太太跟二琥扭打在一块。二琥不敢发力，只好任由老太太打。春梅取车回来，眼见这热闹一幕，不知出了什么事。庆芬被吓得没了主意。二琥一边护着头，一边对红艳、倪俊道：“快把亲家送走！”倪俊两口子只好像保镖护送明星似的，拥着庆芬出酒店门。老太太不依，要撵着庆芬去，二琥拽住她，对春梅说：“快！拦住妈！”春梅只好正面搂住老太太，拦腰环抱。二琥这才解脱出来。老太太屁股下坠，春梅抱不住，失去平衡，两个人滚在地上。二琥伸手去拆，怎么也拆不开这人疙瘩。

洗手间，倪伟民打算抽空说弟弟几句。辞职、闹离婚，作得太不像样！庆芬请吃饭，他也这死样子。伟民在老婆面前㞞，教训起弟弟来天经地义。伟强洗了把脸，在镜子前弄了弄头发。

伟民从镜子里看他："像个样儿。"

伟强笑笑，不说话。

"春梅人不错。"伟民又说，"这么多年……"话没说完，伟强就插嘴道："她让你来说的？"

"跟她没关系，是个人，有点良心，都得知道是非，做有良心的事。"

伟强转过脸，正对伟民："哥，咱们多大了。"

"我比你大。"

"活开点，别压着，"伟强有点玩世不恭，"我现在是活一天算一天。"

"你小子！"伟民把搓圆的手纸往弟弟身上丢。

伟强忽然严肃道："哥，我有病。"他食指指着太阳穴。

"你是有病。"伟民道，"脑子有病。"

"你说对了。"

"什么？"伟民意识到问题严重，"有病得治。"

"治不好，没法治，只能观察。"

"老二，不开玩笑。"

"不是玩笑。"

"就因为这个？你就……自暴自弃了？"

伟强道："是活开了，彻悟了，"顿一下，"知道学校那个老邹吗？搞无线电的。"伟民年轻时候喜欢无线电，跟老邹玩得不错，只不过，人家是教授，他是下岗员工。

"他怎么了？"伟民问。

"上吊。"伟强说。

"死了？"

"死了。"

"为什么？"

"压力大，想不开。他的项目、事情太多，关系太复杂。"

伟民出神。他不明白，功成名就的教授，为什么要上吊自杀。如果老邹那样的人都没法活，那他这样的穷魂苦鬼，早该死多少回了。可他不照样活着呢吗？好死不如赖活！

伟强反过来劝："这就是人，说没就没，就一口气，哥，咱们这个年纪，就成全成全自己，按照自己的想法活吧。"说完，伟强先走出洗手间。伟民还是回不过神来。

酒店大堂里。娘仨还是滚在地上，老太太闹翻天。酒店保安、前台都不敢上前。那可是老人，沾上甩不掉。伟强连忙过来帮忙，没办法，只能像抱孩子一样把老太太横抱起来，春梅和二琥才得以解脱。老太太却不示弱，直接往伟强的右胳膊来一口。伟强疼得手抖，老太太成自由落体，幸亏伟民赶到，一个飞扑，垫地上，老太太安然着陆。春梅和二琥同时大喘气。二琥抱怨："妈这犯的什么羊角风。"

春梅忧心忡忡："阿尔茨海默病。"

二琥没听清，看春梅。

"老年痴呆。"春梅口气像在给人判刑。

十

说病病得快，且狠。

酒店大堂那次后，老太太又闹了几回，每次都是回溯过去，把自己想象成八路，打游击，说春梅他们迫害她。去医院，确诊，是阿尔茨海默病，医生建议吃药，保持心情愉快，慢慢调理。春梅又去找中医，可药没吃两天，老太太就打翻了药罐，强烈抵触中药，嫌苦。张春梅对着这样的婆婆，心里很不是滋味，婆婆人不错，丈夫英年早逝，她带着三个孩子艰难度日，没再改嫁。春梅敬重婆婆，觉得她这样一位坚强伟大有智慧的女人，不应该落得如此结局。

老太太生病，又是这么个病，一下子打破春梅的生活平衡。首先是，得有人照顾，离不了人。谁也不知道她什么时候发病，放她一人在家，万一把家烧了呢。倪伟强这大孝子也不容许他老娘没人照看。可春梅得上班，一时又找不到可靠保姆，伟强始终没开口让老大接过去。老三闭关，还没出来，春梅不可能辞职回家照顾老人，于是她只能找嫂子二琥救急，说伟强出钱，老大家出人。春梅知道老大两口子钱上抠得紧，估计能答应。

果然，她一提，二琥看在钱的分上，上岗了。当然，春梅感到的最大威胁还不是日常照料的麻烦，而是老太太不认人。这种情况，只会越来越严重。

老太太是她和伟强婚姻的强力支持者。伟强不敢造次，婚姻能苟延残喘，老太太起了很大作用。婆婆是一道紧箍咒，有她在，伟强不至于肆无忌惮；可她一旦不认人，情况则大不同；倪伟强很可能借机“发难”。

春梅思来想去，眼下唯一的有利因素，可能是老太太需要人照顾，她张春梅不算颗废子，倪伟强看在她是“老妈子”的份上，可能会保留她的名分——张春梅忽然觉得自己十分可怜，她爱伟强吗？爱，这么多年，她一直爱他，崇拜他，她当初把他从另一个女人那抢过来，就是因为瞅准了他优秀、值得爱，只是，这么多年过去，这份爱并没有因岁月沉淀变得醇厚，反倒沤成一缸子烂酱。春梅沮丧，她知道，伟强院里那帮人都在等着看她的笑话。婚姻失败，等于她多年来的努力毁于一旦。她不要！

怕什么来什么。春梅正担忧着，倪伟强主动找她谈判来了。老太太在里屋躺着，倪伟强对正在饭桌上看稿子的春梅道：“你来一下。”张春梅连忙放下笔，跟着他走到卧室。倪伟强站着，和春梅之间隔着半张床。

“我们离婚吧，我净身出户。”伟强凝神聚气。

张春梅吓了一大跳。那仿佛惧怕了许久的灾难，突然降临。她呼吸急促，喉头紧缩，嗓子似乎也变得尖细了些：“我不同意。”

“妈的情况你也看到了。”伟强口气平稳。

“妈离不开我。”春梅连忙说。

“那对你不公平，”倪伟强款款道，“我们之间的问题，早就存在，妈生病，再让你照顾，不公平。”

奇怪的逻辑，这时候他倒讲起绅士风度来了。张春梅一时想不好怎么反驳。伟强又说：“你首先是我的妻子，然后才是妈的儿媳妇，你照顾妈，是看在跟我的情分上，既然我们已经没有情分，你没有照顾妈的义务，不能给你添麻烦。”曲里拐弯的逻辑。

春梅咬住了牙：“我到底哪里做得不好，到底做了什么伤天害理的事情，才让你如此……如此厌恶……如此……除之而后快！”

“不是针对你，我针对的是自己的人生。”

“可你要跟我离婚。”我字加重。她牵扯进去了。

“自由不好吗？”

“我不要自由。”

“你再考虑考虑，我什么都不要。”

“谁照顾妈？你照顾？你照顾得了吗？”春梅急促地说，“谁说我照顾妈是因为你？人都是感情动物，我照顾妈是因为这么多年我跟妈有感情！我亲妈不在了，我一直把妈当自己的妈，没有你，难道妈就跟我没关系了？她是不是我儿子的奶奶?! 往远了扯，妈还是我大姑！”终于扯上一点关系，幸亏有儿子这座桥，还有一点八竿子打不着的亲缘。

“妈的事我会想办法，春梅，我在为你考虑。”伟强继续劝。

“为我考虑就不要提离婚！”张春梅声泪俱下。她不知道他们夫妻怎么一步一步走到现在这个境地，伟强一直说自己病了，借口，根本就是借口，她找人查了他的看病记录，根本什么病也没有。就算有，也是精神病！心病！或者是在周琴之外有了新欢。斯楠最近跟她通电话，也总是用安慰的口吻。春梅怀疑，儿子已经知道父母的状况，他当然站在妈妈一边，这么多年母子俩相依为命，虽然伟强是个教授，但他绝对不是好爸爸。带孩子，教育孩子，从中考到高考，张春梅在儿子身上付出了无数心血。春梅觉得，儿子高考之所以不太成功，全都怪伟强和周琴你侬我侬！孩子受影响，心里有波动，影响了考试成绩！这么说来，倪伟强应该忏悔，他才是最愧对这个家、愧对孩子、愧对她张春梅的人，他有什么资格提离婚！她甚至有点怀疑，倪伟强是不是中了什么魔，被邪教洗脑！中年汹涌，家的堤坝眼看被冲垮。张春梅只能死守，她含着泪，恶狠狠道：“我不同意！只要我活着，就不会同意！不可能离婚！谁也别想得逞！”暴风骤雨，电闪雷鸣，她要是道闪电，当场就能把伟强劈成两半。

倪伟强并不争辩。外头有响动，老太太起来了，张春梅擦了泪，叫了一声妈。客厅，老太太突然蹲下，要解裤带。张春梅大惊：“妈，这不行，这里不行……”妈都这样了，家里没个女人能行吗?! 他还要离婚！见鬼！

伟民和二琥也在为老太太的病发愁。

二琥问：“老年痴呆，是不是你们家祖传？”

“没有的事。”

“你爷，你奶，不是都有点痴。”二琥指明了，“不会隔代传吧？”

伟民抢白：“胡扯！我奶那是老糊涂，我爷是抗战打鬼子死的！痴什么呆！”

二琥呵呵道：“快别说抗战，人家老干部后代，哪个不混得风生水起，到你这儿，混成了啥样。”

“嫌穷？走！”伟民上脾气。

二琥头一缩，怪笑：“呦呵，跟老二学上了？鬼头蛤蟆眼的，也不拎起裤腰带看看，有没有人家那二两肉！”

伟民咕囔：“别废话，妈这怎么弄？”

二琥说：“什么怎么弄，老二出钱，咱们出力，一点点往前弄。就老三可恶，硬是不是露头。钱，没见一个大子儿，人，没个屁影儿，过去小，哥哥们担待，现在多大了？还是小姑娘？不懂事？装！”说到这儿，二琥忽然小声，“听说老三跟那个导演又有戏。”

“哪来的消息。”伟民也觉得新鲜。

“妈说的。”

“妈糊涂，你也信。”

二琥啧了一声：“有时正常，得病也不是一下就傻透了！等老三铁树开花，房子是不是该腾给咱们？咱不住，孩子们要住，你儿子又来摸底，说房子的事，老三能腾，省得花咱的养老钱。”

伟民说再等等看。

“还等！”二琥激动，“等妈傻透了，谁做主?!去法院掰扯，可难看?!是，按法，三个孩各三分之一，可这么多年，咱们鞍前马后伺候，多分点不应该？你是长子，俊是长孙，妈心里没个数，真痴呆了。老二出点钱就不趟这浑水了，老二媳妇也是事业型，能伸手吗？还不都轮到我头上？腾出手出去给人洗衣服，房子早挣来了，我儿得房，怎么不该？老三整天写这个弄那个，家里大事装糊涂，这样的人，哼哼，估计也写不出个屁！”

“行了，少惹事。”伟民堵她话。

二琥当即大怒：“倪秃子，别尽护犊子！倪俊才是你正经儿子！以后咱老了只能指望他！你儿子才来说了，给房，生孩子，不给，不生，你看着办！”

伟民被激发出男人气概，一拍桌：“买呗！”

“钱呢！”

“我出！”

倪俊说他爸同意买房的时候，刘红艳简直不相信自己耳朵。她多年来的奋斗梦想，就这么要实现了？红艳认为，一定不看僧面看佛面，爷爷还是疼孙子。

难得有面子。倪俊忍不住装一回大：“我就说没问题。”

红艳问：“全款？还是首付？”

倪俊说：“艳儿，咱别得寸进尺，能首付就不错，我公积金能还，月月差的那点零头，你补上，算你也做了点贡献。”

红艳又问：“名字呢？写谁名字？”

“肯定咱俩呀。”倪俊拍拍胸脯，“除非你有想法，不想跟我过。”

刘红艳感觉时机成熟，笑笑：“告诉你个秘密。”

“还秘密。”

红艳摸摸自己平坦的小腹，表情复杂，不说话。

“什么？”倪俊翻身坐起来。

红艳又抚了抚。

“什么意思？”倪俊更紧张。

“你说什么意思。”

“中了？”倪俊叫。

红艳抿嘴笑，点点头。倪俊高兴得在床上打了几个滚，又狠狠亲了红艳脸蛋几下。他要做爸爸了。

红艳怀孕的消息传得极快。伟民、二琥接到消息，第一反应是狂喜。眼看“官升一级”，人生总算有个交代，乐和。春梅、伟强得知，也少不了来道贺。春梅抓着红艳的手问：“想吃酸想吃辣？”是预估男孩女孩的意思。红艳羞赧道：“二婶，还没感觉呢。”二琥插话：“刚见影儿，估计就芝麻粒那么大，还没开始要吃。”伟强对倪俊道：“要当爸了——”倪俊憨憨地摸摸头，傻笑。

“自找麻烦。”伟强这么说。他现在四大皆空，对世俗的事情不感兴趣。红艳怀孕，还少不了去给老太太请安。老太太得知有了第四代人，糊涂病似乎好点，说话也清楚了，问了红艳的感觉，又说："吃喝都要注意，别动气。"二琥认为，老太太之所以好转，是"冲喜"的缘故。倪俊红艳有孩，是天大的喜事。庆芬在老家接到红艳怀孕的消息，也舒了口气，认为总算对亲家有个交代。老头子躺在床上，她伺候着，开始还尽心尽力，久了实在疲劳，心情沉闷，红艳的消息是她夏天里唯一的欣慰。老天有眼。

红艳怀孕，自然而然获得了至尊的待遇，倪俊对她千依百顺自不必说，就连二琥和伟民，也得围着她转。家里每日的菜品，档次提高不少。红艳上班带饭，二琥、伟民都提前做出来，出门前一定准备好。红艳的理解是，他们不是疼她，是不想让他们的宝贝孙子（孙女）吃地沟油。红艳找到了支配人的乐趣，想吃什么，立刻就要吃，倪俊不在，那就伟民或者二琥去跑。一会她想吃羊肚，一会又改卤牛肉，再过一会儿，又改咸鸭蛋，孕妇的口味千变万化，伺候的人也得千变万化地应着。母凭子贵，一点都没错，她要好好撒撒气。

这日，二琥刚从春梅那儿伺候老太太回来，又被差去买鸭舌头。买回来，红艳又说不想吃，改喝红豆粥。二琥只好再跑一趟。半途肚子疼，只能忍，回来把粥一撂，往厕所冲。伟民坐里头抱着个手机看，二琥不耐烦："快点！"伟民匆忙让位。一阵呼啸。二琥舒服了，但出来了气还没消。夫妻俩在卧室面对面，二琥擦擦额头的汗，冲伟民道："这个家谁是忠臣？伺候完老的伺候小的，煮干的熬稀的，我那时候生孩子，怎么没见有人这么对我。"二琥气她打麻将的时间没了，唯一的乐趣被剥夺。

伟民斜靠在那："自己后代，累就累点。"

二琥说：“先说好，生出来不能都我带。”

“先生出来再说。”

“看得怎么样？”二琥问。倪伟民在外跑看了一天房子。

“不大合适。”

“现在心疼了？”

“胡说。”

“房价涨着呢。”二琥撇撇嘴。她说得没错，倪伟民当时一激动同意买房，可看了一圈过后又犹豫了。二琥说的是，最好的办法是占老屋子——也就是伟贞现在住的那套。老三住了那么多年，也该轮轮。万一她结婚的消息是真的，跟了导演，总有房住。归属先不说，只要红艳和倪俊能去住，第一步目标就达成。二琥见倪伟民愁云惨淡，哼一声：“谁的钱是大水淌来的？咱们这点棺材本，别人不知道，我还不知道？都是牙缝里硬抠硬省出来的。大话说起来自在，现在可好，骑虎难下。”

“别扯没用的。”伟民斜着眼看他老婆。

“你还没明白，算算日子就知道，先有的孩子，再提的条件，”二琥打着手势，“跟《西游记》里的紫金葫芦似的，你一答应，立马叫它收了去。就是个坑，是个套儿，等着你跳等着你钻呢！”二琥这么一点，倪伟民头皮麻了一道，跟过电似的，算算时间，是有那么个情况，要房，答应，跟着就宣布怀上。

丝丝入扣，一点时间没耽误。

刘红艳不是个简单的女子。伟民沉默着。二琥乘胜追击：“外来的小姑娘，那脑子，你儿子八个也撵不上。生孩子，那是交换，谁白给你生？我可跟你说，你出了这钱，以后有病有灾，需要用钱，你可别找我拿，找你儿子媳妇要去，你受你的罪，我享我的福。”

十一

倪伟贞“出关”，得知老太太病，大为震惊。在她眼里，妈妈是个长生不老的老神仙，那么睿智，那么包容，怎么可能得这个病。在倪伟贞的剧本里，她早早就给老妈设计好了人生结局：无疾而终，寿终正寝。

清清爽爽、轻轻松松地去。

现实怎么能这样！她接受不了。这日，她在春梅家逗留到晚上九点还不肯离去，老太太一会儿仿佛认识她，叫她小三子，一会又不认识了，叫她大马猴。倪伟贞心像被扎了般痛！春梅劝：“老三，回去吧，明天再来。”

伟贞道：“二嫂，你忙，要不妈接我那去，我天天在家办公，能看着点。”她想抓紧时间跟老妈多接触。医生说了，这种病人，得多跟她交流，说话，说以前的事。春梅还没来得及回答，伟强从外面回来，见老三来，招呼了一下，进书房了。伟贞看出不对，问：“二哥怎么了？”

春梅无奈：“别管他，他就那样。”

“还闹呢？”伟贞问。

春梅深吸一口气，鼻子发酸：“没事。”

伟贞道：“二哥是不是有点飘？怎么了就嘚瑟成这样。”春梅劝：“你别惹他。”其实张春梅很想让老三做做伟强的工作，打小兄妹俩就走得近，伟贞什么话都跟二哥说。很长一段时间内，倪伟强都是伟贞的人生导师。伟贞崇拜二哥，伟强疼爱小妹。这么多年，伟贞单身，外头风言风语不少，倪伟强是她最坚定的支持者。伟强欣赏伟贞的“叛逆”，这是他过去做不到也不能做的。

东西收拾好，伟贞要接老太太回家。老太太却死死抓住门框，不走。伟贞着急，掰妈的手指，老太太要去咬她，伟贞吓得连忙撒手。老太太跑到春梅身后，寻求保护。伟强从书房出来：“老三，怎么回事？”

伟贞道：“我要把妈接走。”

老太太还拽着春梅胳膊，躲在她身后，跟老鼠见到猫似的。春梅见氛围紧张，连忙劝：“老三，今儿晚了，妈也没思想准备，回头做做妈的工作，再接走不迟。”老太太又一阵嚷嚷，春梅连忙哄她。自打从老大家接回来，老太太的病情似有恶化，现在每晚她都跟春梅睡，蜷缩一旁，像个孩子。伟贞看着眼前这个不认识她，她也似乎不认识的妈，鼻子发酸，她是她女儿呀！这娘胎里带出来的感情，半生的牵绊，突然就，一键清除了？

“二妹，咱们进屋，进屋。”老太太拉春梅，她现在称呼春梅为二妹。春梅没法解释。二妹就二妹吧。“二哥，下去帮我倒下车。”伟贞对倪伟强说。

地下车库，车倒出来。伟强下车，跟伟贞说再见。伟贞没急着上车，扶着车门说：“二哥，这时候你可不能掉链子。”伟强不解。伟贞继续说：“妈情况特殊，只认二嫂。”

倪伟强道：“我的事你不用管。”

伟贞着急：“我不是管你，我是管妈！你就是再不痛快，也不能现在搞内讧，顾全大局懂不懂。是，我是个局外人，可这么多年在旁边看着，二嫂付出得真不少。”

伟强打断她：“两码事！你知道什么，跟她离婚是为她好。”

奇谈怪论。“你这是自私！”伟贞站在女人这边。

“我就想换个活法！怎么了！我没有这个权利？”

“可你也不是石头缝里蹦出来的！你得考虑别人，考虑妈。”

“老三，你这么说我很寒心，这么多年，我考虑别人还少吗？对你的支持少吗？你是任性惯了，不懂得别人的痛苦！老三，二哥今儿就把话撂这儿，妈你放心，我会管，管到底！”

倪伟贞索性说开：“二哥，你是大知识分子，这么多年，你对家庭付出得多，但我认为做丈夫做父亲你都不合格！你以为别人都不知道？你跟周琴怎么回事？大家睁一只眼闭一只眼，是给你面子，给二嫂面子。二嫂忍了多少年！”

“没人让她忍，十年前我就说离婚，她不同意。”

“二哥！”

“现在离婚，跟周琴一点关系没有，我跟周琴没那事儿，我现在，就想过清净日子，想谁也不认识我，谁也不知道我，你二嫂只要同意离婚，我只保留房子的居住权，其余的都给她，我净身出户。大家都痛痛快快活几天，痛痛快快喘几口气儿！想干吗干吗！老三，你是搞艺术的，你比我懂，人活着，到底是为了啥?!就为一口气！妈的情况你也看到了！有意思吗？妈这么好一个人，成这样，你以为我不心疼？老三，活开点吧，别屈着自己！”

倪伟贞被二哥的气势吓住，几十年没见倪伟强这么激动过。她从未跟伟强探讨过这么形而上的话题。人生的意义是什么？为了创作，倪伟贞研究过哲学。单身这么多年，她一直也都在寻找人生的意义。可是，人活着到底为了什么，她也弄不太清楚。为了赚更多的钱？老大两口子似乎就是这样。为了求名？为了艺术？她好像是这样。为了取得成功？过去二哥是在追求这个。然后，就足够了吗？就好比眼下她和杜正阳的关系，同样令人迷惑。十几年前，她跟他分手，她觉得自己不再需要任何人，现在重逢，她又感觉或许还是需要。杜正阳带给她的，是精神上的充盈，以及恐慌。老太太年纪大，伟贞觉得自己在妈面前还是个孩子。伟贞是老太太四十岁时生的孩子。在伟贞的记忆里，她娘亲早就步入老年——做老人好多年，感觉不到特别大的变化。

杜正阳不一样。杜正阳传达给倪伟贞的，是正在从中年跌入老年的感觉，像溺了水。看到正阳，伟贞不但为他的晚年生活担忧，也为自己的晚年生活发愁。人到中年，倪伟贞才真正感觉到寂寞。那种凄凉的气息，她是从杜正阳身上闻到的。他回头找她，有点抱团取暖的意思。只可惜，她也需要暖意。她和杜正阳一样，骨子里都是悲观的人，合作可以，但在灵魂深处，他们谁也帮不了谁。

次日伟贞到春梅家看妈，大嫂二琥在，忙前忙后的。伟贞有点意外。大嫂一贯自私。伟贞从春梅那儿听说了红艳的事，因此，见到二琥，首先道喜。

二琥道："也没什么可喜的，在什么时候干什么事，反自然是要付出代价的。"

平平的一句话，在倪伟贞听来却是话里有话，她一直反潮流、叛逆，该结婚的时候不结婚，该生孩子的时候不生孩子，现在大了，她又隐隐约约有了点想生孩子的念头。伟贞知道，这些在二琥看来，恐怕都是"大逆不道"。二琥手上麻利，干家务是一把好手，伟贞在旁看着，插不上手，二琥让她去陪妈说说话。倪伟贞打屋里头一瞧，老娘正睡觉，她只好退出来，继续跟大嫂闲聊。二琥又道：“现在的小丫头，不得了，要生孩子，就要房子，你大哥愁得头发都快掉光。”

“要什么房？”

“独立住房。”二琥停下来，屁股搭在沙发上，“要搬出去，单住，有了孩子，不愿跟我们老东西凑合。”

伟贞想站在大嫂的立场上说几句话，可情感上，她实在是认同红艳，这年头，婆媳哪能住一块，能没矛盾吗？生了孩子，更应该单门独户。伟贞只好柔缓地说：“搬出去也好。”二琥铺垫了那么久，故意点出来：“房子可不便宜，剥了我我也买不起。”

伟贞没领会她话里的话，还跟着说房价问题。二琥见她冥顽不灵，只好换个方向包抄，笑嘻嘻地说：“小妹，听说，你又有喜事？”

“谁说的。”伟贞警惕。真叫天下没不透风的墙。

“妈。”

“妈现在糊涂成这样。”

“就是糊涂，也还是记着三妹的事呢。”二琥满面春风，“要不怎么说，值钱的人到什么时候都还是值钱，三妹是弄笔杆子的，那导演还不八抬大轿抬过去。”

“大嫂，这话在家说说可以，出去可不能乱说，我根本没想着跟什么导演结婚。”

“怎么着，他还不乐意？”

“我不乐意。”

“三妹，别怪大嫂话多，机不可失，”二琥说，“组个家庭，也有个人做做伴，而且人家又是导演，你们谈得来，你编他导，夫唱妇随，有什么不好呢？别嫌人二婚！都一样！将来你跟导演好事成了，去住大房子，大别墅，总比窝在那破屋子强。”

伟贞心里冷笑，这就是大嫂的水平，嫁汉嫁汉，穿衣吃饭，有大房子住，就等于嫁得成功，大嫂从来不会理会她内心这些担忧、纠结、挣扎。在她眼里，大嫂似乎没有经历过更年期，年轻时候这样，老了还这样，心大。不对，刚才那段话再琢磨琢磨，伟贞终于嚼出了点别的味道。原来大嫂是盯着家里的老房呢。先提自己需要房，再说她嫁人住别墅，兜兜转转目光都落在房上，只是老爹死的时候说过，这房子，老三没出嫁就一直住着，她有使用权。只要她还在家，别人就不许赶她搬。二琥的“催促”令她不痛快。大嫂的“关心”，并不是真正的关心，她关心的只是早点打发她去，他们好占房子。

伟贞逆反心起，偏不让她如愿。于是笑着对二琥说：“大嫂，我都这年纪了，大局已定，不嫁了。还好，爸走的时候留了套房子，我还算有个窝，将来老了，有个片瓦遮头，也算祖上积德。等我百年之后，我就把这房子，捐出去。”

“别啊！”二琥一冲动，嚷出来。

伟贞不理她，转头又往老太太屋去。

有伟贞在，二琥中午吃完饭就撤了，趁有空，摸两盘麻将，解解瘾。春梅和伟强还没到家，倪伟贞有一整个下午单独和老妈相处。生了病，老太太除了脑子不好使，其余看上去一切正常，早晨五点半起床，中午午睡，晚上十一点入眠，只是偶尔激动了，会来不及去厕所，只能就地解决。吃饭也正常。力气似乎更大。半下午，老太太一觉放醒。伟贞投了条毛巾，递过去给擦脸，老太太下意识接了，揩了揩。

“妈——”倪伟贞长长地叫了一声。老太太岿然不动，一双眼鱼目似的，无神地望着她，仿佛望着个陌生人或者是物件。“妈，我是贞贞。”她的声音里包含无限柔情。老太太身子往后缩了缩，像只受惊的老猫。

倪伟贞伸出手：“妈……我是贞贞……我是贞贞哪——”

“二妹呢？二妹呢！二妹！”老太太惊慌失措。还没等伟贞反应过来，她就下了床，没穿鞋，赤着脚往客厅疾走，伟贞连忙提起鞋跟着。老太太一屁股坐在沙发上，抓起沙发旁边的半瓶花露水。“你别过来！再走一步，我拉手榴弹！”老太太要当烈士。伟贞心里一震，第一反应，妈真是电视剧看多了——老太太没病之前，几乎饱览电视台播放的全部电视剧。伟贞小幅度前进。“不许动！”老太太说到做到，倒举花露水，寸步不让。

只能保持距离。相隔三米，伟贞拿了张椅子坐下来。荒诞吗？母女至亲，走到这岁数，竟然要刻意保持距离。

“烧水泡茶去！”老太太提着口气。像地主婆对丫鬟。

伟贞连忙应了声嗳，又问想喝什么茶。老太太说要普洱。伟贞翻箱倒柜找。老太太不大乐意，提点：“厨房右手下面第三个柜子，做使唤丫头的，长点脑子！”伟贞又心疼又好笑，这下好，得了病，反倒入了戏。听这意思，老太太成了地主婆，或者起码是回到了民国以前。一会儿，水开，茶泡上了，伟贞给老太太端过去。“靠后！”老太太下令。伟贞只好后退。“妈——”她又叫。老太太纠正：“叫二奶奶。”

没处讲理去。伟贞只好叫了句二奶奶。

老太太端着茶，吹了吹，喝了一口。伟贞也喝。片刻后，老太太突然悠悠地问：“看着面生，来多久啦？”

伟贞连忙说："将才过来。"

老太太道："是叫槐花不？"

"回二奶奶，是叫槐花。"

"多大了？"

伟贞一愣，故意说小点："三十周岁。"

老太太惊，招招手，让伟贞过来。伟贞连忙凑近，老太太端着她下巴，左瞧右看，道："模样还行！不小啦，怎么没配个人，还来当使唤丫头。"戏假情真。伟贞不禁泪目，借着人物回道："槐花愿意伺候二奶奶一辈子。"

老太太拽住她手，拍拍手背："不能这么想，你年轻，有奔头，二奶奶不知哪天就去见阎王爷，你也陪着？"

"陪。"

"净说傻话。"

伟贞已经流泪了。

老太太不解："怎么还哭上了。不许哭！赶明儿二奶奶看到好的，给你留意！"又拍拍她手，很打包票的样子。一时间，倪伟贞百感交集，就算脑子混乱，穿越了一般，老妈还在操心她的感情，她的未来。可怜天下父母心。这么聊着，她丝毫不觉得老妈有问题。她只是换了个时空，换了个状态活着，她甚至认为，是不是老妈在装糊涂。这样也好，真真假假，没有压力。她忽然想把跟杜正阳的事和"二奶奶"说说。

伟贞随即道："二奶奶，我遇到个人。"

老太太感兴趣："快说说，什么人。"

"就是赶集场上那个弄西洋镜的。"

"西洋镜好，新鲜玩意。"

“他说喜欢我。”

“直接说了？”

“直接说了。”

“你什么态度？”

“我犹豫。”伟贞说。

“犹豫什么？”老太太说，“他是疤瘌麻子，还是家里有老婆？”

“前头有个老婆，散了。”

“那可以考虑。”

“他年纪可不小。”

“多大？”老太太探着头问。

“比二奶奶小点，”伟贞算着，“比我可大不少。”

老太太认真分析：“老夫少妻，就怕丈夫死在前头，难受。二奶奶就守了多少年寡，知道那滋味。”停一下，又说，“弄西洋镜的，生计如何？”伟贞苦笑，老妈糊涂了，不认人，可分析起事情来还是一本清账。老妈的担忧不是跟她一模一样吗？离了婚，财力不行，没有儿女赡养的老人，哪个中年女子会找？保姆都未必考虑。倪伟贞沉默，她还是逼自己保持理智，跟杜正阳，浪漫可以，结婚免谈。她需要为自己保留随时退出的权利。

第二天，伟贞还来看妈。二琥也按点来，两个人又碰上。老太太叫伟贞槐花，称二琥石榴。二琥哭笑不得，自言自语：“我怎么着也得是个芙蓉、玫瑰、百合，得，来个石榴，豁簸牙子[1]烂嘴。”第三天照旧。老撞见伟贞，二琥提防，回家跟伟民道：“老三不正常。”

“她怎么了？”

---

① 方言，形容不整齐。——编者注

“老往春梅那奔。”

“我看是你不正常。”伟民啐，“那是咱妈！她去看妈，不天经地义？你要烦，你跟她插花着去[①]。”

“那不行。”

“怎么又不行了？”

“现在是非常时期，”二琥道，“老三都跑那么勤，你不觉得有问题？妈立过遗嘱吗？我怎么觉得，老三是奔着弄遗嘱去的？”

伟民没好气：“你整天脑袋瓜子想什么呢？我看该得痴呆的是你。”

二琥不跟他吵，说自己的：“倪伟民，我跟你说，老三亮明态度了，坚决不结婚，那房子她要住到老死，然后，捐了。你就别想了，啊，趁早把你那棺材本拿出来，也别开什么小饭店了。赶紧给你儿子媳妇买房，等着被扫地出门。”伟民不懂：“什么扫地出门？”

二琥大声道：“交出棺材本，你就没有利用价值了明白不？没有利用价值的人，只能被扫地出门！”

伟民惨然道：“有利用价值，就不被扫地出门了吗？”

二琥不懂他意思。伟民看着妻子：“你烧高香吧，我不如老二，你就比老二媳妇强？这么多年，那张春梅为家里为老二付出多少，不还是被扫地出门？”二琥哼哼一声：“你意思是，咱俩是垃圾配垃圾？属癞癞猴[②]的，顺地崴[③]？”

“我可没说。”

---

① “插花着去”指不要一起去，而是今天你去明天我去，错开去。

② 方言，指癞蛤蟆。

③ 指在地上爬着走。

“冰冻三尺非一日之寒，”二琥说，“你就是看现象，不看本质，老二两口子闹闹，是一年两年了吗？早就有问题！他跟咱不一样，咱有事了会炸出来，人家是憋着。憋到一定时候，来个大爆炸。有钱人的世界，咱们不懂，咱也不想懂。什么精神追求，人生意义，我只要天天能摸上麻将，人生就有意义。”

伟民啐：“你就这档次！”

二琥反击：“你高级?!被窝里放屁，臭一家子！”

十二

艺术团表演赛在即，作为总监的红艳十分紧张，接连一个礼拜天天加班。庆芬打电话来，说她叔的情况不太好，让她尽快回老家一趟。红艳答应了，她看看时间表，表演赛是周日，她打算周四回去一趟，周六前赶回来，不耽误周日表演赛。那样的话，所有工作就必须在周三前做完。能派下去的活儿，刘红艳已经派下去，虽说是总监，可是手底下也就三五个人能用。其余的老师，不好管控，这次总裁过来观摩，刘红艳为求表现，要求万无一失，很多细节，她都要亲自看过才放心。

晚上八点半，倪俊在红艳办公室候着，他是来送饭的，顺带接她回家。她不走，他一直陪。终于等急了，倪俊绕到红艳身后，轻轻给她捏肩："咱能不这么干吗？"红艳头也不抬："就这一回，这次会演太重要，郑总把我放这儿，就是锻炼锻炼，经过这一战，再往上升，日子就好过多了。"

"郑总不知道你怀了宝宝？"

"嘘！"红艳把手指竖在嘴唇正中。事业关键期，她暂时不想公布怀孕消息，忍三个月再说。

倪俊说："你受得住，孩儿受不住。"

"我的身体我知道。"

"爸答应买房，以后咱们压力没那大，差不多就成，拼坏身体，等于给医院送钱。”

刘红艳把手从鼠标上挪下来：“倪俊你什么意思，我这马上就好了，你要不愿意等，就先回，让你别来非来。来了叨叨一堆，比你妈嘴都碎。”

洗完碗，二琥坐到沙发上，拍了伟民大腿一下，故意揶揄：“赶紧的。”

“什么？”

“买房呀！”二琥吊着眉毛，“你是真不明白还是装不明白，人天天十点多回，这示威呢。不给买房，人就加班，迫害你孙子，我要是你，麻利把房买了，让红艳赶紧下班，或者干脆辞职，安安分分把孩子生下来。”

“买买买，你当去菜场买菜？也得碰上合适的！”

周末红艳在家。二琥一顿伺候。得知红艳要回老家，她当即强烈反对：“还在危险期，这么跑，不要命啦。”

“叔情况不好，不回去，不像话。”刘红艳柔软地说，她也不想回，可既然老妈来电话，一定十分危急。庆芬一向不喜欢麻烦人。倪伟民道：“父亲生病，女儿回去看看应该的。”二琥剜了伟民一眼：“孝心谁都有，可总不能顾了老的，不顾小的。”伟民道：“要不让倪俊陪着走一趟。”二琥道：“你不知道领事要回，你儿子最近请不了假。”

红艳发窘。她实在觉得公婆小题大做。

伟民道：“要不我去。”

二琥抢着说：“我去吧，妈那边，你照顾，跟老三插花着来。我陪红艳走一趟。”刘红艳想要拒绝，但一家四口，三比一，她只好从命，由婆婆陪着，登上回家的列车。从结婚到现在，刘红艳几乎没单独跟二琥相处过。婆婆不是妈，有距离，中间有倪俊缓冲还好，但现在，她跟婆婆亲密接触，刘红艳别扭。她不喜欢二琥的态度。有点前倨后恭。作为一个外来的、家庭出身一般的、长相普通的女孩，红艳认为婆婆骨子里瞧不上她，现在态度陡转，过分热情，那是看在她肚子里小东西的分儿上，并不是真心待她好，仿佛她只是一个可以用完就丢的躯壳。想到这儿，红艳存心劳动劳动二琥。

列车上，她一会儿说口渴，一会儿说想吃甜的，再过一会儿，又说想吃咸的，二琥有心理准备，小心伺候。吃完了，红艳为避免做得太过分，找补一句："妈，别怪我，不是我要吃。我不想吃，可肚子里这小东西指挥我吃。控制不了。"二琥听了，非但不生气，还说："能吃好，能吃是福。"

赶到红艳家，红艳继父刚咽气，红艳没见上他最后一面。二琥许久没见过死人，又嫌晦气，吓得躲在后头，刘红艳给她开了房，就安顿在宾馆里，叮嘱她暂时别露头，别乱跑。灵棚搭起来，吊唁的人还没来，当务之急，是把人拉到火葬场火化。红艳来家时间短，她觉得有必要在走之前把该清的事处理完。免得她回去之后，她妈庆芬一个人面对家庭纠纷。两个哥哥虎着脸，说不清是不高兴还是伤心，大嫂二嫂都说这算喜丧，只有庆芬哭红了眼。红艳理解，虽说妈跟继父是半路才在一起，可做了那么多年夫妻，感情还算不错，乍一走，最难过的就是庆芬。老伴老伴，接下来的路，庆芬没有伴了。这是红艳一直以来最担忧的。她妈就她一个孩儿，只能靠她。关键时刻，她必须顶上。

当晚就开家庭会议，主要内容是财产分配，老头没留遗嘱，后面的事，大家先商量着来。小客厅里，几人围坐一圈。

庆芬半低着头。红艳代母发言："大哥什么意见？"

她大哥清了清嗓子："劈三份，一家一份。"

红艳掉转方向，又问："二哥呢？"

她二哥道："大哥说啥我说啥。"

刘红艳这才说："叔走之前没留遗嘱，按法，留下的东西，一半给配偶，另一半，三个子女平分。有法就按法走。"

大嫂吊着嗓子："艳儿，好多事情你不知道，爸昏迷之前留过话，这房子，肯定是给芬姨住，住到老死。但最终分配，老头也没故意偏儿子，三家三份，最公平。"

红艳还是微笑，柔软地顶："那总不能不按照法律法规来吧。"

二嫂抢白："小妹，别欺负咱不懂法，现在讲的是情，一家人，真要闹到法院按法走也没个意思。你在大城市混，多大钱都见过，一个厕所比咱一套房都贵，别太计较。"

什么叫她计较！岂有此理！红艳还要分辨，庆芬拉住她："行了！艳儿，就按你大哥的意思，劈三份，一家一份。"

这就算分家了。

其实这种情况，红艳和二琥早预料到。老头在，一伙人还能拢到一块儿，老头走，一天云彩立马散。只是，红艳为老妈不值，为啥要妥协，于情于理，她孙庆芬都不应该只得三分之一。人走净了，红艳气还没过去："妈，你咋就这么容易投降，才三分之一，合理吗？你应该得二分之一，我得六分之一，加起来应该是三分之二。你伺候叔这么多年，落这点还算少的。"

算术不错。

庆芬有气无力："为这点东西争，不值当。你注意自己身子，哪头轻哪头重，分清楚。"

红艳恨道：“妈——我不是在乎这点财产，这是欺负咱！”

“随他去吧。”庆芬摆摆手。

“这事没完。”

“好了！”庆芬用尽力气，“你叔在天上不想看到咱这样！”刘红艳沉默。这就是她老妈，重情义，讲道义，念恩义，可现在这样不吃香。叔尸骨未寒，儿子、媳妇就露出凶相，以后不来往是肯定的。红艳焦虑，过去担忧的全部发生了，哦不，是发生得更突然。她必须尽快安排好老妈未来的生活。

二琥在宾馆等得无聊，便去周围转悠，看到有麻将馆，忍不住进去摸了两牌，红艳打电话叫她，才匆忙散场。红艳鼻子尖，问：“妈您哪儿去啦？都是烟味。”是来奔丧，二琥却搞起了大众娱乐，实在说不出口，只好撒谎道：“宾馆那厕所，熏，抽烟的多。”红艳没再理会，领着婆婆往家去，好不容易来一趟，虽然碰到大事，好歹也见一面。

吴二琥走进简易灵棚，朝遗像微微鞠躬，献花。又走向庆芬，说节哀。庆芬说了句招待不周。二琥道：“人有生老病死，妹妹，往后去，好好的。实在不行，让红艳辞了工，来家陪陪你。”后面半句没说——顺带把孩生了。庆芬泪眼婆娑，只说自己能行，不耽误孩子。刘红艳在旁边听着，一肚子气。辞工，回家，这算什么？全职生孩子？二琥这边鼓敲的，是给人挖坑。她如果没了工作，老妈还有指望？她自己还有指望？经济基础决定上层建筑，以后她要被倪家二老捏在手里她就不是个人儿！红艳压着火，上前道：“妈，该走了，一点的火车。”红艳惦记着艺术团会演，必须回去。庆芬这边有红艳的小姨陪着。二琥跟红艳踏上了回大城的列车。一路无话。婆媳俩各怀各的心事，都在分析局面，企图针对未来的状况布局。

刘红艳打算回去之后再催催买房的事。哪怕远点，买套二手的，赶紧定了。老妈在老家缓一阵，就接到身边来，娘俩算有个根据地、落脚点，才算在大城市站住脚跟。老家是不能待。红艳看不惯哥哥嫂子那怪样子。散了好。将来离得远远的，不沾。刘红艳的手轻轻搭在肚子上，子宫里躺着个小宝宝，不显，尚在发育，不久之前，她还有点责怪这孩子来得不是时候，可现在，她又感谢孩子的到来。没这孩子，倪家能就范吗？能愿意出血置房，改变大格局吗？能把她刘红艳的话当回事吗？看了多少宫斗剧，都说母凭子贵，红艳只是听听，没有切身感受。现在，她才猛然体会到这其中的滋味。人，现实！她对老妈在意，人家对孙子在意，人之常情。只要能找一个折中点，皆大欢喜。

红艳看看二琥，她头后靠，闭着眼，红艳轻轻叫了声妈。二琥没反应。装睡。她嫌累，不想帮红艳忙这个、弄那个。闭目养神。她要想事情。她觉得自己跟红艳来这趟，太对了。这是她第一次造访红艳家乡，最突出的感受就一个字：穷。虽然她自己也是大城市的穷人，可她有没拆迁的老房子呀！卖是不能卖，但那也是资产。不像红艳家，一穷二白，溜溜光！二琥更加明白了刘红艳当初为什么一门心思要咬住他们家倪俊，无他，脱贫。这回碰着丧事，二琥才有深刻体会，刘红艳之所以这个时候怀上，这个时候要买房，根本就是下了一大盘棋。核心目的：为了接她老妈到身边来。看透了红艳的迫切，二琥有点不高兴，她凭什么成全她娘俩，那些钱，是伟民和她养老的保障，这么孤注一掷，有意义吗？生了孩子，虽说是倪家后代，可最后肯定还是跟妈亲。二琥有点犹豫，想来想去，想抱孙子的心还是占了上风。稳住，她告诉自己。必须稳住。无论如何，孩子先生下来再说。房子，得买，但得看怎么买。

十三

主编晚上遛弯出车祸，没救过来，杂志社群龙无首，张春梅临危受命，代为主持大局。领导找她谈了几次，春梅坚决不做正职。领导语重心长：“张老师，该挑大梁的时候，还是要挑。”春梅反复推托，理由是：孩子现在关键时期，再过两年，她可能都要提前退；家里老人有阿尔茨海默病，少了她不行；而且她张春梅也不能挡了年轻人的道儿。她可以当副手，继续送年轻人一程。

领导没办法，不能强按头，考虑来考虑去，只能让一个积极竞聘、很想进步的女同志坐主编的位子。背后，领导少不了说几句不痛快的话：“现在的老同志，不肯担责任，小吕不比她负担重？孩子才上初中，也离婚了，也有妈要伺候，照样干！”

其实，春梅真正不愿意干的原因有二，总结起来，就是：内忧外患。家内，她跟倪伟强关系处成这样，她看他是铁了心不想“装”下去。尤其是老太太痴呆过后，伟强“变本加厉”，死活要挣脱出去。家外，那个想要做主编的吕某人，野心一贯有，上次主编竞聘，她就参加了，只是不敌老主编树大根深，败下阵来。结果老主编出意外，她机会来了。春梅认为自己不能挡着人的路。好，就算她张春梅咬牙做了主编，这个吕某人，铁定不配合，到时候她工作难做，等于给自己头上顶个火炉。不如高姿态让给她，自己还做常务副主编。卖了个人情，又不用担责任，两全其美。而且说句实在话，张春梅也觉得这主编不好当。文章质量年年下降，同时下降的还有发行量，上头想抓，又无从抓起，都看手机，谁还巴巴地买你杂志。读者都是些老年人。这份杂志，只能说还有个门脸，坚守着阵地，有点负隅顽抗的意思。她张春梅干吗要接这烫手山芋。

攘外必先安内，当务之急，是缓和与伟强的关系。张春梅明白，对于一个女人，尤其是她这个年纪的女人来说，家好，她就好，家破，她也没有好果子吃。这段时间，她综合分析了伟强的情况，她认为那只不过是他作为一个中年男人的短暂叛逆。过了这段，估计天就晴了。虽然她停经了，可春梅认为自己的更年期比伟强来得晚，也更有承受力。倪伟强说了，自己有病，可查来查去，医生也说不出所以然来。是，半年前，伟强就总说自己背疼。去扎针灸，无效。去照脑部 CT，好像也没照出东西。医生只是说，伟强的脑沟部位，似乎跟一般人长得不太一样，但不影响脑部功能。春梅的理解是：异人异象。倪伟强能走到这个位置，努力不可少，天赋也是必需的。

这段时间，春梅跟朱院长和周琴还保持联系，因为倪伟强，他们竟然成了小联盟。朱院长是为了挽留人才，院里没有伟强这样的中青年优秀学者镇着，学科都有可能降级。春梅和朱院长一致认为，伟强就是一时糊涂。

倪伟强也有些为难，从山里出来之后，当他看到那么多学生还等着上他的课，略微动摇。虽然，他的人生观已经摇摇欲坠。他最好的朋友上吊自杀，他自己生病，每天情绪都很糟，不想工作，讨厌自己的家庭，讨厌妻子的关心管束，他迫切想要换一种活法。隐姓埋名，从头开始，泯然众人。他不愿意再背负那么多期待。如果明天就死了，伟强觉得，他这一辈子太不值。因为他好像自从生下来，就是为了满足别人的期待而活着。他做不到像伟民那般认命，也做不到像伟贞那样不认命。他纠结、痛苦，这种感觉在他快五十岁的时候达到顶峰。青春过去了。未来没有盼头。他感觉日子没意思。

周琴比春梅快一步。她慢慢理解了伟强。

“给他点时间。”周琴劝春梅。

春梅捏着吸管：“现在不是我不给他时间，是他不给我时间。”

“你把我都感动了。”周琴又说。唔？春梅看着她。这个她忍了恨了多少年的情敌，现在两个人竟然能坐在咖啡厅里谈天，仿佛两个医生在商讨治疗方案。

“你是真爱他。”

“有什么用？”

“要是分开一段时间呢？”周琴说。春梅脑子一蒙，这种“办法”是她没想过的。反其道而行之。欲擒故纵。但一转念，春梅又不敢冒这个险。他要离，你同意，他立刻走了不回来了怎么办。春梅沉思。

周琴说：“怕什么，你有儿子，还带着婆婆。”

儿子倒是切不断的联系。但春梅还是害怕。

“我马上去加拿大。”周琴又说。

春梅惊诧，问她去做什么。

“申请了访学，项目带过去，两个学者一起做，”周琴笑笑，“地球没了谁都照转，没了我，学校照转，没了倪教授，项目也得照转。你也得转。”

转。转吧。

系统通知开会，培训，新任主编一定让春梅去。培训地点在山里，封闭式管理，一去五天。春梅推托，说家里有老人，走不开。吕主编说：“有困难想办法解决，老同志更要以身作则。”春梅说：“多给年轻人点机会。”吕主编说：“这次培训，是专门针对副主编以上人员的，要求提高政治素质。你去最合适。”她开始称呼“你”，不说春梅姐。

春梅气得头顶冒烟，她高风亮节，摆高姿态把位子让她。她新官上任的三把火却烧到她头上。摆明了是自己想偷懒！可是，人家现在是主编，你是副主编，官大半级压死人，春梅只能从命。她开始后悔自己没当主编。回到家，把这事跟伟强“禀报”。倪伟强不以为意，好像有她没她一个样。“妈请大嫂照看几天。”春梅建议。伟强唔了一声。“有什么情况，随时打电话给我。”春梅又说。倪伟强说了句“知道”，没再讲话。

张春梅收拾好东西，又给二琥、伟贞打了电话，便开车进山。张春梅感到安慰的是，伟强没辞职。她认为这对儿子未来的学术道路是有利的，一是经济支持，二是人脉支持。

从小到大，斯楠跟伟强不算亲。那几年，伟强满世界访学、访问、授课，是春梅把儿子带大。伟强的浪漫事件，发生在倪斯楠小时候。孩子聪明，老妈不说，他也心知肚明。他讨厌爸爸，心疼妈妈。他最怕听到老妈说“他就算再错，也是你爸，咱们还是一个家”，还有“我保持完整家庭是为了你”。春梅始终认为，单亲家庭的孩子会受歧视，将来在婚恋市场上也会被挑毛病。春梅不愿意拖儿子的后腿。可是，倪斯楠压根不这么认为：第一，他觉得如果父母感情破裂，就应该离婚，不用考虑他，他能接受；第二，他不认可单亲家庭完败于婚恋市场的论断，也不认可老妈所谓的，找对象就要门当户对。半年之前，倪斯楠在打游戏时认识了一个河北邯郸的女孩。两个人恋爱，但一直没见面。斯楠在西部，女孩在廊坊。他们打算趁寒假在北京见面。斯楠就说，是去新东方报了个英语班。计划还没实施，春梅知道了，她用小号浏览斯楠的 QQ 空间，发现了问题。

逼问。斯楠交代。春梅一力打散，坚决不允许斯楠和女孩见面。为了掐灭小火苗，张春梅还在电话里跟女孩进行了激烈交锋。她得到的答案是：幸亏没让儿子见她！现在的女孩！不得了！几句话，差点把她这个老江湖都驳得哑口无言。这样的女孩做儿媳妇，只会害了儿子！

春梅哭，闹。斯楠心疼妈妈，终于挥泪斩断情丝。这么多年，他晓得妈妈苦、难、不容易，因此，这次保研，他没选外保，而是求稳妥，保本校硕博连读，他想让妈妈省心。春梅也知道孩子的心，因此，这次伟强闹离婚，她更觉得是伟强不懂事——孩子那么小，都知道为这个家添砖加瓦，他却搞破坏！

培训到第二天，春梅不放心，下了课，她还是开了三小时车回家。伟强在照顾老太太。“不是说不回来吗？”伟强问。春梅说有个材料要拿。伟强在给老太太洗脚，老太太坐在那，迷瞪着。洗完了，倪伟强用干毛巾把老太太的脚包上。又拿来薄被，给老太太盖上。张春梅在一旁瞅着，又是暖心，又是失落。暖心于母慈子孝的场面，失落于老太太没了她，似乎也能过，没准还过得更好。不过，春梅很明白，她对老太太的感情，不光是因为她是伟强的妻子，就算他们离婚，她离开这个家，她也还是把她当妈。她愿意给老人养老送终，发自内心地。谁让当年婆婆对她有恩，老太太如果不搭救，她等于是个孤女，还不晓得在人海中漂荡到什么时候。人，要知恩图报。

好不容易，五天培训结束。调整一个礼拜，吕主编又把她叫到办公室。文件一推，又是个培训。春梅傻了：“小吕，别总逮着一只羊薅毛。”口气很不客气。这个时候，春梅不能服软。吕主编做工作：“张老师，这可是个机会，多少人想去去不了，这是吹风会，非常重要。”春梅道：“我去不了。”吕主编换了副口气：“这是工作！”张春梅坐了几秒，对峙，然后，起身走了。

脾气可以耍，工作还得做。这次“吹风会”，春梅还是去了，又五天。姓吕的屡次为难她，春梅明白，她不是跟她有仇，是跟她的资历、位置有仇，杀鸡儆猴，如果她张春梅都被拿住，底下的小字辈，谁还敢不听话。那么，吕某人接下来的工作就好做了。这也是攘外必先安内。春梅不打算抵抗，反正，她的心思也不在工作上。只是，再次跟伟强打招呼，春梅有点不好意思：“还得出去几天，妈你多照顾照顾。”

伟强道：“我妈我当然会照顾。”

春梅解释：“我也不想去，实在没办法。”

倪伟强并不打算听她的解释。他从重点项目上退下来，新学期，他不带研究生，只给本科生讲课。状态像老年人。春梅不问，只要他不提离婚，由着他折腾。她相信，他是孙猴子，她就是五指山，最后的最后，胜利一定属于她。

培训地址这次在南面，也是三小时车程。有了上次的经验，这一回，春梅中途没回家。等培训完成，最后一天，张春梅开了三小时车，晚上到家，却发现伟强不在，老太太也不在。

十四

眼前是草坪，茫茫然，一派翠绿。春梅想骂人，激动得很。二琥劝：“妈自己要来的，条件多好，舒舒服服，空气也好，每个月八千呢！说实在的，我就是没钱，我要有钱，巴不得现在就住进来让人伺候我，春梅，人得跟着形势走。如今的养老，就得社会化。”

春梅声调都变了：“根本没人告诉我！根本没人跟我商量！”二琥委婉道：“大家都以为，是你和老二商量好的。”

“妈不能住这儿。”春梅态度坚决。

“哎哟，钱都交了。”

“这是虐待老人。”

“这话怎么说的。”二琥不解。

“我不同意！”

二琥拖着声调：“春梅，清醒点，咱们对妈再好跟妈再亲，也是儿媳妇不是？住养老院，是人兄妹仨的决定，咱能改变不？”春梅失落，愣神。二琥继续劝，“我知道，你是觉得，家里有个老人，有妈在，你和老二中间有个缓冲，那躲得了一时躲不了一世吧？妈哪天要走了呢？不还是你们两口子过日子。有问题解决问题，别耗。”

别看二琥平时咋咋呼呼，可这一席话，却稳稳地敲在了春梅心上。没有了妈，伟强搞不好会立刻跟她撕破脸。她弄不明白，倪伟强这一个大孝子，能接受老妈住养老院？哼哼，不用说，他是为了自己的狗屁自由，一个一个清除，把妈拨拉出去，再跟她张春梅离婚，然后进入自由王国。春梅不甘心。她当着二琥的面，给伟贞打电话。倪伟贞正跟杜正阳讨论剧本。

“老三，妈送养老院了。”春梅口气急切。

“知道，条件挺好。”

“你同意？”

“同意。”

“这跟地狱有什么区别？”春梅谴责，“老三，你是在助纣为虐知道吗？”

二琥在旁边直皱眉。

电话那头，伟贞道：“二嫂，我理解你、同情你，也站在你这边。不过你和二哥的问题，妈帮不了你们。还是得你们自己解决。妈这事，客观说，那地儿不错，二十四小时有人照顾，有专业的医师、护理师，比在家还舒服，安全。”

“哪个孝子贤孙会把自己亲娘丢到一个她谁也不认识的地方！”春梅凄厉地说。

电话里声音暂停，过了两秒，倪伟贞才说：“二嫂，妈现在就算在家，我们都围在她身边，她也是谁都不认识。她都不知道我是她女儿，她是我妈！她不认识！二嫂，接受现实吧。”

如果不是老太太病症逐渐严重，倪伟强恐怕还无法下定决心把妈送进养老院。张春梅曾经认为，老太太生病，这个家更需要她。伟强的看法恰恰相反，老娘得了痴呆症，几乎不认人，那为什么还一定要春梅伺候呢。高级养老院，无论是人员配备还是基础设施，都更能护理好一位这样的老人。他召集伟民、伟贞商量，宣布了自己的决定，他愿意出钱，伟民自然同意，他详细解说了高级养老院的关怀，说服了伟贞。春梅还没回来，老太太就搬了新“家”。第一天，老太太还算满意，第二天，她已经在护理员的引导下，积极融入老人群体了。从养老院出来，倪伟强开着车，漫无目的在城市里游走。送走老妈，伟强突然有种四大皆空之感，对上负责，儿子也长大了，等离了婚，他剩下的人生，就完全属于自己。天地茫茫，倪伟强忽然不晓得该去哪里。

午夜一点，他走进电影院，看了一场漫威超级英雄电影，坐在几对小情侣后面。他已经过了相信英雄的年纪。这么多年，在别人眼里，他就是英雄，事业有成，有老婆、有情人，可到了这个年纪，他还是忍不住失落。时间，还是时间，一切问题的答案，都是时间。倪伟强觉得自己像是卡在人生道路的中间，青春已经浪费，再往前走，似乎看不到还有更好的风景。这种感觉糟透了！如果时间能倒退二十年，倪伟强一定不会选择这条路，不选加密行业，不选现在的老婆，他要去踢足球，哪怕中国足球永远冲不出去他也不在乎。

朱院长，他的朱师兄给过他一记当头棒喝：“你以为你辞了职就能过得更好了吗？倪伟强，你多大了？别做傻事！”呵呵，他多大了？他自己都不想面对，他是个沧桑的男人，对什么都提不起兴趣，灵魂无处安顿。不过最后他还是听了师兄的话。不辞职。但，婚是要离的。他觉得自己跟张春梅，确实过不下去。他俩对人生的看法、追求，天差地别。

中介公司小会议室里。穿工作服，脖子前挂着工牌的小姑娘，一边在小本子上写写画画，一边念念有词，时不时抬头，瞧坐在她身边的倪伟民一眼：“大叔，给您算算，一居，53.08 平，总价 282 万，顶层 24 层，网签价 253 万，贷款 164 万，首付 118 万，百分之一的契税，是25 300元，土地出让金829元，这两项总计26 129元，信息服务费76 140元，评估费600元，再加上80元的工本费，总价2 922 869元。您先付1 282 949元就可以了。”

伟民头皮发麻，不说话。他没法再问——还有更便宜的吗？这就是最便宜的，顶层，西户，一居。想要更便宜，那就得再偏僻点。伟民不想儿子离他太远。房子房子房子……倪伟民不明白，这些个砖头瓦块，怎么仿佛一夜之间，变得价值连城。他买不起，吐了血也买不起。或者吐血买了，他立刻跌入赤贫。他现在住的，还是国营饭店当初分的房子，两大间，切成三间。几辈人蹲在里头。早就说拆迁，可一直没动。倪伟民曾巴望着，如果拆迁，他能换两小套。自己住一套，给儿子一套，正好。可眼下，儿子结婚，媳妇生孩子，添丁进口，逼着他扩大住房面积。不买也得买。只是，钱呢？

一路沮丧。伟民在路边随手抽了跟狗尾巴草在嘴里嚼。到家，二琥故意问他：“怎么样，定了吧？”

“不行，房子不行，朝西。”

“得啦！跟我还装，方圆十五里，哪间行哪间不行，我能不清楚？你就是舍不得钱！”

伟民憋气不吭。

“我可跟你再说一遍，别找我借钱，你钱花光，以后生病害灾，别祸祸到我。”二琥严肃地说。这么多年，在钱上面，倪伟民和吴二琥各管各的，各存各的，他们达成君子协定，以后老了，相互不打扰。不过好在，这么多年，老倪家也没存到多少钱，两个人的存款，基本持平，因此，势均力敌。可一旦买房，那就不一样了。倪伟民现在明白了，如果想要买近点的房，没有二琥的帮忙是不可能的。可是，二琥又三令五申不肯帮。伟民道：“你不是妈？生的不是你后代？你一个子儿不出，站在干地方，以后你老了，孩子也不管你。”

二琥哼哼：“咱儿子什么样，你不清楚？我是他妈，他是我生的，三岁看老，我就没指望他。何况现在来了个儿媳妇，歪带歪跑。以后老了，我跟妈学，住养老院，再过个十年二十年，肯定服务更好，更发达。儿子孙子，偶尔来看看我就成。没要求。”

伟民道：“远的别扯！你就说红艳生还是不生？”

二琥说：“她敢不生！干什么，谋杀！”

“你这是要无赖。”

“你是死脑筋？近的不行，不会买远的？”二琥瞥他。倪伟民不想讨论这问题，只说再看看。倪二琥道：“我跟你说一句，我买了个保险，一年三万，买十年，不能断。”伟民着急：“胡买！那不都是骗子吗 ?!”二琥指着他：“听听，落伍！这等于存钱，我买的大病保，万一生了大病，人家直接给七十万。看病钱就有了。”

“生什么大病？不是有医保吗？”伟民惊诧着，“还有这样的？咒自己生大病？”

“跟你说不明白，反正一句话，你动不了我的钱，也别想动，都是有数的。”二琥说着，转换话题，“喂！妈去养老院，老二媳妇都不知道。”

“这个老二！”伟民提起二弟就皱眉。他认为伟强最大的问题，是不知足。

二琥继续：“春梅担心，妈不在家住，她跟老二没了缓冲，没了共同点，没法过。”

“还要什么共同点，不是有儿子吗？”

“儿子不在家。”

“咱儿子在家，我跟你有共同点吗？不也照过？”

“别扯我！人家是有钱人，跟咱能一样？人能作，你能吗？哼哼，有儿子怎么了，那全天下有儿子的都不离婚？”二琥抢白。伟民一生气：“随他去吧！”

年轻的时候，二琥身体挺好，干工学农上山下河，她从没落后过，可有了点年纪，尤其是四十多岁之后，二琥明显感觉身体不如以前，有一回，她还突然心脏不适，被120拉到医院去。倪俊说她：“少打点麻将！”伟民点出：“缺乏锻炼！”可二琥却坚持认为，身上的这些不痛快，都是月子里落下的，属于“工伤”，老倪家应该补偿。过了四十五岁之后，高血压、高血脂、冠心病，她全有。“穷病。”她自己这么评价。伟民说：“这不是富病吗？”

“穷病。”二琥道，“穷人，没法保健，才落下的病。”

“谁拦着你锻炼了？管住嘴，迈开腿，你不懂？”

“两码事！”二琥吵吵。自退休后，麻将一直打，身体每况愈下，后来麻将桌上小姐妹告诉她要买大病保，她刚开始比较抵触，但参加了业务经理的几次“答谢宴”后，便开始积极为自己的老年生活打算。她买的这个保险，是大病保，只要她生了大病，就能赔付。二琥觉得自己买这个保险，是亡羊补牢，红艳是个白眼狼，她认定了。儿子是亲儿子，可本事能耐就那么大，是个窝囊孩子，再加上个太有主意的女人给吹枕头风，二琥不指望他。所以，在买房子的问题上，二琥坚决不出血。近的买不起，那就远的。

晚上睡觉前，二琥做伟民工作：“你以为你买了，咱儿子真去住吗？上班单程两小时，怎么弄？”顿一下，又说，“你还不明白，这就是给红艳买个安全感，她掉下来一块肉，也让咱们出点血。”

伟民坐起来：“买远点？”

“只能远点。”二琥说，“而且有一点，谁出钱，写谁名字。”

“那她能干？”

“怎么不干？”二琥道，“彻底白占？她生孩子也不是为咱们生的，那是她儿子女儿，咱们只是鼓励。”

伟民又躺回去，仰面朝天，看天花板。

“我跟你说，你最好也买个大病险。”

“我没病！”

“真有病就晚了！”

伟民转过身，屁股对着她：“真到那天，我就在吊扇上搭根绳儿！一了百了！”

十五

汇报演出很成功，刘红艳却在跟女总裁郑总握手合照的时候晕倒了。她太累了。连着加班，旅途奔波，汇报演出，又要打起十二分精神。主观意愿上，她觉得自己能撑，但客观上，身体却不配合。郑总很关心红艳的健康，处理完事情，就跟到医院。红艳跟过她几年，算有点主仆情谊。红艳睁开眼，郑总坐在床边。

红艳挣扎着要坐起来，郑总轻轻按住她。

“恭喜啊！”

红艳没反应过来。

郑总又说：“有喜事也不说。”

红艳才意识到，郑总知道她怀孕了。

郑总继续说：“好好休息，工作放一放，艺术团暂时让小方接手，你去人力资源部，把身体调整好。”

刘红艳瞬间一片迷茫。去人力资源部，那有部长，她去，无论怎么安插都属于降级。她原本计划，以艺术团作跳板，跟着去拓展部，主管选址、加盟，在重要部门及时卡位，将来一旦公司上市，她就是元老中的元老，拿一笔股金，衣食无忧。偏偏这时候来个孩子。红艳不甘心，连声说：“郑总，我能干，没问题的……”

郑总拍拍她的手：“好好休息。”

望着郑总远去的背影，刘红艳意识到，自己的职业生涯，很可能卡在这关，再无上升空间。她之所以不敢让公司知道她怀孕，那是因为虽然公司做的是幼儿园，可创始人郑芳菲女士，却是未婚未育，她最不喜欢的，就是公司的女员工在她认为的“当打之年”怀孕生孩子，因为郑总十分肯定，女人一旦有了孩子，至少五年之内，精力肯定没法在工作上，即便主观上有奋斗愿望，但身后有牵扯，工作效果也会大打折扣。刘红艳原本打算至少再等两个月，等新一轮职位变动尘埃落定，她去了战略部，木已成舟，再说生宝宝的事。可现在呢，功亏一篑。

倪俊接红艳回家，一路沉默。倪俊对红艳这种拼命三娘式的工作状态不满，工作有一个就行，房子马上也有了，生个孩子，过小日子，何必那么拼？倪俊不敢明确说反对意见，红艳有胎儿护体，天地间她最大，她的情绪，她的身体，是最重要的。于是倪俊只能用沉默表明自己的不满。可一到家，二琥却不沉默。红艳被扶到沙发上斜靠着，伟民躲在屋里看菜谱。

二琥站在沙发旁念叨：“红艳，听妈一句，你不能这么干，工作永远都有，无止境，孩子可是好不容易来一个。女人，顺其自然，不要拼着命往上爬，我是过来人，什么都看过，大领导怎么没几个女的？不是不让你当，你是当不了，女人有女人的职责，生儿育女是天职。家庭弄不好的女人，有几个幸福的？都非要干成董明珠那样？把男人踩在脚下？霸道女总裁？世上有几个董明珠？……”

倪俊见红艳脸色不对，用脚轻轻踢了他妈一下。二琥嘴不收，继续说。刘红艳终于忍不住：“妈，我能休息会吗？”二琥这才意识到话太多。母子俩扶着红艳上床休息。倪俊拉他妈到外屋，问房看得怎么样。

“问你爸去。”二琥不当冤大头。

倪俊又进屋问伟民。倪伟民放下菜谱："那间，不合适。"又说，"美兰湖有一套不错。"倪俊一听，不乐意："爸，您玩我呢，直接把我发配得了，美兰湖，我住那儿？怎么上班？"伟民也来气，美兰湖是他综合全部因素得出的最佳结论。他小子白得，还这态度。"有本事自己挣去！"伟民把儿子骂出门。

老太太住进养老院，倪伟强立刻收拾了个小箱子，搬到学校员工单身宿舍去住。当天就成了新闻人物。单身宿舍的老师们，有男有女，见倪教授来住，第一反应是：跟老婆吵架了。跟着分析，肯定是跟周老师的事。周琴已经出国访学，搞不好倪教授想跟着，师母不让，于是倪教授离家出走。不出十二小时，倪教授出走的故事已经被编出好几个版本。当张春梅走进宿舍楼的时候，人们更加确信，自己的猜测十分准确。春梅把伟强堵门口了。

倪伟强端着个盆，正要出门。这楼有年头，水管水池全在外面。春梅把盆夺过来。伟强抬头，他没戴博士伦（因注意形象，他早就摘了有框眼镜，戴隐形），眼神不聚焦。瞅了半天，才看清是春梅。

"你想干吗？"伟强去窗台上抓备用眼镜。

"你想干吗？"春梅全身冒寒气。

"有完没完。"伟强不客气。宿舍大通道，已经有人伸脑袋出来，等着看好戏。

"进去说。"家丑不外扬。春梅推伟强进门，反锁好，放下盆，又拉上窗帘。

"你到底想干什么！"伟强抓狂。

"谈谈妈的事。"

"不用谈。"

“我不同意，”春梅掷地有声，“倪伟强，我们还没离婚，我还是妈的儿媳妇，我有表决权，你们不能把妈送到那种地方。”

“妈在那里住得舒服、自在，她喜欢那儿，”伟强快速道，“不要以为有妈在，我们的关系就能缓和，问题就不复存在，这么多年，咱们之间猫捉老鼠的游戏，该结束了。咱们都老了，由着你活，二十年，三十年，还能再长吗？放彼此自由吧。过几天随心所欲的日子。”

春梅凛然：“妈必须接回来。”

伟强不解：“接回来谁照顾？”

“我！”

“以什么立场。”

“我是她干女儿。”

伟强冷笑：“好一个孝顺的干女儿，你什么目的，你一贯风格，做任何事情，都有个目的，不愿吃亏。”

春梅吞苦水，她吃的亏还少吗？加起来能盖座长城。“她过去对我好，我现在要对她好，投桃报李，就那么简单。”她发自内心地说。

“不可理喻。”伟强伸手去拿盆。

春梅一掌把盆打落在地：“妈还没糊涂的时候跟我说过好多次，无论什么状况，哪怕她疯了傻了瘫了，也不愿意去养老院，她就在家养老。她接受不了！”

“她糊涂了！她已经接受了！”

“那不是糊涂！她只是变成小孩！你们不能这样对她！妈心里都明白都清楚，你们这样，等于把她送进监狱、地狱！周围都是不认识的人，感受不到温暖，每天没有人跟她说话，没有人跟她说过去……那种感觉多恐怖！”

“不说了。”倪伟强要闯出去。

“伟强！”她拦他一下，根本拦不住，“真回不去了吗？”

“回不去了。”倪伟强一字一顿，抬腿要出门。

“站住！”春梅从背后喊他，“我跟你离婚，把妈接回来。”她声音越讲越小，小到她自己快听不见。

他听见了。伟强转身：“真的？别反悔。”

“绝不反悔。”春梅心死了。

接到二嫂春梅的电话，倪伟贞同情她，但不能站到她一边。她认为二哥是有理性的。老妈现在谁都不认识，留在家里，几个人轮番照顾，效率太低。她也有理性。因此，她对自己格外失望。第二次闭关，开始继续做剧本，她和杜正阳的感情升温了。倪伟贞在内心深处给自己设置了一条底线。她想给杜正阳一条“生路”，能不能走得通，由老天爷决定——和他做爱时，她还是不做防护措施，她存心想着，如果“不小心”怀孕，她就认了，跟他结婚，替他养老，踏踏实实组一个家庭，这是老天爷的意思，她倪伟贞顺天而行，她太想要一个孩子了。可是，越这么想，事情似乎就越不能实现，他们频繁做爱，似乎并没有效果。伟贞搞不懂，到底是种子不行，还是土地不够肥沃。她刚开始觉得，是杜正阳的问题，因为他跟前妻结婚这么多年都没有孩子，可能精子活性不够或者别的什么原因。慢慢地，她听得多了，发现不是杜正阳没能力，几年前，有个不知名小演员还为他流过产。于是，倪伟贞得出结论：是她自己出问题。年纪太大，屙不出个肉蛋蛋。意识到这一点后，倪伟贞的工作劲头似乎也消减了，晚上也没心情调情、做爱。都说三十狼四十虎，她在这方面倒平常。杜正阳也觉察出伟贞的失落。这天，忙完一天的任务，洗了澡，伟贞拿着打印的A4纸通读素材，杜正阳上了床。

“怎么了？”他问。

她把材料纸从脸面前挪走，脸露出来：“没怎么。”

“用户体验不好？”他风趣。

“去你的。”

“聊聊天。”他的意思是，不做爱，只聊天。

“白天还没聊够？”她苦笑。

“内容不一样。”

“想聊什么？”她又用材料遮住脸，不看他。才一起工作两次，已经有点老夫老妻的意思。伟贞更加确认，如果没有孩子，他们的爱情撑不过一年，根本抵挡不住细水长流。过夫妻生活她真的不适应。

“没什么。”

“烦了？”

“没有。”伟贞有点吃惊。他感觉出来了。

杜正阳又在床上躺了一会，看电视。两个人都不说话，房间里除了电视机里的声音，只有纸张的翻页声。

终于，伟贞放下材料，感叹一声：“婚姻真是个可怕的东西啊。”

“什么？”

“剧本里。”她多说一句。

“现实中也很可怕。”

“所以你离婚了。”

“跟她没法沟通。”

“我同情你前妻。”

“为什么？她不吃亏。”杜正阳说。

“两个人过了那多年，突然有一天，你的丈夫告诉你，我们不合适，要离婚，如果你是女方，你什么感觉？”伟贞想起二嫂春梅。她同情她，为婚姻付出那么多，却只得到一地狼藉。

“我净身出户的。”杜正阳强调。

伟贞心里冷笑，听听，跟二哥一个毛病，男人总以为，净身出户很伟大，就可以补偿女人的损失。可时间怎么补？连她这个没怎么在男人身上浪费时间的女人，都觉得，如果可以，她宁愿用全部身家换青春。

“为什么不给她个孩子？”伟贞问。延展去想，她觉得二嫂最大的安慰，就是有个优秀的儿子。

“她生不了。”

“因为这个离的？”

“当然不是，怎么又问回来了。”

倪伟贞打个马虎眼：“我是为剧情做采访，杨贵妃就没孩子。”

正阳一本正经地说：“她太胖，又喜欢吃凉，排不了卵。”专业回答。无意的一句话，似乎碰到了伟贞的痛处，她不吭声。迷迷糊糊睡着，不晓得到几点，伟贞醒了。是杜正阳把她吻醒的，舌头都要伸进来。

“睡觉。”伟贞要推开他。

正阳用假嗓子，小声，好像偷偷摸摸地：“对我不满意？”

“睡吧。”她说，“明天还要创作。”

“现在也是创作。”杜正阳压下去。

伟贞奋力推开他：“发什么神经！”

正阳又摸爬上身：“要不咱们造个孩子。”

什么？伟贞没听清，一脸诧异。窗户口有月光照进来。她看得到正阳的眼睛，像猫。还有他赤裸的上半身，似乎还有点肌肉，按实际年龄，他不算太老，只是风吹日晒多了，看上去有点苍老。去了头，黑暗中，还可以隐约冒充棒小伙。

“要个孩子，你的，我的。”

“别胡说。”伟贞翻身侧躺，背对他，一颗心狂跳。她料不到他猜她的心到这种地步。

“你不是想要吗？”

秘密破解。伟贞恼羞成怒，她不喜欢被人算得那么准。她试图掩盖：“别开玩笑了。”

杜正阳更进一步：“咱们先有孩子，再结婚。”

“到底睡不睡？”伟贞只能假作生气，击退他。她不要这样。摆明了先有孩子，再结婚。不要。她原本的打算虽然有点自欺欺人，可她要的就是自欺欺人。她要孩子的出现是个“意外”，而不是刻意安排的结果——只有意外，才能让她冲破理性考量，顺“势”而为，跟正阳结婚。伟贞清楚，结婚是要有点昏了头的精神。可正阳一点破，就没意思了——她可以假装巧遇老虎，但不要明知山有虎，偏向虎山行。

“你不是想要吗？”正阳深入地。

“没有。”她口气很硬。

“那每次都不防护。”

“没有必要。”伟贞脑子快转。

“你……”杜正阳不敢相信。

“我停经了。”她撒谎，很自然，带着点怒气。

轮到正阳沉默。“失望了吧，不想跟我结婚了吧，”伟贞演得真，“我现在都不算是一个女人。”正阳从后面抱住她。算是安慰。结婚的事，没再提。倪伟贞睡不着，轻轻喘气，她试图往前想想，如果结婚了，生了孩子，她直接就“上有老下有小”了。老妈可以送养老院，能把杜导送过去吗？显然不能。实在是个沉重的负担。顺其自然吧。倪伟贞想，眼下，把戏做好才是最重要的，投资还没拉到。就算拉到，能不能拍出来，能不能播好，都是未知。伟贞感觉，这恐怕是她职业生涯的最后一搏。成功，能赚个养老本，失败，她考虑转行。

十六

存钱罐在床铺上方划过优美弧线，啪一下碎在地上，银格子[1]乱滚。从美兰湖看房子回来，刘红艳就对倪俊大发雷霆。两个老的不在，二琥伟民两个人从美兰湖直接转到养老院去看老太太。红艳感觉，这趟看房之旅，对她根本就是个侮辱。地方偏不用说了，倪俊打了多少次预防针，她有心理准备，她存心想着，偏就偏点，起码自在。而且公司有班车，能凑合。反倒是倪俊上班有点不方便。可是，等中介带着一起去看，二琥和伟民竟然开始问二套房税的事。

刘红艳压着火，一直等到回家才问倪俊："爸妈什么意思，二套房？我们一套都没套呢。"

倪俊为难，表情像便秘。

红艳抢白："意思是，美兰湖这套，还不放在咱们名下？这是叫给咱买房子吗？"

"能住不就行了。"

"不是自己的，那人要随时把咱赶出来呢？"

"不可能！"这句声音大，充男子汉。

"这套房不用你的名义贷款？爸要全款？哼哼……真大方，对自己大方。"红艳骇笑。

---

① 方言，指硬币。——编者注

“迟早不都是咱们的。”

“多迟?!多早?!猴年?!马月?!”刘红艳一抬手，存钱罐飞了出去。倪俊灵敏躲开。红艳开始收拾东西，不行，她必须有态度，不能继续死皮赖脸待在这里。她生了个孩子，难道连美兰湖的一套房子都换不到！搞搞清楚！那是美兰湖，不是新华路！她连做一个穷人都没资格了吗？倪俊慌张：“都能商量，别这样。”刘红艳气顶在头上，举起拳头，作意对着肚子：“别过来！”打不了他，她能打他儿子。别别别，倪俊摆手，只能放行。刘红艳一脚把厨房门口的钢精锅踢到一边。

天地茫茫，身上坠着个孩子，刘红艳真不知道自己能往哪儿去。去找同学？免不了沦为笑柄，去找同事？更是无稽之谈，去找老板？她才把她调任降级，她刘红艳显然已经成为弃子。这座城市，还有谁跟她有关系？思来想去，似乎只有二婶春梅，她们同仇敌忾，都被一家人欺负！

春梅一开门，红艳就扑上去抱住她，痛哭。这几天，张春梅准备离婚的痛苦正煎熬着她，红艳这么一哭，惊天动地，春梅似乎暂时忘了自己的痛苦，开始关注起红艳来。刘红艳声泪俱下，说到最后，下结论：“这家人怎么这样?!各有各的混蛋！”连伟强也骂了。张春梅理性分析，她不明白老大两口子为什么非不写孩子名字，挂自己名下，这样要多交税，而且，几十年后，这房子不还是孩子们的吗？这种做法，招恨，结仇。不过，以她对老大两口子这么多年的认知，她再一想，又能明白他们的动机。他们是怕，一给出去就收不回来，将来万一孩子们离婚，或者他们急用钱，麻烦。再深想一层，张春梅又为刘红艳可惜。她和倪俊，根本是两个世界的人。红艳锐利、进取、心思广大，她铁了心要在这大都市劈出一条路。

倪俊呢，没有野心，也没有本事，只是出生在大城市，有个立足点。干这个伺候外国领事的工作，一眼能看到五六十岁的状态。他是个躲进小楼成一统的青年。再添个儿子，他生活完美。这两个生活完全不在一个轨道上的人，在这座都市交会，拧在了一起，根本就是鸡兔同笼，注定不得安宁。何况还有那二位老人跟着搅和。张春梅真心觉得，红艳这样的女孩，既然决定到大城市闯，就应该不着急结婚。可春梅明白，女人到了红艳这年纪，社会的全部力量都会压着你，逼你结婚。她单位有不少女孩都是这样。生育是道坎。张春梅拉红艳坐下，循循善诱："艳儿，听婶的，抓主要矛盾，一步一步来，孩子永远是第一位，什么都别想，生下来，丢给老人，你就去干你的事业。"

这话说到红艳心坎上。她现在一门心思干事业。只是，红艳认为二婶说得轻松，生出来丢给老人，自己就不管了？而且，丢给老人她能放心？那是两位多么糟糕的老人！红艳嘟囔："这种状态，孩子生出来能健康吗？"春梅道："别多想，好好休息，我帮你沟通。"

不知怎么的，面对红艳，春梅总是怀有一副热心肠，她自己都要跟伟强离婚，不再是倪家人，居然还愿意拔刀相助，去为侄媳妇争取。

春梅进门，说红艳在她那儿，倪俊舒了口气，他到处找她。伟民在厨房抽烟。二琥扶着门框子："我当多大能耐，绕来绕去，不还在倪家转悠！"

春梅对倪俊说："你明天去接红艳。"倪俊哦了一声。二琥走上前，右手背在左手心里打得啪啪响："大子儿不出一个，非要写名字，这家直接都过给她得了！太贪！生个孩子，就成皇后啦？!"她靠近春梅，歪着脖子，“春梅你说说，这孩子为谁生的？为我？为倪秃子？那是为自己积累一生的福德！我看她，根本就是人贩子！卖孩子！”

春梅随即劝道：“大嫂，咱是一家，关起门来讲，这房子写谁名字又有什么关系，钱是你出的，真要以后一个不小心，闹到法院，只要能证明你是出钱方，照样判给你。红艳不是不讲理，她就是感受不好，觉得你们都防着她，一家人，最重要的是信任，要抱成团。”

二琥看着春梅，一肚子怀疑。信任，你是信任老二，现在什么样？她觉得春梅没资格教训她。伟民丢了烟头，从厨房出来，对倪俊说：“去把红艳接回来。”

倪俊拧着劲：“我不去！”

二琥拱火：“对，别去，她又不是没腿。”

春梅劝：“大嫂！家和万事兴。”

二琥反驳：“妹妹，咱们家的事，你别管了。现在是，各人自扫门前雪，能把自己那摊事扫明白就不错。”春梅脸上一阵辣。伟强离婚的最后通牒，估计大哥大嫂知道了，既然她马上就不是倪家的人，他们自然看她不起。人就这么现实。伟民伸手拨了倪俊一下：“去，接回来。”

“我没脸。”倪俊声音低沉。

“写你们俩名字！”伟民暴吼。二琥下意识堵住耳朵，等确定声音停了，她才用质疑的声调说：“倪秃子，你心眼子没了？什么写两个人名字。”

“就写他俩，这家我说了算！”

二琥嚷嚷着，对春梅说：“看到了吧，我也得跟他离婚，姓倪的有一个好东西吗？都不是人！”

张春梅站起来，倪俊以为二婶要走，跟着送客，谁知张春梅朝里屋方向走了两步，探着脖子："大哥，大嫂，我还想说说妈的事。"

二琥诧然："妈又什么事？"

春梅要把老太太接回来。伟民和二琥都无法理解。在他们看来，老二的安排很合理，妈不认人了，留在家里，等于跟陌生人相处一样，而且痴呆病人特别难照顾，情绪反复无常，行为乖张。高级养老院有专业的集中照料，十分恰当。还有一点令老大两口子很满意——不用他们出钱，伟强包了。但春梅强调的一点，二琥确实也听老太太说过。原话是，"要死死家里，别给弄养老院，让那些个乱七八糟的人碰我！"老太太说这话时，面容愤恨。不过，二琥认为，那是妈的老观念，落伍，应该去适应时代新变化。而且妈脑子坏了，就算接来家，她也不明白。

"她明白！"春梅否定，"不能因为她现在糊涂，就背叛当初的约定，妈都知道，我们做的什么她都知道。"

伟民、二琥沉默。是，老太太劳苦功高，可她现在就是个麻烦、累赘。这是事实。春梅又道："我没别的意思，就是跟大哥大嫂商量一下，我要把妈接回来赡养，你们有没有意见？"

"谁养？"

"我负责。"

"没意见。"二琥松了一口气。伟民狠狠瞪了她一眼，又对春梅："老二什么意见。"

"他同意。"春梅说。

春梅婶还没回来，刘红艳给她妈打了个电话。最难受的那一夜，红艳忍住了。她知道，那时候跟妈通话，庆芬肯定一夜睡不着。现在，她打给老妈，是为了跟她商量件事。这孩子来得不是时候，红艳想打掉他。一个美兰湖的房子，都那么多啰嗦废话麻烦，红艳认为，只有自己买房，才能住得踏实，才能不受倪家的影响、管制，才能想什么时候生就什么时候生。是，她和倪俊是自由恋爱，当初不顾一切要在一起。可然后呢，他们对生活的追求不同，选择自然也不同。红艳觉得靠自己，美兰湖的房子她也看到了，她的存款，再努力努力，离首付并不遥远。何必对老倪家卑躬屈膝。她刘红艳完全可以堂堂正正挺着腰杆子做人。她要努力工作，再进一步，那么，要孩子的事，只能延后。

电话里，红艳简单透露了自己的想法。庆芬立刻就炸开了："不能打！你要打了，我不认你这女儿。"红艳解释："妈，现在不是养孩子的时候。"庆芬觉得女儿的这种想法根本就不可理喻，嫁入倪家有日子，肚子没一点动静，她刘红艳就是个毫无战绩的将士，人家不把她当回事也属于正常。现在好不容易再次出击，胜利在望，怎么能随随便便打掉？

"听到没有，不许动！"电话里，庆芬的声调都变了。

"妈，现在是我事业的关键期。"红艳试图说服。

"女人最重要的事业就是家庭，家庭不行，事业再好也没用。"

"妈，特殊情况，特殊处理。"

"倪俊知道这事吗？"庆芬语速很快，"你现在不是单身，想干吗干吗，你是在一个网里头，牵一发动全身，每走一步都要考虑清楚。你要说想离婚，你就打。"

"我是为咱娘俩的未来考虑，叔没了，你一个人在老家。"

"我知道我明白……"庆芬哭了，"都得忍都得等，没到时候就是没到时候。"

红艳深叹一口气。老妈的激动，让她的心也乱乱的。她不敢想象，自己生了孩子，做家庭妇女三五年，事业上还能有什么机会。庆芬见红艳沉默，追加一句："你要敢动，我就一头碰死！"

"妈！"红艳惊得一身鸡皮疙瘩。这恐怕是她从小到大，听到她妈说的最严重的一句话。事实上，还没等倪俊来接红艳，庆芬就连夜从老家来到女儿身边。她觉得自己有必要当面给女儿上一课，做做沟通，她要看着女儿把这孩子生下来。

十七

春梅家客厅里。倪俊站在那，春梅在他旁边，催促着："进去。"倪俊往卧室挪。赶巧庆芬也从里头出来。她换上笑容，朝春梅微微点了点头，又对倪俊："你先回去，明儿我带红艳回去赔罪。"倪俊忙不迭："妈——"他不认为红艳犯了多大的"罪"。春梅道："红艳妈，小孩子吵架、赌气，没什么赔罪不赔罪的。"庆芬摆摆手，又朝倪俊挥了挥。倪俊瞅瞅春梅。春梅见庆芬态度坚决，也说："小俊，你先回去，她娘俩在我这儿，放心。"倪俊只好打道回府。

春梅自己一肚子事，她觉得红艳妈一来，事情似乎变得有点复杂。她后悔掺和进来。次日红艳回倪家，她万不能再跟过去，一不小心就落一身不是。倪伟强去南昌讲学，过几天回来。他不回来，不去养老院签字，人家不放人，老太太接不回来。张春梅去养老院看过婆婆两次，每回，老太太都拽着她的手不撒。她更加确信，妈在养老院过得并不愉快。去之前，眼睛里还有点活气，去之后，全成死鱼眼，整个儿一块木头疙瘩。

单位里也是一堆事。新上任的主编吕某，非要赶潮流，做什么微信公众号。倒是拢了两个小编辑在干，可要春梅当总负责人。每日推送，还要求大家都转发到朋友圈。主编有洁癖，推送内容但凡有一个错处，就拿春梅是问。春梅反复说，自己年纪大了，对这些年轻人关注的东西不了解，不擅长，她还是拉选题、看纸稿。可主编一句话，“老同志也要与时俱进”，就生把春梅摁住，只能干。就好比这天，庆芬和红艳在她家借住，她也顾不上招呼，忙着组织小编辑做一个什么大奖的专题。寒暄两句，春梅就回自己屋。

小客房里，红艳坐在床沿子生气，她妈刚才的话她听到了。赔罪？她犯了哪条天条。庆芬教育女儿：“别这么硬邦邦的，女孩子家，柔软一点，退让一点，要以退为进。你打孩子，你理亏，人能揪住你这小辫儿一辈子！”

红艳撇嘴：“照这么说，我就该乖得跟个绵羊似的，让干吗干吗，让生就生，四个五个七个八个，一点不能有自己的想法，一点不能有自己的追求。”

庆芬坐下来，靠近女儿，压低声调，她不想让春梅听到她娘俩争吵：“你可以有自己的想法自己的追求，那也得看什么时候，你现在年纪不上不下，你可能觉得，没了这胎有下胎，但我告诉你，人不能作！流产有风险，谁能保证流了之后还能开张。妈是过来人，妈生你的时候也不年轻了，再过几年，你就能体会到生孩子这事，宜早不宜迟。”

红艳反驳：“妈，女人的宿命就是生孩子？别跟我说，这就是人生的意义，全部？”

庆芬甩开女儿的手：“我不跟你辩，反正这胎，我哪怕租房子，也看着你生。”

红艳悲怆：“妈，你怎么就不明白我的心呢，我要干事业，我要买房子，不光是为了我自己，我是要咱娘俩在这里有个自己的家！不会被人赶出来，完完全全属于自己，哪怕遇到再大的风浪，头上也有片瓦遮着！叔没了，我得照顾妈，我得给妈好的生活，妈，我知道，你说不想来这儿，都是骗我的。你就一个女儿，你不跟着女儿过跟谁过，难道跟老家那几个混蛋！妈，我也要脸面，我不要老家那帮人说，你刘红艳没本事，老头子没了你不把老妈接过去。妈，不是女儿固执，生了这孩子，三年五载脱不开身，我还怎么奋斗。”

“你妈能等……三年五年八年十年！我等！”庆芬颤抖着，鼻涕冒出来。红艳一把搂住妈妈，也哭了。庆芬喃喃，还是那句话：“别犯傻……生下来吧……”

这一夜，仿佛开战前的古战场，荒荒凉凉。倪俊带消息回来，说丈母娘来了，伟民二琥两口子心里也打鼓。

二琥说：“搞不好，这事会闹大。”

伟民发愁：“人来了再说。”

“她要是要房子呢？”

“说了，买。”

“你倒大方。”

“春梅不是说了。”

二琥撇嘴：“那是最坏情况，谁还真能到法院去。”

“就当为孙子。”伟民决断。

二琥把灯关了，看着窗外的月亮：“我可跟你说好，保险你也不买，以后要病在床上没钱治，你自己受。”

“放心，不拖累你。”说完，伟民沉默。从呼吸里都能感觉到落寞。他一失落，二琥又觉得好像对不起人似的。

“说着玩的！”二琥道，“你管我，我管你，知道了吧，到最后，靠来靠去能靠谁？还是靠老伴！你就巴望着我身体好点，将来能给你端屎倒尿。”

“怎么不说是我给你端屎倒尿呢。”伟民又来精神。

“你摽得过我？”

“你胖，我瘦。”伟民强调。

“有什么关系。”

“有钱难买老来瘦。”伟民狠狠拧了二琥胳膊一把。

次日，庆芬果然“押送”红艳回婆家，一进门，态度就虚下来，一个劲说对不住对不起，弄得伟民、二琥不好意思。吴二琥原本准备好的几句风凉话，也生咽了回去。红艳对老妈的“低姿态”不满，这事就算不妥当，那也是两方都有错，一个巴掌拍不响，怎么瞧着好像全是她错。即便是战略战术，这么弄，也有点过。

倪伟民道：“亲家，还劳您来调解，实在对不住，房子早就说买，没看好，这才看到一处合适的，您来得正好，明儿一起去瞧瞧，合适咱就定。”庆芬不好意思地笑笑，对二琥，也对伟民道：“亲家，我不是来催房子的。”伟民连声说知道知道。庆芬又说，“过去，哪个儿媳妇不跟婆婆住好多年，再说我看这屋挺宽敞，将来生了孩，我离得远，还得劳烦亲家多带。不过我也是随时待命，等待召唤。”说着，又看倪俊，寻求认同似的，“两个人在一块，相互包容，只要心宽，不要屋宽，给你个豪宅，也只能睡那么三尺大的地方。”

二琥笑道：“亲家是明白人。”

庆芬转头对红艳：“艳儿，跟公公婆婆赔个不是。”

刘红艳扭扭捏捏上前，她在心里骂“我有什么不是”，可面场还得顾，她声音不大不小、不卑不亢：“爸，妈，对不起。”二琥哎呀叫一声，好像此前积累的全部不满，都随着红艳的这声道歉烟消云散：“谁年轻时没犯过错，知错能改，就是好孩子。”

伟民对倪俊：“给你丈母娘赔个不是。”

倪俊正要说话。二琥拦阻：“哎呀行啦，一家人，赔来赔去的，多大错儿？坐牢的罪？”

伟民为显一家之主的威严，说：“他是丈夫，没关注好妻子的情绪，就是错。”

二琥抢白：“我这半辈子下来，也没见你关注我情绪，那你也错。”伟民见老婆闹得实在不像话，在庆芬面前没面子，脸气得发白。庆芬调解：“什么对对错错，一家人，不分！中午我请，亲家母，你挑地点。”伟民过意不去，连忙说中午他请客。

午饭过后，一行人往美兰湖去，车限行，倪俊说叫车，二琥又嫌人太多，一辆车坐不下去，挤到红艳也不好。庆芬协调：“坐地铁，正好考察考察出行线路。”不坐不要紧，一坐上地铁，几个人表情都渐渐有点严肃——太远了，从市区到美兰湖，要转三趟地铁，庆芬开始为女儿的身体担忧，站得实在太久，偏地铁里人满为患，一个座位也没有。二琥出马，对一个坐在黄色专座的小姑娘道：“能不能让个座位，这有孕妇。”小姑娘盯着红艳的肚子看了看，又看看二琥，道：“我也是孕妇。”二琥着急：“不是，你才多大你孕妇，这不是睁着眼说瞎话吗？这是老弱病残孕专座，我们就是老弱病残孕……”伟民皱眉。倪俊连忙过来劝阻。庆芬也跟着劝。二琥还在发火。红艳道：“妈！我站着行！没那么娇气。”

出了地铁还得坐三站公交。庆芬和红艳愿意等，伟民实在过意不去，让倪俊打车。十字路口，往东是座大桥，倪俊站了几分钟，没有出租，叫滴滴也没车来。地铁刚通没多久，配套设施还没起来。有个黑胖的青年人凑过来，问要不要坐车。伟民道：“不坐。”

“到哪儿？”

“美兰湖。”二琥说。

“二十五，一车拉到。”

众人动心。二琥说不够坐，黑胖子非说自己车大，过马路看看就是。二琥还价：“二十。”黑胖子求饶：“姐姐，您这五个人，一个人五块，坐公交还两块呢。”二琥被说得不好意思，招招手，让黑胖子带路。车还算大，但挤五个人有点多。最后商定，伟民在原地等公交，其余四个人先过去。二琥胖，大家让她坐副驾驶，庆芬、红艳和倪俊后排安置。开车了。二琥叮嘱：“有孕妇，开慢点。”黑胖子自鸣得意：“放心吧大姐，我这十几年的老司机，”又故意放慢，“给您开得慢慢的，比坐轿子都舒服。”闷在一个小空间，几个人实在无聊，便聊起美兰湖附近的发展。黑胖子一通吹，说得好像美兰湖是他家盖的一样。庆芬、红艳原本对这荒郊野地有点失望，听司机这么一说，似乎希望又膨胀起来。进小路，车盘旋而上，拐了个弯，要过铁道。二琥连忙说：“慢点！”司机得令，仿佛是个走钢丝的人，立刻放慢车速，两个轮子慢慢轧过去，稳，稳，还是稳，待后车轮脱离铁轨，二琥夸：“老司机老司机！”黑胖子有点得意，没注意前路，偏碰到个减速坡，车子嘎达颠了一下。二琥两手支棱着，好像杂技演员保持平衡，喉咙中发出啊的一声，连忙转头，对红艳，万分关切地：“我的孩，没事吧！”红艳两手托着小腹，笑得柔和：“妈，哪能那么娇气。”倪俊屁股挪了挪，搂住红艳。庆芬也笑，问司机快到了吧。黑胖子连声说马上，下个路口就是。四个人下了车，倪伟民竟然已经在小区门口等着。黑车开得太慢，倪伟民等到公交，走另一条道，反倒“捷足先登”。走近了，二琥见伟民表情木然，上前打他一下：“带路！”

倪伟民还不动，满脸惊愕，视线呈四十五角朝下。众人不解，只好顺着他的目光寻觅。却见刘红艳腿内侧两道红流。红艳低头，率先叫出声来。

十八

张春梅坐在摄影棚里，挺直腰板。倪伟强站在旁边，看着。摄影师喊："不要太严肃，笑一点。"张春梅脸部肌肉似乎动了一下，但不是笑。"笑一点，微微地。"摄影师还在下指令。张春梅从拍摄状态跳出来，交流道："师傅，拍的就是不笑的，拍上人就行。"摄影师哦了一声，依旧端端正正拍了，然后说："下一个。"

倪伟强上。张春梅站在一旁观摩。好不容易凑准时间，伟强从南昌考察回来，两个人就约见面，离婚要二寸免冠近照，没有，于是到摄影店集中拍。看着倪伟强，张春梅百感交集，这就是她爱了二十余年的男人，可恶，他怎么还没老？从婚姻的藩篱中挣脱，他还能重新开始。那她呢？刚才坐在摄影棚，春梅已经在走神，走到这儿，现实逼着她考虑未来。跟伟强离婚后，她怎么办？带孩子？孩子大了。工作？扑在事业上，这事业实在乏善可陈。张春梅打算到三十年工龄，就提前退休。她不想干了，也没心情干了。可是，退休之后又做什么呢？向小姑子靠拢？也写作，当编剧？张春梅可以肯定，她编出来的东西，指定比琼瑶剧还苦情，原因无他，她觉得自己根本就是个苦情的女人。又一个月，例假还是没来，看来是彻底停了。她当初跟伟强在一起，利用的是例假——她是未婚先孕的，直接把他前妻三振出局，可现在呢？分手了，例假刚好也没了。地球真是圆的。

照好了，倪伟强从摄影棚下来，两个人要往门外走。摄影师，也是老板，招呼："还有一张，是套餐，还送一张合照。"伟强和春梅都愣了一下，互看。春梅率先往回走，合照就合照吧。人生最后一张合照。好聚好散。

倪伟强配合。此前，他闹着要分，可真到这一刻，拍办理离婚需要的照片，倪伟强心不禁动了一动。成真了，他马上真自由了，然后呢？去爪哇岛当酒店服务员？好像忽然没了那兴致。不过爪哇岛是一定要去，去看看布罗莫火山，看看那魔幻的景致，冉冉升起的红日与四周景色交织成五彩斑斓的世界，仿佛天地的尽头。人到中年，倪伟强自认什么都经历过，成功的事业，婚姻，情人，优秀的儿子，然后呢？自从医生告诉他，他脑中有了不明阴影，无法确诊，只能观察。倪伟强觉得自己长久以来的疑惑和压抑打开了个缺口。人为什么要活着？人来到这世上，一辈子，到底为了什么？这半年来，他每天早上醒来都对生活充满沮丧。他觉得自己没有未来，不满意，不满足，过去已经过去，追不到，拽不回，他迫切想要改变，来扭转这种状态。和春梅的婚姻是个突破口。她爱他吗？过去爱，现在呢？爱得不那么单纯。他们的婚姻早就出现问题，何必活给别人看。有人为你的表演贡献票房吗？人要为自己活。

"笑——"摄影师又是那种腔调。

这一回，张春梅笑了。尽管那么不自然。人生最后一张合照，她不要苦着脸。"男士请笑。"摄影师又指示。

伟强强笑，比春梅自然。

是快印。几分钟出来，一人一份，分好。春梅把照片收进钱包，两个人往家里走。

打印机启动，卡纸。张春梅对伟强："你修一下。"倪伟强上前，把壳拆开，拽出纸，复位。

“再试试。”

离婚协议的文档头天准备好了。是伟强发过来的，让她过目。春梅根本没看。伟强强调，他除了要求暂时有住房（居住权——也是为了给老妈养老，春梅硬要接婆婆回来住），其余全部不要，他净身出户。孩子的抚养费，只要斯楠在读书，没参加工作，他照付。机器再次启动，这次打印出来了。一式两份。学校打电话找倪伟强，是朱院长，说有急事，伟强得赶过去一趟。于是他对春梅说：“你看看，没问题签字，我回来拿。”春梅哦了一声。

门呱嗒一声关上了，伟强走了，春梅靠在床头，远远看着卧室小圆桌上的合同。两份生死簿，签了就能投胎似的。坐着坐着，春梅眼泪又下来了。她为自己哭。为青春的逝去而哭，为未来的无望而哭，为人生的荒诞无意义而哭。在外人看来，她什么都有了，可这一切稳固吗？人生根本就没有什么东西是稳固的，只要你不死，随时都有危险，你必须小心翼翼如履薄冰，可就算那样，也不能保证不随时遇险、满盘皆输。手机振动，她坐着不动，又响了一会儿，张春梅侧着身子，拼命够过来。是儿子打来的。她连忙接了。鼻音要隐藏。在儿子面前，她必须是个快乐的妈妈。

“妈——”斯楠的声音不对。

春梅紧张。

憋了半天。斯楠支吾。

春梅啧一下：“怎么了，说呀！跟妈妈还有什么不能说。”

“我挂科了。”斯楠吐露真言。

春梅犯晕。第一感觉，打游戏打的，大学四年，她的宝贝儿子什么时候挂过科，又怎么可能挂科？重点学科重点班重点实验室，斯楠优秀得足以让她跟任何人炫耀。

“硕博连读可能没了。”斯楠再下一城。

春梅顿觉眼前一片黑。这比她签署离婚协议还恐怖一万倍！订机票，再贵也订，张春梅脑子里只有一个念头，她要立刻去西部，飞到儿子身边去解决问题，硕博连读不能丢！否则孩子四年的努力将付之东流，这可是整个人生格局的颠覆！从家里到机场，张春梅的电话一直没挂，她跟斯楠交流询问情况，安抚情绪。电话里，斯楠已经哭了，他不过活了二十一年，什么都平平稳稳顺顺利利，哪能受得住这种事。春梅给儿子指示：“先别在宿舍住了，学校附近有宾馆，去开一间，妈妈很快就到。”

上飞机前，春梅打给伟强，说话干脆利索，适才签离婚协议前的悲伤情绪似乎一扫而光：“我现在马上去甘州，你尽快过来，儿子不能按期毕业了。”伟强也认识到问题严重，当即表态，马上过去。挂了电话，春梅又向主编请了几天假。一听说是儿子的问题，吕主编也没打坝子[①]，果断放人。

上了飞机，张春梅一颗心狂跳，等空姐来倒水，她喝两口，深呼吸，才努力让自己平静下来。她不能乱，世界大战她都不能乱，她要保持理性，她是个母亲，她要力挽狂澜。

综合刚才儿子在电话里断断续续透露的信息，春梅基本拉出了个时间轴：春节前的期末考，斯楠的专业课铁磁学挂了科，分数是42，据斯楠说，该科目老师去年就有故意出难题为难学生的倾向，去年那届有七个人挂科，其中包括已经报送本校硕博连读的学生。挂科后，过完春节，斯楠参加补考，再次挂科，分数51，斯楠认为补考难度增加了，老师改卷子也有问题，去找该门课老师焦某询问，

① 方言，指用不直接的手段表示反对，阻止对方的意图。——编者注

焦某坚持该分数，并表示“你应该知道为什么”。铁磁学是专业课，必须通过才能毕业，保研资格才能生效。而不巧的是，学校今年返校考试——也就是九月份的加考（算是第二次补考机会）规则取消。这就意味着，斯楠现在因为这一门专业课毕不了业，硕博连读资格跟着取消。

斯楠为这个问题找过自己的班主任——也就是他的硕士导师，班主任四处奔走，并且请院长去跟焦老师做工作，目前的情况，焦老师一口咬定，自己公正公平，分数已经上传学校教务系统，万没有再改的可能。斯楠本来不想让妈妈操心，可到了这一步，走投无路，他不得不打电话给老妈春梅。

春梅恨五点。第一，恨那老师。为什么要跟孩子过不去，本校，本专业，又签了保研签了硕博连读，等于是认证过的好学生，为什么一次又一次为难。第二，她恨斯楠。这么大的事情，为什么不早点跟她说，年前就发生了，那时候如果能防患于未然，局面不会像现在这样被动。第三，她还是恨儿子。为什么不好好学习，哦，保研了，就能放松警惕了吗？为什么老师单抓你一个？还不是因为你自己也有问题，春梅跟儿子说过多少遍，不要整天打游戏。可保研成功之后，倪斯楠整个儿玩疯了，这叫玩物丧志！第四，春梅也有点怨自己。她是不是预判错误？如果当时她不棒打鸳鸯，不拆散斯楠和那个邯郸女孩儿网恋，是不是斯楠就不会那么失落，是不是就不会投入网络游戏寻找安慰？春梅喟叹，儿子，妈妈是为你好呀！可是，环环相扣，可能正是这句“为你好”，导致了眼下的败局。第五，再往前追溯，春梅恨伟强。要不是当初他在外面玩女人，倪斯楠怎么会情绪波动，高考发挥失常，得了个不尴不尬的分数，为了选好学科，只能往甘州走。包括这次保研也是。春梅能明白孩子的心。斯楠知道父母感情不好，为了不给妈妈添麻烦，他主动放弃外保，选了更稳妥的保本校。这样一来，硕士博士都落定，每个月还有一笔不小的补贴。多么懂事的孩子啊！退一步想，如果伟强不闹事，不整天摆个臭脸，孩子选择外保，是不是就没有这些问题？追溯到源头，罪魁祸首，还是倪伟强！

下飞机，直奔学校，找到宾馆。倪斯楠见到妈妈又哭了。他还是个孩子，处理不了这里面复杂的关系。张春梅抱住儿子，稳定他的情绪，然后再详细询问情况。倪斯楠把全部情况跟春梅又细细描述一遍。春梅判定，解决问题的关键，毫无疑问在这个焦老师身上。只是，她暂时还不明白，焦老师为什么要这么做。据斯楠说，去年，焦老师给七个学生挂科，补考也没过，但因为影响面太大，会影响院里的保研名额——挂科后，名额自动作废，不能由其他学生顶替——最后还是院长做工作，焦老师网开一面，事情才平息下来。今年，焦老师抓了两个人，一个是一贯的差生，本来就毕不了业的，另一个就是倪斯楠。春梅打算先摸摸底。

伟强还没到。张春梅给斯楠的班主任，也就是他硕士报考的导师宋老师发了短信，提出想见面。去年，她来学校看斯楠，跟班主任见过一面，还吃了饭。班主任是男的，八一年生，年轻有为，已经是硕导。宋老师回复，说这两天在外地，过两日约在饭店见。有两天时间也好，有个缓冲，等伟强来，说不定他在学界也有些关系能用上。晚上，伟强到了。见到爸爸，斯楠不敢哭。他原本以为爸爸会骂他，为什么不及格，为什么不努力。谁知倪伟强什么也没说，只带着娘俩找个饭店吃了晚饭，之后斯楠回宾馆，他们两口子在学校附近散步，商量对策。

“怎么办？”春梅抛出问题。

“找到原因，对症下药。”

难得，他还能保持冷静。春梅猛出一口气。倪伟强说：“给师兄打了个电话，看能不能找院长问问情况。”

“发了短信，院长说不在甘州。”春梅说，“估计想躲。”

伟强纠正：“他确实不在甘州，他在上海开会，周日回来。”又是周日。也好。春梅立刻布置，周日，她去见班主任宋老师，他去见院长，周一有焦老师的课，他们一起再去找焦老师问情况。看能不能有转圜的可能。

张春梅本想发火。她想问问伟强，你满意了？可理智又告诉她，不能闹，不能内讧，得一致对外。晚间，斯楠不能回宿舍，春梅体谅他，闹成这样，孩子回去等于成同学们关心的对象，她不要儿子受这种怜悯。三人一间住不下，倪斯楠下楼又要了一间大床房，给爸爸妈妈睡。上来一说，张春梅瞟了伟强一眼，连忙道：“不，开两间。”斯楠不动弹。春梅已经起身：“我去。”伟强的话拦在那儿：“一间够了。”

两间一间，一间两间。倪斯楠和春梅的理解有差异，斯楠以为，老妈所说的开两间，是包括目前所开的，总共两间。但春梅的意思是，再开两间，总共三间。那等于一家三口，一人一间。这样就可以避免同住的尴尬。尤其是她，离婚协议都打出来了，离婚照片都拍了，怎么能和倪伟强睡一间？还同床共枕。她做不到。可伟强那么一拦阻，意思就丰富了。三个人，两间房，怎么分配？春梅心底隐约有点希望。她希望伟强说，爸爸妈妈睡一间，斯楠还住原来的单间。结果，最后一家之主的分配结果是，春梅睡单间，他带着儿子睡大床房。于是春梅的心又放回肚子里。是她想多了。咳，都什么时候了，还有那么多愁思。不过，等快上床的时候，张春梅又重新分配了房间。她带着儿子睡大床房，顺便做做思想工作。她怕伟强单独跟儿子说点不好听的，刺激儿子。

十九

倪伟强托了好几个人，拐着弯找到斯楠所在院系的王院长。打了招呼，院长肯回短信，说下周一回来，下周二见面碰一碰。在见到院长之前，张春梅犹豫见人的次序。焦老师明天就有课，能在教室外头堵到他。班主任宋老师则需要等一天再见，他跟着老婆去丈母娘家，后天才能回学校。

春梅想先去见焦老师。斯楠肯定不能跟着。伟强跟着也不合适，人多了，反倒可能激怒他。倪伟强却觉得，眼下不宜打草惊蛇，最好等到见过班主任，彻底地了解情况再说。春梅说："那不浪费一天时间吗？"

倪伟强道："可以去学生中间做做调研。"

有道理。这个时候妈妈的优势明显，她是女人，是妈妈，亲和力强，容易和斯楠的同学沟通，于是，趁着周末，张春梅让伟强在宾馆驻守，她带着斯楠回到宿舍。简单一问，孩子们就打开话匣子，狠狠吐槽一番。"不是一次了，上一届他也那样！挂了七个，最后院里出面才压下来！"斯楠同宿舍的瘦猴很激动。上届挂科的人里头，有他女朋友，也是他的师姐。"没人选他的课，他都没有硕士生，因为没人报考他的！"另一位学生吐槽。这情况斯楠也透露过。焦老师在院里比较边缘化，五十出头，女儿今年高考，他的选修课没人报，也招不到硕士，有一年招到一个，可人家来读了不到半年，就要求换导师。可见是个郁郁不得志的人。跟他同期的，师兄师弟相称的，有的已经是院里的领导——王院长就是这位焦老师的师弟。

倪斯楠坐在宿舍床上，还是很失落，同学们聚在他周围，都为他可惜，抱不平。春梅问："焦老师为什么要这样做呢？"

瘦子愤然："他就是个变态！"考试通过，马上毕业，他什么也不怕。

张春梅当然不会天真地以为焦老师真是传统意义上的"变态"。宾馆房间内，她把带回来的全部信息，跟伟强一起分析。倪伟强扶着下巴道："这个年纪，在院里边缘化，课没人选、带不上学生，有怨气是肯定的。"

"那也不能随便给学生挂科，拿学生撒气。"张春梅激动。倪伟强道："他和楠楠要报考的导师，关系怎么样？"这句话提醒了春梅，第二天，夫妇俩去办公室见到班主任宋老师，他们的怀疑得到了确认。焦老师和宋老师没有直接冲突，但是，宋老师是最年轻的硕导，很能跟学生们打成一片，而且学术成果冲得很快，是院里的新星。木秀于林，风必摧之。焦老师嫉妒宋老师是肯定的，去年他挑的七个挂科学生，有四个都是要报考宋老师硕士的人，今年抓倪斯楠，很明显是故技重演。而且，今年人家有斗争经验了，七个，法不责众，两个，一个斯楠，一个陪绑的差生炮灰，谁也说不出什么了吧。倪斯楠根本就是老师争斗的炮灰。

办公室里，宋老师语气很诚恳："我反复找他沟通，做工作，他的态度很坚决，挂科就是挂科。"春梅、伟强不能把问题挑太明，只好说："请院长再做做工作呢，是不是可以挽救？"宋老师叹了口气："只能等院长回来再做工作试试，斯楠爸爸，斯楠妈妈，这件事，我也有责任，没有足够的经验，如果在第一次挂科的时候就介入，找焦老师做工作，或是让斯楠好好复习，哪怕我去辅导他，可能情况都会不一样。”老师话说到这份儿上，春梅、伟强不好再责怪，后面还要拜托宋老师继续发力。伟强沉吟。春梅只好说孩子也有不妥当的地方，第一，不应该对补考不重视；第二，补考没过，不应该直接去找焦老师；第三，春梅没说。斯楠不应该隐瞒那么长时间，这事，早点找人早点好。

回到宾馆，倪伟强不停地打电话，毕竟他在教育系统，只是跨着学科，斯楠的学校又在西部，他有点鞭长莫及。看着焦急的伟强，春梅一方面是跟着着急，另一方面是感动。毕竟是亲父子，他倪伟强还没做到四大皆空，什么去印尼当酒店服务员，什么生活的空虚、人生的意义，在现实面前，都是狗屁，都是矫情！张春梅觉得自己身体里充满痛苦，也充满力量。

电话打完了，霎时安静。伟强转过身，看到张春梅站在床边上。春梅被他的目光刺得一时不知怎么自处。

“我去看看儿子。”春梅道。

“别打扰他，”倪伟强招了一下手，“坐会儿。”

张春梅坐下了，两个人都不说话。该说的已经说完了，该分析的也分析透彻，儿子做了炮灰，眼下，就等王院长回来，看能否驱动院长去做工作。当然，他们还要去见焦老师，直接交锋。不过，春梅和伟强都觉得，让焦老师主动改变结果的可能性不大。他如果改了分数，让斯楠通过，不等于打了自己的脸吗？但也不是完全没有希望，宋老师也说了，斯楠补考的卷子，院里提请过学术评估，那卷子王院长和几个教授都看过，是一份可过可不过的卷子，改得严一点就挂科，稍微松一点，及格没问题。

“大局势不利。”倪伟强突然说这么一句。

“再不利也得拉回来。”春梅坚定。

“国家现在查学术造假查得很厉害。”

“我儿子又没造假！”

“我是说大环境，氛围，现在谁敢乱动？姓焦的死死抓住他是学术公正公平，老师有权利给学生不及格，谁都拿他没办法。”

“是不是离了婚的男人都这么变态？”春梅带情绪，她听宋老师说，焦老师是离异带孩的男人，感情生活很不如意，“他要是个好人，他老婆能离开他吗？”

伟强轻轻说：“也许是他想离开他老婆。”

春梅哽了一下：“不管是谁离开谁，这样的男人就是有问题！”伟强不争辩。春梅又说：“是不是男人一到中年，不做出点事情来就不痛快？”

一语双关。

“是。”伟强直面，给肯定回答。

“你不痛快，就拿我开刀！拿我儿子开刀！有天理吗?!我还不痛快呢！我还停经了呢！我杀人了吗？我放火了吗?!我有一句怨言吗？还不是有苦往自己肚子里吞，怎么能祸害别人！还教书育人，都是王八蛋！自己都不是人！”春梅越说越激动，再度泪如雨下。妆也花了，露出真面目。

伟强的理解是，春梅口中的这个代称“你”，既指焦老师，也指他倪伟强，碰巧，他们都是中年男人，而且都教书育人。换位思考，伟强特别能理解焦老师，理解他的烦躁，理解他的绝望，理解他的焦虑——何况他还姓焦。他需要存在感。人到中年，困兽犹斗，这个焦某人，恐怕比他倪伟强还要痛苦，还要觉得人生没有希望。在学术圈混一辈子，倪伟强是为没有突破而痛苦，是为人生一成不变而痛苦，可焦老师呢？连他尝过的这些甜头都没尝过，你说说，一个一辈子都没怎么带过学生，没有受到过尊重，没有在学术圈站稳脚跟的老师，马上就要退休，他会怎么样？倪伟强接触过这样的人。就像他们学校的某些老师，退休前，啥也不敢说，退了休，整天在微信群大放厥词。他看不惯这种人，相比之下，焦老师这种在退休之前实施最后疯狂的人，倪伟强反倒高看他一眼。这不就是有权男人身上常见的五十九岁现象吗？焦老师要沉没，一辈子要完了，好，死我也要拉个垫背的。很不幸，倪斯楠成了他中年焦虑的牺牲品。不过，倪伟强知道，这些话都不能跟张春梅说，现在，在她眼里，焦老师十恶不赦，千刀万剐也不解恨，跟他当初提出离婚时一样。

见王院长，是春梅和伟强一起去的。也是在办公室，是个傍晚。春梅感觉王院长有点偷偷摸摸的。王院长说明了情况，也讲了自己和院方包括宋老师做出的努力，包括再次评估斯楠的那张卷子，但目前的难度在于，分数已经上了学校的系统，再改难度很大，关键焦老师态度坚决，事情僵住了。马上要进入毕业季，程序一往下走，就必须有个定论，如果不尽快处理好，对孩子的未来很不利。最后，王院长说："倪斯楠很优秀啊，斯楠爸爸，你也是这个系统的，应该知道老师对于好学生的渴求，斯楠是我们院培养出来的学生，我们肯定希望他能留在院里，继续深造，成为老师的左膀右臂。"倪伟强点点头，不说话，其实王院长这么一提，他心里已经有数，儿子的硕博连读基本泡汤。眼下要处理的，是关于毕业，以及未来的问题。

春梅不懂这些，已经是眼前这个局面，她不再客气，直接问："院长，那孩子该怎么办，现在毕不了业，好好的一个孩子……这……将来……"眼看就要哭出来。

王院长说："斯楠妈妈，斯楠爸爸，事情到这一步，我们感到非常遗憾，院里从上到下，从老师到学生，都非常同情斯楠，我们愿意帮助他。现在有两条路可走，一条是结业，不走毕业，九月之后可以再来参加一个返校考试，等于加考两门专业课，通过之后就可以报名研究生考试，冬天直接考研就行，只要初试通过，复试加试一门，录取没有问题，到时候还选宋老师。”

不毕业，结业。听着头大。儿子那么优秀，学了四年，辛苦了四年，最后连个毕业证都拿不到。天方夜谭。春梅无法接受。“那第二条路呢？”她问。

“留级。”王院长说，“直接留到下一级去，申请换专业，这样可以避开焦老师，到了年前还可以参加研究生考试，我也向宋老师了解了情况，倪斯楠专业不成问题，包括宋老师都可以给他做辅导，就是英语和政治要下下功夫，尤其英语，是倪斯楠的短板哪！只要政治、英语通过国家线，基本可以确保录取。”

可不。这小子认为自己可以保研，早早就避过了政治、英语，不肯下苦功，现在好，躲得了和尚躲不了庙。张春梅在心里算时间，从目前到明年的研究生入学考试，也没有多长时间了。过去是保研，优哉游哉，要是自己考，能不能十拿九稳，这个变数太大，可现在儿子的情况，只能自己考。保研名额已经作废。综合两种情况，张春梅和倪伟强觉得，最好还是留级，这样能拿个正规毕业证，而且不用加试，要不然徒然增加不确定因素。

春梅接到二琥电话，说要借她家客房住几天，亲家母又来了。春梅表示没有问题，老大那边也留了他们家钥匙。二琥问春梅怎么样，得知在看儿子，二琥又恭喜了一下，春梅没说具体情况，这事得瞒着，谁也不能说，关系到她和儿子乃至倪伟强的面子。

挂了电话，二琥朝伟民点点头，深叹一口气，她也瞒着件大事没说：红艳小产了。

二十

造孽。刘红艳感觉，也许是这个小东西跟她闹着玩，一不小心从她肚子里溜出来。直到刮过宫，受了那么多苦，她仍旧不敢相信孩子没了。病床旁，庆芬哭得梨花带雨，她是真伤心，二琥皱着眉，多半苦恼。倪俊端茶倒水，伺候着。小月子也得坐，否则会留下病根。

庆芬暂时留下伺候女儿，住春梅那儿。关于红艳的住处，二琥和红艳有争议，红艳的意思是，她也去春梅婶的客房住，二琥觉得没面子，强调："媳妇是我们家媳妇，住到老二家算怎么回事，咱们家是牛棚狗窝，那也是个家呀！"最后是伟民站出来，支持红艳去春梅家住。倪俊下班去看看。红艳向公司请假，女总裁批准，不过刘红艳现在迫不及待想回去上班。东方不亮了，西方得亮。

因为流产，买房子的事没再提。

倪俊来，红艳问他："房子还买不买？"

"等你好了再说。"倪俊道。

庆芬也劝："哪头轻哪头重分不清，身体是第一位。"她妈总说，留着青山在，不怕没柴烧。红艳却觉着，倪家想赖账。要不怎么悄无声息，黑不提白不提，如果是真对她好，她现在身体抱恙，流产了心情低落，更应该把房子买过来以示鼓励，而不是就这么抹过去。庆芬说："好好养身体，还有希望。"红艳哭嚷着："妈！你还没看透！人家就把咱当个母鸡！下了蛋，就有窝，没下蛋，窝都不给你一个！”

庆芬说：“艳儿，不能这么想，换个角度，你是为自己生孩子，而且医生不也说了，你当你年纪小，再等下去，能不能自然怀上两说，要在过去，你已经是大龄产妇。”

“自然不行就人工，我算什么大龄，有人快五十了还生孩子呢。”

庆芬发毛：“你就说你这辈子还想不想要孩子！”

要。红艳有这个自信，觉得迟早会有。但不是现在。反正，倪家不提，她刘红艳是再也不会主动提买房子的事。光看公婆这不冷不热的态度，红艳下定决心，要靠自己买房。不就美兰湖吗？实在不行，再偏一点也没关系，自己买房，心里不慌，有房子的女人，在婆家腰杆子都会硬一些。当然，红艳没把这个想法跟老妈摊开来说，徒然增添老妈压力。在老妈那一代人眼里，一个女孩子家，靠自己，在大城市买房是不可想象的。而且搞不好她还会觉得，自己买房，是跟婆家和丈夫对着干，摆明了要分家要分裂，不利于团结。默默努力吧！红艳换个角度想，现在她好歹有个优势——不用租房，她现在要端正思想摆正态度，就把婆家当旅馆当饭店，攒够了钱，就付个首付，搬出去。

电话来了，打到伟民手机上，二琥接：“暂时不考虑……谢谢……不是……你那房子不合适咱不买还不行……太偏……不符合我们的要求……明白了吧！”挂了电话，二琥余怒未消。伟民瞅她。二琥喝道：“看什么，你惹的事！”

“不买了？”

“孩子影儿没见着，还买什么。”二琥歪在床上，斜着眼看伟民，“现在女人这个质量，跟我们那时候，真不能比。全是残次品。”

伟民说：“会不会太现实？红艳回头觉着，咱们全是因为孩子才说买房。”二琥坐起来：“她这么想就对了，用不着遮遮掩掩，咱就是这目的，房子不是给她的，是给孙子的，皮之不存毛将焉附，没必要羞羞答答。”

倪俊推门，没好气地开口道：“妈，爸，房子该买还买，要不买，我就搬出去。”二琥恨不得一跃而起：“市中心的房子不够你住？！非要跑到鸟不拉屎那地方窝窝！让你老婆下个蛋，咱立马置窝！”倪俊从门缝里看人：“妈，你怎么一点不近人情呢，你嫁到咱们家的时候，奶奶可没为难过你。”二琥火冒起来，指着倪伟民：“老倪，这你儿子说的，今天你不教训你儿子我跟你没完！革命历史教育得到位！你妈那时候可没少为难我！我怀孕坐月子，你妈伺候过一天吗？！我差点没在澡堂子摔死！这么多年，我熬干的煮稀的，照顾完小的伺候老的，我得到什么好！我说要让张大胖的闺女胖妞做儿媳妇，你儿子就是看不上！要是胖妞进门，能有那么多事？！早都抱上大胖小子了！”

倪俊缩头。在这个家，谁也干不过他妈。他理解红艳的苦恼，他想着，等红艳回来，实在不行，先出去租个房子，缓解缓解矛盾。

闹了一阵，二琥累了，躺在床上休息。伟民背对着她，二琥伸手给了他屁股一巴掌：“你猜我今儿去看妈，人干嘛呢。”伟民道：“还能干嘛，吃喝睡。”二琥说：“老太太教人剪纸呢，头头是道，看着一点毛病没有，要说妈，真有福气。有那么个有钱的儿子，能给安排到那儿去。”停顿半秒，二琥继续畅想，“等我老了，要能有这福气，我做梦都能笑醒。”

伟民嘀咕：“你现在就能去，把你那买大病保险的钱省出来，我再给你点，现在就去舒服，搞不好不会得大病。”

二琥脚踢，伟民闪躲，没踢到：“咒我！”

伟民道："别以为事事能长久，知道吗？门口小卖部都关门了，饭店的青岛小海鲜都不卖了，隔壁老朱奶奶，前儿个也没了。"

二琥惊："哎哟，怎么没的？年下还见她坐树下晒太阳，捏枣吃。"

"风烛残年，还不说没就没。"伟民有点沮丧。老朱奶奶跟他有点交情。闹饥荒那会儿，老朱奶奶给过他半块炸馒头片。

"没见搭灵棚？"二琥问。

"弟兄姊妹争房子呢。"

"造孽，"二琥骂，"幸亏咱就一个，好不好都是他的，没别的想头。"

一进门，杜正阳就直扑过来，在伟贞额头上点了一个吻，然后连说了三个"太棒了"。好一会儿，伟贞才从正阳的描述中明白，《杨贵妃》这个项目拿下来了。杜正阳凭着自己三寸不烂之舌，多年的导演经验、口碑，还有他和倪伟贞共同研究的故事大纲和前五集剧本，一举拿下投资，而且，他不但是导演，还兼任制片人，这就意味着，怎么算钱，他说了算。杜正阳说得唾沫横飞手舞足蹈，倪伟贞任由他说，像个妈妈看着孩子在学校得了个奖。倪伟贞也觉得骄傲，再度出山，出师大捷，势头正盛。伟贞对这个作品有信心，写杨贵妃的电视剧很多，但他们这个角度的没有过。伟贞和正阳要从家族兴衰的角度讲杨贵妃，全剧两条线索，一条是杨贵妃的成长史，一条是借着杨贵妃，讲述以杨国忠为核心的杨氏家族的兴衰起落，在那样一个帝国，一个中下层家族，怎么在大唐闪转腾挪，一跃而起，又怎么随着帝国的衰落迅速坠落，伟贞觉得这里头有很多东西可以讲。

都这个年纪了，杜正阳身上还是有种少年意气。越活越年轻了，倪伟贞感觉，她现在的心理年龄比他大。“小贞，要是这戏能成，能火，咱们结婚吧！”杜正阳很兴奋。不晓得是深思熟虑的结果，还是一时兴起脱口而出。又是个高难度问题。这次不能回避，有点算正式求婚。伟贞淡淡笑：“戏火跟结婚有什么关系。”

杜正阳一本正经解释：“戏火，等于这事儿成了，搞不好能是代表作。那等于这戏是咱们的孩子，爱的结晶，孩子都有了，还不结婚，像话吗？”他尽是这种歪理，“听过那句吗？一出戏要成功，必须演员要能爱上导演，导演要能爱上演员，从这个意义上说，那梁朝伟是爱王家卫的，王家卫也是爱梁朝伟的。我们这个戏也是一样，要想做得好，导演要爱上编剧，编剧也要爱上导演，既然爱上了，成功了，可以结婚。”

谬论。伟贞听着却很舒服。但她不打算答应，绝不能被小小的胜利冲昏头脑。她还是那个观点，她不为导演养老，当然，如果这部戏赚了钱，再连着拍个两三部，经济基础雄厚了，也不是完全不能考虑。总之，伟贞本着一个观点，不给自己找麻烦。

资金到位，跟着就是快写剧本。倪伟贞闭关写了几天，有进展。这日，杜正阳开车拉伟贞去郊区看景。倪伟贞才想起来，老妈住的养老院就在附近，因为闭关，一直没来看，如今到眼前，怎么也要过去瞅一眼。杜正阳道：“你们家老太太，有岁数了吧。”伟贞给他冷冷一句：“比你也大不了几岁。”一句话噎得正阳没话说。他在心里算，不对啊，伟贞上头还有大哥二哥，怎么算，老太太也是他长辈。“要不要买点水果什么的。”他讨好她。

“不用，都有。”

门口巨大的两根罗马柱，草坪宽阔，绿树成荫，车开进去，从大门走到住宅楼，足足要五分钟。

正阳道：“这家伙，想跑都跑不出来，跟监狱似的。”伟贞和正阳到服务处登了记，由工作人员带着探视。杜正阳小声嘀咕：“怎么感觉这里头的人，眼神都不正常，咱下次写悬疑恐怖题材就来这儿。”

伟贞喝：“闭嘴！”

走廊长得像走了一个世纪。到尽头，右拐，伟贞和正阳站在大开间门口，往里看，都是老头老太太，墙壁上贴着花，还有老人们的剪纸作品，一片嫣红。伟贞感觉这氛围仿佛幼儿园大班，老师带着孩子们做手工劳动。

倪伟贞迅速搜寻，没见着老妈。“我妈呢？”她焦急地用眼神向工作人员求助。工作人员向不远处一指，伟贞见有位老太太背对着她，头发几乎全白。伟贞怔了一下，才想起她妈过去有染发的习惯。“妈——”她上前叫了一声。老太太看了她一眼，继续忙手里的剪纸活计。伟贞怕刺激她，只好不说话，静静站在一边。等老太太剪好了，她才问：“老人家，这剪纸卖吗？”老太太道：“十块钱一张。”她还真卖。伟贞没带现金，她伸手，杜正阳赶忙从口袋里翻出十块钱来。伟贞端端正正奉上，一手交钱一手交货。老太太叮嘱：“贴在窗户上，大猫猴不来找你。”

倪伟贞眼眶湿了，这话是她小时候妈妈常说的哄她睡觉的话。老人们要去散步，工作人员来带路。伟贞和正阳没跟着妈妈去，剩下的一点时间，倪伟贞要去看她的住房，考察平时的吃食，还有医疗保健情况，全部了解清楚之后，才跟杜正阳驱车离开。

车开出五公里。倪伟贞还在失落中，她觉得自己和老妈的世界，仿佛被一道玻璃屏障挡住了，即便她大声叫喊，妈妈也听不到。她给二哥伟强打了个电话，问了问养老院的其他情况，伟强一一作答。伟贞说了自己的担心，说妈的头发全白了，好像缺乏交流，她打算等这部剧弄完了，把妈接到身边住一阵。伟强只说，“你二嫂会接”。挂了电话，倪伟贞头靠后，闭上眼，车快速开着。杜正阳说：“想哭就哭吧。”伟贞睁开眼：“没哭。”

“我妈那年中风，我伺候她一整年。”杜正阳道。仿佛在说一个远古故事。伟贞还不知道这事，在她眼里，正阳已经算半个老人，他母亲要活着，也得七老八十了吧。

“痛苦。”伟贞说。

“不一定。”

“什么意思？”

“老人承受痛苦的能力比年轻人强，老人麻木。”

“再麻木，痛苦也是痛苦。”

“我妈还算乐观，她每天的期待就是能晒晒太阳。”

伟贞捋了一下头发，看窗外。她不想再问老年人的故事。正阳他妈的生活，离她太过遥远。这也是她不想结婚的原因，不结婚，就没有婆婆，结了婚，就得容纳更多无关的人。正阳又说：“我要到这天，就是得住这种养老院的时候，可得拜托你。”

“我管不着，”她脱口而出，说完又感觉太无情，改口道，“你那时候，我都多大了，哪还有能力管你。”

“拜托帮个小忙。”

“多小？”

“带我到山上去。”

“干吗？修炼？”

“不不，”正阳龇牙笑着，“到山上去，找个悬崖，把我推下去。”这是杀人！伟贞惊得剧烈咳嗽起来。

二十一

斯楠去端牛肉面，伟强和春梅面对面坐着。伟强刚挂了电话。春梅大概听明白，是老三打来的，但整个下来，伟强的那句“你二嫂会接”最刺激。这是她张春梅离婚时提出的条件。因为儿子出事，伟强和她离婚的事暂时搁浅，他不提，她也没提，在蛮荒的西部，在这纷杂的事件中，离婚暂时被掩盖住，可以不去考虑，他们又成了一家人，同仇敌忾，共同解决斯楠的问题。对于斯楠的“突发事件”，张春梅一面觉得绝望，另一面又觉得透出希望，绝望的是，儿子竟不能按期毕业，希望是，她和伟强的婚姻在最后一刻悬崖勒马。

斯楠要端面过来，正宗牛肉面，特地多加了肉。春梅连忙去帮忙。伟强起身，挥手让她坐下：“我来。”远远地，春梅看到爷俩并排站在出餐口，莫名地有点感动。

“要不要辣椒！”伟强回头喊。

“一点点！”春梅回应。都是呐喊式。

一会儿，餐齐了。一家三口坐在一处，春梅简直要哭了，她不记得他们仨多久没有坐在一张饭桌旁，简简单单吃顿饭，哪怕是在遥远的西部，是在这个脏兮兮的小餐馆也行哪！伟强率先吃了一口，说“地道”。春梅一边吃，一边做儿子的思想工作：“不要有思想负担，最差的情况咱们也能接受，就算结业，回东部，找份工作不成问题，以后想考研也可以考，爸爸妈妈不会怪你，不给你任何压力。”

斯楠看伟强。老爹对他一向高要求。

春梅拍了伟强一下："表个态。"

倪伟强道："不用有压力，没有压力。都可以，都能接受。"咽下面条，又说，"儿子，你这点问题，我看未必是坏事，这是在告诉你，给你教训，年轻人别太狂。"

春梅不想听他继续掰扯，拦话道："儿子，还想继续读研吗？"斯楠说想。过去，他的理想是搞研究，硕博连读，然后再去国外走一圈，回来就进入研究界，为物理学奉献一辈子。他在网上、游戏里跟邯郸女孩儿谈恋爱的时候也这么说。但这恶心的事件一出来，倪斯楠的人生观有点摇晃。博士，他不想读了，但硕士必须读，他不能卡在这儿，如今到社会上走跳，没有个硕士学位护体，太被动。从前他挺喜欢西部，喜欢甘州，打算将来定居于此，简简单单过一辈子，但这事儿一出，他的想法又变了。他不愿意在这儿浪费青春，他必须离开，只是硕士三年还得在这儿将就。老妈春梅里里外外都跟斯楠分析过。第一，这个地方不能长待。焦老师敢拿你开刀，说白了还是因为你是外地学生，家不在这儿，没有充足的路子，谅你找不到什么抵实的关系，不能把他怎么样。也就是说倪家在这个地方没有根基，你倪斯楠一个人待在这儿有什么意义？曾经，斯楠有些罗曼蒂克的想法，大漠孤烟直是一种风情，他要支援西部，支援边疆，但现实给了他当头一棒。第二，硕士三年又必须待在这儿。时间紧迫，自己考研有难度，如果外考难度更大。眼下，他们必须利用院里的老师对斯楠的同情，确保明年考研万无一失。这样或许能补回损失掉的时间。"加油吧儿子！"吃完这顿，倪伟强必须回学校一趟，上级巡视，点名要见他，躲不掉。他跟儿子击掌，给他鼓劲儿。击完，手停在春梅脸跟前，张春梅连忙伸出手，打了一下。"好好工作，”春梅对伟强说，“这边有我呢。”她又向杂志社请了几天假。在离开甘州之前，她还有好几件事必须完成。

首先，她要陪儿子找房子。宿舍没法儿继续住，其他同学都忙着毕业，基本进入答辩、欢庆模式，斯楠却要启动考研模式。而且，跟同学们住一块，失落更大。出来住更稳妥，安安静静地闭关修炼。

其次，她和斯楠要准备材料，赶在毕业流程启动之前提出留级并且换专业。这是宋老师和王院长都支持的。时间有点紧张，学校批不批准难说。但王院长承诺会尽最大努力争取。一旦没办法留级，那只能走第二条路：结业。按照同等学力报名考研。

再次，张春梅不死心，她还是打算找焦老师当面询问、交流，这是最后一线希望。如果焦老师愿意在分数上松口，或许可以补救。不过春梅有心理准备，改分数，等于让焦老师承认自己的错误，难度太大。某个瞬间，春梅甚至想过动用网络的力量，发动网友声讨焦某人。但仔细思考，还是放弃了。网络太难控制，一旦造成舆情，很可能造成院方、老师和学生三输。斯楠也会失去院方的同情，非常不利于考研。不能这么办。

房子不好找。中介带着看了几个，有的是价格不太合适，有的是离学校有点远，她认为不太安全。接下来一段时间，她不能陪儿子，九月到十二月，等于儿子要一个人在甘州复习考研。春梅有点不放心。有合租的最好。

只能慢慢看。

焦老师在课上出现了。下课铃刚打响，张春梅往教室门口凑了凑。她有点恍惚，上次去找周琴，似乎也是这个场景。每回遇到这场景，她都有种不祥的预感。

焦老师走出来了，实打实的中年男人，个子不高，头发稀疏，一脸油。他整个人灰苍苍的，穿着双一脚蹬的旧黑皮鞋，鞋面上都是褶，一件藏青色夹克，里面的衬衫也乌突突的。他没抱教案，空着手。

多么不负责任的老师！

春梅大无畏上前，站定："焦老师。"

焦老师还没她高。她穿了高跟鞋。他看着她，不晓得这样一个女人找他有什么事。

"我是倪斯楠妈妈。"

"找我没用。"焦老师步子迈得很快，朝办公室走。

"请再给孩子一次机会。"

"已经给过了。"

"焦老师，孩子读这么多年书不容易，一定请您网开一面。"苦苦哀求的声调。

走到办公室门口，焦老师停住脚步，身子扭转九十度，对张春梅，此时此刻，他显得比她高大。"什么是学术？学术不是溜须拍马！学术来不得半点虚假！铁磁学这门课程，我教得认真，只要认真听课的学生，都能过。过不了的，那就是不合格。这位妈妈，你要搞清楚，这不是我要针对某个人。我只看卷子，是什么就是什么。当然，如果你误解我，我没办法，相信你十年之后会理解我。"

张春梅有点发蒙。来之前准备好的一套说辞，全用不上，她低估了这个不起眼的中年男人。一个边缘人物，竟然如此伶牙俐齿，也是，当了多少年老师，哑巴也会说话了。但从他说话的语气、眼神、态度，张春梅都能感觉到这个人很偏执。焦老师迅速打开门，往里进，春梅连忙跟上，就着一条缝，硬挤进去："焦老师，焦老师……这事还有商量……您听我说……”

焦老师走到办公桌前，坐下，好像古代衙门里的县太爷。春梅关好门，觍着脸，凑过去：“焦老师，您绝对正确，您这么做，也正确，我今天来，只是作为一名妈妈，来跟焦老师……对吧，您也是一名父亲，算是家长和家长的一次交流，没有任何别的意思。”

“录音了是吧。”焦老师有斗争经验。

张春梅高举双手：“绝对没有！”她又把手机从口袋里掏出来，还有钥匙，全部放在桌面上。还不放心，为证清白，春梅干脆脱了外套。“绝对没有。”春梅再次强调。

焦老师皱眉，他估计也没见过这么难缠的妇女，他怕她还有什么极端行为，比如，故意制造个性骚扰之类，于是缓和口气：“这位家长，我能理解你的心情，但我这个人就是这样，不撒谎，特诚实，一是一，二是二，你既然已经承认我是正确的，那你今天来找我就没有意义。那个分数，已经上了学校的教务系统，正常出题，正常改卷，正常得分，正常上系统。一切都正常。不可能再改分数。所以，你来找我也没用。有这个时间，应该督促孩子好好学习。”焦老师说话的时候没看春梅，一个不小心，眼前这个女人腿一软，忽然下起跪来，且涕泪横流，悲伤得不能自已。一边哭，还一边说：“老师……咱们都是同龄人……都为人父母……孩子不容易……我求求你……给孩子一次机会……我求求你我给你磕头……”秀才遇上兵，这女人豁得出去，焦老师没见过这样的，不知怎么处理，情急之下，只好大喊：“这位女士！请自重！你这样没用！没用！”哭声停止，张春梅站起来，眼泪擦掉，像是换了一副面孔：“焦老师，难道这件事情，你将来不会内疚不会后悔吗？人，只有一种情况不能被原谅，那就是刻意作恶！”

“不可理喻！”焦老师企图夺路而逃。

张春梅拦住他：“焦老师，我不知道你为什么还总是口口声声说自己客观，说自己公平，一个客观公平的老师，难道会在补考时故意加大难度，为难学生吗？一个客观公平的老师，一个为人师表的人，难道会因为自己这么多年的不平，因为对同事同人后起之秀的嫉妒，就故意阻拦那位老师的学生，企图打压别人吗？焦老师，人，要多做善事！”

焦老师哼了一声：“我不知道你在说什么，学术尊严，不允许任何人践踏，教学结果，不容许任何人更改！请不要把一件再平常不过的教学事件，硬扯到我私人生活上来！我虽然算不上成功！但我焦某人顶天立地！不像有些小人，蝇营狗苟！谋取私利！霸占学院！我这么做，正是替天行道，维护学术最后一点可怜的荣耀！”

他话还没说完，张春梅嘶吼：“是不是你们这个年纪的男人都这么癫狂！不闹点事出来，就不能证明你们还在这世上活着！是不是！你要有不满，冲我来！都冲我来！冤冤相报何时了！活着到底是为什么?!”

敢相信吗？这是一家知名杂志的副主编，一个知书达理的女子，可此时此刻，她却仿若一个歇斯底里的疯女人，焦老师终于被吓得夺路而逃。他害怕再逗留下去，一不小心会被她捅了。兔子急了还咬人，女人疯了，那比男人还有杀伤力。焦老师一走，张春梅突然一阵狂笑，然后，颓然坐在沙发上，还不解气，她拿起桌边的书，对焦老师的办公桌一阵乱砸。不行，武器太差。她干脆脱下高跟鞋，用鞋跟咚咚咚在桌面敲几个坑。干累了，春梅又拿纸杯接了点水，喝足了，把杯子往地下一丢。老娘不管，儿子被坑，要留级了，去他的！

二十二

留级申请递上去了，房子还在找。老爸一走，倪斯楠情绪又低落下来。说一千道一万，他只是一个二十一岁的孩子，这是他人生遇到的第一个大坎。倪斯楠心痛的是，他现在成异类了，同学们都各有归宿，欢庆毕业，只有他，还在寻找一个不为人知的洞穴，好躲起来闭关修炼。中介又带春梅和斯楠看了几处房子，都是小套间，价格贵点春梅不介意，就是地段不太合适。春梅打算好了，回单位，她就申请三十年工龄退休，过来陪儿子，再苦再难，也要把这一年撑过去。

中介来电话，说学校后门有个小区刚腾出来个单间，问春梅有没有兴趣。春梅和斯楠立刻过去。

是个三室一厅的其中一间，跟学校后门就隔着一条马路。二十三层，还算安静。另外两间，一个是甘大毕业，已经参加工作的女生，一个是硕士在读的甘大学长。春梅跟他们简单沟通了一下，说明了斯楠的身份——复习考研的学生。出于校缘，大家很客气，春梅请他们多多关照斯楠。

单间不大。一张床，一张小书桌，一个柜子，没了。很适合清教徒似的苦修。

“行吗？”春梅问儿子。

“比宿舍条件好。”斯楠努力乐观。事到如今，他只能乐观。从今往后，他只能靠自己。三天后，申请批了（王院长帮忙找了关系，加急），斯楠算转了专业，留了级，避开焦老师，来年再战。

挂科的事，到此告一段落，接下来就是为考研而努力。吕主编打来几个电话，请春梅早日回岗，春梅不说真话，一拖再拖，问题严重。是，拖不了几天了。看看日历，最晚周日得走，春梅看机票，早上走，再看看火车票，卧铺，下午两点的，考虑来考虑去，她最终选择了火车票——不是图便宜，而是坐火车可以多待几个小时，多陪儿子吃个午饭。

母子暂时分离的时间快到了。临别前的那个晚上，斯楠情绪特别糟糕，吃了晚饭，他就趴在床上，一会儿又流泪了。春梅知道今晚必须做通儿子的工作。“要哭就大声哭！”春梅在他身后，“一次哭好，以后就别掉眼泪了。”

斯楠索性又哭了一阵，哭累了，起来。

“哭好了？”

“好了。”

“你是男孩，这点困难算什么，以后遇到的麻烦没准比这更大！你都哭着解决吗？”此时此刻，她是严母。必须严。

斯楠不敢吭声，他有点被震住了。

“这个教训，像你爸讲的，早点来未必是坏事，”春梅唠叨着，妈没有不唠叨的，“凡事要认真要谨慎，你说你要稍微认真一点，哪怕补考过了呢，还有这事吗？”

“妈，不提这个了行吗？”

张春梅说重点：“还有，以后遇到什么事，你不能自己憋着，不能等疙瘩都溃脓了你才说，你要跟我说，跟你爸说，实在不行跟你小姑说，跟奶奶说。”

“奶奶不是听不明白了吗？”斯楠咕哝。

“就那意思，不抬杠。”

基本问题谈完。母子俩不说话了。为了不打扰孩子，春梅到客厅坐着，翻手机。倪斯楠在房间里啃英语，要读研，他英语必须达线。说实话，张春梅这回又开始恨起伟强来，当初她说送儿子出国读，伟强非不同意，说什么中国人就必须适应中国的环境。报甘州的学校，倪伟强也是第一个鼓掌。说让儿子去大漠锻炼锻炼，挺好。都是屁话！他自己怎么不适应适应中国的环境？中国的环境就要求他当一个好爸爸、好丈夫，要维持一个家庭的体面，现在知道了吧，这个家脆弱到不允许任何成员任性！还什么印尼，还什么酒店服务员，毛姆小说看多了吧？还是学海明威？中年人，就得扛！这不都在扛吗？有例外吗？凭什么你倪伟强就搞特殊！

脑子里乱哄哄的，伟强来电话了。春梅的气顿时消了一些。他可以不在乎老婆，好歹还在乎儿子。

“怎么样？”伟强问。

“留级了。”春梅叹息。她从没想过，留级这个词会跟自己儿子扯上关系。“妈那边怎么样？”顾完小的，还得顾老的。她永远感谢老太太对她的恩情。当初是老太太力挺她进这个家门。

“没来得及过去，打电话问了，情况不错。”

“那都是表象！”春梅现在属炮仗的，一点就着，“我回去接。”停一下，补充，“回去我再签。”他们的约定，离婚，就接妈回来。

“留级吧。”伟强说。

春梅没反应过来，跟着，又感觉有点不相信自己耳朵。留什么级？意思是，离婚这件事，签离婚协议，也留级？她突然又爱上了这个词。曾经，她是多爱他啊！他是她前半生全部的骄傲，连她最疼爱的儿子，也是他带来的。

“什么？”她下意识问。

“回来再说。”伟强盖棺论定。他又不想离婚了？鬼知道。放下手机，张春梅靠在沙发上，她感觉全身瘫软，一点力气都没有，她现在才算真正领会到老子《道德经》里那句古语的含义，“祸兮福之所倚；福兮祸之所伏”。靠了一会儿，深呼吸，春梅感觉神清气爽，原本那种憋闷，一扫而光，她走进小房间，见斯楠还在台灯下苦读。

她问：“儿子，想吃什么夜宵，妈妈去买。”斯楠不声响。春梅又问一遍。倪斯楠还是不出声，肩膀轻轻起伏，耸动。张春梅靠近了，才看到儿子泪流满面。

不行，儿子还是没过去，这坎儿太大。

“怎么了？”春梅明知故问。算引子。

她走过去，抚摸儿子的头，倪斯楠终于偏过脸，拦腰抱住春梅，呜咽着，鼻子冒大泡：“要是考不上怎么办……要是对不起爸爸怎么办……要是让你失望怎么办……妈……我完蛋了……我跟你回去吧……我完蛋了……”

春梅瞬间泪目，刚刚恢复的轻松仿佛又被黑云压住，多么懂事的孩子多么可怜的孩子多么叫人心疼！儿子的眼泪，引发了心中积郁许久的情感，她一边哭一边说：“儿子……你可以的……还记得高考吗……妈妈陪你……妈妈支持你……妈妈爱你……妈妈支持你……”母子俩哭成一团。片刻，斯楠撒手，一边打自己耳光一边自责：“都是我的错！都是我浑蛋！都怪我不认真！都是我的错！……”春梅吓得连忙制止，忘了哭。倪斯楠还是强行夺出手，打自己耳光。春梅像头母狮似的嘶喊：“我不许你这样！”

刑罚暂停。斯楠凝望着妈妈，乱七八糟一脸泪。

“知道吗？”某个刹那，春梅看上去有点像倪萍，“妈妈要谢谢你！要不是你出这事，妈妈可能就要离婚！是你拯救了爸爸妈妈的婚姻！”

哦天！这刁钻古怪新颖独特的角度。可是，倪斯楠深信不疑。他怔住了，从小到大，他见证着爸妈婚姻中的每一处潜流与旋涡，他深知老妈的辛苦跟老爸的浑蛋，在这个世界上，还有谁能比他更希望爸妈幸福相亲相爱？好几次，他都想跟春梅说，妈，你离婚吧，放手吧，可鼓起全部勇气也说不出口。那毕竟是他的爸爸妈妈啊，那么多年，老妈不肯放手，不也是因为爱吗？尽管她的爱是那么汹涌，偶尔叫人不舒服，能够淹没一切，甚至令人窒息，可谁也不能否认，那就是爱！如果他的留级能拯救老爸老妈的婚姻！毫无疑问！值了！

倪斯楠不哭了。因为阴差阳错的“拯救”，他平和了，释然了。他的留级是救世主。他是天使，终于有机会帮了老妈一回。他要好好学习，披荆斩棘，东山再起。

二十三

春梅到家，庆芬和红艳就该回家了。庆芬是回老家，红艳是回婆家。在二婶这儿坐月子实在不像话。接老太太还有几天，春梅跟伟强商量，可以让老太太在养老院住满这个月。她先处理单位的事。

春梅回来了，见到红艳，少不了感叹她流产，不过，张春梅以鼓励为主，还是那话，“你还年轻，有机会，继续努力”。红艳表面讪笑着，心里却想，努力个鬼，还是努力工作最打紧。庆芬客气，问斯楠在学校怎么样。春梅撒谎，说要毕业了，邀请父母去观礼。庆芬对红艳说：“看看，养孩子养到这份儿上，才算功德圆满。”春梅尴尬，不露出来，换话题：“要是不忙，就住我这儿吧，过几天老太太回来，还能陪陪老太太。”庆芬忙问老太太怎么又要回来。春梅说还是住不太惯。庆芬微笑着：“我也这么想，外头再好，终归是外头，金窝银窝，不如自己狗窝。”红艳在旁听着，更加坚定要自己买房。

回婆家像上战场。临行前，庆芬都跟女儿交代清楚。比如，长辈说什么你就听着，别顶嘴；别跟倪俊吵，他不容易；暂时别提买房的事，缓缓再说，不急着住；姿态放低一点；工作差不多就行，别太拼，自己身体受不了，家庭生活也受影响……红艳仔细聆听着，她妈妈的隐忍哲学，她每一条都不同意，每一条都想反着来，只有最后一句，红艳听进去，心里疙疙瘩瘩。

庆芬拍着女儿的小腿：“你就好好过你的，奔你的，别担心我，你妈不是小孩，自己能照顾好自己，妈只要知道你的心还记挂着妈，就知足！”红艳一下哭了，她抱住妈：“妈，我要让你过最好的生活，我要咱体体面面的……”庆芬破涕：“人各有命，别太好强。”

客观说，结婚一场，流产一场，刘红艳不是没有反思，她有点后悔来大城市。如果当初她的心不那么高，如果她没有遇到一场所谓的“爱情”，她现在可能正栖身中小城市，买了房，结了婚，有了孩，做着一份普通的工作，或者考个公务员，平平淡淡，求个真。想到这儿，红艳自己都笑，那还是她吗？她是豹，她是狼，她是沙漠里的一条红狐，她相信运气，相信不确定，相信自己外出打猎一定能满载而归。她没有回头路。

倪俊接红艳回家，一路无话。他原本以为，刘红艳会唠叨，会抱怨，会问买房子的事，他如履薄冰，因为老爸老妈已经决定，买房事宜暂缓。理由是，房价还在降，最好观望。红艳的沉默让他害怕，别是又憋大招。倪俊讨好她：“红艳，要不这样，咱们出去租房。单过试试。”

“不用。”红艳说得轻松。

“怎么又不用？”

“要不这样，”红艳商量着，“你把租房的钱给我，就当是营养费，我存着，将来还用到咱俩身上。”

“租房用的是公积金。”

“找人办，提现。”

看来红艳是铁了心要钱。

回到婆家了。红艳叫爸妈，伟民热情点。二琥刚打完麻将，正拿着根牛角棒戳脚底板。她现在特注意养生，老姐们最近有个先去的，大家悚然，各自回家保养。用二琥的话说，“多活一天，多打一天麻将”。伟民见二琥不热情，他过来弥补，对红艳说：“你妈给你冲了葛粉，一个粉疙瘩都没有，锅里温着呢。”

红艳当即说：“谢谢妈！谢谢爸！”

拿了葛粉，回屋吃。一进自己房间，刘红艳笑脸便松弛下来，谁要吃什么葛粉，跟清水鼻涕似的。她心寒！自她孩子掉了，这全家人，没一个再提房子，连倪俊都没提。这算什么？太现实！是，就算他们提，她也不会同意，她现在不指望别人买房，她要自己弄，买得理直气壮！可是，这不代表他们可以不提啊！人，不能装孬。你还是应该提，我可以拒绝。这跟直接黑不提白不提是两码事！可恨！

回家第二天，刘红艳就要去公司上班，倪俊劝，劝不住，伟民也要劝，二琥拦住他：“要累累去！有苦自己吃！有罪自己受！”

刘红艳直接去找女总裁报到，表忠心，说明自己暂时不打算生育。总裁笑道：“红艳，你是不是有什么误解，我们公司从来对女员工都尤为优待，生育的女职工跟普通员工享有同等待遇，不会因为生育，就在职位上或者待遇上苛待。我虽然没当妈妈，但我理解每一个妈妈，我爱孩子。”假话。红艳当然知道总裁的脾性。她说的是假话。她是女人，所以更加苛待女人，只是藏得比较深罢了。

红艳提出重回艺术团。总裁没批，她认为刘红艳待在人力组熟悉熟悉挺好。刘红艳意识到，因为一场怀孕，她基本已经被总裁放弃了。或者不是因为怀孕，也许根本调她到艺术团也是个阴谋，放眼中层，除了公关部，就没几个女性。这家公司虽然最顶端是女人，可依旧是一家男人掌控的公司。因为别家幼儿集团出了大新闻，整个行业受影响，公司上市遥遥无期。她在这里耗，拿着死工资，顶多年底有点奖金，根本无法满足自己买房的愿望。

刘红艳想跳槽了，但一时没考虑清楚奔哪个行业。中午吃饭，小姑娘们谈财务自由。有个刚来的幼师分析，说女人财务自由也是分档次的。最低级的，是奶茶自由，想喝的时候拿起手机毫不犹豫就订；进一步，是车厘子自由，想吃的时候就买；再上一步，是口红自由；然后是酒店自由，出去旅行，选择自己喜欢的酒店不考虑钱；再往上走，就是包包自由，看到喜欢的包，想买就买不用攒一年的钱；最高级别的，才是买房自由。红艳不吭声，对照着，自己充其量介于口红自由和酒店自由之间，绝对没到包包自由，更别谈买房自由。红艳心痛。伍尔夫说，"女人的独立是从拥有自己的房间开始的"，因此，红艳觉得自己要买的也不是房，是独立，是自由，是自己想要的生活！她提醒自己，得抓点紧。

为抢时间，戏写到十八集就开拍。杜正阳要先拍马嵬坡。起头就是战乱戏，伟贞觉得不太吉利，但杜正阳统筹考量，觉得这样安排最恰当、最省钱，还是上马了。倪伟贞带着两个编剧助理不分白天黑夜地写着，每天最慢得出一集剧本，晚上伟贞要跟正阳开会，睡觉之前，第二天的任务都得分配下去。杜正阳既是导演又是制片人，全部都得他统筹，整个剧组，一天几百上千万花出去，那真是"时间就是金钱"。他们这还算省钱的呢。剧本出到第三十集，倪伟贞才舒了口气，跟正阳请了两天假。老太太出养老院，作为亲女儿，她无论如何得回去看看。

进门，一屋子人。二哥伟强站着，大哥和大嫂坐沙发，侄子倪俊也在，没见红艳，倪伟贞开头问一句："妈呢？"没人吭声。伟贞放下包，又问一声妈呢。二琥朝里屋努努嘴。伟贞问："不是说在养老院集合吗？”二琥道：“你问妈。”伟贞不耐烦：“二哥，到底怎么回事？妈呢 ?! 养老院虐待老人？把妈怎么了？”

二琥这才说：“老三，声音小点，你二嫂哄妈睡觉呢。”顿一下，又说，“没人虐待妈，是妈拿剪子把别的老人耳朵给剪了，人家和院方，都找咱闹事呢。”

伟贞舒了口气，只要不是她妈受伤，在她看来，都好处理。倪伟贞随即道：“神经病杀人不犯法，养老院干什么吃的，是他们监管不当。”伟民听不下去，轻声喝：“老三，少说两句。把妈惊动了，又麻烦。”倪伟贞朝里屋走，倪俊拦在前头。

“干吗？”

“三姑，奶奶现在只认识二婶一个人。”

嚯！这闹的。伟贞止步。过了约莫十分钟，张春梅从小卧室出来，伟贞上前，她立刻伸出手指嘘了一声。“妈怎么样？”伟贞问。

“睡了。”

“怎么回事？”

“养老院照顾不得当，病更重了。”

“到底什么病？怎么突然这样？”

“核磁共振拍了，说是严重脑萎缩，属于腔隙性脑梗死，脑白质脱髓鞘，属于血管性痴呆。”

“治啊！怎么不吃药。”

“银杏叶片一直都在吃，奥拉西坦和安理申也在服，但安理申加大剂量不能吃饭，只能停了，刚去医院开了丁苯酞、天智颗粒、姜黄粉，西药吃太多副作用大，只能试试，同时还要汤药和针灸调理。”

张春梅一口气说下来，在座所有人赧颜，亲儿女，还不如一个儿媳妇了解得多："二嫂，还能治好不？"

"只能延缓，彻底治愈可能性不大。"张春梅依旧保持理性。长时间沉默。这样一个母亲，是他们无法接受的。倪伟强原本认为，付钱，送到养老院，给老人最好的照顾，就算是对她负责，可以让老妈安度晚年。可老太太现在的情况，养老院都不愿意收，只能儿女们负责。大哥没钱，他想好了，照顾老妈这事，自己家，只能出力，可是眼下老太太只认老二媳妇，二琥想帮忙也帮不上。

伟民发愁，自从儿媳妇红艳流产后，他老觉得自己欠儿子媳妇一套房，因此过得更省，还打算到饭店帮厨，再挣一点，让日子好过点。照顾老妈，实在没时间。

倪伟贞正处于事业关键期，更没时间。但她愿意出钱。

伟贞先出声："今儿聚到一块是为的什么，别不吭气儿。妈这事，怎么弄。"

伟强道："大哥，三妹，你们别管了，我负责。"

伟贞替春梅抱不平："二哥，别一句你负责就完了，你负什么责？妈剪了人家耳朵，就是你负责的结果。你揽下来，还不都是二嫂的活。妈现在只认二嫂一个。"说着，又转头对春梅，"二嫂，你还要上班，妈怎么照顾？"

春梅说："我就说要退了。"她要倪家欠她巨大一个人情。

伟贞着急："工作不干了？"

刚提就退。够伟大的。

春梅苦笑道："马上三十年工龄，看能不能申请内退，实在不行，只能辞，反正离正式退休也没几年，现在家里需要我，不光老太太，还有斯楠……"说漏嘴了，张春梅连忙刹车。

二琥敏感，问："楠楠咋了？"

春梅瞟了伟强一眼，打马虎眼：“孩子大了，总要操心。”伟贞道：“二嫂，你辛苦，没人场帮钱场，你出力，其余的就得出钱。”二琥当即跳出来：“老三，你只能代表你自己，这么多年，不光老二带过妈，我们家也出过力，你是一人吃饱全家不饿，别人的困难你考虑过没有？”

伟贞一直瞧不上二琥，随即道：“大嫂，我提建议，是为公平起见，不能山都压在二嫂一人肩上。”

春梅忙说没关系。伟贞伸手一挡。二琥翻了个白眼，小声：“这家什么时候公平过。”“好了！”伟民喝。倪俊也上前拦住三姑，请她息怒。伟贞凛然道：“天窗都开了，那就亮话，大嫂，我知道你惦记那老房子有日子了，爸死前说过，谁不出家门就给谁住，妈也是这么安排的。妈活着一天，我就得住一天，等妈去世，不管我出没出嫁，那房子都劈成三份，一家一份。请你放心。”

二琥冷笑，摊开手：“我有什么不放心的，也不是我住，我又不姓倪，逮住我猛打也没用。”

伟强站出来：“老三，大嫂，都别说了。妈是大家的妈，谁有条件，谁就多照顾点，全凭自觉，自家人，不用分那么清楚，先这样。”话说完，不干聊，伟强开车送老大三口回家，伟贞留下，陪老妈住一夜。

二十四

伟强出去就没回来。

伟贞问春梅："二哥晚上不回来住？"

春梅很自然地回答："有个大项目，连天加夜干，没他不转。"

伟贞当然不信。她只劝："二嫂，你也别太贤惠。虽然我跟二哥亲，但这么多年下来，别人不清楚，我都明白，只有二哥对不住二嫂的，没有二嫂对不起二哥的。妈这次，更是感谢二嫂。真的，女人，本来就不容易，多为自己考虑。"

伟贞一番赤诚，春梅被说得有点不好意思，连忙掩饰："没那么严重，都是夫妻，应该的。"

"周琴出国了。"伟贞突然提起。

张春梅心里咯噔一下。老三还认为伟强跟她有什么。

"你哥跟她没什么，就是同事关系，别冤枉人家。"

"嫂子——"伟贞决心提醒到底。

叠好衣服，放进柜子里，春梅转身："过去有，现在断了。"伟贞一愣。二嫂都知道，真伟大，深不可测的二嫂。手机振动，张春梅怕惊动老太太，躲到厕所里接，是斯楠来报平安——回来后，春梅要求斯楠每天至少一通电话。讲完，春梅回来，问伟贞："你怎么样？"

"什么怎么样？"

“工作，生活。”

“工作正常，生活照旧。”

“那个导演呢？”

“大嫂说的？别的本事没有，就舌头长。”

“不是你大嫂，妈说的，你忘了，妈还认得我。”

伟贞想了想，问：“二嫂，如果你是我，到了这个年纪，还结不结婚？”

“结啊。”

“那么肯定。”

“总得经历一次。”

“找个老头子？伺候着。”

“这可说不好，生死的事，阎王爷管着。”春梅道，“不过得分人，得找对你好的。”两个人又聊了一会儿，都觉得累了，各自洗了澡，歪在床上准备睡觉。伟贞还在说话，春梅让她小点声，这个时间段吵醒老太太，估计得闹一夜。伟贞笑：“她不睡我就得伺候，弄得我的生物钟也有点颠倒。”春梅眯了一会儿，也睡不太着，又不想说话。伟贞道：“二嫂，我给你读诗。”

都是文学科班出身，姑嫂俩都有点雅兴，再往前推十几年，两个人真一起读过诗。春梅说了声好：“上次读诗，好像还是怀斯楠的时候。”回忆漫长。伟贞笑：“那你可得谢谢我，我一读诗，就有好事。”

春梅换了个姿势，吉祥卧。倪伟贞蹑手蹑脚去书房抽了本诗集。春梅一看，是杜甫的。本想让她换换。老不读杜甫，伤感。春梅忍不住警告：“你可别给我读‘国破山河在’。”伟贞说那不能。春梅又叮嘱：“‘亲朋无一字，老病有孤舟’也不行。”

“放心吧。”伟贞打包票，随手翻开，她笑道，“这随机的啊，跟抽彩票似的。”她学现代文学，对古代文学不太懂。开始读：“《赠卫八处士》：人生不相见，动如参与商。今夕复何夕，共此灯烛光。少壮能几时，鬓发各已苍。访旧半为鬼，惊呼热中肠。焉知二十载，重上君子堂。昔别君未婚，儿女忽成行。怡然敬父执，问我来何方。问答未及已，儿女罗酒浆。夜雨翦春韭，新炊间黄粱。主称会面难，一举累十觞。十觞亦不醉，感子故意长。明日隔山岳，世事两茫茫。”春梅听得泫然，这个老三，选来选去，比“亲朋无一字”还糟，几乎跟苏轼的“十年生死两茫茫”齐平。

“哎呀。”伟贞突然轻叫了一声，慌忙往厕所跑。过了一会儿，她打电话过来，还是小声：“二嫂，拿个那个过来。”春梅领会，老三要卫生棉。家里现在已经没这东西：“用完了，我下去买。”

“不用不用。”伟贞在电话里说。她在厕所抽屉的犄角旮旯里翻到一片。一会儿，又来电话：“二嫂，你来看看。”春梅连忙过去。硬着头皮瞅瞅，老三的月经颜色有点不对，发褐。春梅问：“是不是炎症？最近有性生活吗？”口气像医生，问得也直接。伟贞掩盖，一脸无辜，说没有啊。

第二天一早，两个人带老太太一起去医院瞧病，老太太拿药，倪伟贞做检查。她一个人进去，一个人出来，进去的时候，心情忐忑，为病，出来的时候，心情更忐忑，为人生。她的病症是：因卵巢分泌的性激素水平比较低，导致一小部分子宫内膜继续脱落，她来的也是月经，只不过量少。根本原因是：她怀孕了。一个大奖。也是她此前期待的。

她原本以为，“意外”怀了宝宝，对她是个巨大推动，她就能义无反顾头脑发昏跟杜正阳结婚，可现在这个消息从医生嘴里宣布，倪伟贞却感到一阵恐慌。不能说，谁也不能说。春梅陪老太太拿了药，在诊室门口等她。伟贞出来，一脸仓皇。“什么情况？”春梅问。

“没事。”

“脸色不对。”

“说要吃点小药，低血糖。”

春梅相信了。倪伟贞不打算逗留，她要立刻回到剧组，看到杜正阳这个人，然后再做决定。她告诉自己，慎重，慎重，再慎重，她的这个决定，很可能会打破目前的生活格局，打开一个新世界。至于是好是坏，谁也保证不了。

伟民又出山了，当大厨。只不过，刚上班第一天，就累得犯了腰疼，他舍不得上医院大瞧，仅让二琥去社区诊所拿了一袋龙虎膏药，再让她给拔拔罐。

二琥手持玻璃罐，点火，玩得溜，一边做活，一边嘟囔：“干的不够治的！享的不够受的！让你别干，非干！多大了？给谁干?! 惹一屁股麻烦，都是我的！”

伟民趴着，一声不吭。为谁干？她吴二琥能不知道？明知故问！为儿子干，为儿媳妇干，为这个家干，也为自己干。倪伟民算过账，如果给倪俊红艳买了房，家里头真成赤贫。他还有两年才是正式退休，现在吃的是内退的钱，少得可怜，两口子主要吃二琥的退休金。好容易攒点钱，是一辈子的积蓄。

当然，倪伟民心疼儿子，也想在儿媳妇跟前捡点面子，只是，用了这样，就不能用那样，钱就那么多，都花在房子上，以后老了，万一有个差池，真没地方拿钱去。伟民跟二琥一样，不指望儿子。不是不想指望，是指望不上！倪俊从小就是个马大哈的性子，人好，憨厚，但确实不能干。指望他赚钱，一个字，难。如今在领事馆的这份工，只能说有口饭吃，老了有个保障。其余的，不想。倪伟民也算过退休金，就那么点，三千不到，能干吗？不存点能行？往后怎么活？伟民奋斗一辈子，只为个体面，他可不想老来苦。于是乎，只能在节流的基础上想开源的道儿，再出去挣点，贴补儿子媳妇。

谁承想岁月不饶人。伟民闭上眼，心中滋味万千。再年轻个二十岁，他能连续炒十几小时菜！站得比桩还稳！二琥的声音还在耳边绕，跟蜜蜂似的，哦不，苍蝇，虎头苍蝇！

“她能挣，让她自己去挣！瞧瞧，这几点了，还没回呢，撅屁股累！瞅这架势，孩子是不打算生！哼，也不是给咱生的。咱儿子都不指望，还孙子?!还儿媳妇?!你累他们领你情？你越累，人越觉得你该的！欠的！”

伟民柔声劝：“谁也不为，为自己，挣点棺材本。通货膨胀是一定的，咱们那点退休工资，只够吃，来个病，根本罩不住。”

二琥连忙道：“所以呀，要买保险。”想想又说，“你不行，年龄太大，你想买人都不卖。”罐子都放定，二琥吹灭火，“反正，我不想受妈那罪，活一天是一天，真要不成，眼一闭，走，也别麻烦，拉火葬场，烧了，倒河里，撒了，干净利索。”伟民嗔怪：“前阵还说妈享福。”

“废话，不说享福说受罪？妈谁伺候？谁能伺候？”二琥提着眉毛，不依不饶的样子，“那天老三那话，摆明着对咱，我跟老二说了，老三说那话我不答应，我伺候妈多久，她多久，按小时算，我有这时间出去挣，起码挣出半套房。做小的，不能这么说话。”

“什么时候说的？”

“就他送咱回来，”二琥说，“你搁前头，我跟老二说的。”

“他什么态度？”

“他倒明白，说大哥大嫂不容易。”

伟民沉默。二琥变了个声调：“他两口子还闹呢。”伟民说表面看还好。二琥说：“在外头肯定有人，被妈这事绊住，甩不掉，”突然手背拍在手心里，“需要人家呀！现在春梅就是刚需。妈这只老猴，只有春梅这菩萨能降得住。”

伟民换话题：“要么回乡下住呢？”

“谁？妈？”

“咱。也能带带妈。”

“要回你回，我吴二琥奋斗一辈子才站在市尖尖，你搞反攻倒算？对不起，不陪。”

“乡下空气好，还能种点东西，全有机。”伟民留半句没说。他们去乡下租间房子租块地，倪俊和红艳的住房问题也解决了。两全其美。

“想都别想。”二琥每一个字都很沉。人往高处走，哪能往低处秃噜，她一辈子的骄傲，一是生了倪俊，二是住市中心，核心地带。搬到乡下养老，这不等于要了她半条命吗？乡下有麻将打吗？二琥不自在。伸手起罐，叭的一声。伟民叫：“轻点！”二琥收罐，扬长而去。留下伟民背后满是紫歪歪。

二十五

刘红艳最近有点烦。烦到每天早晨上班路上她都得读点鸡汤，比如，早安心语什么的。然后在心里喊：加油！ Better and better（越来越好）！

她烦两点。第一，她在职场上没有优势了。在公司遭遇天花板，她想跳槽，简历更新了，又投了一圈，包括熟人介绍，都没有回音。现在市面上流行的是小年轻，薪水低，又肯干，创新性强，相对好控制。资方不愿意雇佣她这种“老人”。已婚，未育，又恰恰在适合生育的年纪，特别危险。她现在就是一个不啃老，但至今都不能养老的中年女人。

刘红艳倒不要求职位，不是说一定要中层以上才能跳，但她对收入是有要求的。她恨不得赶紧赚一笔快钱，把首付付了，然后，再考个公务员或者事业单位，又或者是进国企上班，生孩子，养老。因此，为达目标，刘红艳在婚育状况一栏特别注明：已婚，丁克。有几个面试，都特别问到丁克问题。刘红艳一口咬定，自己就是不想要孩子，两个人自在，可以实现自己的价值。

是，她现在是不想要、不能要，但让她这么斩钉截铁地说自己是丁克，红艳心有点虚。目前所在的公司虽然做幼儿园，但有同事是坚定的老丁克，有男有女。红艳跟他们交流过，他们的说法没法说服她。红艳有很多疑惑，多是实际操作上的困难，比如，一开始怎么劝说父母，怎么劝说伴侣，人到中年怎么排解婚姻危机和孤独，最后如何舒服养老到死，即便没有人怀念你，也不会遗憾……红艳实在说服不了自己。不过，她关于生小孩的观念，也遭到很多“圣母”的批判，有一次，一位女同学，两个孩子的妈妈，就非常严厉地对红艳说：“艳儿，你这么想会让人心寒，生小孩难道就是为了有人养老让他感恩？而不是希望他健康快乐？这样也配叫母爱？”红艳不反驳，但也不完全同意，健康快乐当然是追求，但养孩子防老也是眼下的需要，社会福利系统跟不上，自己能力有限，对孩子寄予一点希望，有什么错？这里是中国，孝道是传统。刘红艳觉得自己陷入一种奇特的矛盾，既想丁克，又不敢丁克，既不想生孩子，又不敢不生。

她对倪俊说：“要不，咱们也丁一把？”

倪俊不吭声，看她像看外星人。

“说话呀！”

“不同意。”

“活自己的。”

“我不是骡子。”

“跟骡子有什么关系？”

“骡子才不生，没后代，没人上坟。”

试水失败。红艳批评：“你这一大城市青年，怎么思想这么落后，什么坟不坟的，你祖宗十八代的名字你记得住吗？人，不是生个孩子你就名垂千古了，得看对社会的贡献，得看你的价值！”

倪俊硬气起来：“不想生和不能生是两码事，不能生，是生理缺陷，不想生就是和国家号召背道而驰，而且我还是长子长孙。”红艳撇嘴：“哎哟我天，真棍！[①] 还长子长孙，继承了多大家产？你把自

① 方言，意为“厉害”。——编者注

己当根葱，谁拿你蘸酱？不是我挑拨离间，爸妈也这么说，三姑那房，怎么没传给你？龙生九子各不同，一碗水也没有端平的。”

倪俊指了指地下：“这咱能继承。”

红艳道：“快别说了，猴年马月，就这破房子，来个地震立马塌。谁也别想。”倪俊爬过来，抱住红艳，他的动作正是红艳烦恼的。小产过后，作为丈夫，仍坚持行房，还不采取措施。虽然倪俊嘴上没说，可刘红艳知道他什么心思。为了不那么快二度中彩，每次“承欢”后，红艳都偷偷吃小药丸。

伟贞回到剧组，“马嵬坡”还没拍完，资方对剧本不满意，又让她改。其余的镜头基本拍摄完毕，再拍十天剧杀青。为了不打扰正阳，伟贞一直压着那事，没说。她也在考虑，其实跟正阳分手后，恋爱她谈过几次，都是跟比自己小的，当然，跟弟弟们恋爱，她也没想过未来，当时谈得舒服就行。她虽然对自己有信心，但从来没想过会跟比自己小的男人过一辈子。也奇怪，那些年，她从来没怀上过。弄到她自己都怀疑，是不是先天不孕。到医院查，医生说她功能齐全，正常。伟贞的理解是，激情不够。倪伟贞过去也没想过要孩子。太麻烦。她还要追求艺术呢。她自己还是个孩子。近几年，在生理的催促下，伟贞感觉，她作为女人的本能澎湃——母性爆棚。看到什么幼小的、萌萌的，她就想拿来抱抱、摸摸，她想要孩子。她想当妈妈。这一胎来得恰逢其时。

要！伟贞不犹豫。她犹豫的是要不要走入婚姻。以她现在的工作量，以及存款，她认为自己是有能力独立抚养孩子的。不过，男方愿意支持最好。最理想的情况是，不结婚，男方却认这个孩子，两个人共同抚养，不用领结婚证做夫妻。这想法倪伟贞谁都没说，包括二哥。有孩子，感情好，却不结婚，这是干吗？普通人能理解吗？有病是不是？伟贞的理解是，她不要那一张纸，不是怕婚姻束缚她，而是不结婚，恰恰是保护这段感情的有效方法。结婚太有仪式感了。跟演戏一样，有了仪式，设定了角色，大家就必然在这个框框里扮演，他是老公，她是老婆。再进一步，他必须像个丈夫，她也必须像个妻子。那么好，一旦矛盾爆发，离婚，真的拉都拉不回来。杜正阳和他前妻就是这样。如果没有这个仪式感——没有开始就没有结束，他是孩子爸爸，她是孩子妈妈，这是颠扑不破的，真理。不结婚，就不会离婚，处于这个模糊地带，反倒是安全的。伟贞没觉得婚姻对自己是必需品，也不会因为有了婚姻，安全感就增加。不过，按照道义，根据程序，她怀孕了，还是有义务通知他。

收工了，杜正阳来跟伟贞打招呼。倪伟贞问了问戏的进展，正阳说马嵬坡那场还要重拍。

电视没开，只有顶上和床头的灯亮着。整个氛围像没有配乐的写实电影。伟贞抛出一句："我这个月都没来月经。"有点拗口。

正阳忙着倒水，没看她："知道你辛苦，再努把力，这片子的成色，年度前三，就是钱不多了，得抓紧。"他全部注意力都在戏上。

"这个月没来月经。"说第二回。这次语速慢，每个字都咬得清楚。

"没来……"杜正阳重复一句。脑子在转。

"没来。"

"没来！"杜正阳猛拍了一个巴掌，他兴奋，"居然没来！"全理解了。"没来好！咱不欢迎它！"正阳笑得合不拢嘴。这算什么？老年得子？哦不，他是中青年导演。现在不过七十都不算老年。正阳浪漫，突然单膝下跪，捉住伟贞的手，一阵狂吻，又把她手背贴在自己脸颊上："咱们结婚，拍完咱们就结婚，伟贞，你真是我的福将，双喜临门，双喜临门，有什么要求？”

滴溜溜的一双眼，倪伟贞凝望着正阳。沉默。

可怕的沉默。她看得正阳心有点慌。

伟贞把手抽出来，叠在膝盖上。

正阳急了：“干吗，你不想要？”

“孩子，要。”伟贞立刻答，“结婚，不要。”

“什么意思？”杜正阳乱了章法。倒退十年，多少小姑娘往他身上冲。就是现在，他也不认为自己全无魅力。虽然比不上乔治·克鲁尼，但起码比那些真正的老头不差吧。她嫌他？穷？老?!除了这个还有什么。可这两点正是杜正阳最不愿意承认的。他像一头愤怒的狮子，在床头几尺见方的空地打了好几个转。“你找我……借种？”正阳想得赤裸。他刚，她反倒要柔：“行啦，我的大导演，要借种，何必这个岁数的，完全是意外。”

“嫌我老了？”

“你是老了，这是事实。”

“我不会拖累你。”正阳立即表态。

“需要那么激动吗？要不要先吃点药。”

“到底为什么？”正阳眼珠子要跳出来，“你不是想跟我结婚吗？”

伟贞眼睛闭上，又睁开，动作很慢：“那是过去，十几年前。”

“还是嫌我老。”

“我也不年轻了。”伟贞说，“婚不婚的，重要吗？你不照样是孩子爸爸。”

杜正阳喘着粗气，他无法想象，居然有女人敢拒绝他的求婚。胆大包天！“我不能丢下你不管，我得对你负责。”

伟贞觉得好笑：“行啦，导演，我自己能负得了自己的责。”

“还是对我不满。”

“没有。”

“宁愿当单亲妈妈也不愿跟我结婚！”杜正阳越说越激动，颤抖着。

“真没有。”

“我不同意！”

“正阳——”杜正阳激动成这样，是倪伟贞始料未及的，按常理，不都是女方要死要活？她一没要名分，二没要钱，干脆利落，他激动什么。他损失的，不过一粒精子，等于破费了一点维生素。白得一孩子，有什么不乐意的。

“孩子只能有一个爸爸！”

“想哪儿去了。”伟贞无奈。没办法，倒退十年，她肯定结婚，现在她就是不想结婚，只想要个孩子。怀孕之前，她以为能被怀孕感动，昏头昏脑就把婚结了，怀孕之后，她发现根本办不到。“这孩子不能要。”杜正阳说。在他看来，孩子是来跟他抢伟贞的。倪伟贞吃惊：“妇女有生育的自由，我不是来跟你商量的，只是告诉你这个决定。”

剧本她已写好，他同不同意，她都要这么演。

“你胡闹！”正阳大喊，扭头出门。伟贞没追，只听到门板“哐当”一声响。倪伟贞有点恍惚，跟着，兀自笑了，这都是女人的惯常戏码，委屈，出逃，怎么全让男人演了。生个孩子，把男人抛在一边，伟贞觉得，这剧情，老妈如果不糊涂，估计会拍手叫好。不是说“剩女”都很弱势吗？为什么倪伟贞没感觉自己受委屈？她还没走上人生巅峰呢。

二十六

春梅申请内退，领导不理解，马上要拿到正高职称，现在退，退休金会打折扣。春梅很坚持。不同意内退，就辞职。领导看她铁了心，也担心她后悔，就做了次好人，同意让她休假一段时间试试看。不算退，还能回来干。社里实在需要人才。

吕主编很不高兴，认为春梅这么做，根本是拆她的台，找领导谈了两次。春梅得知，主动找她谈："老人就那么多时间，我是没办法，人生不就这样，你养我小，我养你老，别留遗憾。"吕主编只能理解。可当背后得知春梅口中的妈妈不过是婆婆，她又认为张春梅撒谎。天底下这么孝顺的儿媳妇有几个？她张春梅可算不上。春梅侧面听了，不解释，医生说，她婆婆这种情况，病情发展很快，基本已经进入晚期。这话春梅跟伟强都没说。

老太太接回来后，倪伟强也从学校宿舍搬了回来。春梅暂时不考虑夫妻关系和好如初什么的，他回来，完全是实际生活需要，白天，大嫂二琥能帮着搭把手；晚上，老太太时不时折腾，春梅一个人根本弄不住，必须伟强帮忙。放暑假，春梅得去甘州一趟接斯楠回来，看看奶奶，也调整调整情绪，开学留到下一级，正式踏上考研征途。白天，二琥来照顾，晚上，伟强照顾。春梅叮嘱，有事，随时给她打电话。

春梅正准备上飞机，电话来了，是二琥："春梅，妈不肯吃药！

这怎么弄，不吃更犯病。”

“你说了你是春梅吗？”

“说了！她不认，说不是，”二琥犯难，“我只好说自己是春梅的姐姐，冬梅。她才勉强接受。”

“劝劝她，告诉她吃药为她好！”春梅耐心地说。二琥硬着头皮说行。等春梅下飞机，电话又来，还是二琥，药还没喂进去呢。二琥快哭了：“我这一上午，啥也没干，光喂药！喂不进！”

“把药溶汤里。”春梅给第二招。

“行吧。”二琥有气无力。熬汤，把药溶进去。这一天算过去。

又见到斯楠。不到一个月，儿子瘦了许多。张春梅心疼，问了问情况。斯楠精神状态不错，说政治英语有点进展，打算暑假回家报个班。春梅鼓劲，说你没问题。到甘州第二天，春梅又跟宋老师见了个面，说了基本打算，宋老师表示支持。毕业前的一系列活动，斯楠不参加，春梅接他回去，也是为了避免他情绪波动。

这日，母子俩正吃午饭，二琥又打电话来，说老太太把药当糖豆吃了。春梅说：“那不省得放汤里了？”二琥苦恼：“量大！量有点大！”春梅当机立断：“给伟强打电话，我们下午的飞机。你们先带妈去医院！”斯楠放下汤勺：“奶奶怎么这样了？”

春梅看看儿子，不知道怎么答，猛叹一口气。她的确有点低估老年痴呆症的破坏力。张春梅过去答应过老太太，不管什么情况下，都不让她去养老院。现在她是践约，履行承诺。春梅妈去世得早，她嫁到倪家来，一直把老太太当成亲妈，哪怕她跟伟强散了，也要给妈养老送终。只是，眼下看，妈的病症，别说两年，就是半年，她一个人也会被逼疯，最严重的是没办法睡觉。老人太爱半夜折腾。

她出来之前，伟强、二琥替换着照顾，稍微好一点。不过即便这样，春梅也觉得人手不够。这次回去，得再开会。不是她不想照顾，老太太只认识她一个人，她必须照顾。但没有人轮换，实在吃不消。照妈这病情发展速度，顶多撑两年，肯定大结局了。咬咬牙，努力撑过去吧。

至于跟伟强的婚姻，春梅已经没有刚开始那么激动，她同意离婚，现在就是拖，面对这样一个妈，面对触目惊心的状况，张春梅不看淡也看淡了，不看开也看开了，人生不就这回事？五十多岁就痴呆的也大有人在。虚无！在生命面前，婚姻真那么重要吗？而且她已经辞了职，光杆一个，还跟谁比，争什么荣夸什么耀?! 她只求平平安安的。经过伟强、斯楠、老太太三场变故，张春梅觉得自己什么磨难都能承受。按部就班，做吧。活一天是一天，只要活着，总会有好事发生。就比如眼下跟儿子吃一顿饭，一人一碗羊肉泡馍，春梅知足。

到医院，老太太睡着了，胃洗了，给了安定。伟强大出气，烦闷。二琥招呼斯楠一下，又凑到春梅跟前："真看不住。"倪俊、红艳和伟民从外面进来。这次的费用，倪俊去交的。"母债子偿"，是二琥闯的祸。春梅问："伟贞什么时候回来？"二琥说打了电话，就快到了。人没到齐整，春梅先教了点护理知识，怎么喂药，怎么喂饭，怎么换尿布，怎么沟通，二琥愁眉苦脸，伟民和伟强根本没认真听。倪伟强现在回来住，仍旧跟春梅分居，只是，他不到位的护理对春梅的帮助实在有限。

二琥愁，本来以为是快速歼灭战，却演变成持久战。久病床前无孝子，何况她只是个儿媳妇。倪俊默默站一旁。从小奶奶眼里只有斯楠，他笨，奶奶瞧不上他，加上老宅房子的事，他对奶奶有点怨气。红艳靠春梅最近，听得最仔细，老年生活，触目惊心，她想到老妈，如果真有这天，自己怎么办？她是独生女，没人帮没人衬，只能独挑大梁。再往后推，她老了，怎么办。如果没有子女，那简直是部恐怖片……不敢想，不能想……斯楠坐在奶奶病床前，捉住奶奶的手。

伟贞还没到。伟民让二琥给她打电话。春梅不想站在旁边听，说去个厕所。上好，折回头。护士推着医疗车，挡在门口，春梅站了一下，却听到屋内传来二琥的声音："老二，你哥身体不好，我又这样，一身病，你看看……"钱不想出，力也不想出。

"大嫂，不用担心，她愿意伺候，就让她伺候，年轻力壮，伺候个老人没问题，工作也不做了。就这点事。"是伟强的声音。显然在说她张春梅。听到他这么说，春梅有点意外。是，她休长假，照顾老人，付出，都没问题，老太太为自己的心，她滴水之恩涌泉相报无怨无悔，她原本就没打算让伟强感激。儿子出事，她觉得和伟强的婚姻缓和了点，老太太病情加重，她索性看开，缓和不缓和都无所谓。可是，人不能无情到这个地步。她的"善良"也得有底线，他们不能对她的付出理所当然到全推出去！因此，春梅又觉得今天的会很有必要，她要替老太太教训教训这些"孝子贤孙"。

老太太只认春梅一个人，那她就是指挥官，指哪儿打哪儿。春梅忽然不愁了，离婚，生病，儿子跌落……算什么，人到中年，不过兵来将挡水来土掩，包括倪伟强，他的所谓"受不了"，所谓危机，不是因为困难太多，而是困难太少！他所谓的脑子里的病，估计是他的臆想、他的借口。只要活着，谁也没资格轻松，但你有资格以轻松的心态面对。远远地，伟贞从走廊那头走过来，春梅伸手打了招呼，姑嫂俩在门口相遇，一同进门。

斯楠看着老太太。倪俊已婚，所以算大人，得带着老婆一起开会。病房地方小，几个人只好走到问诊大厅，凑成一堆。春梅不客气地开口道：“妈的情况，大家都看到了，不怕说实话，妈现在是一天不如一天，能撑多久不好说，咱们是能陪一天算一天，妈对这个家的贡献不用我说，眼下就是护理好妈，送她最后一程。这回出了院，妈还住我那儿，但护理工作应该正常化，三班倒比较合适。一家出一个人，轮着。”伟民不说话。伟强道：“春梅，大哥身体不好。”二琥连忙接话：“可不，春梅，妈年纪大，你大哥也不小了，我又是一身病，人家差点都不让我买保险，红艳又准备生孩子，不能劳累……”无尽地推托。

春梅不让：“那就让俊俊过来，他干活仔细。”倪俊看看红艳。红艳伸手拉他一下。倪俊表态：“我来吧。”二琥气得不看春梅。

伟贞道：“二嫂，钱我能出，人我到不了，或者就是出钱请人。”春梅说：“妈不认外人，让外面的护工来，人家也只能白天，晚上是主要的，耗人，得自己人来。”

伟贞转向二琥：“大嫂，帮帮忙。”

二琥瞬间端起来：“小妹，这不是钱的事，是各家对妈的孝心。”伟贞见话不好听，声调也大起来：“我不是不肯尽孝，是实在没那条件！”

“就当是夜里创作不就得了，你们作家，不都喜欢熬夜？”

“我白天创作，不熬夜。”

伟民跳出来：“别吵了！孝顺妈还推三阻四，像话吗？”伟强也不理解伟贞：“一周就一两天。”

伟贞着急：“我现在就是不成！”

“怎么你就不成呢！”伟强发火。

“我怀孕了！高龄产妇！危险，不能动胎气！”

所有人呆住。红艳脸上一阵烧。她感觉自己仿佛做错了什么，再细想，她什么也没做错呀！只是三姑怀孕，把她比对得有点尴尬。春梅咳嗽两声。伟民、伟强瞅着三妹，这丫头，真是叛逆到底！什么都不按照流程来。

二琥忍不住问："谁的？"

伟贞撒谎："一小演员。"

"这个……"二琥舌结。所有这一切，超出她的经验。

春梅扶伟贞坐下。伟贞不等别人问便说："他负不了责，我也不指望他负责。"

"老三！"伟民感觉伤风败俗。

"孩子我得要。"伟贞斩钉截铁。春梅一看这架势，谁也劝不住："老人我也得顾，白天我能看着，晚上，红艳，你帮帮三姑。"红艳哦了一声，不知所措。二琥拦阻："小妹，你要生，红艳也要生，人别这么自私。"

二十七

一回家，二琥就对着伟民把人挨个骂了一遍："这春梅是不是有病？妈在养老院住得好好的，有吃有穿，人非得接出来。接出来你倒是自己伺候呀！又来麻烦大家！弄得好像咱都是坏人，就她一个好人，干吗？有这么当妯娌的？她没进门前，我天天给妈端洗脚水，我张扬过吗？"哼一声，咽口唾沫，继续，"我就知道，她把妈接回来是当挡箭牌，她怕老二跟她离婚，结果没啥用，后悔了，拉大家当垫背。"

伟民不赞同："送妈最后一程，是做儿女的应当应分。"

二琥抢白："是你的应当应分！"

"我去，没让你去。"

"累倒了还不是我的事？"夫妻还是夫妻。伟民叹口气。二琥道："老三也是，多大了？能不能着点调儿、靠点谱儿？玩一夜情，还弄出孩子来！还要生?!我老天，这事只有你们姓倪的干得出。"

伟民实话实说："老三孤单，有个孩子，也算个安慰。"

二琥脑子快，当即回道："哦，生了孩子，没结婚，这算出门的闺女还是没出？那房子是不是要住到老死。"

伟民不满："别整天房子房子，老三不是说了，妈要走了，房子就劈三份，一家一份。"

"空口说白话，有白纸黑字吗？"

一句话抵得伟民辩不出。二琥又叹："该生的不生，不该生的瞎生。我看她能生出个哪吒来，你们姓倪的，都是牛鬼蛇神！"

医院这场会开得倪俊和红艳也有些震动。只不过，倪俊震动的点在三姑，红艳则觉得老太太的情况触目惊心。晚间，小两口盘坐床上，倪俊道："看到了吧，三姑也慌。"红艳说："她慌什么，有房子有车有养老保险有事业有情人，谁慌她都不慌。"

"不慌弄个孩子？"倪俊倒下，一只脚伸向天花板，"还跟某青年演员，来个母系氏族，自己个儿包圆，还不是想要个孩子陪陪她，给她养老送终。"

"别又绕到我身上。"红艳抵触。

倪俊语速加快："不是绕，这不眼面前的事吗？你妈有你，我爸妈有我。咱们，我可告诉你，女的比男的活得长，现在不弄出个兜底的，到时候……"

"没说不要。"红艳打断他，"稍等等，刚流产就要，子宫还松着呢。"

"我就那么一说。"倪俊嬉笑着，跟着又嘀咕，"有吃有喝，有穿够住，有什么不知足。"

红艳严肃地说："你爸妈搁跟前呢，你不当回事，我妈可在千里之外。我想孝顺都没处孝顺。"

"接过来不就得了。"

"住哪儿？"

"租。"

"你不懂。"刘红艳反对租房，没安全感，她要的是一个稳固的小窝，她和娘亲的根据地，"我可跟你说，以后我晚上十点下班。"

"怎么着，奶奶没让你伺候呀。"

“加班。”

“十点幼儿园还不放学？”

“找了个培训机构，给人补课。”她有教师资格证，不用白不用，“爸妈要问，你给解释解释。”

“我奖金贴给你，你少累点。”

“两码事儿。”红艳说，“开源节流，两个人挣总好过一个人挣。”倪俊只好随她，他现在也忙，每周二四，他要去奶奶那儿值班。

开会后头一夜。轮到伟强照顾妈，春梅传授经验：“最重要的就一点，说什么，做什么，你都顺着。妈现在，糊涂时候多，明白时候少。”

“没道理也顺着？”

“你跟妈讲什么道理？她是病人。”春梅道。伟强表示记住了。春梅又说：“晚上她得喝一次水，大概三点的时候，记住，温水。”伟强又表示会按照规矩来。春梅拿出个小肚兜，用两条毛巾缝好的——她在甘州赶制的——防止老太太半夜踢被子，交给伟强，“睡前给穿上，免得受凉”。

为了不影响第二天学习，斯楠搬到伟强学校单身宿舍住，这就意味着，倪伟强必须“回巢”，照顾老太太，和春梅同一屋檐下。从甘州回来，张春梅的心境又一变，尽管倪伟强没再提离婚，但这天晚上，她格外提出来：“协议你想什么时候签，都行。”伟强连忙说：“放一放，暂时放一放。”春梅胆大了：“放心，就是咱们不做夫妻，我还是妈的女儿，照顾妈，我坚持到底。”伟强道：“谢谢你。”春梅的心动了一下。她终于等到这句话。他的感谢，他的“知好歹”。可是，会不会太迟了呢？直到她遍体鳞伤，心都被磨出茧子，心肠慢慢麻木，已经冷掉硬掉了，他才说出这句话。如果在去甘州之前，张春梅听到这句话，可能想要和好如初——还像过去一样，哪怕依旧做个名义夫妻也行。但现在，她反倒有点恨他。太迟了。无所谓了。她想折磨折磨他。春梅道："这两天都没睡好，头疼，有紧急情况再喊我。一般情况，倪教授自己处理，妈要为难你，你就说你是春梅爱人。"

"春梅爱人。"伟强重复一句。他没想到春梅爱人这个名号，还是个护身符。夜降临了。伟强守在老太太身旁，他是大孝子。他原本认为，对生活失去信心之后，只要离了婚，再把妈送到高级养老院，儿子硕博连读不需要操心，情人也分了手，他就解放了，下半生，哦不，谁知道还有没有半生——剩下的日子，都为自己活。怎奈一夕之间，斗转星移，他只能坐在床边，尽自己的义务，承担必须承担的责任。

"妈，睡吧。"伟强小心翼翼给老太太戴上围兜。

她倒没反抗。小孩似的，眨巴眼。

"你是谁？"她口气忽然严厉，表情也警惕起来。

"妈——"

"谁是你妈？你是谁？"

伟强连忙祭出护身符："我是……春梅的爱人。"

"春梅的爱人？"老太太狐疑，"春梅的爱人不是死了吗？"

这闹的。"没死，"伟强解释，"是出差了，刚回来。"

"没死？"老太太反问，"那那年重庆渣滓洞死的是谁？"嚯，时空穿梭。伟强只好耐下心，顺着剧情走："死的是甫志高。春梅的爱人是地下党，逃出来了。"

"刚才还说出差！"人不糊涂。

"一个意思，地下党对外只能说出差。"

老太太沉吟。似乎理解了。

“你是谁？”她猛然又问。

“春梅爱人。”他咬定了。

老太太若有所思，喃喃自语，说春梅爱人春梅爱人。

“同志，该休息了。”伟强柔声劝。老太太终于侧躺下，脸对墙壁。一会儿，便能听到她的轻微鼾声。伟强看着老妈的背影，起身离开，到隔壁小房间躺下，不关门。春梅的卧室门关着。他们约定，谁看护，当晚谁的门就开着，随时听候老妈“调遣”。凌晨三点，伟强听到妈叫人，连忙起身，接了水，递过去。老太太含一口水在嘴里，不咽。倪伟强用手比画着喝水的姿势：“妈，往下，往下。”老太太还是含着，一动不动，一双眼睛盯着他，伟强心里发毛。伟强啧了一声，还劝她喝，老太太却突然动手，直朝伟强劈头盖脸打下来。说人老，下手真重，打完还掐，专掐胳膊上小细肉，倪伟强疼得受不了，下意识喊春梅。

另一个房间，春梅醒了，睁开眼，苦笑，换了个姿势，继续她的睡眠。倪伟强招架不住，老太太打到最后，发起了总攻，一口水喷在伟强脸上。他愣没脾气。闹完了，老太太躺倒就睡，跟没事人似的。倪伟强只能收拾好，回自己屋，躺着喘大气，这么闹下去，他还能有命吗？什么下半生的潇洒，活自己的，都成狗屁，想都别想！迷迷糊糊，伟强睡着了，不知过了多久，却听到屋里有动静。伟强睁开眼，天还黑着。大柜门开着，老太太在收拾东西，整理了三个包袱，被单裹着的那种。“妈，您要去哪儿？”伟强无奈。老太太不理他，忙自己的。收拾好，拎起三个包袱就走。伟强赤着脚追到门口，怎么劝都不行。老太太翻来覆去就一句话，解放了，她要离开这儿。

“春梅！”伟强只好扯开嗓子请救兵。春梅翻个身，看看手机，五点了。她起了床，到门口，见老太太和伟强还在撕扯，说：“保证精力，准备接收沦陷区。”老太太一听，立刻站直：“保证完成任务！”折回头，又回床上躺着。伟强叹为观止。

只有春梅能搞定妈。

早餐吃燕麦。春梅不帮伟强解决早饭问题。伟强只好拿了个餐包咬着。折腾一夜，他憔悴不少。

“每天都这样？”他担忧。

“偶尔。”

“她不喝水，不往下咽。”

春梅哦了一声：“得先喂个吃的，再给水，她就喝了。怎么喝水，她有时候会忘。”

“不早说。”伟强埋怨。

“罗马也不是一天建成的。”春梅不看他。她暗笑，等着吧，这才刚开始。

二十八

只有孩子是自己的，伟贞这么想。

她倒不是希望孩子给她养老。她要的是一个永远的盟友，一段颠扑不破的关系。情人可以分手，丈夫可以离婚，但孩子是你的，就是你的。在医院，倪伟贞跟兄长们公布了怀孕的消息，她突然感到一阵轻松。她下定决心要生。不过，跟杜正阳的关系，她没有调整好。首先，他是孩子爸爸；其次，他是她的朋友；再次，二人是合作伙伴。但，是不是丈夫，她还在观望中。他现在的全部财产，就是一套房子，好像还是小产权。商住两用，五十年期。他前妻拿走了大产权的大房。伟贞看了他的体检报告。一年一度。去年的情况，各项指标都不乐观。跟这样的人结婚，等于锁定了一个大包袱。孩子也是包袱。可是，孩子是有希望的。但正阳这样的呢？只会每况愈下。

还是不能跟他结婚。

主意打定，伟贞开着车，往剧组所在地去。拍完戏再说。空旷。地面上都是“兵器”，就是没人。奇怪，一天那么多投资下去，时间是最宝贵的。难道转地方了？倪伟贞转了一圈，去问看场地的老头。老头撇着方言，说塌了，倒了。伟贞不懂他意思。“砸到人了。”老头又说。伟贞紧张。又来个人。中年妇女，送饭的。伟贞问她，才终于问明白，剧组出事故，当场死了人，受伤的拉到了医院。伟贞发蒙。剧组死人，她不是没经历过，但在这节骨眼上，她还是觉得吃惊。别是正阳。他现在还不能死！

赶到医院。弄清楚了。死的是灯光师，七人受伤，其中三人重伤，包括导演杜正阳。制片方为抢进度，连忙让副导演顶上，好歹把剩下的戏拍完，减少损失。

该做的都做了。伟贞知道他前妻电话，打过去，无法接通。也是，婚都离了，又没孩子，这辈子不用再联系。站在病床前，看着头部包得跟木乃伊似的杜正阳，倪伟贞愁肠百转。医生说，病人已经脱离危险，但康复期多久，难说，未来很长一段时间内，他都可能处于昏迷状态。这是倪伟贞最怕看到的。要么，醒来，哪怕立刻结婚也行，要么，死了也行。那她会生下孩子，好好抚养，将来告诉孩子，他爸是一个多么伟大的导演，为了追求理想死在了片场。最怕这种死又没死透，活又活不过来。三年五载，十年八年……最恐怖的养老生活提前，怎么弄。伟贞感觉正阳的情况，比自己的妈还棘手。可是，让她立刻打掉孩子，她又舍不得，因为她知道，这恐怕是她这辈子做妈妈的最后机会。

剧组赶工拍摄，执行导演顶上。只有伟贞陪着正阳。伟贞说："正阳，孩子你还要不要？"杜正阳平静得像一具死尸。伟贞又说："正阳，醒一醒，醒了咱们就领证，结婚。"依旧不动。伟贞失态："你这死不死活不活让我怎么办，这孩子生不生？怎么生？我不可能既照顾你又照顾孩子！"倪伟贞哭得很伤心。她憎恶命运这个编剧的鬼斧神工。她千辛万苦回避的人生难题，怎么一下全都摆在她面前，逼着她做出选择。看着正阳鼻孔里插的管子，倪伟贞忽然想起正阳从前说的话，他说如果到最后，他成痴呆，请她帮忙把他推下山去。

黑暗中，伟贞擦掉眼泪，把气管轻轻从他鼻孔处挪开。半分钟，倪伟贞又连忙放回去。这是杀人。她不能这么做。倪伟贞哭了好一阵儿。迷迷糊糊睡着了。醒来，摸摸正阳的手，凉了，再看看，脸色发灰，氧气管歪在一边。杜正阳仙去了。倪伟贞吓得突然大叫，护士赶过来，伟贞慌乱地问他怎么了。前来探看的护士确定，患者已经死亡，随即转头向另一名护士报了时间。

伟贞浑身颤抖，她也不知道是不是自己杀了他。是意外吗？她把气管放回去了，那时候他还活着。是她的手碰到了吗？也不可能，她趴在床的一角，离氧气管还有很远。那气管怎么回事？正阳是自杀？想到这儿，倪伟贞悲从中来，他没完全昏迷？他能听懂她的话？他明白了她的两难，所以主动结束生命？只为成全她和孩子?!老天！他为什么这么傻?!伟贞突然极度憎恶自己说的那些话，憎恨自己的自私！是她害死了正阳！他那么无私伟大！她却如此卑微渺小！很快，警方介入。医院偏僻，病房里没有摄像头，根据走廊里的摄像头，当晚有不少人出入病房，暂时无法确定为他杀。完成警方的问话，倪伟贞走出审讯室，太阳赤白，她一下晕了过去。

手机铃声把她惊醒。倪伟贞睁开眼，发现自己躺在病床上。是正阳的“小手机”在响——大手机（经常用的）被警方拿走，小手机正阳放在宾馆，由伟贞代为保存。陌生号码。伟贞没接。一会儿，又打来，这次她接了。一副外地口音，一个劲叫正阳。“您哪位？”伟贞问。那人又说了几句，是个老太太。终于，倪伟贞大概听清楚，来电话的，是正阳母亲，她一个人在老家居住，这次打来，是问正阳养老院帮她联系好没有。老母亲八十岁，生活自理有点困难。不久之前，她跟正阳商议好，决定找一处合适的养老院度过人生最后一程。

“杜导他出差……”倪伟贞也不知道自己怎么撒了这个谎。糟糕的编剧。“您在哪儿？”她问。老人报了地址。倪伟贞迅速记了下来。

去看老太太，伟贞认为是出于对正阳的愧疚心。退一步讲，老母亲也是她未来孩子的奶奶。伟贞有义务去了解情况。老母亲住在正阳关，安徽某县城的一个关口，据说有七十二道水路。老人这两年腿不太利索，今年年后，她跟杜正阳商量，打算去养老院住。她知道儿子，这岁数，还有梦要追，世界各地跑，她不指望他养老。正阳给她请过保姆，老母亲不要，她是艰苦年代过来的，自理能力强，要不是腿不太利索，她还能自己再过几年。伟贞到地方，出示了自己的身份证，还有杜正阳的，简单介绍身份，说她是编剧，正阳是导演。老母亲放下戒备，问：“我儿呢？”

伟贞道：“导演在国外，纽约，拍戏。”

老母亲又问：“你来做啥哩？”

伟贞硬着头皮：“导演让我来，接你到大城市，到养老院。”老母亲点了点头，没多问。跟着就收拾东西。正阳在伟贞面前，从来没有提过他妈。冷不丁介入一个家庭的深处，伟贞哪儿都觉得惊奇。她奇怪的是，老母亲没有问正阳前妻，他们离婚时间不长，按说她应该问问。老母亲问哪天走。伟贞说随她。定了，她就买车票。老母亲收拾好东西，又要去她女儿家看看。伟贞才晓得，杜正阳还有个姐姐，不是亲生，是抱养。当年以为不生，抱了个女儿，谁知后来有了正阳。到大姐家，伟贞又吃一惊。大姐躺在床上，据大姐闺女说，这么躺着两年了，中风，脑子不清楚。老母亲对外孙女道：“你叔叫人接我过去，你妈我顾不上，你爸不中用，你妈只能靠你。”

外孙女眼泪啪嗒，告别。不过小姑娘挺有心眼，问伟贞要了身份证，拍照片留存。她也怕有人拐她姥姥。老母亲道：“乖乖，谁骗我这把老骨头，丢到道上没人要。”不日，伟贞扶老母亲启程，到地方，先安顿在自己家。伟贞一路颠簸，呕了几次，到家里呕吐更严重，老母亲说：“小倪，害喜吗？”伟贞惊，有点不好意思。

老母亲端着两臂：“太麻烦你，身子沉，还要关照我。”伟贞连忙说没事。一起生活几天。倪伟贞发现老母亲比她生活还规律，晚上九点入睡，早上五点起床，自己操持早饭，顺带把倪伟贞的饭也解决。伟贞不好意思，推辞了两次，可老太太还是利索做了。

人接到。当务之急两件事：一件是正阳的小产权房。得卖。《杨贵妃》这出戏的导演稿酬暂时没法到位。她的编剧稿酬也会拖。老太太养老，就靠这套房。只是小产权价格卖不上去，但算算时间，就算老太太再活十年，也基本够用。伟贞把这个安排跟老太太说了。老太太同意。伟贞再三强调，所有房款都放到老太太名下。事实上，杜正阳也是这么想的，早在大半年前，房子就已经挂在中介。只是，房产证持有人去世，需要再开死亡证明，户籍销户，遗产过户，然后才能开始卖。都由伟贞去办理。需要老母亲出具材料的，伟贞都找老母亲出具。搞好弄好，一段日子过去，房子终于开卖。伟贞心想，早点卖，早点住进养老院，她也早除去一块心病。至于正阳去世的事，能瞒一天是一天。老人年纪太大，怕经受不住。

房子挂出来。倪伟贞在朋友圈也发了。红艳看到，问三姑房子的情况。小产权，虽然不是七十年，但价格还算美丽。红艳感兴趣。倪伟贞又说房子绝对可靠，如果有熟人肯买，不走中介，又能省一笔。刘红艳动心了，她拿出手机，打开计算器，来回捣了几遍，以她现在的情况，再稍微贴补点，付个首付似乎并不是遥不可及。

她当即打电话跟老妈庆芬商量。

庆芬问：“房子稳妥不？”

红艳道：“三姑介绍的，稳妥。”

“你是要自己买？”

“能自己买当然自己买。”

“三姑介绍，还能瞒得住你婆婆吗？”

“我不让三姑说。这是购买条件之一。”

“钱够不？”

“差点儿。”红艳不客气。庆芬想了想，愿意支持女儿一次。公积金加自己的存款加老妈的存款，再找同学、朋友东拼西凑借点，刘红艳第一次离梦想那么近。次日，她跟伟贞约了个地方，详细问了房子的事，并表明自己想买。条件是：必须保密，尤其不能让婆家知道。伟贞理解红艳的为难，她笑着说：“我跟大哥那边，没什么往来。”红艳也知道三姑看不上她婆婆二琥。红艳伸手轻轻碰碰伟贞肚子，笑着问：“什么感觉？”伟贞笑：“没感觉，该来就来，顺其自然。”红艳本想问她你真要一个人养，但又实在感觉唐突，话到嘴边又忍住了。

“千万保密。”红艳最后又叮嘱一遍。

伟贞打包票：“这房子也不是我的，是一朋友的，我只能给你担保，肯定没问题。谁我也不会说。你买了，就是你的，就跟你姓刘。”事情敲定，红艳欢天喜地，开始找公司问提公积金的事，同时，加班兼职也更来劲。这日晚间到家，刘红艳欢天喜地，脚步轻倩。一进门发现二琥躺在客厅沙发上，有气无力。红艳凑近看，问：“妈，您脸怎么了？”二琥要水。红艳连忙倒了，问倪俊和爸哪儿去了。二琥道：“俊俊单位有事。你爸还在饭店炒菜呢。”红艳给婆婆投了条毛巾，递过去擦脸，又拿出红花油，要给二琥擦。红艳心情好，故意说俏皮话：“妈，谁要是欺负您，您跟我说，我绝对给您报仇。”二琥瘪嘴，耷拉着眼皮：“老奶奶，你能报仇吗？她老人家现在打人狠着呢，下手特重！”

红艳问：“奶奶还不认人呢？”

二琥委屈：“我说了我是春梅的姐姐冬梅，人照打！”

稍晚点，倪俊到家，臊眉耷眼[①]。红艳见他神色不对，但二琥没睡，她不好问，等到小两口上了床，她才问他是不是有事。倪俊道：“没事。”

“有事说！”红艳是他肚子里的蛔虫。

“馆里要裁人。”

“你是系统派的，总不会裁你。”

“本来就是劳务派遣，你不下谁下。”

“什么意思，真要失业？”

“八成。”

若在过去，刘红艳肯定急得跳起来，可如今买房子高兴，跟谁都能开玩笑，她揶揄：“那正好，转行。”

“哪行？”

“做护工呀，”红艳道，“专门伺候奶奶。让二叔三姑给钱。”倪俊背过脸，不理她，终于又补充：“别跟爸妈说。”刘红艳道：“我才没那闲心。”

---

① 方言，形容羞愧的样子。——编者注

二十九

春梅觉着，她现在跟伟强的关系，不像夫妻，倒像兄弟。多年夫妻成兄弟。他们现在目标一致，就是照顾好老太太。春梅停薪留职。伟强除了上本科生的课，很少管院里的事，项目放下，周琴带了一部分去国外继续做，什么时候回来不清楚，但成果依旧是院里的成果。

自从组成“顾妈联盟”，老太太没少折腾伟强。最近的招数是晚上上厕所，一晚上三四次，伟强被闹得头疼，只能白天补觉。又或者，老太太白天精神好，会让人带她出去四五次，每次都要捡着一堆纸盒子废瓶子回来。伟强见了着急：“妈！这是垃圾！垃圾！”老太太不听，该做什么做什么。偶尔，老太太会跟镜子里的自己吵架，又或者自言自语：“我生了三个孩子，一个都没用！”倪伟强、二琥和春梅站在旁边，感觉像有小鞭子抽在心尖上。

倪伟强痛苦着，老太太的病情一天天恶化，他似乎也一天天衰老。这种衰老，是突然性的，急转直下。过去，他跟春梅站在一块儿，明眼人一眼就能看出来，他比春梅年轻，状态好。在这场婚姻中，显然女方是被消耗更多的一方。但现在，他跟春梅摆一块，就是一对老夫老妻，都憔悴。倪伟强甚至更显老，因为对比明显，他白头发都多了不少。究其根由，照顾老人确实是个体力活，而且老太太又是失智老人，光晚上折腾这一项，就能让人掉不少肉，损不少精力；更糟糕的是精神的折磨。伟强虽然愿意照顾妈，可是，他发现这种照顾，完全是单向的，老太太无法与他沟通，他全部的付出似乎都如泥牛入海，他希望她好起来，可医生却下了通牒，老太太不会变好，只有一天天变坏。可是，坏到哪一天，这条路什么时候走到尽头，不知道。伟强几乎快耗不住。一个月，他瘦了十五斤。春梅的忍耐力似乎更强些，她有点像流水线上的工人，尽量不带感情，工作来了就做，没有那么多激动的情绪。最关键，老太太还算听她的。

这日，春梅伟强都不在家，斯楠依旧留守学校宿舍，白天就去图书馆复习考研。二琥轮值，老太太一会儿东摸摸西摸摸，一会儿又骂二琥不会收拾东西。二琥只能跟在屁股后头收拾，终于弄好，二琥累得喘气："妈，咱少折腾，多休息。"

"我不是你妈！你是谁？来我家干吗？"

二琥只好把老话又说一遍："我是春梅的姐姐，冬梅。"在老太太面前，都得跟春梅沾上点关系，才有合法性。

老太太站起来，晃晃悠悠地。

"妈，您别乱走，中午想吃什么，我做。"

"天上龙肉，地上驴肉，有吗？"

二琥一肚子委屈："妈，您到底是真糊涂还是装糊涂故意难为我，我要是能像您这样，这么多子女轮番孝顺，做梦都能笑醒。本来我也有两个，计划生育计划掉一个。就想要个闺女，贴心。"二琥畅想。

"你一个儿子？"老太太问。

"对，独一个。"

"成家没？"

“结了两年了，找一外地女的，张牙舞爪的，还不生。”

老太太道：“外地的好，能吃苦。”

二琥抢白：“好什么，人生目标不一样，人是来挣钱的，整天想着房房房。您孙子，”忙改口，“我儿子，生下来就有房，老子娘的以后就是他的。”二琥伸手比着两根食指，“他俩就不在一条道上，怎么相交，迟早得……”话没说完，有人敲门。二琥去开，周琴站在门口。二琥不认识她，问找谁。周琴问倪教授在家吗。二琥说出去了，又请她进屋坐。周琴说没别的事，她刚从国外回来，带了点药，交给倪教授。“说家里老太太有点不舒服。”周琴说得委婉。二琥咧嘴：“哪是不舒服，是……”又说不下去。周琴道：“慢慢治，能好转。”说着，把药递过去，一大盒子。二琥也不知道是什么，把药接过来，才想起来问她名姓。“叫我小周就行。”周琴微笑。

小周，小周，小周……二琥坐在那儿，越琢磨越觉得这小周听着耳熟，有问题。她有点担忧春梅的婚姻。那一阵伟强猛闹，会不会就因为这个小周？半下午，春梅先到家。临走之前，二琥把小周到访的事说了，又提醒：“你可得小心点，老二这个年纪的成功男人，最危险。”春梅跟周琴算“老熟人”，她不是出国了吗，怎么这个时候出现，还来送药。应该是受了伟强的委托。倪伟强玩失踪的时候，春梅和周琴统一战线，后来周琴出国，她没想过他们会复合。但眼下看，不排除这种可能。只是，春梅已经没有了当初的激动，儿子那样，老太太这样，伟强再怎么闹，随他去，就是现在他提出离婚，她也会立刻签字，不犹豫。本来也是说好的事情。老太太的病一天天消磨着，当初激烈的痛苦被稀释，春梅认为自己能承受。她甚至觉得，应该早点签字，都弄清爽了，不要耽误人家的幸福。只是，还缺一个好时机。

二琥这么一说，春梅道：“大嫂，谢谢提醒，不过我现在是四大皆空，无所谓。看看妈现在这样，保不齐咱们以后什么样呢。窟窿大了不嫌大，疤瘌大了不嫌疼，谁离了谁不能过啊？都这个年纪了，有什么。以前我能忍，现在是看不见。随他去！”

二琥惊诧。过去，春梅多在乎伟强啊，倪伟强可是她抢来的。换位思考，让她离了伟民，她吴二琥能行吗？未必。可能得适应一阵。那如果是倪伟民在外头有头绪[①]呢？二琥继续想，那恐怕不行。不过倪秃子那样的，估计也没法有头绪。回到家，二琥把最新发现跟伟民说了。伟民啐：“作吧！离吧！作死算了！”

二琥轻打伟民一下：“真作离了，妈怎么办？”

“什么怎么办？”

“春梅还能照顾妈？自己都不是倪家人了，还能照顾你倪家人？”二琥道。

“她说了照顾。”

“口说无凭。”

过完暑假，倪斯楠就要离开家回甘州，开启自己的留级生涯。这次考研，他必须拿下，父母的期待，院里那么多双眼睛盯着，还有焦老师的骇笑，只能成功，不许失败。倪斯楠压力太大。他不敢想象，如果考研失败，他的人生会沦落到什么地步。不过，自从老妈跟他“甘州剖白”后，斯楠觉得自己有义务关心父母的婚姻，至少应该多做努力，把两个人黏合在一块儿。于是，在离开家之前，倪斯楠跟父母提出想全家旅行一次。春梅同意，伟强也愿意配合，

---

① 指情人。

孩子压力大，暑假又啃书两个月，应该放松放松。斯楠想去海岛。只是，既然全家出门，老太太就必须妥善安置，春梅考虑过带她一起去，可伟强认为，不确定因素太大，如果在外闹事，或者身体出状况，那这趟旅行必然不愉快。考虑再三，还是伟强给大哥伟民挂了电话，说明情况，希望他们能把妈接过去照顾一周。倪伟民没法拒绝，长久以来，妈都是老二两口子主照顾，偶尔腾腾手，换换人，应该。

妈要来，二琥且忙。准备工作必须细致：收拾床铺，准备果蔬，还有妈必须带在身边的那些零零碎碎，老手表旧闹钟，都得整体搬迁，老太太离不了。二琥还叮嘱倪俊、红艳："奶奶要来，都顺着她点，拍着她点[①]。"说完格外叮嘱红艳，她要求儿媳妇负责老太太的换洗衣服。红艳皱眉头，但还是答应了。

老太太接进门第一天，二琥麻将搭子胖婶来串门，一进屋就说："琥，你们家什么味儿？"二琥忙着擦窗户，脖子伸到外头，再缩回屋里："剩菜味儿。"

"不对。"胖婶满屋子转悠，"别是哪儿窝了死耗子吧。"一抬眼，从门缝儿里瞧见里屋歪着个人。胖婶缩回来，笑眯眯问二琥："老倪娘？"二琥撇嘴："就我孝顺。"胖婶没多说，站了一会儿，走了。晚上红艳到家，一进门也说味儿大。二琥道："红艳，给奶奶换衣服，擦擦，床单也换了。"红艳诧异："床单昨儿才换的。"

"换！"二琥一言九鼎。没辙。红艳只好一通忙活，还好，老太太没犯病，让伺候着。都忙好，准备休息。倪俊在打游戏，红艳踢他一脚："你倒轻松！"倪俊道："想帮忙，帮不上，谁让我是男的。"

---

① 方言，拍马屁的意思。

红艳啐："当男人还当出骄傲了。"停一下，又问，"你没闻到味儿？"

"什么味儿？"

"怪味。"

"好像有点。"

红艳感叹："再换衣服都没用，这就是老人的味儿，我叔以前也那样，是器官衰老的味儿。"

"器官衰老还有味儿？"倪俊第一次听。

红艳说："所以好多人不愿意接老人来家住，就是味儿太大。"

小卧室里。二琥朝伟民探探鼻子："你有味儿。"伟民放下手机，他在看股票："胡扯什么，刚洗的澡。"

二琥道："你没闻到妈身上一股味。"

"再味儿也是我妈！"

二琥哎哟一声："没说不是你妈！你说，人老了是不是都这样，一股味儿。你妈还有咱们伺候，咱们老了呢？就算住进养老院，人能给你这么弄吗？到时候还不整个人臭在床上。"

伟民不看她："你就是杞人忧天，整天幻想，不是有味儿就是得大病，要么就是半身不遂躺床上不能动，就没一个善终的。怎么就不能无疾而终寿终正寝？"

二琥伸手指着伟民："别怪我没提醒你，早点买保险。将来有个病有个灾，还有人给你托底。否则，你指望你儿子掏钱？"伟民道："放心，真到那天，谁也不拖累，我就往那沟里一跳，往这梁上一挂。"二琥连忙摆手："还是沟里吧，别梁上，瘆得慌。"

三十

程序还在走，伟贞就把钥匙给了红艳，说让她提前享受，提前高兴。红艳谢了三姑，又一次叮嘱保密的事。伟贞道："你放一万个心，天知地知你知我知。"正阳的那些零碎东西，伟贞都打包拿走，放到了自己家里。跟着就是给老太太找养老院——就选她妈之前住的那家。都顺利。交了钱，第二天就能入住，按照最高规格。伟贞开了个卡，用老太太名字，又告诉她，导演说了，钱都让她自己拿着。等到账后，她带老太太去银行办理。都安顿好，伟贞又给老母亲的外孙女打了个电话，报了平安，说明了安顿的情况，欢迎她随时来看。外孙女嘴上应着，但伟贞能感觉到她不太热情。毕竟不是亲的，不一样。那几大箱子东西，伟贞当作宝贝似的一件件看，都是正阳的遗物，还有他们第一次合作的片子的DVD，睹物思人，伟贞更觉得难受。

艺术家可怜。那么才华横溢的大导演，死后就那么一点遗产。都怪他前妻太狠，几乎是卷走了全部家产。倪伟贞抚摸着小腹。都结束了。故事要开始新的篇章。一个小生命在她体内孕育，这不就是人间奇迹吗？剧组来电话，说片子已经杀青，进入后制阶段。伟贞不感兴趣，这片子只能引发她的伤怀。她现在只关注两个事情，一个是孩子，一个是自己老妈。听二哥说，老太太暂时住在大哥家，伟贞打算找时间去看看。

打开门，刘红艳脸上的表情，像哥伦布发现新大陆。旧屋子看上去也光彩熠熠。红艳到沙发上坐坐，再到板凳上坐坐，最后干脆坐地板上，平躺。她打电话给老妈：“妈，你猜我在哪儿？”还没等那头回答，刘红艳就抢先说，“咱们的新家！”

有新家了。活了那么大，刘红艳第一次有了结结实实真真切切的安全感。这个家由她掌控，她最大，她说了算，就算跟倪俊吵架，半夜离家出走，也有地方可去。她和老妈终于在这座城市有了根据地，来个农村包围城市。她现在跟任何人都平起平坐，她完全可以不看婆婆的脸色，至于孩子，想什么时候生就什么时候生，谁说也没用，她自己决定。红艳跟老妈说了长长的电话。挂了电话，她突然哭了，她不知道算难过还是高兴，这一路走来的辛苦，只有她和老妈知晓。眼泪擦干，在地板上又坐了一阵，刘红艳才返回婆家。

饭桌上，二琥叮嘱老太太：“多吃点青菜，别光吃肉。”伟民道：“想吃就吃，多大岁数了，吃点肉能怎么着。”二琥抢白：“我成坏人了？是我不让吃吗？光吃肉不吃青菜，大便拉不下来，开塞露都没用，又得我抠！糟蹋谁呢！”红艳倪俊犯恶心。伟民嘀咕：“吃饭就吃饭，什么抠不抠的。”红艳夹了块牛肉，想到房子，又笑出声。二琥诧异，问：“红艳，你也痴呆？药在那儿，有病早点吃。”倪俊不干：“妈！有火别乱烧！”

红艳看看婆婆，又看看公公，再看看丈夫，看看老奶奶，她一点都不生气。反正，房子要到手了。她靠自己的能力买到房了，虽然仅仅是个小产权商住两用，但终究是块地盘。

关进小屋，倪俊问：“什么好事？脸跟开了花似的。”红艳说：“没什么。”倪俊叹了口气：“暂时不裁人，我继续干。”红艳随口：“恭喜。”

“那么不走心。”

“你下岗不下岗，我都支持。”

“什么话，下岗也支持。”

“反正饿不死，有爸妈撑着，而且你下了岗，还能为妈多分担点，多照顾奶奶。”红艳笑意还没散。

房间是斯楠订的。他住单人间，老爸老妈住标间——考虑到老爸老妈眼下的状况，在家里他们都分开住，订大床房，太过激进，分开住，这次旅游等于没起到应有作用，所以，标准间是最恰当的选择。同住一间，不一张床。斯楠希望爸妈能擦出火花。可是，没有儿子和老太太做缓冲，春梅和伟强待在一块儿更没话。

洗完澡，张春梅就往床上一躺，年纪大了就这样，刚到达目的地，还没开始玩，春梅已经累了。在她看来，换个时空，好好睡几觉，就算度假。倪伟强歪在床上看手机，见春梅出来，他没吭声，过了会儿，他才放下手机，说：“咱们谈谈。”

张春梅翻了个身，背对着他：“不用谈，我都同意。”

“你知道我想说什么？”

“还是那事。”还是给他背影。

“我想说说这段时间以来，我的真实感受。”

“我不关心。”

“你关不关心我都得说。”

春梅不响。她没料到倪伟强突然来个真情剖白。说感受有什么意义，让她理解他，原谅他？会不会太晚。

“不是一天两天，是从前几年开始，我状态就不好。”倪伟强说。哼，是吗？跟周琴打得火热，也敢说状态不好。他继续：“体检，确实查出一些问题，但医生也说不好到底怎么治疗。”

“心病。”春梅轻声。

“对，就是心病，”伟强说，“厌倦，倦怠，提不起精神，哪哪我都不满意，我甚至觉得，再这样过下去，未来我永远不会满意，不会满足。过去的路不是我想走的，未来又没路可走，我不年轻了，就快没机会了，我难受，我慌，明白吗？”

“我的月经停了。”春梅转过身。这是大事。

“你那是正常停止。”

“那你不也是中年油腻男人的正常感受吗？”春梅盘坐起来，披头散发，“因为沮丧，因为没意思，就要否定过去的全部？工作，老婆，家庭，都不对了吗？你认为你甩开一切就能找到自由了吗？现在来海岛了，你当两天服务员试试，尝尝滋味。倪伟强，你要搞清楚，儿子出事你必须是他爸爸，老妈出事你必须是她儿子，你不能跑也跑不掉，学会戴着镣铐跳舞吧！”停一下，继续说，“我跟你说我现在根本不把你当丈夫，就把你当哥哥，共同照顾妈。”

伟强问：“你不是不肯放手？”

春梅道：“现在肯了！因为我发现把希望寄托在别人身上，永远只能是失望，儿子也好，丈夫也罢，都一样。”

“那你还辞职，照顾妈。”

“那不是为了你，单纯为了妈。”

“你恨我。”伟强说。

“我恨我自己，我恨我为什么当初不顾一切要跟你在一起，要背负那个骂名，”春梅咬牙切齿，“你还在婚姻中，我傻得有了孩子，其实我现在才明白，那时候你跟我在一起，只是为了逃避你的第一次中年危机。从青年到中年你折腾一次，从中年进老年你又折腾一次，可你能不能不要每次都让女人为你兜底！倪伟强，现在我只拜托你一件事，别辞职，继续工作。我内退收入不多，妈要治病，儿子以后怎么样难说，都要钱，这个你得顶。”春梅深吸一口气，“还有，现在咱们得和好，至少表面上，为了儿子。这次旅行就是为了让斯楠放松，他要是看到咱们臭着脸，肯定得受影响，对接下来的复习没有好处。”

伟强认可春梅这个判断。

“笑笑。”春梅下令，“别绷着一张脸，回去少不了你皱眉的，笑笑。”

伟强笑了笑。

“跟哭似的。”春梅挖苦他。

海水碧蓝，阳光普照。倪斯楠一手抓着妈，一手拽着爸。“今年是你们结婚二十一周年，玩一次。”斯楠说的是潜水。伟强不置可否。春梅拒绝：“你自己玩吧。”

“下面跟上面一样。”

“有水没水的区别，你妈没那么大好奇心。”

“你跟爸一起。”斯楠再次强调。春梅理解儿子的苦心，只不过，他刚才说错了一句话。他们结婚不是二十一周年，是二十周年都不到。她和伟强，是有了孩子才补的结婚证。母子俩还在掰扯。“玩一次。”伟强掷地有声。二比一。春梅拗不过，只好穿上潜水服，几个人上了小艇，再次往潜水区开。到地方，伟强背着氧气罐，先下水。教练扶着春梅下，进入水中，教练打了个 OK 的手势，意思是可以在规定区域内自由活动。儿子说得没错，真是个美丽的世界。面对斑斓的海底，张春梅似乎可以暂时忘记现实烦恼。伟强逞能，往更深处游，春梅不愿跟着他，过了一会儿，倪伟强折返。春梅看到他脸憋得通红。氧气失灵了？伟强向她打手势，她明白大概意思，连忙把呼吸管拔出来，递给他吸氧。倪伟强仿佛抓住救命稻草，猛吸一口，回过命来。又递回给春梅。就这样，两个人一来一去，靠着一瓶氧气续命，慢慢返回。

轮到伟强了。一刹那，春梅不晓得怎么想的，她就那么浮着不动，任凭伟强怎么打手势，她就跟看不见一样，倪伟强的脸慢慢变红、变紫，整个人像要爆炸一般。春梅微笑着，再坚持几秒，这个男人是不是就会永远消失。一场事故而已。倪伟强像一只醉虾，就快坚持不住，张春梅把氧气管递了过去。他像是在死亡边缘走了一圈，又回来了。终于，教练赶来，两个人都得救了，倪伟强一回到地面，顾不上大喘气，就对教练咆哮："你们这是事故，我要告你！"张春梅却甩甩头发，脸上依旧有笑容。斯楠问什么情况，张春梅说："你爸厉害，能憋气一分三十秒。"漫长的一分三十秒。春梅觉得，每一秒里都有快乐。

阳光，沙滩，张春梅戴着太阳帽，躺在太阳伞下。所有人都觉得，这是一个完美的家庭，阳光的儿子，美丽的妈妈，儒雅的爸爸。只不过，春梅在来之前，就下定决心让谎言瓦解。这晚用过自助餐，张春梅回房间洗了个澡。等倪伟强洗澡出来的时候，她把当初打好的离婚协议摆到他面前。

伟强擦着头发，发愣："你什么意思？"

"拖了那么久，实在不好意思。"

"不是说维持表面的和平？"

"签了不耽误维持。"

"这就是你旅行的真正目的？"

"随便你怎么想。"

"我改主意了。"伟强面目严肃。

"你就不怕我再把你憋死？"春梅苦笑，一语双关，叹了口气，继续说，"后来我想想，你说得对，都这个年纪了，还有多少时间，与其相互折磨，不如分开自在。”

“你想清楚了？”

“倪伟强，无论怎么样，这二十多年，谢谢你，”春梅道，“谢谢你给我的快乐，还有痛苦，酸甜苦辣，从今往后翻篇了。”

“你是个好女人。”

“有什么用，乏味。”

“协议放我这儿，我再想想。”

“签吧，不用觉得对不住我。”

倪伟强深呼吸，走向那两份离婚协议，拿起笔，仿佛那笔有千斤重，然后，迅速签了名字。“暂时不公布，回去办手续。”春梅把协议收好。很奇怪，签字过后，倪伟强和张春梅有一个共同感受：他们都前所未有地感到轻松。恢复单身，不再是夫妻，他们踏踏实实做起朋友。她不再有义务唠叨叮嘱，也不想去盯他的梢；他也不用时刻提醒自己，要对她负责，要对家庭负责。没有了婚姻的紧箍咒，两个人竟有点客气的意味。剩下的几天，一家三口，哦不，两家三口竟玩得格外轻松，伟强经常说一个词儿，“谢谢”。春梅端菜给他，他要谢谢，春梅递防晒霜给他，他也要谢谢。相对应地，张春梅则常说“不用”“麻烦一下”“我自己能行”。如果伟强给她方便，她也会说一声谢谢。弄得斯楠都有些不适应，嗔道：“老夫老妻，那么客气。”其实，在签了离婚协议的那个晚上，倪伟强就开始想往后的事，比如，最关键一条，照顾老妈，不能这么麻烦春梅。解除了婚姻，即便春梅要照顾，也不能用那么狠。伟强认为，老妈是大家的老妈，就应该三家轮着接过去照顾。春梅应该解放出来。哪怕她说愿意，也不能完全答应。离婚就是离婚，哪怕暂时不对外公布，但他们自己明白。离婚也要离得有品，要分清楚内外，不能儿戏。

三十一

离得八丈远，倪伟贞就听到大哥家门内一阵吵嚷，走近了，才听到有个女高音骂道：“你们家这老太太太狠了，好好的兔子，硬摔。”跟着是二琥的声音：“兔子还咬了人呢，你得带我们老太太去打狂犬疫苗。”女高音道：“这是谋杀，我得报警。”伟贞进门，见一个半老不老的老婆子跟二琥面对面站着，都单手叉腰。伟贞问二琥：“大嫂，什么情况？谁欺负妈？”老婆子道：“你们家老奶奶，把我们家兔子给从楼上摺了。”伟贞不客气：“我妈是病人，你也糊涂？兔子重要还是人重要？大嫂，妈，正好，咱把妈抬他们家去，让她赔。”老婆子见寡不敌众，一边撤退一边嚷嚷：“别欺负老实人！兔子急了也咬人呢！”

伟贞对二琥：“妈呢？走，带过去。”

二琥忙道：“没真咬到，咬到裤子上。”

“妈呢？”

“里屋看电视呢。”

伟贞朝里头看了看。出来问：“哥呢？”

“饭店帮伙。”

“这屋里一股什么味儿？”伟贞捏鼻子。

二琥把门稍微关好：“老三，跟旁人我都不敢说，这是……妈身上的味儿。”

伟贞着急：“不洗澡？”

“哪天都不落。”

“尿裤子上了？”

“瞎说，怎么可能，”二琥小声，“就是老人身上的味儿，器官衰老的味儿。”倪伟贞听后一言不发，坐沙发上，自己跟自己生气。她亲妈，多么爱干净一老太太，怎么老得都有味儿了。二琥又说：“还算不错，你二哥那同事从国外带回来那药，吃了，好歹有点效果，能睡个囫囵觉，也少闹腾点。这一星期，就今天偷跑出去，摔死人一只兔子。”

“什么同事？”

“姓周。”

“周琴。”

“就是她。好人。”二琥说。伟贞听着有点奇怪，没往下接茬，单问红艳呢。二琥说她也忙，不沾家，也不生孩子。提到孩子，二琥忍不住朝伟贞肚子看一眼。

伟贞道：“还在呢。”

二琥笑眯眯道：“这年纪，可要保重。老三，要生个闺女，你有福，要来个儿子，下半辈子，你累吧，光一套房子就够你挣！”她引诱伟贞说房子的事。

倪伟贞最近对房子的看法有点变。她要生孩子，就不得不为孩子着想。老太太百年之后，她住那房子，要是劈成三份，孩子怎么办。可自己吃独食，老大两口子肯定不愿意。因此，她降价把正阳的小产权卖给红艳，也是为了缓和矛盾。刘红艳有了房子，估计不会猛催老大两口子，房子的事，就有了缓冲空间。她真心希望老妈长命百岁，留出时间，她好多挣点钱——从前是为自己挣，现在为孩子挣。二琥见伟贞不说话，又问：“真打算自己养？”

“那可不。”

“天。”二琥叹息。

“我都不愁，你愁什么。”

“我的老妹妹，我是为你愁！”二琥语气真切，“孩子一生下来就没爹。”

“有爹。”

“爹呢？”

“我不让他养。”

“妹妹，女人，别太好强。”

伟贞见她固执，只好换个角度：“他根本就不想要，要按他的意思，打掉，我能干吗？我多大了，我还能当几次妈。”二琥见伟贞有点生气，又改口，往乐观上想：“也好，自己生，自己带，孩子长大就认你一人，一个人养，是辛苦点，可上面没有老公公老婆婆，也是减轻负担。三妹，不是嫂子说你，你这样的脾气，有老婆婆，也弄不到一块儿。”

伟贞沉默，秘密就是秘密。永远不能说。她不是没有婆婆，她上头有婆婆，哦不，是“准婆婆”——她和正阳没来得及结婚。她的“准婆婆”是失独老人，目前正在养老院里养老。孩子不是没爹，有，只是已经去世。这孩子是遗腹子。倪伟贞又惆怅又坚定，这就是她的选择，她的命。可能因为是写故事的人，她多少有点为自己骄傲。她的故事是那么传奇，曲折，意蕴丰富。人到中年，往事不可追，朝前看吧。

老太太在里屋叫人。二琥连忙过去。伟贞跟上，二琥招手：“老三，把桌上那份报纸拿过来。”伟贞连忙取了。二琥又道：“今儿亏得你来了，你识字多，你念。”

“念？”

“念报纸。”

“怎么还有这节目？”

二琥抱怨似的："妈的保留节目，每天下午，读报纸，至少一个版面。"伟贞翻了翻，问："哪个版？"

"社会版。"二琥说，"最喜欢听家长里短，你要不读报纸，人晚上就看调解节目，看到一点多，谁受得了。"

伟贞诧异，连忙翻到社会版，大声朗读："独居老人家中身亡怎么回事？马老先生住在南三路一居民小区内，8月31日下午2时许，他被人发现倒在自己家里，身上还穿着平时的马褂和裤子，但是脸上都是血迹……"二琥连忙打断："咱换一个，弄个开心点的。"伟贞重找，又读："出车祸为骗保找人'顶包'，涉嫌保险诈骗，这回栽了……"二琥嘀咕："这世道怎么恁乱……"

中秋节，刘红艳要办一件大事。房子入手，她要把老妈接过来，理直气壮地入住一线城市。她要买卤猪蹄、酱鸭子、蜜枣的大粽子、高邮的双黄咸鸭蛋，跟老妈在自己的房子里吃，以示庆祝。庆芬问："这事，他们知不知道？"红艳不屑："没说。"庆芬分析："缓一缓也好。"的确，刘红艳也是这么想的，跟倪俊，她打了预防针，只说中秋节打算让老妈过来，所以可能要短租个房子。倪俊大方："钱我出吧。"红艳连忙摆手："不用不用。"又改口："要不这样，你出菜钱。"倪俊当即表示没问题，不过他提醒红艳，中秋节那天中午，二叔请客，给奶奶过寿，必须到场。红艳嘴答应着，心里算时间，中午去二叔二婶那儿，她和老妈晚上欢聚也不错。过去，中秋节她很少回老家，她和庆芬，总是"但愿人长久，千里共婵娟"，今年难得，好歹能共同抬头看月亮。以后都要这样。借口想好了，就说跟同学约了，去林园里中秋赏月。不带倪俊。倪俊问："不说妈要来吗？"红艳改主意了，这个中秋，她不想任何人打扰，就她和她妈单独庆祝购置新房。“没定呢，估计悬。”红艳笑呵呵地说。

这个中秋，对倪伟强来说也非常重要。第一，是老妈的寿辰，得过，冲冲喜。而且自从周琴送药来，老太太的情绪似乎稳定了些，聚个餐没问题。第二，他正式跟春梅离了婚，手续办了，没对外公布，他们商定，暂时不公布。

借着这中秋，倪伟强打算跟哥哥嫂子妹妹商量，妈还是三家轮换着住，都当孝子。这回在大哥家住一阵，妈似乎也不闹腾——倒不是倪伟强推卸责任，他还是那个想法，既然离婚了，就不能让春梅承担过多。她现在照顾老太太，是以老太太孙子的妈的身份，算比较偏，出力程度不能超过亲生儿女，否则不公平。伟强过意不去。

离了婚，春梅更自在，精神上解放。至少在家里，她用不着给伟强面子，用不着照顾他情绪，嘘寒问暖，她觉得自己是解了套。他们现在的共同点，只有儿子和老妈，她把他当个人用，仅此而已。至于为什么不对外公布，春梅和伟强认为，妈还病着，暂时不打算引起“轩然大波”。更不能让儿子知道。公布消息，起码得在斯楠考上研究生，心态平稳之后。

中秋春梅本来说在家过，烧几个菜，把人都请来，可试了一下，实在没精神，便让伟强去饭店订了个包间。老太太送回老二家，二琥痔疮犯了，疼得起不来，拉到医院，急匆匆做了个小手术，整日麻将打不成，只能在家趴着。春梅得知，电话问候，又问她中秋还能不能来。二琥连忙说：“能来能来。”不吃白不吃，她舍不得这顿饭。中秋当天，伟强先到的。伟贞来了，步子还算稳健，肚子微微凸显。“什么感受？”伟强问妹妹。

“说了你也不明白。”伟贞道。伟强望着三妹，又想责备，又有点羡慕。这为所欲为的人生啊，只有伟贞制造得出来。“想要儿子女儿？”伟强又问。伟贞不讳言，说要儿子。伟强道：“万一是女儿呢？”伟贞不作声。伟强说：“真怕你太辛苦。”伟贞脸上变色：“二哥，都这时候了，能不能不说泄气话。”老大两口子来了，伟民扶着二琥，一颠一颠。伟强撇下老三，踱过去招呼。伟强问大嫂怎么样。二琥远远地跟伟贞点了个头，才对伟强说：“我不能这么说，但事实如此，我这病，就是照顾妈累的，属于工伤。”伟民皱眉头，他不喜欢她这么说。伟强哈哈一笑，不接话。又说了一会儿闲话，倪俊红艳小两口到场。最后是春梅扶着老太太来，都入座，便开席。

等服务员把生日蛋糕推出来，点上蜡烛，众人嚷老太太吹，又让许愿。老太太死活许不出来。伟贞带头说：“就祝妈，身体健康，长命百岁。”众人拍巴掌。二琥暗暗撇嘴，暗想，老太太要真活到一百岁，这些人里肯定有走她前头的。蛋糕切了，一人一小块。伟强见时候差不多，才说：“今天聚到一块儿，有个事要商量商量。”大家都抬头看他。春梅也有点意外，来之前，他没说有事。也是，都离婚了，倪教授没有义务事事跟她商量。过去，他们关起门来是夫妻，现在，就算同处一室也不是。伟强继续说：“大哥大嫂，老三，春梅最近忙，我学校事也多，妈在我们这儿，顾不过来，我看还是三家轮着伺候。”二琥连忙接话：“我痔疮还没好呢。”伟民喝：“少说两句。”红艳抿嘴憋住笑。倪俊面无表情。

伟强看看伟贞，道：“都有困难，老三还怀着孩子呢，没办法，妈是亲妈，不能不顾。”一时沉默。伟贞剔牙，不表态，过了一会儿，才说：“大哥愿意我就愿意。”伟民当即说：“我同意。”伟贞不落下风：“轮着就轮着。”春梅插话：“老三，大哥，嫂……”伟强没给她机会，插嘴说：“就这么定了。”回到家，老太太休息了。春梅和伟强一人一屋，没沟通。这么多年夫妻，好多事情，只要做出来，那就心照不宣。她知道伟强那么安排，一定是离婚在起作用。荒诞不？是老婆就理所当然，离了婚反倒替她着想。男人就是贱！

私下二琥也这么骂伟民。她还趴着：“你充什么脾气暴？老二媳妇把妈接出来的，老二就应该负责到底，老婆判断失误，你做丈夫的，怎么能往外推，让别人给你擦屁股，哼，我自己屁股还不知道找谁擦呢。”

伟民说：“还看不出来吗？旅个游，感情变好了，复合了，老二心疼春梅。”叹一声，继续说，“妈在家住惯了，去养老院也不适应，只能将就，只能凑合。”二琥道：“你不炒菜了？我这被压得跟石猴似的，自己还趴着。”

伟民说：“咱家人多，总好些，老三都没说什么，咱们还怎么说。”二琥立即回：“老三有钱，你有吗？”伟民无言，一提到钱，他就不硬气。他那点养老本，都放在银行理财，每天赚个早饭钱而已。说话间，二琥感觉屁股热痒，伸头朝外间喊：“红艳！”无人应答。她又喊一声。还是没动静。“人呢？”她问伟民。伟民说不知道。倪俊放下手机游戏，来说红艳去跟同学看月亮。二琥啧啧，对伟民：“瞧瞧，她倒自在，娶儿媳妇有什么用，现在哪个儿媳妇能跟我比。就恨当初怎么没生个女儿。”伟民说：“女儿好？不一样操心。”二琥说：“你看丽丽。”丽丽是她发小，著名小巷交际花，“知道人现在干什么呢吗？”伟民不解，问情况。二琥说：“给老鲁女儿带孩子呢，”哼哼一声，继续：“能相信吗？陶丽丽，给姘头的女儿带孩子，天方夜谭！”伟民顺着：“她能带什么孩子，别带着打老虎机。”二琥唉了一声：“有钱能使鬼推磨，女婿给钱呀，养着他们呀，丽丽也能带孩子，所以看吧，有女儿，还能靠女婿翻盘，有儿子，能靠儿媳妇翻盘吗？影儿都摸不着！”

伟民说：“不就揩个屁股吗？我来。”

二琥变色：“玩儿去！”

伟民笑道：“行啦！干厨子，天上龙地下驴，我什么没见过，还怕你这二斤坐臀肉。”

天上一轮月亮，又大又圆。红艳和庆芬站在飘窗前抬头看。今年的月亮跟往年似乎没什么不同。可娘俩瞅着就是不一样。红艳问庆芬：“满意不？”等了多少年，盼了多少年。过去，娘俩中间夹着继父，红艳年年回家都不痛快，现在，老头子走了，妈妈也老了，她成一家之主。

“都是你的功劳。”庆芬笑容慈祥。

“总算有个窝了。”月光照在红艳脸上，一层荧蓝。两个人又象征性地吃了点月饼。庆芬说：“晚上你回去。”

“干吗，打了招呼了，一年就这一天，我陪我亲妈。”

“你婆婆屁股……”

“家里那么多人，不缺我一个。”红艳说，“赶明老太太三家轮换伺候，家里更挤，到时候我就搬出来，跟妈住。”

“胡说。”庆芬道，“你搬出来，倪俊呢？”

“他要跟来就跟来，不跟来就留守。”

“你们是夫妻。”

“行啦，妈，今天不说这个。”

“能瞒到什么时候？”

“回头就说租的，跟倪俊透风就行。”

庆芬不置可否。她担心自己的到来，会给女儿添麻烦，让本来不协调的家庭关系变得更复杂。只是，女儿独立买房，她也硬气，来住是应该。庆芬想着找个合适机会再跟亲家碰面。

三十二

中秋后第二天，倪伟贞到养老院看正阳老母亲。带她吃饭，给她买衣服，叮嘱她钱款事宜。正阳没了，伟贞一直愧疚，对老母亲，她要多关照，不说负责到底，但在能力范围之内，能走多远是多远。

老母亲一派淡然，银丝满头，梳得整整齐齐，看来在养老院生活得不错。伟贞问："阿姨，有什么要求尽管说。"老母亲没说话，直到快吃完，才弄出一句："就是住不惯。"伟贞着急，问是不是养老院哪里服务不到。老母亲说："还是住家里好。"伟贞这可为难。正阳一死，哪还有家。老母亲说："我还回那房。"伟贞道："阿姨，那房子已经卖了，钱不在你卡里？是养老本儿。"又是一番解释。老母亲听着，似乎认识到没办法，又蹦出一句："那等正阳回来。"

伟贞可发愁。杜正阳哪还能回来。要不现在告诉她真相？合适吗？别说老母亲，要是说出来，伟贞自己都有点无法接受。老太太态度坚决，倪伟贞考虑来考虑去，一咬牙，只能先接自己家去。过一天算一天。很奇异地，这个中秋过后，倪伟贞竟然跟准婆婆住到了一起，这是她过去从未想过的，没有丈夫，哪来的婆婆，可眼下的人物关系又那么坚固，这个老年妇女是她肚子里孩子的奶奶，就是她婆婆。只不过，一切都没点破。

老母亲住进来了。还保持过去的生活习惯，日出而作，日落而息，每天勤劳得好像个保姆，除了腿脚不是特别好外，她看上去没什么毛病，不是伟贞伺候她，竟是她伺候伟贞。不过，倪伟贞很少提正阳，老母亲也没提。伟贞想着，得到了合适时候再告诉她正阳的死讯。至于她和正阳的关系，她没想好要不要说。一切都得等到肚子里的孩子降临再从长计议。

早上起床，倪伟贞隐约听到滋啦啦响，寻声瞅瞅，老母亲已经在厨房忙活。煎菜饼子。伟贞忙说，阿姨，别忙了，我下午买点。老母亲道："外头那些米面油，又贵，还不卫生，都用转基因。"她腿脚不灵活，手却伶俐："你肯定爱吃，正阳最爱吃这个。"提到正阳，伟贞心就咯噔一下。看着一派慈祥十分善良的老母亲，她更不忍说出真相。瞒着吧，能瞒一天是一天。做好，端出来，两个女人对坐在餐桌旁。老母亲劝："你这个岁数，怀个孩子不容易，吃要吃好。"伟贞心里暖暖的。老母亲又说："你们搞文字工作，记住，别熬夜。"伟贞表示一定调整。

老母亲夹起一块菜饼子，送到伟贞碗里："正阳这辈子最遗憾的，就是没个孩儿。"

伟贞心里慌乱，面上掩饰，笑道："导演年龄不大，也许会有。"

"会有？"老母亲反问。

"都说不定，也许您能看到那天。"

老母亲笑："真有那天，我死都闭眼了。"

说实话，有几个瞬间，倪伟贞有点恍惚，她感觉老母亲是不是已经知道正阳的情况，否则，她怎会从来没催过，电话都没要求打过。不不不，也许这就是他们母子交流的习惯。他不打来，她从来不打过去。退一步说，如果老母亲已经知道正阳的情况，那她又为什么这样表现呢？为了有人养老，所以难得糊涂？伟贞说不清。不过，就算是养老送终，她也认了，正阳的房子已经出售，这笔钱，就该用在老母亲身上，她一个子儿也不沾。包括未来养孩子，她自己挣。

老太太送到大哥那儿，春梅有了点空闲，她给斯楠打电话，问需不需要她过去，斯楠连忙说不用，说王院长宋老师多方关照他，眼下他状态不错，打算一鼓作气，拿下硕士研究生入学考试。

伟强没辞职，自己不做，只是指导学生的小项目，家里有个妈缠着，他去不了印尼，当不了酒店服务员，还是老老实实做学者。春梅奇怪的是，老太太去了大哥那儿，伟强照样在家住，并没有搬去学校。她觉得好笑，贱坯是不是？离了婚，反倒有了新鲜感？不过，她可以确定，就算伟强再提复婚，她也不会同意。放下就是放下。过去她舍不得，现在她不想找那麻烦，自己过不也一样？她甚至想过搬出去，但不是现在，照顾老太太，她必须坚持到底。只要妈一不在了，她就彻底从这个家消失。

闲则思动。中秋后，春梅给社长打了个电话，问候过节好。社长明白春梅的意思。可是，她一停薪留职，一休假，她原来的位置就被人顶了，她张春梅现在再想回来，没有合适位子。而且吕主编也表示反对。走容易，回来就难了。社长劝："本来也是停薪留职，留着职呢。"吕主编说部门已经形成一个系统，她回来做什么呢。讨论来讨论去，社长没辙，只好让春梅去监管一个包租出去的杂志，她当终审，纯看稿，不操心。春梅同意了。她觉得自己事业再次慢慢起步，不怕从小做起，可以慢慢找机会。她忽然感觉，这个年龄也不算太老。想做事，还是可以有所为。

春梅又上班了。心情不错。而且很意外地，入冬之前，她竟然迎来了一件好事：没打招呼，她的例假居然又回来了。体内汹涌，精神焕发，她莫名回春。张春梅仔细思忖，认为都是离婚的作用。

二琥痔疮见好，成日照顾老太太。伟民颠锅颠得腰椎间盘突出犯了，只好告假，五片膏药贴着，在家平躺。人一闲，想得就多。这日，伟民问二琥："红艳呢？"二琥道："外头野呢。"伟民说："最近没怎么见着。"二琥撇撇嘴："是，你没起呢，人就走了，你躺倒，人才回来，我跟你说这丫头心根本就不在这家上，为什么不沾家？还不是不想伺候老人。那是你妈，不是她妈，能躲就躲。"停一会儿，又说："要我说干脆离了算了。"

伟民惊："有你这么做妈的吗？"

二琥道："我也不想，可你瞅瞅，要这人有什么用？"

刘红艳才不管这些。下了班，先跑自己妈这儿，然后才回婆家，就说加班。庆芬催促她早点跟倪俊说。红艳道："吹了风了，周末咱摆一桌。"

"就说是租的？"

"对，租的，长租，租金一年一付。"红艳狡黠，眨巴眼。庆芬叹："没房为难，怎么有房了，也为难。"红艳随即道："不是为难，是怕他们有想法。"

"能有什么想法。"庆芬伸手揉肋骨。

红艳给老妈揉肩膀："爱怎么想怎么想，咱不问。自力更生，咱到什么时候都理直气壮。当初就不该心软，儿子结婚不给房子，好意思？将来他们要想通了，再买房子，我照样得写名字。"

庆芬道："房子有了，心定了，早点把孩子生了。"红艳撒娇："妈，怎么全成计划经济了，就不能市场经济，顺其自然吗？"

庆芬着急："就怕等成盐碱地。"

红艳顿时悚然。老妈的提醒不是没道理。上一胎流了，开了个不好的头，一切都是未知。红艳只能自己给自己鼓劲："不会，肥沃着呢。"

周末，按约定，红艳该领着倪俊上门。红艳没说，倪俊提前跟伟民、二琥打招呼，说丈母娘来了，租着房子呢，他得过去看看。伟民诧异。二琥道："给你丈母娘带好，你奶在这，你爸你妈身体不好，就先不过去看她。家里乱，等好一阵再请她来玩。"倪俊领了话出门。伟民望着儿子的背影，问二琥："怎么突然就来了？"二琥清嗓子，吐唾沫："她愧疚！"伟民望着她，满眼的不解。二琥解释："母鸡不下蛋，老母鸡着急了。"伟民嫌她说得难听，换话题道："一贯舍不得钱，这回肯出本。"二琥说管她呢，反正不要咱的就成。

一进门，倪俊就夸这房子租得好："这地段，这装修，怎么也得四千吧。"红艳说："没办法，自己亲妈，看不得受委屈。"倪俊又问房东情况。红艳和庆芬提前通过气，庆芬自自然然说，一直在国外，用不上，所以租。倪俊又问付钱周期，红艳怕说年付太假，他会大惊小怪，临时改口说是半年付。正说着，倪俊忽然转身从背包里摸出一只信封，直接递给庆芬："妈，您来了，我也没帮上什么忙，算我先出点房租。"庆芬不好意思，抵死不要。红艳见丈夫如此大度，也觉得难为情，但钱给出来了，省他的还落他怪。红艳只好说："妈，好女婿存心孝敬，就收下吧。"庆芬又说要一半。倪俊怎么都不肯。最后只能恭敬不如从命，乖乖收了。

有钱垫底，一顿饭，庆芬对倪俊格外热情。红艳看在眼里，觉得她妈这太明显。于是趁着饭后刷碗提醒她："妈，可别一点小钱就被收买了。"庆芬关好门道："我看人倪俊厚道着呢。买房这事，就不该瞒。瞒到最后都不是。"红艳没想到老妈倒戈，小声急切地说："才说了租的，总不能立刻又说买吧，缓缓，再过一阵，再说租着合适，房东想卖，咱买。他要愿意孝敬，再让他拿点。"庆芬没想到女儿算盘这么精，没办法，她们是一条船上的，只能按原定计划。

三十三

老大过后是老三。倪俊把奶奶送到三姑那儿，一进门，看到厨房里站着个人。倪俊没多问。伟贞瞧见侄子的眼神，随即小声道："请了个保姆。快忙去吧，不留你。"回到家，倪俊把送人的情况跟伟民、二琥禀报了，顺带提到三姑请了保姆。二琥立刻说："看吧，老三肯定用钱砸，她是伺候人的人？自己还要人伺候呢。这不知道哪请的保姆，老的小的一起伺候，一个月多少钱。"

伟民不接茬儿，腰椎间盘稍微好点，他继续去饭店帮忙。二琥终于轮休，可以好好打几场麻将。红艳依旧每天早出晚归，没事就回"自己家"。二琥、伟民知道她向着娘家，刚开始还说两句，后来习惯了，随她去。

"这是我妈。"伟贞对正阳娘介绍。

"亲妈。"

"绝对亲的。"伟贞笑。

正阳娘对老太太微笑点头。老太太面目呆滞。

伟贞道："有点老年……痴呆。"

正阳娘感叹，又说："得多动手指。"

剧组来消息，说杨贵妃那个戏，有几个镜头要补拍，剧本重改，还得劳烦伟贞。伟贞谈好了价钱，勉为其难做着，孩子第一，她不敢太累。写完了，剧组又让她跟。伟贞无论如何不愿意干了。每天傍晚，这一家三口，哦不，四口，有个保留节目，倪伟贞会给两位老太太读晚报。这次伟贞有经验了，不是有什么读什么，她会适当改编，凶残的，就往温暖的改改，务必让老太太们听着高兴。她相信肚子里的孩子听了温暖的故事，将来也会是个温暖的人。

这日，听完故事，老太太又要去歪一会儿[1]。正阳娘叫伟贞到跟前，认真地说："小倪，要不还去养老院吧。"

"不是不喜欢吗？"

"一间屋，倒有两个老人，太拖累你。"

伟贞抓住老太太的手："阿姨，千万别这么想，你帮我，比我帮你还多，我这儿，你想住到什么时候都成。你就把我当成个伴儿，你也是我的伴儿。"

正阳娘还是柔和和地："正阳有你这个朋友，这辈子没白活。但是有一条，房租得算给你。"伟贞听着心里打鼓，不敢把话往杜正阳身上引。

正阳娘还是不问正阳去哪儿了。偶尔，吃饭的时候，比如吃到某个菜，她会不自觉说起杜正阳过去的事。伟贞就听着，正阳喜欢吃蚂蚁菜，正阳夏天一定下沟里捉老鳖，正阳怕蟑螂，不怕老鼠，正阳得过县里跳高第三名……老母亲愿意说，伟贞不多言，听得多了，似乎也对杜正阳有了更深入的了解。奇怪吗？活着的时候来不及了解，死了，却有机会从这些细枝末节了解一个人，仿佛是在做资料研究。有一次，提到杜正阳老婆，老母亲突然说："也是个可怜人。"就这么光秃秃的一个论断，没有其他话。还有一次，老母亲突

---

① 方言，躺一会儿。——编者注

然摸出一块手表，上海牌的。这么多年她随身带，说是正阳爸传给正阳的，他戴了很多年，机械表，得上劲。

老太太瞅见，一把抢过来，套在自己手腕子上。伟贞呵斥：“妈，还给人家。”正阳娘笑道：“喜欢就给她。”伟贞连忙说不行不行。正阳娘又说：“你帮我留着，怕忘。”两个老太太在家，伟贞还有一个显著感受，时间好像都变慢了。她的写作也是，不再是心急火燎赶进度，而是有就写，没有就不写。《杨贵妃》这出戏赚的钱够花一阵。伟贞现在只接点小活儿。天稍微凉点，伟贞妈突然吵吵着要去澡堂洗澡。伟贞一个人怕弄不住，就叫上正阳娘一起，带着老妈，去芬兰大浴池洗澡。冲完淋浴，去汗蒸。伟贞安顿好她妈，让正阳娘看着。自己再去冲一遍。再回汗蒸房，三个人并排坐着。正阳娘突然一声巨大的叹息。倪伟贞吓了一跳，忙问怎么了。“不需要的都甩掉。”老母亲说。

“有用吗？”听着像气功。

“你试试。”正阳娘脸上有不变的微笑。

伟贞准备好，吸气，然后，悠长地叹息。奇怪，叹完之后，心似乎更定了。有用。

再来一次。

正阳娘又来，这次是：“唵——嘛——呢——叭——咪——吽——”气息不断外吐。老太太好奇，也跟着学。伟贞忙问什么意思。正阳娘说自己不是佛教徒，但发现念这几个字对内脏有好处。伟贞跟着念了几次，果然神清气爽。跟老人待久了，她才发现，老人有老人的智慧。其中重要一条，就是对于痛苦的麻木。

年轻人敏感，一点小挫折都容易放大，老人却恰恰相反。他们会压缩痛苦的程度。就比如身边这两位，一位失独，孤身一人，一位失智，不知人间何世，可倪伟贞从她们身上，却基本感受不到焦虑。后来伟贞明白，那是因为他们对于未来基本没有什么期待，人到了老年，才能真正做到活在当下，吃一顿饭，洗一次澡，睡个好觉，都能让他们感到满足。伟贞不由得告诉自己：满足，要满足。

周琴从国外回来。项目组回迁，她跟回来接着做，却突然发现校园环境很不友好。传言四起，都说倪教授和爱人离了婚，是因为周琴。周琴找伟强求证，倪伟强只说一句话："清者自清！"周琴知道没法沟通，只好找春梅谈谈。杂志社旁边的小咖啡馆，两个女人又凑到一块。很有意思，每回两个人见面，都是因为伟强，只不过，这一次，春梅轻松，周琴紧张。她身子前倾："真是误会，我跟倪教授，早都……"连忙改口，"根本就没什么，过去关系好，那是因为我崇拜他。我和他是合作伙伴，工作搭档，仅此而已，你要误会我，我真是……就因为这点事跟教授离婚，值得吗？"春梅恳切地说："跟你没关系。"

"可别人都认为跟我有关系！"周琴着急，她是院里的青年骨干，不能因为绯闻臭了，过去，院长他们隐约知道一点，可人家倪教授没离婚呀。现在离了婚，许多人确凿地把缘由往周琴身上引。

面对激动的周琴，张春梅一时无言。她四大皆空，跳出苦海，放手婚姻，情愿给伟强自由，哪怕他回归情人的怀抱也无所谓，可谁能想到，情人偏偏怕他们离婚。这不滑稽吗？周琴又说："姐，我来找你，真不是为了我自己，咱们搞科研的，喜欢实事求是，我要真跟倪教授有故事，有感情，我不会犹豫，问题是真没有！再一个，你干吗非要跟教授离婚呢，值得吗？年少夫妻老来伴，正是需要彼此的时候，说真的，教授现在挺难的。"

"他难什么？"

"他有病。"

"谁没病，我也有病。"

"真的，抑郁症。"

"小周，我们不讨论这个问题，他的病，我问清楚了，子虚乌有。他就是过够了，想变变，换一种生活方式，我成全他。"春梅很自信。

"姐，真想清楚了？倪教授这样的，可是抢手货。"

"跟我没关系。"张春梅很笃定。

周琴深叹一口气。

张春梅最后笑着说："谢谢你啊小周，给我们老太太带的药，挺管用。"

药得一点一点喂，话也是。红艳觉得那房子的事，得一点一点吹风给倪俊。这天晚上，红艳冷不丁道："我们住那房，都不想走了。"倪俊没在意："那就住着。"红艳说："不是自己的，住得再久还是得走。"倪俊不知道怎么接。红艳跟着说："奶奶现在情况这样，说不定哪天就要用钱，而且我肚子又没动静，跟爸妈提房，不合适。"倪俊连忙借着台阶下："凑合住着，妈现在也过来了，挺好。"又道："我妈就说要去看看妈呢。"红艳瞬间紧张："妈痔疮好啦？"倪俊道："早好了。"

红艳又问："妈真要去？什么时候？"

"没定。"

"别介，让我妈来拜访吧，我妈是客，你妈是主，哪有主去拜客的。"红艳解释着。她不想让二琥去她的新家，一怕婆婆看出破绽，二也怕沾到不好的“气”。第二天，红艳主动找二琥说了。二琥被捧得高高的，觉得也有道理，于是定了个日期，等着红艳妈上门。不日，庆芬拎着水果到家，一来就把二琥夸成个花，又说她瘦了，又说她切了痔疮显年轻。二琥有点晕头转向，本来想问亲家为什么来这租房也忘了，只剩自喜。午饭过后，倪伟民招呼了一下，回饭店，红艳和倪俊去看电影。庆芬陪二琥坐着喝茶，二琥才想起来说：“他爸身体不好，老奶奶又一个月一个月轮着，本来亲家来，怎么能住外头，可家里实在没办法，让您受委屈。”庆芬忙说不委屈。二琥又问：“亲家，这趟来，是做啥哩？”庆芬事先没准备这个问题，慌忙答：“瞧病。”二琥紧张：“什么病？”庆芬说：“甲状腺。”二琥伸手摸摸，说还真有点大。跟着问：“买保险了吗？”庆芬说：“有医保。”二琥着急：“光那个不行，自己买了吗？”庆芬说没有。二琥连忙道：“怎么这点防范意识没有，万一得了大病，不拖累孩子？”庆芬讪讪地说：“不是有医保吗？”二琥拍大腿：“好多都不能报！”

庆芬听得悚然，只好说回头看看。二琥道：“改天你过来，我带你去问问，你这年纪，这身体，人家都不一定允许你买。得先查身体的。”又坐了一会儿，庆芬独自回去，到家，她忍不住对镜子摸摸下巴下面那块肉，好像是有点大。不日，红艳来，问那天她婆婆说了什么没有。庆芬没说保险的事，只说二琥称不好意思，没邀家去住。红艳不屑：“虚情假意，看看，不敢提买房吧，一家子孬货。”又说，“现在好，咱们自力更生。”庆芬不想激化矛盾，再次叮嘱红艳早点把买了房的事跟倪俊透透风。

三十四

趁老太太不在家，春梅去了趟甘州。斯楠最近状态的确不错，脸颊竟稍微圆润了点，气色也好，整个人泛光。春梅请宋老师吃了顿饭，没少说好话，王院长在外地开会，没来得及见她。春梅问宋老师："这次跟焦老师没关系了吧？"宋老师说："他申请提前退了。"哼。就是理亏。

春梅在心里骂。赶上周末，妈妈来，斯楠主动提出休息一天，要陪春梅去看丹霞地貌。母子俩站在一片红色山谷，四处都是陡坡。斯楠解说："地质构造运动比较强烈，才能形成这种美景。"春梅凝望着，心有戚戚，可不是，他们的中年，也仿佛被解构了一般，上下运动，面目全非，至于未来有没有美景，说不好。斯楠又问："妈，你跟爸和好了吧？"春梅怔了一下，笑着说："和好了。"在儿子面前，她必须隐瞒下去，一切等考研结束后再说。

从甘州回来，春梅发现倪伟强又搬出去了，还是住学校宿舍。他倒不怕闲言碎语。没过几天，倪伟强又回来了。春梅正在收拾老太太的东西。伟强走到她面前，浑身僵硬，脸也跟水泥糊似的："我跟周琴在一起了。"春梅吓了一跳，但她还是极力保持镇定："你跟谁在一起，跟我没关系。"

"我有我的自由。"

"当然，"春梅不看他，"就是麻烦你管着点你的情人，让她不要跟我联系。”

“我们分手，跟周琴没关系。”

张春梅被激怒了：“倪伟强，跟我说这些有意思吗？难道要我开个新闻发布会，还你们清白？告诉大家，你们过去在一起，后来分了，然后是咱们离婚，你们又复合。都是巧合，不是处心积虑。你们是清清白白一对男女，学术搭档，灵魂伴侣！”

“我没那个意思，”伟强依旧僵硬，“你如果不想照顾妈，可以搬出去。”

“我搬出去？”

“房子还是你的，只是暂时给妈用。”

“我没说不照顾妈。”

“是我不想欠你的。”

“你欠我的还少吗？”

“你说，我还。”

张春梅站起来：“现在你们是恋爱自由，那咱们婚姻存续期间呢？你和周琴那段，算怎么回事？现在合法，那时候是不是非法？我是妻子，隐忍了这么多年，你是不是欠我一个对不起。”

“对不起。”伟强立刻偿还，“还有吗？”

春梅一时想不起来，狠狠瞪了他一眼，摔门而去。她不知道日子怎么过成了这样。按说离婚后，倪伟强有了新选择再寻常不过，她不能要求他单身。可偏偏那人是周琴。周琴此前的询问不就等于给她下了个套。只要她张春梅明确说不复合，周琴立马上位，拿下。是啊，你不要的东西，总不能要求别人也不要。春梅知道伟强的脾性，他这人天生反骨，越是反潮流，他越是要做，眼下院里正传他和周琴的事，于是他一不做二不休，反倒要跟她在一起。不向别人解释。春梅冷笑，这就是中年男人反抗世界的方式？我行我素，与全世界为敌，心里是不是特爽，觉得自己特强特伟大！可笑！她倒要看看两个人接下来能玩出什么花。

一个人坐在咖啡厅，张春梅忽然又觉得自己刚才的话有点窝囊，什么叫她要照顾妈。她为什么不能放手，她就应该不照顾，让给周琴。接管了夫人的荣耀，同样要接管夫人的责任，哪能巧事都让你占了。可是，春梅又忧虑，让周琴照顾，她就必须离开家——离了这个家，她又能住哪儿呢？发愁。

手机响，陌生号码，春梅犹豫了一下，还是接了，是同学打来的，说要毕业二十五周年聚会，周六晚上，聚贤阁。春梅本来最抵触这些，但如今闲了，也动了心思，便回了个消息报名。

第二天上午，周琴果然又来电话。春梅不耐烦："小周，不要总是打过来，你们的事情我不关心。"周琴道："春梅姐，这次真不怪我，是教授非要追求我。"

春梅大声道："他追求你你追求他，都行，我管不着。"

周琴耐下性子："姐，我希望你能祝福我，祝福我们，如果你真的愿意放弃教授，就应该允许他找到幸福。"

春梅被激怒了："我跟你说我一丁点儿都不在乎！我希望你们都能幸福到消失！"

"你还在乎他。"

"小周，别当了婊子还要立牌坊，我对你，对他，都谈不上原谅不原谅，我不恨他，我也永远不会原谅他！"张春梅狠狠挂了电话。想起来，又打过去："小周，你既然跟了他，他妈请你多照顾照顾，一个月至少照顾半个月，好吧。"说完，没等周琴回答，春梅就挂了电话。关机。不给她机会。

不行，要做就做到底。他都不怕丑，逆潮流而动，她怕什么?!张春梅打开手机，先打给二琥。二琥正在修指甲。春梅声音洪亮："我跟伟强离婚了！"又补充，"不要告诉斯楠！"说完，挂断。二琥被震得一愣一愣。伟民要出门，二琥拉住他："回来。"伟民不耐烦："该上工了。"二琥说："老二和春梅离婚了！"伟民没反应过来，等了一会才说："这个老二！"说着要给伟强打电话，二琥连忙阻拦："别打！"伟民放下手机。二琥说："上你的班，看看再说。"

伟贞也接到了二嫂春梅的通知，也是那两句话，离婚了加不要告诉斯楠。伟贞哦了一声。身边正阳娘问怎么了。伟贞随口道："我二哥二嫂离婚了。"正阳娘感叹。伟贞随即打给大哥伟民，问："听说了吗？"

"刚听说。"

"怎么弄？"伟贞问。

"还能怎么弄，天要下雨娘要嫁人。"伟民沮丧。

"不是，这回妈送哪儿去，二哥二嫂离婚，还能照顾妈吗？"该轮到老二家了。伟民道："再住你那几天。"伟贞道："妈这两天老不睡，我肚子受不了。"伟民只好体恤："先送我这儿吧。"

伟民让倪俊把奶奶从三姑家接回来，二琥嚷嚷开了："规矩呢！还有规矩吗？是离婚又不是死人！怎么就不能照顾?!"伟民骂："多伺候妈两天不行?!不行你走！"二琥一怒之下："走就走！谁也别拦！"倪俊挡妈不住，只好让红艳去追。左劝右劝，二琥一把鼻涕一把泪。红艳说："妈，爸也就是气话，赶明儿二叔来，奶奶还是接家去照顾。"二琥当街嚷嚷开："谁没毛病？我痔疮没好透，谁来伺候我?!这么多年我熬干的煮稀的，伺候老的小的，我落着什么好！别劝我，我不回去，八抬大轿来我也不回！"红艳劝："总不能睡大街上。”二琥说：“去你妈那儿。”

红艳啊了一声。

“去你妈租的房子。”二琥重复。婆婆正在气头上，红艳不好拒绝，连忙给亲妈打了个电话，说一会儿陪婆婆上门。庆芬如临大敌，好生准备。待打开门，二琥上前一把抱住庆芬，好像要哭，又哭不出来。二琥道：“妹妹，真羡慕你，自自在在一人。”撒开手，东看看，西看看，“瞧瞧，住这小房子，多利索！”寒暄完毕，庆芬忙着要做饭。二琥嘴上说要帮忙，却坐着不动，只说：“亲家！晚上我在这凑合一夜，不打扰吧。”庆芬连忙说不打扰不打扰。还没等红艳说话，二琥便拍拍沙发：“我就睡这儿。”留宿红艳妈这儿，二琥是存心让倪家人尝尝滋味。老太太刚换家，闹了一夜，伟民起来七八次，倪俊挨了奶奶一顿打。

次日一早，伟民给老二伟强打电话，请他立刻到伟贞家去一趟。伟民是怕来自己家，当着妈的面吵架不合适，也怕二琥突然回来，说出什么不合适的，都难看。伟强问：“妈呢？”伟民喝：“你还知道妈！”

大哥二哥突然上门，伟贞也有点措手不及。老母亲还在家，他们看到，不免要问。伟贞只好跟老母亲提前打招呼：“阿姨，等会儿我哥来，我可能得叫您阿姨，保姆那种。”老母亲不多问，只说都行。伟民先到，见到家里有个老太太，有点奇怪，尽管伟贞说是保姆，倪伟民还是感觉年龄大了点。伟贞撅着肚子，劝：“大哥，二哥来你可得压着点火。”伟民骂：“他就是个王八蛋！”等了好一会儿，伟强才到，说路上堵车。

伟民劈头盖脸问：“老二，你离婚，咱不管，妈的事都安顿好了吗？”

"谁说的。"伟强意外。

伟贞道："二嫂打电话通知的。"

"是离了。"伟强说。

伟民说："老二，废话不说了，妈怎么办？你想甩掉可不行。"伟强诧异："前天算错日子，我就说接妈回去。"

"谁照顾？"伟贞问，"妈现在的情况，也不适合去养老院。"倪伟强道："我请人吧。"

"是跟周琴？"伟贞突然问。

伟强说："老三，别把人想得那么坏，我跟春梅离婚，跟周琴没关系。""现在你们在一起。"伟贞消息灵通。都是同学、朋友，圈子里没有秘密。二哥和周琴的"绯闻"，这一阵传得盛。

"两码事。"伟强强调。

"打算结婚？"伟贞直来直去。

"怎么，你们叫我来是开审判会的，妈在哪儿呢？我接回去。"伟强不满意了。伟民苦口婆心："老二，大哥没你有本事，你可能认为大哥没资格说你，但大哥好歹比你多活几年，奉劝你一句，人不能作！"伟强被激怒："我跟春梅的事，本来不想跟任何人说，那是我的私事、家事，我们早就该离了，这次离，是春梅提的，不是我提的。"

"那还不是因为她对你很失望？"

"我对她也很失望。"

"人家把孩子照顾得好好的，把妈照顾得好好的，你有什么资格对她失望。"

"我不爱她，我不喜欢她，这日子我过得难受！我不想这么继续过下半辈子！我就不能有自己的新生活?!"

“你的新生活就是跟小三鬼混 ?!”伟民愤怒。

“她不是小三！”伟强吼。

“她就是！”伟民抬杠。

“随你们怎么说。”

“妈只认春梅。”伟民强调。

“我没打算再婚。”伟强深吸一口气，“妈呢？我接走。”

面对着歪在床上酣睡的老妈，倪伟强神色落寞。其实这次“复合”，是周琴找他的。伟强考虑一下，同意了。儿子要读书，老妈要照顾，都需要用钱，他原本的存款似乎不够用，院长师兄也反复劝，他必须留在工作岗位上。不过，周琴的回归，却给他带来了一点希望。周琴不要求结婚，并表示，还是像朋友一样，再过几年，等一切都稳定下来，他们可以去国外，找个偏僻的大学，或者找一份工作，隐姓埋名，想做什么做什么。这和倪伟强浪迹天涯的梦想有点接近。但眼下最大的问题还是老妈，因为关系松散，伟强不能要求周琴做什么。就像刚才她来电话，问他在哪儿，需不需要帮忙。他说在家照顾老妈。周琴没多说，挂了。她工作忙，正在冲事业，不可能拨冗来照顾他妈。他也开不了口。然而，这样一个妈，他一个人是绝对照顾不了的。保姆请了，花重金，希望尽快到岗。这房子还是给妈住，春梅也有一个房间。他希望在老妈适应保姆之前，春梅暂时不要离开。

三十五

过去，同学聚会最大的毛病是比，现在，人到中年，比也还是比，但多少有了点惺惺相惜。都是在生活的战场上摸爬滚打的老兵了，谁不曾挂点彩，负点伤？来到聚贤阁，张春梅才明白这一场是老班长给班里的学习委员严宁组的疗伤局。他离婚了。老婆分走半数家产，他损失惨重。离婚原因不详。不过女同学私下说，好像是因为老婆红杏出墙。张春梅越看严宁越可怜。有天理吗？国有银行某分行副行长，到这个年纪还一表人才，头发茂密，肚子平整，看上去顶多三十六七，他老婆有什么不满意。后来女同学私下点拨，他老婆出轨不是现在，是过去。哦，陈年旧案东窗事发。春梅不禁对严宁更多了几分同情。她隐约记得，读书的时候，严宁追求过她，很朦胧，她态度稍微不太好，他立刻知难而退。现在不一样了，到了这个年纪，美女老了，没了过去的矜持和自以为是，张春梅圆融许多，她也会说几句奉承话，开开玩笑，但绝不过分。严宁敬酒，她就以茶代酒，陪他喝。张春梅本想说点宽慰的话，可还没反应过来，严宁已经一口闷了。

席散，严宁叫的代驾临时有事，不能到。春梅顺路，女班长委托她把严行长送到家。春梅义不容辞。严宁上了春梅的车，还一个劲说没醉。走到一半，他忍不住下车猛吐了一阵，回来之后，哭得像个孩子。春梅没遇到过这种情况，连忙从后备厢拿水给他。严宁一边哭一边骂："我恨不得把心掏出来给她！她那么对我！"春梅不出声，自己开着。又是一场美丽的误会。爱情，婚姻，从来不是一场单方面付出的游戏。严宁跟她犯了一样的错误。严宁还在骂："人活着为什么？图什么?!"春梅怕注意力不集中太不安全，于是把车靠路边停，这才转头对他。

"你多大了？"

严宁一愣，报了个岁数。

"由着你活，还能活多久？"

严宁不清楚算法。

"就打到八十，也就一万零六十天，是二十四万一千四百四十小时，一辈子就没了，"春梅循循善诱，"刚开始都会难过，但你得逼自己过这道坎，因为把生命浪费在这样的人身上不值得。"

严宁不作声，酒似乎醒了。

"你……"他不敢妄自揣测。

"我也离了。"春梅说。

严宁满目严肃，又有点羞愧，春梅比他坚强。

听着婆婆的描述，红艳太阳穴直跳，她告诉自己必须坚强。二琥面对庆芬，唾沫横飞："只要得一场大病，就立刻倾家荡产，别说存款，就是有房子，那也得卖，别看咱们在大城市安安稳稳，从中产到赤贫，也就一场病的距离。你去医院看看，那个恐怖，乌泱乌泱的人。关键现在水呀、空气、食物，都不如以前，容易得病，不防能行吗？你得提前做好风险对冲，不为自己考虑，也得为子女考虑。说句不好听的，你看咱们老太太，这不祸祸一家子。真没辙。老太太这还是生了三个，都这样，那像咱们这种只生了一个的呢？怎么办？"二琥表情扭曲。庆芬看着像见了鬼。红艳连忙问："妈，我妈这种情况，还能买吗？”二琥道：“现在不好说，得看什么险种。”又问庆芬：“亲家，你有病不？”

庆芬点头。高血压、冠心病、高血脂她齐了。

二琥道：“我身体也不好，所以买得早。”又对红艳说：“你公公不信邪，不过现在他想买也不成，老喝酒，不达标。”红艳拜托二琥千万问问，介绍可靠人。二琥说：“你妈这年纪，这情况，只能买消费险。”

红艳说要带庆芬去体检。庆芬死活不肯。她怕上医院，查出什么来，没钱治不说，精神上受不了。不如就这么阿Q着，好不好随它。二琥添油加醋，描述了好几种大病的早期症状。庆芬听出一身冷汗。这些症状好像她都有。

倪俊上门打前站，帮他爸斡旋，恭迎老妈二琥回家。二琥怎么都不肯，开出个条件，必须倪伟民亲自来接，她才勉为其难摆驾回宫。红艳怕二琥继续叨扰，故意劝：“妈，爸态度虚下来，给点面子。”庆芬跟着说是，说看亲家心挺诚。二琥哼哼两声：“我付出那么多年，还不够他来接我一趟。”倪俊没辙，只好说回去沟通。红艳要求他必须完成任务。傍晚，倪俊来电话，表示老爸伟民明日一早来接人。红艳如释重负，拉着老妈下楼买卤菜，好好欢送婆婆。二琥一个人在家，看电视吃瓜子，不亦乐乎。有人敲门，二琥去开。是房产中介。二琥以为房租到期，人来催租子，忙说，我不是这家的，你等会儿。中介小哥道：“您是刘红艳女士的妈妈吧。”二琥说是。小哥拿出两把钥匙，说是顶楼天台的，可以上去晾晒衣服被褥。二琥多嘴问一句：“这房子一个月多少租金？”小哥笑：“阿姨，这房子不是租的。”二琥忙问什么意思。听到小哥说房主是刘红艳，二琥惊得眼珠子差点没掉下来。

难受。二琥硬是憋了一个晚上。她不能问，小不忍则乱大谋。伟民来接她，一路上，她还虎着脸。伟民委屈：“妈被老二接走了，你放心。”二琥冲他：“才送走狼，又来了虎！”伟民不耐烦，道：“行啦，给你台阶你就下吧。”

二琥憋足了气，才说：“他爸，我这趟没白来，知道红艳妈住的这房怎么回事吗？”

伟民问：“干吗，住惯了，不想回家？”

“这房子是红艳的，你信吗？”

“什么房子？什么红艳？”

二琥食指往下猛点，做板上钉钉状：“红艳妈住的这个房子，对外说是租的，实际房主就是她刘红艳！”

伟民惊愕，说不出话。二琥仿佛勘破了什么天机，摇头晃脑：“跟咱们哭穷，实际是个地主，当初靠着孩子，想敲咱们一笔，谁知老天爷不帮忙，她一计不成又生一计！恼羞成怒自己出血，你说当初她怎么不说两家凑钱买，付个首付，就住家附近，多方便。非跑那么大老远，跟咱们一个东一个西地住着，就是不想让人知道！”

伟民哼了一声：“两家都出钱，你愿意吗？”

二琥道：“干吗不愿意，二一添作五，公正公平公开。就算以后分，都利利索索的。”

“这事儿子知不知道？”

二琥咬牙：“他要是知道不吭声，我就不认他这儿子。”

伟民劝和：“人不说，咱们就装不知道，找这麻烦，反正不要咱们的钱。”

二琥提着气：“这不光是钱的事，毛主席语录怎么读的？你要透过现象看本质，她为什么要这么做？买个房子，遮着瞒着。”

伟民头摇得跟拨浪鼓似的，说不明白。

二琥手指猛往下点：“人这是为撤退做准备，明白吗？你以为她不担心？要是生不出孩子，就算咱能容她，咱儿子能容她？她要撤退，这房子要是暴露了，咱肯定得分她一点，要是潜伏着，一旦遇到突发情况，她就能神不知鬼不觉全身而退，我跟你说这丫头精着呢。”二琥猛吸一口气，“不信让儿子试试她，一试一个准，她装！”

当晚，红艳在“娘家”过夜，伟民和二琥到家，等儿子倪俊回来，立刻“揭发”加批评教育，一个唱红脸，一个唱白脸，把问题的严重性指了出来。倪俊大吃一惊，原本，他也觉得这房子租得太顺利，但没往买房子上想。倪俊痛苦的点跟爸妈不同——买房子这么大的事，红艳竟然没告诉他，这还把他当丈夫当男人吗？倪俊脸上挂不住，再往深了想，买房的钱哪来的？红艳这才兼职几天，怎么能筹集到那么大一笔？倪俊一夜辗转，痛苦难当。

刘红艳第二天晚上回婆家，吃完饭，伟民和二琥出门遛弯，家里只留倪俊红艳俩人。倪俊打开电视，站着翻台，然后不经意道：“妈那房子还是有点远，赶明租个离家近点的，相互能有个照应。”红艳诧异：“怎么突然说这个？”

倪俊说：“你要照顾妈，又要来家，两头跑太累。”

红艳呵呵一笑：“我倒想一头跑，你愿意吗？”

倪俊故意说：“租的终究是租的，哪能长住。”

红艳见似乎是个好时机，于是诱导着问：“老公，跟你说个事。”倪俊一本正经：“说。”红艳柔声软气地：“妈租的那房子，房东突然想卖，说是拿了绿卡，以后不打算回来。”倪俊忙问多少钱。红艳报个数。倪俊想想，说不少，回头跟爸妈说说，看能不能赞助点。

红艳立即：“别爸妈啦，你赞助点就行。”

“能够吗？”

“老家的房子卖掉，还有我妈多年来的那点积蓄，再加上我的，公积金，存款，乱七八糟，统共算下来，首付还差十万。”

“我出十万？”

红艳笑：“你出十万，不写你名字，你有永远居住权，这房子，我给你住到老死。”

倪俊道：“二手房，小产权，买它干吗，没看到政策吗？现在买商住两用，入手就坑，很难再出手。不如再攒几年钱，买个大产权的，住得安安心心。”

红艳脸色稍变：“要等你等，我不等！我没户口，还得结婚十年之后才能办，猴年马月？什么大产权小产权，这是自住，是刚需，买了又不打算卖，有什么关系。”顿一下，“就说出不出，不出我自己想办法，也不是非你不可，反正你不出就没有永久居住权，你自己考虑。”

倪俊阴着脸，眉心皱得能夹死蚊子。

红艳再逼一次：“到底成不成？给个话。那么点钱不值当那么受罪。”

“房子真是租的？”倪俊问。

红艳脸色大变：“你什么意思？”

“说实话。”

“你妈搞的鬼？!”红艳恨得抓起靠枕。

倪俊点破：“房子是买的，你不告诉我，现在还给我下套。”

“是你给我下套吧！”红艳只能更大声，“我正打算告诉你呢，你给我来个这！什么意思呀！”

“少模糊焦点！”倪俊爆发，“刘红艳，我要是不点破，你真好意思把我那点钱放自己腰包？”

红艳见事情败露，只好换方案：“房子你也看到了，破破烂烂，要你赞助是去装修！”

“装修就说装修！玩什么聊斋！”倪俊不示弱。

倪俊毫不留情的质问令刘红艳心中原本残留的那点愧疚瞬间烟消云散，她立刻反击道：“我犯了什么罪？我自己出钱自己买房，想说就说不想说就不说！我有这个自由！一个大子儿不出，还想充大头，没那么便宜！”

倪俊冷冷地说：“钱从哪儿来的？几个月前还是穷户，一眨眼成富户了，我就问你一句，钱从哪儿来的？”

“抢的偷的，你都管不着！”

“天天那么晚回来你到底干什么去？你说实话！”

红艳脑中顿时响了个炸雷。他怀疑她?!她整日连天加夜干，本职兼职一起上，不就为了多赚点，早点实现买房梦想。他不帮忙不体恤，还怀疑她?!王八蛋！红艳一跃而起，仿佛一头母狮，朝倪俊直扑过去。倪俊四仰八叉倒在床上，下意识一个蛤蟆蹬腿，红艳被弹开，倒翻在地，哭得稀里哗啦。倪俊声音颤抖，质问：“你当初为什么要跟我在一起?!为什么?!”红艳哭嚷着：“我图你的钱，图你的房，图你的地位，图你的家庭！就是不图你这个人！满意了?!”倪俊听出她说反话，气得站起，红艳以为他要动手，连忙祭出“九阴白骨爪”。倪俊抵挡不住，又不能还手，身上，脸上，跟车轱辘轧过似的，立马都是红道道。他疼得实在没办法，猛然一推，力气过大，刘红艳后脑勺朝墙壁一撞，咚的一声，跟着歪倒在地。倪俊吓得魂丢了三分，连忙搂住红艳，摇她也不醒。二琥、伟民进门，见此情形，也慌了神。伟民让儿子打120。二琥埋怨倪俊：“让你教育教育她，口头教育，攻心，也没让你教育到这个程度呀！男人哪能打女人！”倪俊申辩：“我没打！”二琥不耐烦：“行啦，赶紧抬起来！脑袋别朝下！”

三十六

春梅在家旁边租了个房子，为的是跟伟强拉开点距离。轮到照顾妈，她就上门，晚上也住家里。轮值的一个月里，她现在负责照顾半个月——十五个晚上。这是她和倪伟强沟通的结果。白天，他们都要上班，伟强请保姆照看，晚上，只要轮到月份，两个人换着来。这样一来，跟伟强打照面的机会少了。春梅觉得这才像离婚。何况人家现在已经谈了“新”女朋友，没必要再和他黏黏答答夹缠不清。

搬家刚一个礼拜，严宁又跟春梅联系，说请她吃饭，春梅觉得自己不适合老出现，借故婉拒，又两天，严宁请她去大剧院看演出，春梅还是拒绝。第三次是去松涛博物馆，这地方春梅一直想去。而且人家“三顾茅庐”，诸葛亮都能被感动，她不能不知趣。于是答应了。

参观全程，两个人都客客气气的，显然，严宁提前做了功课，对展览的背景知识十分了解，耐心地讲给春梅听。春梅有点感动。这个年纪，这种地位的男人，还愿意为你费心思。其中包含的心意，她怎能不懂。只是，张春梅觉得自己跟严宁太隔——这种隔膜，是过去许多经历累积而成。他们共同的过去就那么一点，而到了这个年纪，偏偏人又喜欢回忆过去。一句话，她和严宁的关系，不够日常。她也不敢太深入到日常。男女之间一旦日常化，往往容易缺少尊重。这一点，周琴就比较聪明。她跟倪伟强相处，从来都是高度审美化的。她是富有智慧的女性，工作中很有能力，业余很有诗意，是理工女，又喜欢玩点哲学，参加这个那个协会，周围的朋友都是经营。在某种程度上，周琴就是个高级绿茶婊。她也轻易不把自己日常化。比如，伟强跟她恢复关系有一阵了，春梅从来没见她来家看过老太太。是她自己不来，还是伟强不许，不得而知。也是，人家是情人，不是夫人，用不着端屎倒尿表忠心。不进围城，也就不必费心逃出围城，在城墙上溜达溜达就好。

春梅认为，自己跟严宁也应当保持这样的关系。回家路上，严宁开车，嘴没停过，仔仔细细介绍自己目前的情况，孩子，老人，包括前妻，还有自己的工作状态，不知道的，还以为是媒人在帮人做媒。春梅听说有个老人，问情况，得知是他父亲还在。春梅问："谁照顾？"严宁说在养老院，又补充："老年痴呆，没法弄，大哥二哥都不愿意照顾，我又太忙。弄不住，他打人。"跟伟强家情况差不多。春梅说："老人不愿意去怎么办？"严宁道："到这个时候，还有什么生命质量，他自己都不知道，只能多花点钱，过一天算一天。"春梅对严宁这个回答不太满意。她始终认为痴呆的老人，也是知道好坏的，而且，照顾老人到生命的尽头，对自己也不是没有意义。这最后一段路，子女有义务扶着老人走。严宁问春梅家的情况。张春梅说她爸妈都去世了，没提婆婆。到楼门口，春梅该下车了。严宁说等一下。春梅哦了一声，看他似乎有话要说。

"要不我们试试？"

"什么意思？"

"结婚。"

太惊悚的两个字。春梅顶住，轻轻一笑："别开玩笑。""我说真的。”严宁身子动了动，一只胳膊挪到方向盘上，“我们谈得来，知根知底，同病相怜，目前的情况差不多，孩子都大了，我们为什么不在一起共同享受生活？春梅，我可以给你最好的。”很真诚，全是实话，掏心窝子。春梅不自觉抿了一下嘴唇：“别那么快，好不好？不过谢谢你。”严宁立即说：“我是经过深思熟虑的，你再考虑考虑。”

春梅没吭声，下车。严宁也下来送。走到楼道，正赶上周琴送伟强回家。四个人正面碰上。春梅看到伟强疑惑的眼神，于是大大方方地，把胳膊朝倪伟强方向挥了一下，对严宁说：“我前夫，倪教授。”又对倪伟强，“我朋友严宁，江州银行两河口支行行长。”她特地点出严宁的职务。不能输给伟强。出于礼貌，伟强和严宁握手。周琴站在一边，不吭声。等男人们握好了手，春梅才对严宁介绍：“这是周琴，倪教授的学生、助手、同事，现在是女朋友。”严宁朝周琴点了个头。其余什么都没说。两队人马各自走开。稍微走远了，严宁忍不住说：“她就是那个小……”“三”字没说出口，生咽，改成“小女生”。春梅觑他一眼，纠正：“也不小了。”她真正开始恨周琴，是在离婚之后，她觉得这个女人为什么无耻得那么光明正大，她凭什么让倪伟强再次得到幸福。

那边厢，周琴送伟强到家门口，她说我不进去了。伟强也没打算邀请她进去，保姆该下班了，老太太他自己照顾。周琴补一句：“看到了吧，人家也没闲着。”伟强没接茬，打发她去。说实话，看到春梅有男士陪着，他有点吃惊，但同时佐证了他长久以来持有的一个观点，在这世上，没有谁非谁不可，尤其是活到他们这个岁数的人。

伟强到家，保姆向他汇报一天的工作情况。保姆姓宫，安徽来的，跟伟强同龄，但看上去至少老十岁，照顾老太太，也算老人照顾老人了。倪伟强之所以高价雇用她，两个原因，一是业务能力的确不错，身高体胖，能搬动老人，而且她说自己有经验，照顾瘫痪的婆婆十来年；第二，伟强被她的故事感动，觉得她多少有点可怜——宫姐出来干活，是为儿子攒娶媳妇的钱。伟强坐在板凳上，老太太已经睡了。他在家里装了摄像头，做到有据可查。宫姐说今天老太太吃得不少，一次大便，她给她换了衣服，擦了澡，房间里喷了空气清新剂。凑老太太眯瞪的空儿，宫姐还收拾了房间。伟强起身看看，每个房间是利索不少。“书房没动吧。”他问。宫姐笑着说：“坚决不动。”伟强看看沙发，突然发现沙发扶手上挂着的那条旧皮带不见了。“这儿的皮带呢？”他着急。

“没见有皮带……”宫姐翻白眼，努力回忆状。

“皮带，旧的，上面窟窿眼这么大。”伟强用手比，这皮带对他至关重要。纯手工，牛皮制，关键是他爸爸留下来的，纪念品，文物，一个老念想。他跟他爸爸的腰围一样，用同一个扣眼，导致那个窟窿眼越穿越大。最近这皮带的绊儿被磨得有点失灵，伟强才解下来，搭在沙发扶手上。“再想想！”伟强真着急，“是不是当垃圾丢了！”

宫姐满面惊慌，一根旧皮带，被伟强形容得简直如价值连城的文物。“好像……”宫姐的手在空中比画着。伟强问：“东西都收在哪儿了？”宫姐怯怯地说在柜子里。

“你下班吧。”

“明天还用来不？”宫姐以为自己被解雇了。

“来。”倪伟强声音低沉。找吧，伟强自己动手，大柜子翻遍，犄角旮旯，处处没有。老太太睡着了，他不能打扰她，小房间关着门。伟强又给宫姐打电话，问她有没有丢过垃圾。宫姐说，天擦黑下去丢过一次。挂了电话，伟强连忙下楼，打着手机电筒，去垃圾箱翻找。张春梅洗完澡在吹头发，站在卫生间窗户边，她看到楼下有个人鬼鬼祟祟。有路灯。再定睛一瞧，确定是伟强。春梅狐疑，真疯了，这男人真疯了，大晚上翻什么垃圾箱。不按理出牌到这地步，她现在庆幸跟他离了婚。难道真像他自己说的？他脑子里有东西？脑癌？所以才行为怪异举止乖张？手机响，是儿子来电话，张春梅顾不上窥探前夫，连忙去关心儿子。

翻找了半天无果，伟强折回家，一开门，却见老妈端坐在沙发上。“妈——”伟强紧张。他不知道老太太又要出什么幺蛾子。老太太瞅了伟强一眼，舞了舞手里的皮带：“是不是找这个？”

“妈！”伟强激动。老太太记起来了?!这是爸的皮带！她都记起来了?!倪伟强连说了三个是，走过去，蹲在老娘膝盖跟前：“妈，这是爸留下的，手工纯牛皮，腰围跟我一样，都用一个扣眼。”老太太道：“头子扎了一下，没坏。”伟强仔细看，才发现皮带头上绑了条黑绳，凑合能用。“你给做的？”伟强兴奋着，老太太好了，都能做手工了。老太太把皮带塞给他：“收好，别再让金角大王夺了去。”伟强发愣。老太太却不管他，兀自走回屋，好像一切都与她无关。倪伟强眼睛红，鼻子酸，他现在觉得，老妈得这个病，比家破人亡还惨，记忆一点点流失，人被抽了魂，亲爱的妈妈变成陌生人。可是，这鼻子，这眼睛，这说话的声调，全都是他亲妈呀！她生了三个孩子，支撑起一个家，怎么能临到老了，却对这个家置若罔闻！有妈妈在，伟强不觉得自己老，一旦没了妈在上面罩着，伟强忽然感到自己真老了。客厅空无一人，倪伟强独自呆坐，手里攥着皮带，他流了一会儿眼泪。没人知道。直到他儿子斯楠来电话，他才收拾好情绪，又用那种爸爸该有的口吻，询问起斯楠的学习生活来。

三十七

伟贞近来胎动频繁且剧烈，她心里嘀咕，跑了好几次医院。最近这次，正阳老母亲非要陪着。伟贞劝：“阿姨，没事，您腿脚不好，别出门。”老母亲坚持。伟贞没办法，只好带她一起。老母亲一路点拨教育，说这个年纪怀孩子，不能太动，也不能不动。春梅来电话，问她到了没有。这次检查，是春梅找关系介绍的熟人，能问男女。伟贞说一会儿就到。正阳娘说：“你这个二嫂人不错，离了你们家还能处那么好。”伟贞说：“二哥有问题，二嫂也有问题，远香近臭，两个人在一起过那么多年，早都乏味了，所以我看，不结婚最好，有个紧张度，有个新鲜感。”正阳娘试探道：“以后都不找了？”伟贞叹：“拖着个孩子，找谁谁要？”正阳娘说你还年轻。伟贞没接话，她感觉老母亲在试探她。

到医院，一通检查，楼上楼下跑，老母亲扶着伟贞。伟贞又心疼老母亲，她腿脚不好。医院走廊里坐的都是孕妇，放眼望过去，竟有不少看着和伟贞年龄相仿的。伟贞坐在里头挺安心。有个盘着头的妇女伸着脖子跟伟贞搭话：“小二子吧？”倪伟贞一愣，没听明白。妇女又说一遍。她这才理解她说的是二胎。伟贞不自信地嗯了一声，似乎是肯定回答。那妇女道：“凑成一对好字。”伟贞尴尬笑笑。老母亲忙前忙后，去拿单，又给伟贞递水。排到下午一点多，好容易等到，倪伟贞小心翼翼进诊室。查出来，身体状况还不错，但医生叮嘱她，平时一定要保证睡眠，要身心放松，不要过度紧张。医生还说：“少吃盐，多吃新鲜水果、蔬菜，适当地活动身体。”说完后又说一遍，“睡眠一定要保证。”伟贞没敢说照顾痴呆的老妈。临了，伟贞看着医生，有点为难：“那个……我是张春梅的……”医生点了点头，没说话，在纸上写了个 XY 的符号。XY？伟贞想起二嫂春梅的叮嘱，说 XY 就是男孩，XX 是女孩。她怀了男孩？伟贞一面道谢，一面退出诊室，正阳娘在外面等着她，见伟贞出来，也上前扶住她手臂。

“XY。”她声音很小，跟情报接头似的。两个人你搀着我，我搀着你，先出了孕妇拥簇着的走廊，下了一层。“XY。”伟贞又说了一遍。老母亲手抓得更紧：“男孩 ?!”她猜。伟贞点点头。老母亲激动得不知道手往哪放，颤抖着，不自觉说一句：“要是正阳知道就好了。”说完抹眼泪。

不经意一句话，伟贞脑子嗡地一下，空白，停了几秒，才慢慢回过神来。这下确认了。她知道。老母亲知道她怀的是正阳的孩子。那么她也知道正阳已经去世。倪伟贞任由她扶着走出医院，不晓得接下来怎么处理。老母亲问她饿不饿。伟贞心里乱，胡乱指了指路边一家餐厅，就要进去。老母亲瞧不上，说看着不卫生。两个人又这么相互搀扶着走了半条街，看到一家面馆还算利索，走了进去。

好些个念头、想法在伟贞心里打转。她准备好几个开头，可看着桌对面坐着的老母亲，又实在觉得难以启齿。正阳可是她的儿子啊！白发人送黑发人。只是，这瞒了有日子，迟早得说，还有她肚子里孩子的情况，她认为都有义务告诉老母亲。只是，想要开这个口，实在是巨大考验。

伟贞硬着头皮，大喘气。老母亲也看出她的不对劲。吃了几口，倪伟贞放下筷子，两手摆在膝盖上，背靠着椅子，咬紧牙关，深呼吸。“阿姨，我对不住你。”伟贞这么开头。老母亲淡定，放下筷子，伸出右手掌挥了挥，示意伟贞别说。伟贞鼻子发酸，眼睛发红。

老母亲道：“你和我都是正阳的亲人。”

伟贞眼泪控制不住，哗地流下来。

老母亲深吸一口气：“其实我就想看你平平安安生下孩子，过年的时候，正阳跟我说，他打算跟一个姓倪的姑娘结婚，我同意，你来找我之前，县里一起出去的二孩，给正阳做副导演的来看过我几次，又给钱又送东西，等你再来，我大概明白怎么回事。”说到这儿，正阳娘禁不住老泪纵横，“这种事，糊涂点好，自己骗自己，我活到这岁数，够本，唯一的心愿就是看一眼孩子。你难开口，我更难，说破了，咱娘俩难相处，还不如这么弄着，等孩子落地，我看一眼就走。”

伟贞抹一把泪：“正阳没了，大姐病着，您能去哪儿？”

老母亲道：“回正阳关，养老院住不惯。”

伟贞犹豫：“阿姨，您得留下，我是假的，肚子里这个小东西是真的，您不能就这么走。”

“好孩子，知道你善，”老母亲动了动身子，“你妈情况特殊，马上添个孩子，不能再给你增添负担。”

“您帮我比我帮您多。”

“一把年纪，自己的情况我自己清楚。”

“不许走。”

“好孩子，别犯傻。”

“我要有心躲，根本没必要去正阳关见您！”

“不能拖累你。”

“就当欠正阳的，我在您身上还不行吗 ?! 你舍得你这孙子吗 ?!”伟贞激动。正阳娘怕她动了胎气，连忙安抚。两个人对望了一会儿，老母亲才说：“要不这样，咱说好，能动就行，我就在这帮帮你，真到动不了那天，你把我送回正阳关。”“妈！别说这个话行吗 ?!”伟贞哭着说。

“妈”字不晓得怎么叫出了口。老母亲怔在那儿。伟贞哭着说：“我妈现在认不得我，天可怜见，又给我送来一个妈妈，正阳钱留得足，马上还有稿费结下来，您在我这儿，只有帮的，没有拖的，我是真心求求您，如果有能力，顾顾您这大孙子。”

正阳娘又是哭又是笑，重重嗳了一声。

时光倒回，不说远，大半年之前，倪伟贞恐怕怎么也不会想到，她这辈子除了亲妈之外，还会有另外一个妈，这位妈跟她没有血缘关系，但却因为一个小东西联系起来。她们现在有一项共同的怀念，杜正阳，有一个共同的期盼，孩子。生下来，看着长大。倪伟贞仿佛顿悟一般。她忽然觉得过去几十年自己的种种叛逆行为无比可笑，身为女人，还有什么角色比妈妈更重要？作为艺术家，还有什么作品比创造一个孩子更伟大？只有孩子是自己的。伟贞轻抚肚子，期盼未来。

其实那天，救护车还没拉到医院，刘红艳就已经醒了，为了强调事情的严重性，她仍旧假装昏迷，一番检查、救治，她安然无恙。红艳要求倪俊立刻把她送回家——不是婆家，而是娘家。眼下，全家都得听她的，个中原因，竟是她在检查救治的过程中，无意间发现了一件喜事——刘红艳再次有了身孕。她的地位陡然上升，再次成为重点保护对象，想怎么样就怎么样。

躺在娘家的床上，对着妈妈，刘红艳声泪俱下："自己买房就打我，生了孩子就把我捧成皇太后！这什么人！这什么家庭！"庆芬劝："不许胡说，我问了倪俊，说都是不小心，是意外，买房子这事，咱也有不对的地方，过两天你回去，现在主要矛盾不是房子，是孩子。"

"我不回去。"红艳梗着脖子。

"你生的是他们家的孩子，不回去去哪儿？房子的事不愉快，借着孩子正好修补。你再闹，人家万一……"庆芬没往下说。红艳接上话头："万一什么？离婚？他要提离，我立马同意，孩子带走，休想见一面！"

"听话，回去。"

红艳急得两脚在被子里乱蹬："妈咱们不能这么丧权辱国、割地赔款，房子有了，根据地有了，咱们就得硬气，好多事情，就得谈。"

"谈什么？怎么谈？"庆芬不解。

红艳道："憋到时候，自然上门。"

次日，倪俊上门，红艳要了几句，轻巧打发回去。第三天，大周末，二琥终于上门。庆芬胆子小，吓得连忙仔细招呼，又对屋里喊："红艳！你婆婆来了！"过了好一会儿，刘红艳才穿着拖鞋缓缓走出，轻轻唤了声妈。二琥忙看着庆芬道："你望望，这气还没缓过来呢，"又对儿媳妇说，"红艳，你安心在这儿住着，我来给你洗衣服做饭。"红艳小声说："妈，别开玩笑，你还得照顾奶奶呢。"二琥手一挥："让他爸累去！"又笑呵呵地，"红艳，别怪妈没提醒你，你这是二进宫，要吸取第一回的教训，你年龄不小了，千万当心。"红艳微微皱眉，婆婆嘴里冒出来的话，没一个字是她爱听的："妈，孩子是我的，不用说我也会小心，也会在意。我就是一口气倒不匀，我就不明白，我刘红艳到底犯了哪个天条，人能这么对我！幸亏我命大，真要打死了，那可是一尸两命！”

二琥脸上挂不住，只能用笑掩饰：“都是误会。”庆芬喝女儿：“别胡说！”红艳再进一步：“怀头一胎，为了宝宝，我说买房，家里实在困难，拿不出半个子儿，我没二话，体恤，理解，不忍心添麻烦。我从来没说不买房子就不生孩子，这不，又有了不是。自己的孩子我自己得考虑，那么好，自力更生，谁也不靠。我是四处借钱买了这房子，就为将来孩子能住得宽敞点，健康成长。这要也是错，那真是为难做妈的苦心。我看这孩子来，还是这房子带来的福气呢。”为保孩子，二琥只能顺着：“是，这房子买得好，倪俊不对，我回去教训他，不疼老婆的男人那叫男人？那是畜生驴猫狗。”说罢京剧丑角似的笑起来。

庆芬连忙借着台阶：“红艳，跟你婆婆回去。”

红艳不客气：“妈都说了，让我安心住这儿，养好了再说。”摆驾回宫，没那么容易。

三十八

刘红艳有她自己的小算盘。第一胎流了，算警钟长鸣，现在有了第二胎，比第一胎的“威胁性”还大。红艳觉得，趁着母凭子贵，更应该让倪家出点血。比如，再买一套房子。有什么不可以呢？第一套是自己出资，第二套，大不了合资，至于钱上面，红艳觉得可以再想想办法。不过，这是她的底牌。最好的情况是，倪家愿意全掏腰包，买了房，红艳就带着孩子，还有倪俊住进去，这套自资的小房，留给老妈——做一碗汤的距离。她也担心倪俊跟老妈生活在同一屋檐下，两个人都不自在。

刘红艳把想法跟老妈说了，庆芬第一感觉是，恐怕不行，婆家不会同意。红艳道：“你不提，人家只会装不知道。”庆芬道：“凑合住行。”红艳把屁股挪了挪，更靠近妈：“我住这儿行，你是我妈，我是你女儿，亲的，好了坏了都能兜着，要再添个宝宝呢？再塞个倪俊呢？到时候大人孩子都不自在，你也住得不舒服，最好再买一套。大小不论，就在这附近，相互有个关照。”

能这样当然好，但庆芬从来没想过自己来大城市能住得宽敞。“妈知足。”庆芬表态。红艳说：“你别管了。”过二日，倪俊来，红艳把这想法提了，倪俊吸取教训，又是在人家主场，他没说行，也没说不行。红艳让他问问爸妈的意思。她让倪俊当传声筒。

话带到。二琥和伟民当时没说什么，只让倪俊去休息。关好门，二琥才猛然击掌，愤然道："瞧瞧，孩子没有白生的，又来一回！离了算了！"伟民骂道："离屁！你儿子什么样你不知道?! 领事馆里打扫卫生的，离了你给他找！"二琥提眉瞪眼："我儿子优秀着呢，不愁。"伟民不耐烦："上次允了没做到，这次别磨叽。"二琥恨道："倪秃子，这可是养老本，花了，影响的不只是你自己，还会影响别人。"伟民剜她一眼："头发长见识短，我说买，那也得看怎么买，就说一家出一半，写两个人的名字，她要买，一人一半不吃亏，即便将来有个差池，也是平分。她要掏不出钱来，那自然就买不了。"二琥一听，伸手轻拍了伟民脑门一下："长脑子了！"

不日，使者倪俊把消息带到，夹在中间，他也为难，他不得不把父母跟他灌输的一连串困难提了，说眼下的情况，最好就是两家合买。说完，倪俊等着红艳发火。谁知，刘红艳当场表示同意，眼下这套房子的贷款本来也没多少，她宁愿再借点钱，七七八八把这窟窿填了——幸亏她跟同学、朋友关系还算不错，押上这么多年的人品，能凑个大概齐。然后，她再拿这套房做抵押贷款，去买第二套商住两用。多么完美的计划！红艳不禁飘飘然，不久之前，她还是个惨兮兮的漂泊女子，转眼间，她就成了坐拥两套房，哦不，一套半的地主婆。美呀！乐呀！脑子是个好东西，得有！

刘红艳把婆家妥协的好消息跟亲妈说了，庆芬也高兴，问她打算买哪儿。红艳道："当然附近，好相互照应。"庆芬道："他们未必同意。"果然，在商量地段的问题时，二琥提出了反对意见，理由是，离家（婆家）太远，将来孩子出生，不方便照顾。红艳道："我妈能照顾。"二琥反驳："双拳难敌四手，你妈一个人，顾你还顾不过来。"红艳笑道："这边不还要照顾奶奶吗？"二琥说："那也不经常，一年不过四个月。"倪俊夹在中间，来回传话。最后，两方议和，取了个折中点——直线的中间点地段太黄金，买不起，于是两家商议，选了个三角折中，新购房产跟婆家娘家呈掎角之势，画出线来是个三角形，公平。谈判有了结果，红艳满意，安心养胎，再过几个月，她便双喜临门，带着孩子，还有夫君，一起去新房子里展开新的人生。

自打伟贞怀孕，春梅各种忙烦，离婚，找房，大人，孩子。入了冬，眼看翻一年，事情稍微少点，春梅借送老太太上门的当儿去看伟贞。伟贞肚子已经老大。春梅瞅家里这老保姆有点狐疑，小声问伟贞："这能行吗？"伟贞不假思索："年纪大点，有经验，镇得住。"春梅道："我看她自己走路都困难。"伟贞说："算过八字的，对孩子好，才能来做。"春梅诧异："现在这么讲究。"正阳娘来奉茶，自自然然地。她跟伟贞商量过，不管谁来，都说她是保姆，真实关系隐藏。伟贞不想听外人那么多啰唆废话。

"你跟二哥，怎么样了？"伟贞问。

"早就该散，我还嫌晚了呢，"春梅跟伟贞不藏着，"早个十年十五年，搞不好还有心情梅开二度。"

"现在想开也能开。"

"麻烦。"春梅道，"我现在就想着，楠楠赶紧考上研究生。"

"不是硕博连读吗？"

春梅意识到说漏嘴，连忙改口："是，上了研只是第一步，还得努力。"伟贞没往下问，转而问老妈退休工资的事。春梅想了想，说没痴呆以前，妈自己管着，后来不知道，得问问你二哥。伟贞不含糊，当场拨伟强电话。倪伟强说老大管着这事，都用在妈身上。伟贞挂了电话，对春梅说："我就知道大哥大嫂得装傻，是，钱不多，可也得放在明面上，现在是三家顾妈，那就得三家都能看着，得监督，要妈这房的时候，人可不含糊。”越想越气，伟贞要给大哥打电话。春梅连忙：“别说我说的。”

伟贞道：“二嫂，说句不好听的，你现在都从咱们这个家摘出来了，知道又如何，你照顾妈，是你仁义、厚道、良善，你念着妈过去对你的好，念着妈的一点恩情，涌泉相报，大嫂呢？妈都这样了，她还恨不得把墙皮子都刮下来。”

春梅劝：“你少生点气，不值当，孩子第一。”

老母亲送茶过来，春梅笑着接了。老母亲不多说，转身回屋。伟贞说：“再过过，我这情况更难，妈估计暂时我带不了，到时候，二嫂帮我想想办法，我出费用。”春梅明白伟贞想把老人托付给她，没当场答应，只是请伟贞踏实住了，车到山前必有路。

午饭过后，伟民扶着老太太坐在床上，二琥拿着手机，对着他们，左看看右看看，又说光线不够，去开灯。伟民帮老太太重新摆好姿势。二琥说：“活泛点，别那么死板。”伟民抱怨：“一年一回，还不麻烦的。”二琥哼了一声：“麻烦？退休工资也不是白给你的，人要没了，谁还让你吃空饷？麻利点吧。让妈说句话。”

伟民对老太太：“妈，说句话。”

老太太木着两眼，不吭气儿。

伟民又说：“妈，说话。”

二琥举着手机不耐烦：“你是死的？不会教两句？”

“说什么？”伟民不明白。

二琥道：“说共产党好，我生活得很幸福。”

伟民只好学了，讲给老太太。这回老太太还算听话，一字一句跟着念，笑呵呵对镜头，说共产党好，我生活得很幸福。拍完之后，二琥抱怨："这大冷天的，老二也不知道多照顾一个月，咱们这儿冷湫湫，没他那热乎，春梅又不在家住，那么大房子空着。"伟民道："房子空着是人家的，难不成你去住？而且老二又谈了一个，你不知道？"

二琥警惕："你听谁说的？"

伟民道："甭管听谁说，反正老二不会闲着。"

伟强这一阵是没闲着，他回归教职，院长又撺掇他带项目，这么一个大专家放着不用，暴殄天物，伟强被劝得多了，只好硬着头皮上。周琴为伟强高兴，在她眼里，男人，就应该努力奋斗，不管多大年纪都是。老太太送出去，伟强就把保姆宫姐辞了。虽然宫姐把自己遭遇一把鼻涕一把泪说了——她攒的钱，是让儿子娶到媳妇了，可刚结婚一个月人家就要离婚，她既没抱上孙子，又损失了媳妇，钱还用完了，等于白干，只能继续打工，放弃儿子，赚自己的养老钱。可是，因为在监控视频里发现宫姐时不时训斥老太太，跟训孩子似的，伟强不能忍，必须辞退。这是我妈，轮得着你训吗？宫姐一再解释，那不是训，只是说话大声，老太太耳朵不好，她不大声，人听不见。伟强却坚持自己的判断，辞。

还有儿子。他也得操心。考研在即，只许成功，不能失败。伟强托关系找了人，这次算打通了。他时不时还得照顾儿子情绪，必须隐瞒跟春梅离婚的事实。演这出戏，很累。他跟春梅偶尔在家里相遇，需要合体，轮番跟儿子通电话，通视频。一切等考研过去再说。

周琴也找事。她竟然跟他提过一次人生规划，包括结婚。倪伟强很反感，他觉得自己目前不需要这种形式主义的东西，如果他想要婚姻，想要维持这种社会结构，就不会同意跟春梅离婚，他想要找的是一个能陪他诗酒人生的女人。生活已经够烦的，人生已经太多麻烦，他要的是跳出麻烦，何必再卷入另一个麻烦中？周琴当初跟他复合的时候，也是一副浪迹天涯的架势，可现在呢？看样子，也不能免俗。

倪伟强跟周琴说："可能明天我就不存在了。"说法很存在主义。

周琴说："这跟结婚有什么关系？"

"我以为我们的关系不一样。"伟强还是坚壁清野。

是的，倪伟强的判断没错，刚开始，周琴的确是不顾一切，奔着拯救倪教授来的，可真进入交往环节，她忍不住又想求一个结果。起码是阶段性成果吧。跟他们搞学术一样，一直没有成果，积极性会下降。春梅和伟强离婚，周琴背负了骂名，尽管其中的复杂过程不足为外人道——张春梅跟倪伟强离婚，根本不是因为她，她过去只是他们夫妇婚姻问题中的一个小插曲，她和倪教授复合，是在春梅和他彻底分手之后，她是来救倪伟强的，他有状态问题，情绪问题，种种问题，她是圣女，不是小三，只是流言不会分辨那么多——那么，既然背负了骂名，周琴又觉得自己不能"担名不担利"，她总得获得点好处，如果得不到倪伟强的许诺，她不就成了别人眼中永远扶不了正的"小三"？形象太糟糕。这对她在学术小圈子中行走也是不利的。没有一个稳定的社会形象，甚至被钉死在不良妇女的耻辱柱上，不容乐观。退一万步讲，周琴向来叛逆，她就算不跟倪伟强结婚，至少，也得有个别的阶段性成果——直接有孩子也行。可这恰恰也是伟强不愿意给的，本来共度春宵的次数就不算多，他还每回都严防死守，戴两个避孕套。这令周琴很不舒服。她忍不住反思，倪教授之所以这样，是不是因为她和他的生活不够水乳交融，不十分接地气，她跟他的哥哥妹妹都没见过面，跟他儿子不是朋友，没去照顾过他妈，只认识他前妻——他老妈还被前妻抢着照顾。想到这一层，周琴忽然明白了，张春梅一直霸着老太太，就是仍旧要在这个家占据主要位置，让倪教授的生活别别扭扭。离婚诛心，其用心之深，深不可测。不过，一切为时未晚，弄清楚了病灶，接下来就是对症下药。周琴下定决心，先把老太太抢过来再说。

三十九

周琴找到伟强的时候，他正坐在办公室，查看教务系统上学生们的选课情况。周琴关好门，走过去，轻声说："下次轮值，就不麻烦春梅姐了。"伟强移动鼠标的手停住了，抬起脸，看她一眼，没说话。

"我来。"周琴面带笑容。

"你做不了。"伟强下判断。

"博士我都能啃下来，这点事不是问题。"

伟强不耐烦："已经够乱的了，别瞎掺和。"

周琴恢复严肃："你是不是觉得，我主动要求工作，是给你压力，要达到什么目的？我现在就可以向你保证，没有，我这么做，是爱屋及乌。"

伟强深吸一口气："谢谢，真的，这种事情还是交给专业的人去做吧。"伟强站起来，去接水。周琴跟着他："保姆什么样你不是没尝试过，这个能训人，那个就能骂人，再下一个，搞不好能毒人、杀人。马上学期末，正好空下来，你别觉得我在巴结你，我只是想为你分担一点压力，做一点力所能及的事情。马上你有学术会议，不得不去，总不能都压在春梅姐一个人身上，不合适。"

伟强背对着她，肩膀微微耸了一下，然后，才慢慢转过身，喝了一口水："你知道你即将面对的是什么困难吗？"周琴望着伟强，一副愿闻其详的样子。倪伟强继续说："语言能力间歇性丧失，不能与人交流，看不住就会往外跑，只认得几个人，有时候不肯洗澡，经常夜里不愿意睡觉，有时还骂人，动手打人。你知不知道，如果她不是我妈妈，我都想立刻把这种人送进精神病院。可这就是我的妈妈，我一想起她那么辛苦我真的恨不得……"伟强没说下去。周琴道："上次的药，不是说有效果吗？"

"暂时有一点效果，目前国际上没有任何药物可以逆转阿尔茨海默症的恶化。"

周琴上前，恳切地说："让我试试吧。"

"你有好办法？你是神仙？"伟强苦笑。周琴转身，一只手背在后面，好像在做学术报告演讲，她不自觉地伸出一根手指："老年痴呆的发病机理是大脑皮质萎缩、脑白质稀疏和脑组织的病理改变。这些变化使大脑皮层、海马等部位广泛出现老年斑、神经元纤维缠结及神经元脱失，导致中枢神经纤维传递信息的通路阻塞，致使大量细胞病态衰老、变形坏死，从而使大脑形成记忆认知、行动的数据通路不畅，信息间有效传递失灵，使得记忆和认知功能减退、理解障碍，导致记忆障碍，最终发展为老年痴呆。"

倪伟强放下水杯，靠在办公桌边沿上，煞有介事地望着周琴。这就是这个女人有魅力的地方。她会研究，懂得在研究全部数据、情况的基础上，找到最好的解决方案。周琴继续说："因此，无论中医西医，各个治理体系，最终的目的都是想方设法修复神经纤维，让原本不通的神经通路重新畅通，让大脑运转起来。"

"解决方案呢？"

周琴信誓旦旦："这些都是我在基础研究之后，得到的结论，至于治疗方案，我已经咨询了我的同学，哈佛医学院，以及北京中医研究院的朋友，有几套方案，可以试试，尽管不可逆，但或许可以减缓病变的速度。”老实说，周琴这一番言论，多少让伟强有点感动。奇怪，当初春梅做了那么多，伟强似乎并没有什么感觉，周琴刚开始着手，他竟开始有点感激涕零之感，究其根由，无外乎，当初的春梅是妻子，照顾婆婆，实属分内，如今的周琴是情人，稍微“越俎代庖”一点，他就觉得是额外的奖赏。当局者迷，倪伟强没想那么多，他被周琴说服了。当天晚上，伟强就打电话跟春梅沟通，表示自己能照顾老妈，下次轮值，不麻烦她。春梅诧异，声明：“怎么还说麻烦，我不是为你照顾的，我是为我的心，报妈的恩。”

老这个论调，伟强厌烦，他压低声音：“我知道我明白，但目前咱们的情况，不能再给你添麻烦。”春梅瞬间明白了，一定是那天晚上在楼下，遇到严宁惹的“祸”。他认为她交了男朋友，所以取消她照顾老妈的权利。是不是可以理解为，他在吃醋？说严重点，也可以说他在报复。不过用减轻劳动强度，不让婆媳接触，进而企图在情感上给予打击——这种报复方法真够愚蠢。春梅想，他愿意受累也好，他这个大孝子，也该尽尽孝心了。元旦假期，春梅想去甘州看儿子，马上就要考研，她得亲临前线“劳军”，给斯楠鼓劲。

年底杂志社在友谊大饭店办活动，春梅虽然只是个终审挂名主编，但杂志社的执行主编还是给足面子，让春梅主持大局，消息散得遍天都是，连春梅都有点不好意思。结果，活动当天，严宁来了。人群中一见，春梅有点紧张。她怕他当众做出什么过激举动，她下不来台。她更怕老同事、老朋友们看到，她一贯低调，她离婚的事，大家还都不知道。结果，整个活动下来，春梅发现自己完全多虑，严宁站了一会儿便走了。第二天，杂志社就接到银行的广告赞助，说要合作。春梅一看银行名头，知道是严宁在帮她的忙。可她实在不能承他这份情，因为这杂志根本不是她在管理运营，收支好坏跟她无关，为什么要便宜别人呢。春梅说清利害关系。严宁笑着，说我们正好需要扩大宣传，这一次，就这样吧。承认了，是他看在她的面子上投的，但又不撤回，男人嘛，一言既出驷马难追。成功男人更是要有这个范儿这种气魄。这种行为，春梅理解为，是严宁在向她“秀肌肉”。老实说，这段时间，严宁出击频频，春梅甚至有点招架不住。后来连老班长都来劝她——班长，女，法院系统副庭长，私下豪放：“给自己一个第二春怎么啦！”春梅吓一跳，问：“严宁告诉你的？”老班长否认：“这世界有秘密吗？我是干什么的？”

春梅急切地问：“都听到什么了？”

“想听真话假话？”老班长卖关子。

“当然真话。”

“说是倪教授外遇，把一个女学生的肚子搞大了，女学生去学校闹，你一怒之下离了婚，不过离婚之前你给女学生打了个电话，百般辱骂，女学生流产了。”老班长一本正经说着戏谑的话。

春梅骇笑：“中国怎么会缺编剧？”

老班长当即表态：“所以啊，我坚决不信，我不过是觉得，你这么优秀的一名中年女性，不应该把自己封闭起来。”

“去掉‘中年’俩字。”春梅纠正。

“对，去他的中年！就女性，没中年！”老班长配合春梅。春梅转而惨然道：“我前一阵都停经了。”她也不知道自己怎么突然说起这个。老班长哎哟一声，嚷嚷着要陪她去打雌激素。春梅又说：“后来又回来了。”老班长拍手叫好，开始念诗：“泉眼无声惜细流，树阴照水爱晴柔，老荷再露尖尖角，早有蜻蜓立上头！”这贫嘴！春梅忍不住打了她一下，说去你的。老班长忽然严肃，真是一副老大姐口吻："春梅，为了你自己，下半生也得活得精彩。"春梅说："我没打算再婚。"老班长着急："就算不再婚！也得有感情生活呀！否则，它又不来了。"春梅不懂，问："谁不来？"老班长说："泉眼。"春梅又要打她。

这次去甘州，春梅坐火车。没急事，不花那冤枉钱。为了节省儿子的宝贵时间，她没让斯楠接站。到地方，斯楠不在住处，天冷，他去图书馆复习。张春梅给宋老师打了电话，说自己来甘州了，问问情况。宋老师鼓劲，说斯楠复习情况不错，状态也不错，稳定情绪，正常发挥，希望很大。春梅再三表示感谢，又要求见面。宋老师说事情多，婉拒。也是，现在是敏感时期，不宜碰面。她又给院长发了个短信，感谢关照的意思。院长回了消息，只有两个字：加油。春梅坐在斯楠的单人床上，看看书桌，看看衣柜，摸摸这张床，她恍惚，一切都那么陌生，短短的时光，沧海桑田。她还记得自己在这间房哭着对儿子说，是他挽救了妈妈的婚姻。可笑吗？现在呢，婚姻在哪儿呢，婚姻有什么意义？她跟倪家的联系，似乎也只有斯楠了。春梅给自己打气，过去就好了，过了年，儿子考上研究生，万事大吉。她相信斯楠有这个运气，也下了苦功，老天会眷顾这个可怜又无辜的孩子。

儿子时间宝贵，只能利用午饭时间见面。春梅要安排大餐，斯楠却说吃太饱影响学习，一切从简为宜。母子俩坐在面馆，还是牛肉面，春梅让多加牛肉，斯楠吃饭快，呼噜呼噜一碗面下去。他坐着看妈妈吃。春梅说："不用等我，去看书吧。"斯楠还是不动。春梅抬眼，发现儿子还坐在原地。"去啊。"她说。斯楠突然道："妈，问你个问题。"儿子很少这样，这么慎重地提问，看来问题有点严重。

春梅放下筷子，不吃了，严阵以待。

“你跟爸离婚了。”斯楠用陈述句发问。

“谁告诉你的？”春梅惊得差点坐不住。

天下没有不漏风的墙。

“他又……跟别的人……”有点难以描述。

“不不不，不是那样……”春梅连忙否认。

“你到现在还维护他，”斯楠面容冷峻，“他对不起你！”

“是和平分手……我们是和平分手。”春梅语无伦次。

“这不是实话。”

“都是实话！”春梅乱了阵脚，“这件事情很复杂，儿子，以后跟你慢慢解释。”

“他老了就让那女的养他吧，他瘫在床上我都不会去看他！”斯楠忽然激动。春梅心跳得厉害，怎么突然扯到老了的问题。“自作孽，不可活！”斯楠补一句。

“不许这么说你爸爸！”春梅只好拿出家长的威严。没用。

“妈——”斯楠音调拉长，“你以为我小，我就不明白，这事是一天两天一次两次了吗？那年在苏州，还有那次在宁波……”他说不下去，老爸荒唐的过去，他也是见证者，“妈，你就是人太好心太善，太包容太隐忍，他才得寸进尺肆无忌惮！看着吧，有他老得不能动那天！到时候我就把他……”

“楠楠！”春梅不得不用尖叫打断他，“这次问题没那么简单，确实是和平分手，具体过程，等过年我告诉你，你现在不要管也不能管这些，是哪个人告诉你的，这是在害你明白吗？你不能中计，你现在的主要任务就是好好复习，调整好心态迎接研究生考试，这是当务之急！咱们不能自乱阵脚功亏一篑！”

“我知道，”斯楠似乎恢复了平静，“我去看书。”说着，他背起书包，抱着一沓资料，转身离开。春梅呆呆地在店里坐着。是谁？究竟是谁告诉斯楠的？这不明摆着要毁他们娘俩！斯楠这次考研要是失利，不但孩子受不了，她也会精神崩溃！离婚的时候，她告诉自己，不恨了，往事不可追，一切随风，可如果离婚影响到了儿子，那就是另一个问题，她恨不得提刀把倪教授劈了！追根溯源！都是他造的孽！为什么要报应到儿子身上！张春梅失魂落魄，一直到服务员来收碗，她才慢慢起身，走出去，西北的太阳直白得很，春梅沿着街，胡乱走了一阵，才想起往儿子的住处去。开门动作要轻，春梅发现小床上，斯楠脸朝下，趴着，一动不动，一声不响。她本能地叫了一声楠楠！斯楠起身，她看见他脸上都是泪。倪斯楠见到妈妈，一把抱过去，这才哇地哭出声。春梅也哭了，但她一边哭，一边不忘做思想工作：“儿子……妈妈跟爸爸这次就是和平分手……反正你记住……无论爸爸妈妈是在一块……还是分开……都还是你爸……还是你妈……永远不会变……对你好对你爱只能更多……你别受影响……必须加油……不是为爸爸妈妈……是为你自己的未来……”

四十

以前都是倪俊代劳，这一次，二琥要亲自送老太太回伟强家，纯为“好奇”——她想看看周琴“什么德行”！回到家，她立刻用发现新大陆的口吻对伟民说：“见着了！”伟民讨厌她这样了：“见着什么了？鬼？”二琥放低声音，鬼鬼祟祟地：“就老二那个小……”“三”字硬吞下去，“女朋友。”

“妈交给她了？”

“别说，人还挺细心，对老年痴呆，懂得一套一套的，还给我冲茶倒水，一口一个姐，瞧那样子，是想进门，巴结我给她个实习好评。”二琥得意地说，“长相是漂亮，关键年轻呀！是个男人，都得动心。”

“我就不动心。”伟民闷声闷气。

“你动也没戏！”二琥打击他。

“老二也是作。”

“管他呢，黑猫白猫，抓老鼠就是好猫，只要她能把妈照顾好，不给大家添麻烦。不像老三，过年都比人家晚三天，这个岁数生孩子，我看就是找理由不想伺候妈。”

“行了！整天怨这个恨那个，你愿伺候怎么没见你多伺候两天。”伟民冲她。二琥叉腰：“倪秃子，中了什么邪魔了朝我发火？”伟民大声：“去银行解钱了，行了吧！”二琥急道：“不没到期？忙着解它做什么。”伟民说：“人红艳那边准备好了，咱们还等？”二琥道：“那解就解呗，瞧你那没见过钱的样。”伟民道：“这是我养老钱，还不许我不舒服。”二琥讨好地：“许，一百二十个允许，要不这样，咱俩去银行，取现金，让这钱也跟咱们过一夜。”

“有病。”伟民不同意。

“你不过，赶明就嗖的一下，成别人的啦。”

“安全不？夜长梦多。”

“有什么不安全的，天知地知你知我知，银行就在家门口，咱悄么声地取了，明儿再悄么声存回去，这叫什么知道吗？叫沾沾财神爷的财气，没准赶明儿，咱也能挣大钱。”主意一定，两口子反背了个大双肩包，抱在胸口，果然去银行把钱取了，又小跑着到家。关好门，双层防护。这才打开包。一片淡红，小砖头似的。伟民伸手，二琥连忙提醒：“别拆！就这么一块一块的好！”伟民拿出一块，撂给二琥。二琥拿着看：“都是养老钱！都是续命钱！”又放在胸口，“晚上拿它当枕头。”

钱到位，刘红艳迅速拿下人生第二套房子，倪俊接她“莅临参观”的时候，红艳不失时机给了倪俊一个香吻。倪俊故意说：“别跟我来这个。”

红艳撒娇似的说：“你是我老公。”

倪俊哂笑：“有房子，就是你老公，没房子，就一孙子。”红艳道：“别这么说，当初自由恋爱，我都不知道你姓甚名谁，什么身世，多少家产，有没有前途，我问过了吗？爱上就爱上，都是命，得认。”倪俊从背后环抱住红艳：“咱们生几个？”红艳要打他：“一个还没落定呢，别那么贪。”倪俊说：“先说好，房子到位，接下来，工作和生活哪头轻哪头重，你自己掂量。”

红艳不接他这茬，双臂张开，仿佛泰坦尼克号里站在船头的露丝：“哎呀舒服，以后，一个礼拜，五天在自己家，一天去我妈那儿，一天去你妈那儿，快快活活。”倪俊抱怨：“才一天。”红艳说：“那你三天，我一天，你们家那房子，我是住得够够的，一股臭水沟子味，回头翻过年，孩子生了，奶奶又该去你爸妈那儿，咱们回去也是添乱。”

倪俊感叹：“奶奶这样，也是受罪。”

红艳道：“没辙，自己亲人只能照顾。”又问，“你堂弟怎么样？”倪俊道：“看朋友圈刚回来，逍遥着呢，硕博连读，前途大好。”红艳问：“什么时候搬？”倪俊环顾四周：“装修暂时不弄，总得买点家具吧。”又说去家具城看看。“新的有味，对孩子不好。”红艳强调。倪俊头疼，这是个问题。这可难不倒红艳，她听同事说，某应用软件上有二手家具流通，不少还颇有古味，她打算趁上班时间翻翻。

放寒假，倪斯楠回来了，考研一战，进行顺利，专业课不是问题，只要政治、英语过线，他就又是甘州大学物理学专业的研究生了。春梅和伟强都为儿子高兴。春梅认为，这叫功夫不负有心人，多点磨炼，对男孩子好。伟强则认为，这叫虎父无犬子。不过，考研一过，加上物理距离缩小，父母离婚这事，又在斯楠心中发酵，他越嚼越觉得不是滋味。回家没三天，周琴就站在伟强家门口，斯楠开的门，周琴的“怀柔政策”让斯楠想发火都没处发。伟强批评斯楠：“不能没有礼貌！不许这么对周阿姨！”周琴来照顾老太太之后，老人的病情竟然有所好转。周琴立了大功，连伟强都不得不让她三分。于是，倪斯楠只能连夜搬家，到旁边楼去跟妈妈住。到妈妈这儿，斯楠立刻歇斯底里发泄：“都同居了，马上我就要有个后妈！”春梅觉得有必要跟儿子掰开来揉碎了说清楚。于是母子促膝，春梅说：“儿子，妈妈跟你爸离婚，不是因为周阿姨，你爸跟周阿姨在一起，是在我们离婚后。”斯楠抢白：“那以前呢，几年前呢？”几年前周琴的确跟伟强不清不楚，斯楠知道。

“以前的事，咱们没证据。”

“不需要证据！”斯楠强硬，“难道非要捉奸在床才算证据？!”

“楠楠！”春梅喝。

“十八年前犯罪也是犯罪！现在一样可以审判！”

春梅一口气提不上来：“你这样反反复复计较只能让妈妈感到痛苦，只会更加提醒我，我的人生是多么失败！”

斯楠被震住，不说话，他还年轻，想不了那么深。春梅放缓：“妈妈要开始新的人生了，学会放下，好吗？”老妈都这么说了，倪斯楠只好强行放下，不过，他很快发现，老妈所谓的“新的人生”，是跟另一个男人有关。他发现了严宁的存在。他恨严宁比恨伟强还甚！他对倪伟强再不满，也是人民内部矛盾，跟严宁却是敌我矛盾。这王八蛋竟然想抢走他妈妈！是可忍孰不可忍。春梅只好再做儿子的工作，反复说，跟严叔叔只是朋友，不是他想的那样。“妈！你不能这样！”斯楠哭得哇哇的。年轻人的坚强和眼泪，都是那么不堪一击。春梅很严肃地跟严宁说，咱们别见面了，我儿子不允许。严宁回复，说慢慢做工作，人心都是肉长的，这点困难算什么。他并不打算知难而退，又说：“我理解，我也有儿子，男孩，叛逆，占有欲强了一点，可孩子们要知道，他们终究也会离开父母，要不怎么说孝顺的儿女不如半路的夫妻。”春梅不回复。严宁最后一条消息是：“我是做好准备，打算跟你白头到老的，不着急，慢慢来。”话说到这份儿上，春梅不好再矫情。顺其自然吧。

不过，斯楠转达的另一个情况也令春梅不舒服。他说这次回来，感觉奶奶有所好转。那就意味着，周琴把老人家照顾得不错，甚至，还有了突破性进展。两相对比，春梅感觉自己不但“丢了工作”，还被剥夺了情感联系。老太太接纳了周琴，就意味着，离周琴进倪家这个家门的日子不远了。因此，这年春节，张春梅决定，单过。不去倪家，不上门给老太太、大哥大嫂还有老三拜年，让儿子陪着她。清清净净过个年。

倪家的老传统，过年，通常在老二家弄。周琴这年过年没回老家，父母去三亚过，她说实验室忙，没跟过去，实际上是打算在倪家亮个相。这段时间以来，她对老太太进行“针对性训练”，同时，中西医并举，很见成效。过年正好算次大验收。

倪家人有坐有站成一排。伟民两口子站着，伟贞和她的“老保姆”香姨坐在沙发上，倪伟强坐在硬板凳上，斯楠站在他旁边，红艳坐在太师椅里，一手抓着倪俊的胳膊。

周琴的表演时间。老太太坐在小茶几旁边的椅子里。周琴拿了根小木棒敲敲茶几：“阿姨，早上吃的什么？”

“包子，麻团，稀饭。”老太太答。

周琴拿出手机，出示一下，是早餐照，果然是这三样。再转身，从脚旁边的纸盒子里拿出一套象棋，摆好。周琴说：“阿姨，请走。”老太太伸手提子儿，飞了个象。周琴动车。老太太挪炮。周琴跳马。老太太拱卒。若没人说，估计谁也不会相信老太太是个病患，两个人下了大半局。周琴说歇歇。又拎来一件衬衫，一件薄棉毛裤，都用衣服架子撑着。交过去，老太太竟然利落取下衣服架子，端端正正把衣服叠好。最后，周琴又出示一张照片：“今天的菜和锅都是阿姨洗的。”话音刚落，倪伟强鼓掌以示鼓励，伟贞跟周琴是老熟人，虽然她不赞成二哥跟周琴有进一步的故事，但大面场还得过，她看了一眼坐在她旁边的正阳娘——现在被称作香姨，两个人都轻轻鼓掌。伟民和二琥鼓得热烈。红艳、倪俊随大溜，拍拍巴掌意思意思。只有斯楠冷眼旁观，不动。

等巴掌声零散了，斯楠才说：“奶奶不是狮子老虎，不用这么驯兽。”伟强大怒：“没礼貌！”倪斯楠一扭头，进屋去。还没到饭点儿，伟贞和红艳两个孕妇，肯定是不能忙，周琴不会做菜，进厨房也帮不上忙，她凑在一边跟伟贞怀旧。于是厨房就伟民、二琥在忙活着。

二琥嫌累，又不得不干，手上弄菜，嘴里嘟囔着：“本事是大，不过我看，顶多是把痴呆变成智障，想回到原来的水平，困难，你说再这么耗个十年八年，人还活不活？估计我都得先去。”伟民啧一声，意思不愿意听她这些废话。二琥突然想起来，说：“嗳，老三那老保姆怎么一点眼力见没有，咱们在这儿干活，她在那儿干坐着，要她干吗使的？”于是，头从厨房伸出来，叫香姐。正阳娘要起身，被伟贞摁住，正阳娘对厨房方向笑笑。伟贞对二琥：“大嫂，我这心口难受，香姐帮我揉呢。”周琴看出伟贞的伎俩，忍住笑。二琥喊不动人，气得把刀往案板上一扎，小声重气地：“那老三，她的一个屁都是香的，别人都想占她的！这保姆养着留看的?!毛病！”伟民为灭火，只好喊倪俊过来帮忙。

倪俊一走，红艳落了单，无趣，她便慢悠悠起身去找三姑伟贞聊妈妈经。两个人一会儿说怀孕感受，一会儿说孕产期，周琴插不上话，只好扭头跟香姐闲聊。伟贞问：“房子住着怎么样？”红艳吓得连忙转移话题，问她有没有预约月子中心。伟贞觉察出红艳的紧张，也回馈一句：“你年轻，在家坐一样，老妈照顾着，舒坦。不像我，年纪太大，干什么都费劲。”红艳问：“照了男孩女孩吗？”伟贞谎称不知道，说男女都好。红艳笑笑，不言语。伟贞又问红艳她妈怎么样。红艳说：“一会儿吃完饭，再回去过晚上。”话到此，实在没话题往下说，姑侄俩静静坐着。还是旁边周琴来解围。红艳见周琴和伟贞说得投机，连忙走开，给她们留空间。伟贞抓着周琴的手，带笑不笑：“难为你，这么照顾我妈。”

“应该的。”周琴说。

伟贞打趣：“呦，怎么就应该了。”

“自己人。”

伟贞笑而不语。周琴抚着她肚子：“什么时候我也学学你。”伟贞道：“哎哟，那真成亲戚了。”实际上，于情于理，倪伟贞都站在嫂子春梅那边，只是，现在二嫂跟二哥正式离了婚，周琴不算第三者插足，而且二哥既然愿意让她曝光，那就算承认她的身份，再加上周琴照顾老人有功，伟贞也不好薄待她。正说着，周琴突然塞过来个红包，伟贞唬一跳，坚决不收。周琴劝：“不是给你的，给孩子！”有福不能往外推，客气了一阵，还是收了。有钱垫底，气氛融洽了些。

周琴突然看着她问：“那导演的？”

伟贞僵住了，旁边，正阳娘似乎也听到了，她耳朵还算敏锐，伟贞用余光看老母亲。这真是一个高难度问题，承认了？不行，这是秘密。不承认，老母亲听到了难免伤心。伟贞急中生智，嬉笑着，装作不在意：“保密。”

周琴微嗔：“跟我还保密，都快成一家人了。”伟贞说：“真成一家再告诉你。”

小卧室里，斯楠和老爸伟强对峙着。“懂不懂什么叫大局为重?!”

倪伟强不客气。他是严父。“你跟妈为什么离？”他是逆子。伟强答不好，这事够写一本意识流长篇小说。

“你不懂。”他粗暴地回。

“为了她？”斯楠死磕到底。

“你周阿姨是无辜的。”

“那谁不无辜？”

“我！行了吧！都是你爸的问题！找个合适时机，我以死谢罪！”伟强激动得满脸通红，脖子青筋暴突。小巫见大巫，斯楠被震慑住，父子俩僵持几秒，斯楠扭头要出屋。

“去哪儿?!”伟强问。“吃饭。”斯楠气还没解。

四十一

一顿饭吃得沉默。只有电视机冒着声音，没热乎气。周琴给老太太喂饭，老太太乖得像个孩子，众人无不服膺，真乃一物降一物。吃完饭，红艳和倪俊坐了没几分钟就要告辞，他们得去看倪俊丈母娘，晚上一起过年。二琥不满，喊倪俊："给奶奶磕个头！"这是倪家的老传统，年三十，孙子辈给老祖宗磕头，老祖宗给压岁钱，今年，磕头照旧，压岁钱却没有了。起身过后，伟贞笑说："等明年，就该重孙子辈磕了。"

又过了一会儿，伟贞带着老保姆也告辞。她对伟强说："二哥，下个月妈还照常送我那儿，我情况还行，就坚持。"伟强说实在不行还是他照顾。周琴接过话："伟贞，妈还是我照顾吧，我跟妈投缘。"这一口一个妈，众人听了都愣，周琴真不把自己当外人。

二琥赶着出去打麻将，也要走，伟民没好气："年三十就赶着投胎！"二琥怪笑，对伟强抱怨："老二，听到了吧，这就是你大哥，大年下都不知道留点口德。"伟强为二琥说句公道话："大哥，一年下来，大嫂辛苦，摸几盘也应该。"二琥得人支持，也摇摇摆摆走了。老婆一走，家里就剩周琴、伟强、斯楠和老太太，伟民坐着无趣，便也告辞，回家睡觉。

屋子里静悄悄的，倪斯楠斜挎着包，从卧室走出，穿过客厅，往外走。伟强拿出父亲的尊严："慌着去哪儿？给奶奶磕头了吗？"

倪斯楠折回头，跪下，在老太太脚跟前结结实实磕了三个响头，一抬脸，示威似的：“行了吧？”周琴连忙摸出个红包：“来来来，奶奶让给的。”斯楠不要，两个人险些扭打起来。伟强又喝：“给就拿着，别小头猫似的！”斯楠只好揣兜里，说了声去他妈那儿，匆匆出门。

这个春节，倪斯楠感觉特别孤独，考研结束了，这场他人生中遭遇的最痛苦的马拉松，他坚持到了最后，无论结果如何，他都不会重来。压力猛然释放，他感到茫然、虚无，什么学术，什么科研，去他的，他现在认定了读完硕士就参加工作。他的人生志愿，在大学毕业这一年发生突转。奶奶认不出他，爸爸妈妈离了婚，有了各自的情感，斯楠觉得自己像是一夜之间失去了三个亲人。天地茫茫，他流离失所。楼宇前停了一辆银色奔驰，车里下来个男人，一转脸，斯楠一眼就看出那是他的仇人严宁。他来做什么？严宁朝春梅家所在单元走，斯楠一下全明白了。他恨不得立刻冲上去，把这个可恶的男人暴打一顿，可刚跑了两步，他又感觉这样做毫无意义。天要下雨，娘要嫁人，他何必过个年跟父母都闹得不痛快。他打开包翻了翻，钱包在，身份证在。他拉上包，背好，掉转方向，朝小区外走去。

跟妈妈在一起，刘红艳才觉得像过年，到了自己家，她立刻甩掉刚才在二叔家的拘束，四仰八叉，想怎么就怎么。讨厌的叔已经过世，婆家已经屈服，她一个人拥有妈妈，照顾妈妈，这房子就是她和妈妈的小天堂。何况妈妈早都准备好了各式菜品，桌子上琳琅满目，有肥有瘦有鱼有肉，红艳怀了孩子后，胃口更好，筷子下个不停。她忍不住向倪俊炫耀：“瞧瞧，这才叫菜。”倪俊嘿嘿笑，挑着捡着吃，红艳夹了一大块咸肥肉，吃得满足。又给老妈夹了一块。

庆芬说不吃，太油。红艳才想起来老妈血脂高。她跟着叮嘱道：“妈，过完年，一定得去体检，保险买起来。”庆芬半低着头，说我不去医院。红艳有点发急：“买保险就得体检，不然不给买。”庆芬不作声。红艳继续做工作：“这是为咱们未来的日子兜底，没有保险，万一得个大病，那还不倾家荡产，得卖房。”庆芬色变，她最怕听到卖房二字。红艳又说：“你看我婆婆，早早给自己打算好，不给倪俊添麻烦。”气氛有点尴尬。倪俊调和：“艳儿，过年不谈这个，过完年再说。”红艳看着老妈，不说了。

是，现在是她人生中的小高峰，两套房子，工作稳定，又有了孩子，可危机也恰在其中，她月月钱卡得很紧，房贷、生活费等，将来有了孩子，又是一笔大开支，这样的生活，不允许任何一个环节出问题，一旦有了缝隙，很可能导致溃堤。比如，得大病就是刘红艳一直以来的忧虑。单位体检，好几个同事得癌。压力太大，心情抑郁，年轻人都不能保证活到什么时候，更何况老年人。父母辈到了这个年纪，儿女们必须早做打算。单位的胡大姐，她始终强调一点，不敢把钱都给儿子，怕将来自己生病没钱。其实某种意义上，倪俊父母的吝啬，也是源于对未来的恐惧。她觉得买医疗保险是当务之急。

吃完饭，刘红艳还念叨着，她跟着了魔似的，不住地说着对人的健康状况的担忧，空气糟糕啦，水污染啦，猪肉有瘦肉精啦，蔬菜打了农药啦，食品的添加剂啦，人的精神压力大啦！庆芬听着难受，干脆说一句：“要不我回老家算了，弄块地，自种自吃，最安全。”红艳看出老妈有点生气，这才往回找补：“妈，你又曲解我意思。”倪俊手机响，是条短信。倪俊一看，是堂弟倪斯楠发来的，说他要出去玩几天。红艳得知有点奇怪：“玩就玩，跟你说干吗，想让你赞助他点钱？老子娘那么有钱，还找你这个穷堂哥？”倪俊不想谈这话题，岔开问红艳，过年快递停运，买的那二手家具什么时候到。刘红艳说，走的是特别快运，年节不休，很快他们就能用上古典家具。

倪斯楠的事到这天晚上全面爆发。春梅联系不上儿子，打电话找倪伟强要人。“儿子呢？”春梅凶巴巴的，只要跟儿子有关，她立刻变成女战士。

“不是去你那儿了吗？”伟强反问。

天寒地冻，这对前度夫妻因为儿子在小区乒乓球室碰面。春梅一见到伟强就劈头盖脸：“你跟儿子说什么了?!”伟强掩盖：“没什么呀，从家出去的时候好好的，是不是你说什么了？”春梅吼：“我没见到人！”伟强不出声。张春梅指着他：“我跟你说倪伟强，儿子要出什么事，我跟你没完！”张春梅拿着手机，四处打电话。只要跟斯楠有关，他的同学、老师、朋友，全都打一遍。怎奈根本没有斯楠的动向。伟强急得单手叉腰，给大哥打，给三妹打，最后打给倪俊，接到一条有效线索。斯楠给倪俊发消息，说他出去玩几天。张春梅头疼，据此分析，斯楠失踪，是一场预谋，他故意不想跟他们联系。这算离家出走，还不是失踪，不能确定斯楠是否受到伤害，无法报警，报了也没用。春梅无计可施，急得骂伟强：“跟你一个德行！玩失踪！”伟强委屈：“别扯我，想想看怎么找人。”春梅的脑子快速搜索着，她突然想起了河北邯郸那个女孩。网名叫半字浅眉。她还跟她通过电话。张春梅拼命地翻找手机通话记录，终于找到一年前交锋的号码。拨打过去，通了，春梅给伟强打了个手势，让他别出声。春梅不说话，那边也不说话。过了一会儿，张春梅听到对面窃窃私语，跟着，电话断了。

“我得去河北邯郸一趟。”

“去干吗？”

“找儿子。”

“那小子在那儿？”伟强不可思议状。

“河北邯郸，大名县。”张春梅说，“去不去？”

“稍等，我把妈安顿一下。”伟强慌手慌脚。

张春梅一边开车，一边打电话给严宁，请他调查一下某电话号码机主的基本情况——严宁在相关系统有熟人。虽然这样做不道德，可春梅觉得，儿子斯楠一定在那儿。她翻到斯楠收的一个快递，快递单上写的是邯郸某处，寄来的物件是一个手工绳串。

斯楠跟那个什么“半字浅眉”，根本就没断！到了加油站，张春梅才空出时间细查大名县的情况。这地方，在邯郸都算个穷县，更别说在河北、在全国。她就不明白，他这么一个出身良好的中产家庭培养出来的男孩子，怎么就对大名县的一个什么学影视文学的女孩念念不忘。伟强来电话，他也开车往这边赶。严宁迅速查出了机主的基本情况，是廊坊的，机主名叫萧淑淑。这就对了，萧淑淑。就是她。张春梅锁定地址，全力出击。

一幢破旧的红砖楼前，车停了。张春梅下了车，迅速上楼。在楼道里遇到老妇人，春梅问：“萧淑淑家住这吗？”老妇人指了指楼上，反问：“你是她什么人？”春梅谎称朋友。老妇人又说：“这孩子可怜，妈刚去世，没钱治。”春梅多嘴问一句：“她爸呢？”老妇人说十年前就去世了。张春梅感到胸闷，这样一个女孩，是不幸，但不应该来招惹他们家斯楠。春梅站在403门口，深呼吸，敲门。没人应声。过了一会儿，才有个女孩问：“谁啊？”春梅故意捏着嗓子，说是快递。门很旧，没装猫眼。女孩开了门，见门口站着个陌生女人，愣住了。春梅打量这女孩，个子不高，小巧玲珑，邻家女孩的一张圆脸，头发披散着，穿着棉睡衣。女孩又问了一遍找谁。

“你是萧淑淑吗？”

“她不在。”女孩反应过来，迅速关门。张春梅手脚更快，身子直塞进去，填满门缝。再用手一推，女孩打了个踉跄。张春梅直冲进去，大喊：“倪斯楠！”女孩吓得连忙往屋里钻。春梅跟上，进门，却看见她的宝贝儿子、优秀学生倪斯楠窝在被窝里，只露个头。一时静默。对峙。彼此都呆了两秒。跟着，春梅就抡起手中的皮包，朝斯楠劈头盖脸打过去！她恨他！她恨他怎么跟他老子一样不争气！萧淑淑来护，春梅就连她一起打！终于，倪斯楠受不住，大叫一声，用胳膊挡着反抗，被子被掀开，春梅被推倒在地上，她看着赤身裸体的儿子，跟着放声大哭起来。

这是倪斯楠有生以来最严重的一次叛逆事件。最关键是，他还不知悔改。小宾馆里，春梅和伟强站着，居高临下，斯楠坐着，他们逼他表态，跟女孩分手。此时此刻，作为父母，他们必须联合起来。春梅已经从那种歇斯底里的状态中抽离出来，开始讲道理：“爸爸妈妈不是封建家长，不反对你谈朋友，你也到了谈朋友的年纪，可是你应该找一个适合你的女孩子，而不是胡乱从网上找一个随随便便的女孩子。”

斯楠立即纠正她：“我没有胡乱找，淑淑也不是随随便便的女孩子，我们情投意合，两情相悦，真心相爱。”

伟强用他那厚重的男中音说道：“你以后是要做科学研究的，应该找一个像居里夫人那样的，才能沟通，才能进步。”

斯楠冷笑一声：“像你和周阿姨那样？”

伟强被怼得发窘。春梅连忙接过话："楠楠，你现在还小，不了解社会，对淑淑这样早熟的女孩没有抵抗力，都可以理解，爸爸妈妈能害你吗？你知道人家找你是出于什么目的吗？还不是看上你的前途，你的家庭，想借你上一步。"

斯楠大义凛然："她想借，我愿意借，没什么不可以。而且我现在根本不想做什么学术研究，硕士毕业以后，我就要参加工作，我的人生理想就是找一个我爱的也爱我的人，平平淡淡过一辈子。爸，妈，咱们三个，你结你的婚，你结你的婚，我结我的婚，谁也不干涉谁。"

"混账！"倪伟强把手中的矿泉水瓶狠狠摔在地上。

跟儿子的谈判，宣告失败。不过，最头疼的还不是儿子。春梅和伟强很快发现，萧淑淑比他们儿子要难对付十倍。这是一个看似温柔可亲，实则油盐不进的女孩。最开始，春梅还是跟她讲道理："淑淑，你听阿姨说，你跟斯楠离得太远，你在廊坊他在甘州，未来都没确定，根本不适合在一起。"萧淑淑微笑着看着春梅，一声不响。春梅又历数了斯楠许多缺点，旨在让淑淑知难而退。遗憾的是，淑淑可不是个孩子。面对春梅的指控，她一笑而过。就一句话，她跟斯楠是真心相爱。一番缠斗，春梅筋疲力尽，只好换伟强去做工作，来个车轮战。倪伟强想用高压政策，上来先摆出教授的架势，对淑淑一通训斥，说什么女孩子要知道廉耻！要有道德底线！不能那么放任自流！可淑淑却偏偏来个泰山压顶而不变色。根本不吃伟强这一套，任凭倪伟强狂风暴雨，人家就和风细雨，你来个重拳出击，人家就让你打在棉花上，一点办法没有。最后，淑淑还故意轻描淡写地说："叔叔，我跟斯楠，是第一次。"伟强顿觉五雷轰顶。人家是让他儿子负责呢！伟强转达，春梅恨骂道："第一次，鬼才信！"

四十二

老太太摔了。是大哥打过来说的，要伟强立刻回去。老太太的事比天大，斯楠知道轻重，萧淑淑只能先放人。一家三口，两辆车，斯楠跟老妈春梅开一辆殿后，倪伟强在前面，车开得像要飞起来。到医院，周琴、伟民、二琥和倪俊在，伟强一到地方就大发雷霆："怎么回事 ?! 才走几分钟 ?!"二琥上前劝："老二，小点声，这儿不能喧哗。"老太太正在手术室抢救。伟强强压火气，看看大哥，也是愁眉不展，又看周琴，她两手托着，没了此前的从容和镇定。这事出在她身上，周琴的解释是，她在收拾东西，老太太在洗碗，水池边弄了水，踩在上面，一不小心滑了一跤。伟强可不接受这种解释，又是大吼："怎么能让她洗碗！我妈不是你的玩具！"周琴委屈得哭了。

周琴在，春梅就不出现。哪怕她一万个关心老太太的状况，也必须硬起心肠来。小不忍则乱大谋。她让斯楠代为尽孝，随时汇报情况。斯楠道："妈，我和淑淑！"春梅也喝："什么时候了，以后再说！"

抢救还算顺利，没有生命危险，医生说，老人摔得不算重，轻微脑震荡，但人老了骨头脆，稍微一磕碰，就导致严重后果——老太太的右侧胯骨，粉碎性骨折。医生只是建议卧床休养。几个人站在手术室外头，面面相觑。都知道，人老了，骨头不长，一旦碎了就意味着瘫痪。也就是说，从现在开始，一直到老人离开人世，她都只能在床和轮椅上度过。老太太病房，几个人杵在那儿，伟强说："都回去吧，我看着。"周琴将功补过心切，连忙说："晚上我看着。"伟强回头大吼："让你回去就回去！"周琴几乎快哭出来。二琥从中说和："小周，回去吧，好好休息。"周琴走了。伟民和二琥站了一会儿，也带着倪俊离开。伟强今儿晚上要做孝子，他们不跟他抢。只有斯楠陪着老爸。两个人一言不发，并排坐在病床前，无望地看着床上躺着的老人。周琴走出医院，春梅在车里看到了。她这才下了车，往医院方向走。

病房门口，春梅站了几秒，还是走了进去。她的脚步很轻。走到伟强身后，他还没发现她。斯楠瞧见了，叫了一声妈。伟强转身见到春梅，连忙站起来。一家三口不知道说什么，但内心深处，都怀着一份愧疚。斯楠想，要是他不赌气出走，奶奶是不是就不会摔倒；伟强想，要是没让周琴来照顾老太太，要那么多花头，是不是老妈就能幸免于难；春梅想，要是她不离婚，或者最起码她不搬走，是不是婆婆就不用受这种罪……可是，人生没有如果，"身负重伤"的老人瘫在床上，他们必须处理好一切。

"接下来，我照顾吧。"春梅轻声说重话。伟强饱含深情地望着前妻，当然不是爱情，是感激，此时此刻，这样的一个老妈，只有交到春梅手上，他是放心的。

一到家，关起门来，二琥就唉声叹气。伟民骂她："人还没死呢！"二琥说："真死了倒好！就怕这半死不活的，胯骨一断，就是瘫痪，照顾一个卧床不起的老人，工作量等于翻了好几番！"伟民不言声，他也意识到难度。二琥继续说："每天得擦得洗，得给她翻身，一两小时就得翻一次，得给按摩，得推出去晒太阳，抬上床再抬下床。吃喝拉撒都在床上，搞不好就臭一家子……”伟民听不下去，干脆说：“要不咱俩也离了吧，离了你就不用伺候。”二琥反驳：“倪秃子，要不是我对你还有一点，”她比着手势，大拇指抠着小拇指甲盖，“就这么一丁点感情，我早抬腿走人了！”伟民反驳：“你不是对我有感情，你是对这房子这家产有感情。”二琥道：“把你人卖了都不值几斤猪肉钱！”转而又感叹，“哎呀，看看春梅，多好，老早把自己择出来，我跟你说人家就是不想蹚你们家这摊子浑水。”二琥伸手，伟民把指甲剪递给她，二琥一边剪脚指甲一边说：“这次的祸首，就是周琴，让她伺候去，一年伺候半年，不多吧。”伟民也骂：“她？她就是把妈当猴耍，一脸瞧不起人的样儿，她能真心伺候谁。”二琥揶揄：“你别说，老二喜欢。”伟民说：“老二有病？她把妈摔了他还喜欢？”

伟贞肚子太大，天冷，她出不了门。她担心老妈，只能一个劲给伟民打电话。当得知脱离危险，倪伟贞心稍微放了放。以后的困难以后再说。眼前好歹先渡过去，把年过完。挂了电话，伟贞提醒正阳娘：“以后碗，你别刷。”正阳娘说：“没事，我小心点。”伟贞着急：“让你别刷就别刷，离水远点，我妈的教训必须吸取，还有，洗澡别一个人去了，今冬就凑合在家洗洗，还有那防滑垫，对，回头我重买一个……”伟贞思维无限发散，觉得哪儿都是危险。正阳娘为安慰她，还说没事。伟贞毛了：“你比我妈还大呢！怎么一点都不知道问题的严重性！你要是摔了，谁能伺候你?!”老母亲发窘，不吭声。伟贞这才意识到话说重了，听着有点像嫌老人是负担。伟贞连忙改口：“别多想，我也是怕了，这身边的老人，一个一个的……真不知道等我老了怎么办。”正阳娘豁达，笑道：“人的命，天管定。倒是你，肚子大成这样，老人送来，也没法照顾。”这的确是个难题。老妈躺床上，更要三家轮换，她情况特殊，不能照顾，都推给春梅？似乎不太合适。照顾瘫痪病人是个重体力活儿，正阳娘如此高龄，能照顾她这个孕妇已是奇迹，不可能再负担一名瘫痪的老太太。伟贞犯愁，得想办法。

倪俊回去把奶奶的情况跟红艳说了。红艳不住咋舌，说这都不是有钱或者买不买保险的问题了。倪俊说那是什么问题。“人的问题。”红艳严肃，“这个时候，有钱你都请不来人，这种瘫痪老人的活儿，护工都不肯接，男人不好伺候，得擦得洗，女人伺候不来，得搬得挪，光是给老人翻身，那都是重体力活，非得那种身强力壮跟男人似的女人，才能伺候奶奶。”倪俊顺着说：“所以啊，赶紧生孩子，万一有这天……”红艳忍不住打断他：“行啦，这不正生着呢？”又心疼地说：“你说咱这孩子，还没出生，就背负那么重的人生任务。”倪俊搂着红艳：“咱不也一样。”红艳惆怅，想换话题，于是指了指墙边靠着的旧家具：“怎么样，才九百九十九，明式的，特能盛货。”倪俊看了两眼，分辨不出好坏来，只说你喜欢就行。

过了没两天，红艳接到三姑伟贞的电话。三姑问，等老太太出院，轮值的时候，能不能请红艳妈代班两次。“三家轮，两次就够，等我出月子就成。”三姑言辞恳切。老实说，红艳不想让老妈接这个“活儿”，实在是麻烦事，她接老妈来是来享福的，伺候病人这事，庆芬已经做得够够的。可是在买房的事上，伟贞给过方便，刘红艳有点磨不开面子。她只好说得问问妈，不知她要不要回老家。伟贞没往下劝，只说等她消息。

红艳跟老妈联系，说明了情况，庆芬一直觉得亏欠倪家，这次有机会帮忙，何况总共只有两个月，她愿意伸把手。她没让女儿说，自己直接给伟贞打了个电话，说到时候送来就行。伟贞连忙道谢。

周琴又主动要求过两次，说要照顾老太太，都被伟强顶了回去。总而言之一句话，你不合适。周琴越是想补偿，伟强越是不给她机会——他不能拿老妈的命冒险，周琴还是太年轻，没有经验，这种伺候人的事，她有花架子，却总是做不到深处。跟过去女知青下乡种田一样，插个秧，那动作都跟电影演员似的。这样插出来的秧，是活不了的。

周琴很沮丧。一个意外，就让她和倪伟强，和倪家的关系变得一团糟，一个月好，一天不慎，功劳就全部抹平，你是罪人。周琴感觉她这辈子都没法跟伟强修复关系。冷静下来，周琴认识到的一点真相是，她和伟强都是高级知识分子，志趣相投，都有点浪漫主义，都想着诗酒人生，可倪伟强比她先到了那个年龄。以前她觉得年龄不是问题，现在看，太是个问题，是大问题。她早听说斯楠留了级。那就等于，倪伟强正在面对的，是一塌糊涂的孩子，一塌糊涂的老人，别人觉得他成功、光鲜，但在他自己眼里，未尝不是千疮百孔、一塌糊涂。周琴怀疑连她自己也不过是倪伟强一塌糊涂的中年危机里的一个注脚、一种符号、一项角色。周琴耐着性子又说一遍："我可以帮忙。"伟强头都不回："不用！"

四十三

老太太被接回家了。假期还没结束，伟强能腾出手照顾。斯楠就住在家里，陪着老爸和奶奶。春梅时不时过来，开始了对婆婆新一轮的护理。给老太太穿脱衣服，她会让爷俩出去。一家三口又坐在一块吃饭。她是妈妈，他是爸爸，他是儿子，一个美好的家庭。春梅和伟强再次同处一室，两个人都有点异样的感觉。说不清。不是暧昧，不是尴尬，是温馨，是踏实。吃晚饭的时候，春梅和伟强依旧会“教育”儿子，这阵的主题是从邯郸延续而来，两个人仍旧不同意斯楠和淑淑走到一块。春梅强调：“你结婚，不是你一个人的事，要么，你彻底跟这个家断绝关系，要么，咱们哪天开一个家庭会议，大家投票表决。儿子，因为你出走，奶奶出了意外，你没觉得冥冥之中，是老天爷在给你暗示吗？这女孩就不适合我们家。”斯楠不响。奶奶的事，他不是直接凶手，但也难辞其咎。他和淑淑的事，只能放一放，等正式上了研究生再说。

晚饭后是一天中的高潮，最重要的一项工作——护理瘫痪病人。这次护理过后，老人就要经受漫漫长夜的考验。春梅迅速操作着。先是喂饭，老太太稍微能吃点。然后喂水、喂药，虽然瘫痪在床，但老年痴呆的药物仍须继续服用，在喂药的过程中，春梅不住地跟老太太说话，旨在刺激她的大脑。倪伟强站在一边，看着春梅——看她做活儿真是一种享受啊，这种利索劲儿，是在日复一日的劳作中养成的，这也是一种绝活。

然后是换尿布。春梅把尿不湿拿出来，又让伟强端水过来。伟强端了过来，春梅手一探，说："再热一点。"伟强又连忙去添热水。因为伤的是胯骨，处理尿不湿一定要轻，擦拭也要轻。春梅让伟强搭把手，慢慢把老太太的一条腿抬起来，她伸手进去，仔细擦拭。

换一盆水，开始擦身体。从脸开始，然后脖子、耳朵背面、锁骨、腋窝、胳膊、手指，然后是肚子、腿、脚，从头到脚都擦了一遍。然后，换水，再擦一遍。

再然后是按摩。春梅帮老太太按了一会儿太阳穴，然后轻轻捏肩膀。伟强探着头看，春梅有点累了，起身让给他："你来！"伟强连忙坐下，像小学生学知识。

"胳膊，手指，小腿，脚，都要捏。"春梅指示。伟强立刻有模有样捏起来。胳膊放在手心里，伟强很震惊，老妈的肉，跟石头似的，又僵，又硬，从内往外透着寒气。他心爱的老妈怎么变成这样，再发展下去，简直像一具僵……他不敢往下想，内心的沮丧却逐渐累积，越来越厚。过去，老妈只是糊涂，还能动，有点生活质量，现在躺在床上，有什么质量可言，而且，老妈虽然糊涂，可是对于痛苦还有感知，这么日复一日地痛苦着，什么时候才是个头。他老妈如此善良厚道，怎么会经历这种炼狱。倪伟强鼻子发酸，眼眶湿了，下手有点重，老太太轻微呻吟。春梅连忙制止："不对，不对不对，不能这么按。"她换下他，边揉边讲解，"不能用蠢劲，得用内劲，轻一点，肉得揉到松下来，手指也要揉。"望着认真而理性的春梅，伟强感慨，到底不是她亲妈，所以她才能够这么抽离，把照顾老人当成一件活去做，她追求做得细致，做得到位。感情的闸门一关闭，面对的就仅仅是个病人。伟强深呼吸。春梅似乎也感觉到他情感上的痛苦，随即安慰道：

“也许这就是老天爷给我们的恩赐。”伟强不理解，看着她。春梅继续说：“给我们机会孝顺，给我们机会伺候妈妈，我们就必须做好了，要让妈知道，她没白疼咱。父母与孩子缘分一场，不过就是你养我小，我养你老，付出就是付出，没有结果，也不去想结果。”春梅一席话，倪伟强醍醐灌顶，他的痛苦，正是由知道这注定是一场悲剧的付出而来，可是，只要能付出，不也是一种修行吗？“我来。”伟强又坐过去，换下春梅，仔仔细细给老妈揉起手指来。

二琥来看红艳，顺带领庆芬找做保险的朋友问买大病险的事，回来却说：“买不了。”红艳问：“消费险也买不了吗？”二琥说：“年龄太大，这个病那个病，去体检根本不可能合格，谁会给一个身体有状况的老人上保险，那不肯定赔本。”二琥指着庆芬脖子，对红艳说：“你看看这，这都鼓成什么样了，跟鹌鹑蛋似的，吃饭受影响吗？”庆芬撒谎说不受影响，其实咽唾沫时都有感觉。红艳看着妈也觉得有点不对，来了之后一直瘦，虽说有钱难买老来瘦，可她总觉得老妈的瘦有点病态，脖子也确实变粗。红艳催了几次，说让去医院查查。庆芬总说，医保异地不通，不在这儿治，要看回老家再看。红艳怀孕，实在没条件陪她回去。庆芬自我安慰，也为安慰红艳和二琥，笑呵呵道：“以前查过，甲状腺结节，钙化了，没什么问题，好多妇女都有。”二琥危言耸听：“那也不能不小心。”

红艳当着婆婆的面不好说，背地里，她确实为老妈担忧，如果老妈得大病，那就是一大笔开销，到时候铁定得卖房才行。对冲风险的办法，只有买保险。可现在偏偏又买不了。红艳着急。上了班，她又找同学、朋友问。周围做保险的人不少。其中有些本来做白领的，比如，某个学韩语的高中男同学，姓郝，都从韩国大企业辞职，改行做保险，微信的签名都改成：要为全世界的家庭幸福奋斗。这是他的信仰，不容置疑。刘红艳一跟他联系、询问，立刻“遭到”他热情的接待，热情到红艳觉着，不买他一份保险都不好意思。红艳暂时没考虑自己，主要问她老妈能不能上。郝听了，有点犯难，说阿姨年纪偏大，具体还要看身体情况。红艳一听，估摸戏不大，没往下问。郝看着红艳的肚子说：“给宝宝上一份保障呗。”红艳笑说孩子还没出生呢。郝笑说：“没问题，先了解，到时候我找你。”

刘红艳再次拜托郝，让他问问其他保险公司的朋友，看有没有适合她妈的险种。郝当场答应。红艳拿了一堆资料回家。倪俊见了，问情况，红艳把对老妈的担忧说了。倪俊也发愁，但他还算乐观，说也许是你多想，妈根本没病。红艳叹气：“你看妈那状态，整天除了买菜，大门都不肯出，没精神，没气力，不是大病，也有小病，何况她本来也有慢性病。”

倪俊说：“那你还让妈帮三姑照顾奶奶。”

红艳抢白：“这不是看你的面子吗？奶奶这种情况，就该请护工。瘫痪加老年痴呆，如果当初买了商业保险，那就有赔付，就可以请个高级护工，大家就不用那么累。”

倪俊说：“奶奶情况特殊，我爸和二叔跟奶奶感情深，二叔有钱，不是请不起，但也不愿意请。老人最后一程，自己照顾着放心。”

红艳赌气似的说：“反正，等宝宝出生，我得给我宝弄份保障，孩子爱玩，需要意外险，孩子成长过程中抵抗力差，感冒发烧肯定有，需要配医疗保险，现在环境那么不好，得重大疾病不是没可能，需要重疾险……”倪俊实在听不下去，打断她：“咱能不能不杞人忧天，孩子还没露头呢，你就这个意外那个伤害，这个病那个灾。你，我，还有千千万万人，什么也没买，不都照样长得全全乎乎？孩子出生先上户口，上社保，其余的，我看放一放没关系。”红艳嗽一声：“时代在变环境在变什么都在变！地球都变暖了你知不知道，现在孩子跟以前孩子能一样吗？你去小学门口看看，那孩子比你都高，都是激素催的！早熟就可能早衰，以后病多着呢！能不防吗？！倪俊我跟你说亏得你投胎技术好，生在大城市，你要生在我们那儿，我跟你说你连捡破烂都抢不过人家。你就是落后，你就要被淘汰！”倪俊知道说不过她，只能由着，她是孕妇她最大，他背过脸，玩手机游戏。红艳拧他耳朵：“收收心，要当爸啦！”

没多久，郝果然来电话，说朋友所在保险公司有个险种，适合红艳妈，不用查体，直接购买，是消费险，一年4863元，买了就能瞧病。看出病来，按约赔付。红艳忙不迭给老妈上了，跟着就着急去看病。庆芬说：“等你产检，一起过去。”又等了半个月，出了年，打了春，到了红艳产检的日子，她便带妈妈一起过去做了个全面体检。查出来，还就是老妈脖子上那个结节不太好。红艳找保险经纪人咨询赔付情况。保险经纪人说：“只要查出来是癌，就能赔，不过你这个不行。”红艳提着嗓子：“怎么不行？！”经纪人说：“买了险，最少得半年，你上社保也没有立刻就能报销的呀！”红艳愤怒：“怎么不早说！”保险经纪人委屈，说自己说了，是你自己没听到。红艳怒斥：“骗子！全是骗子！”

红艳问医生，我妈这是不是癌。医生表示现在不能确定，得开刀，取出来做切片活检。庆芬说：“艳儿，缓缓，八成是钙化，半年就半年，快。”红艳难受：“妈，花不了几个钱，做吧，有医保兜着。”庆芬说不着急，非要等红艳把孩子生下来再说。红艳拗不过妈妈，只好先去做产检。

验了黄体酮，并不低。再做B超，医生说孕囊发育不好，没有胎心芽，可能要胎停，建议打掉。红艳不知所措，当场就急哭了。

四十四

红艳不敢告诉倪俊。庆芬劝她，有些事能瞒，有些事不能瞒，这是大事，该什么就什么，要是瞒着，以后闹出来会成大问题。“孩子是两个人的，商量着来。”庆芬摸女儿的头。没办法，出了医院，刘红艳又哭了一阵，第一次流孩子，红艳觉得没什么，只要休息得好，以后总会有的，第二胎遇到这种情况，红艳还是有点恐慌。

她脑中出现无数个万一，万一流了，以后生不了怎么办，这不仅仅是无法满足婆家期待的问题，而是她的人生将终生抱憾。再进一步，一想到老年生活，刘红艳同样无望，老太太，老妈，还有倪俊爸妈的情况都摆在这儿。红艳不敢保证自己晚年能比他们强多少。

庆芬怕红艳想不开，一直把她送回家，交到倪俊手里。又对女婿说，红艳心情一般，请他多担待。倪俊问：“怎么了？”红艳一屁股坐在沙发上，又呜呜哭起来。

“谁欺负你？”

红艳不吭声，只是哭。

倪俊又问一遍。红艳哭得更大声。

倪俊着急，坐到她身边，摇着她胳膊问：“说话呀！”

红艳这才呜呜咽咽地开口：“我要生不了孩子怎么办……我的孩子……”眼泪喷涌如注。倪俊发蒙。一边安慰一边问情况，刘红艳这才断断续续把检查的情况告诉他。倪俊也傻了眼。红艳说：“我想要这孩子。”倪俊也不晓得怎么办，只能说，换个医院再检查检查。“别告诉你爸妈！”红艳哭着说。她不想被他们看不起。她闭着眼睛都能知道，如果二琥知道她再出问题，一定会声色俱厉，讥讽挖苦，会说娶了她这个媳妇，根本就是赔本的买卖！倪俊表示事情没有确定之前，一定不会透露。第二天，夫妻俩分别请了假，找了一家医院再检查，红艳跟医生反复强调，自己很想保住孩子，医生查了黄体酮，说有点低，给开了三天黄体酮针。次日是周末，二琥和伟民拎着补品上门，说要给红艳补补身子。红艳见到这些补品，反倒睹“物”思“人”，心里更难受。过去，她是希望她怀孕的日子里，公婆对她好一点，再好一点；现在，她害怕公婆对她好，因为眼下对她越好，将来万一出现差池，失望就越大，他们会恨死她。红艳说：“爸，妈，不用浪费钱买这些，正常吃，营养够。”二琥哦了一声：“艳儿，这不是光你吃，怀了孩子，得双重考虑，自己爱吃不爱吃，也得想着孩子。你不吃，孩子得吃，那你就得吃。”

一口气七八个“吃”，红艳听得发晕，头疼。二琥忙完清扫，拉红艳到沙发上靠着。二琥故意趴在红艳肚皮上：“来，我听听，看看我大孙子好不好？”红艳吓得满身冷汗，又起鸡皮疙瘩，她轻推二琥：“妈……别这样……这样我不舒服……”二琥抬起头，看着红艳，关切地问：“哪不舒服，要去医院不？”红艳连忙说不用。倪俊从厨房出来，见老妈还在纠缠红艳，忙找个活把她支开。

回家路上，二琥对伟民抱怨：“看到了吧，简直不知好歹，我孙子，我不能听？她以为她怀个孩子自己就是皇后？这不吃那不用，什么态度！”伟民道：“行啦，随她吧，只要安安生生把孩子生下来就行了。妈马上到咱们家，把红艳他们那屋腾出来给妈住。”二琥叹息：“不是我不孝顺，不是我不想伺候，有时候看到妈这样，我就想，与其这样受苦，没有一点活着的质量，还不如……”她吞了一下口水，“要是以后我到这地步，你别救我，就让我去！早死早投胎！不受那罪！”

伟民悲伤地说：“人到这世上不就是受苦的？罪没受够，老天爷就不让你走。再怎么说，好死不如赖活，有妈一口气在，上头还有个人，妈一走，上头没人，就轮到咱们了。”二琥心惊，忽然想起红艳妈买不了保险的事，跟伟民说了。伟民认为，也不见得人人都得大病，人的命，天管定。“你看大桥下那拉黑车的，老赵，今年七十六了，也没退休工资，就吃点低保，我看活得好好的，命贱一点，容易长寿，身娇肉贵，才会得这个那个病。”

三天黄体酮针后，红艳的情况似乎稳定些。她想请假，保孩子，公司不批。公司准备上市，正是用人的时候，现在辞职太不划算，红艳打算至少等到休完产假再辞职走人，于是只能坚持。每天到公司点卯，部门主任还算照顾，偶尔同意她早点走。过了半个月，红艳又觉得肚子有点不舒服，她让倪俊陪着去医院再照B超。进诊室之前，红艳告诉自己，无论好坏她都该接受了。“没事的。”倪俊轻轻吻了红艳额头一下，扶着她走进B超室。做检查的是个年轻医生，查了一会儿，那医生一脸凝重地叫来一个年纪稍大点的女医生再帮着查一次。

红艳本能地觉得不妙，问：“不好吗？”倪俊握着红艳的手，脸阴沉得恨不得挤出水来。“葡萄胎。”医生说了三个字。红艳忙问什么意思。等刘红艳下了床，医生跟她解释了什么叫葡萄胎，又说，她可能两年内不能再怀孕。红艳看看医生，又看看倪俊，一下哭出声来。倪俊抱住红艳的头。医生又告诉他们，这种情况，必须打掉，但他们医院条件有限，可能做不了，需要去更大的医院再检查一下，然后手术。红艳一直哭，倪俊虽然伤心，但还不至于丧失理智，他立刻开车送红艳去妇幼保健院，挂了急诊。红艳听到倪俊在打电话，她本来想说别告诉爸妈，可事到如今，瞒还有什么用，她只能接受这一切。

没多久，庆芬赶来了。伟民、二琥也到了。见到亲家，不知怎么的，庆芬仍一脸愧疚，好像生了个不能正常怀孕的女儿是她的错。二琥和伟民并没有怪红艳，只是关心她的病情。抽血、妇科检查，忙到晚上九点多，第二天下午手术。终于忙完了，这一夜，倪俊陪红艳，夫妻俩始终手抓着手。红艳无望地看着天花板，幽幽地说："要是生不了……怎么办？"倪俊小声否定她："别胡说。"红艳转过头看他："要是真的……怎么办？"倪俊说："不会的。"红艳说："如果这辈子没孩子……"倪俊沉默，他从来没有过这种假设。他只想过，自己的人生理想是要两个孩子。不知为什么，现在看起来竟如此渺茫。红艳知道倪俊的想法、期待，于是不问了。第二天，春梅过来了，伟贞打来电话，都是慰问。上午拍胸片，幸好没事，医生过来跟红艳说，才两天时间，她的血值已经高达八十三万，红艳吓了一跳，医生也说不敢相信。下午，刘红艳在众人无限怜惜同时带有一点点失望的鼓励声中被推进手术室，万幸，手术很成功。第三天，术后血值九万多，下降得不错。医生告诉红艳，过几天查B超，如果不干净，不排除要做第二次手术。红艳痛苦难当，一次刮宫，已经让她死去活来，恨不得咬舌自尽。床边只有老妈庆芬陪着。倪俊上班去，伟民和二琥去接老太太，其余人各有各忙，红艳觉得，简直像一场聚会散了场，冷寂得叫人心寒。又过了两天，红艳照了B超，说是干净了，休息休息就能出院。医生再次叮嘱她，夫妻生活要注意，两年之内，她都不能再要宝宝。

二次流产，算小月子，得认真坐。二琥要忙老太太，伺候月子自然是庆芬的事。红艳齿冷，自打她流产，伟民和二琥只来过一次。倪俊倒是天天来，只是，红艳也能感觉出他态度的冷淡。红艳跟庆芬说了感受，庆芬说可以理解。“期望越大，失望越大。”庆芬帮红艳戴上线帽子。红艳唾：“难道我是故意的？我也不想！突然这样，我有什么办法？就把我当生育机器！”庆芬这次不站女儿这边：“婆家巴望着儿媳妇生孩子，理所当然，不要付出一点，就觉得自己吃亏，好好养身体，”庆芬叹气，“一等又是两年。”两年时间，能发生多少故事，也可能发生事故。庆芬担心女儿的婚姻。

老太太接来，春梅又上门，手把手传授最新的护理程序。妯娌俩感叹一番。春梅说红艳可惜。二琥不想谈她，只问斯楠走了没有。春梅说已经回甘州。家里事情太多，妯娌俩都觉得沉闷，春梅稍坐片刻，走了。二琥对伟民说：“不管怎么说，老二媳妇这一点真难得，都离了，还这么孝顺，放眼全天下有几个，我跟你说我要是有这天，你那儿媳妇不把我埋垃圾堆里才怪！”伟民知道二琥又要抱怨红艳，他不配合。二琥自顾自说：“要房子有一手，生孩子就掉链子，葡萄胎！根本是个盐碱地，这样的女人留着过年？”过去，二琥每次说让离婚，伟民都反对，现在倪伟民多少有点动摇，但他还不至于完全失去理智，他劝道：“天灾人祸，难免，只要两个孩子好，凑合过。再过两年不就……”二琥打断他：“两年？两年没准你我都不知去哪儿了！地球都爆炸了！还抱什么孙子！”

倪伟贞接到红艳流产的消息也吓得不轻。红艳年轻，身体底子好，尚且如此结局，她一个超高龄产妇，最近底下也有点流水，去医院看，医生让她减少活动，吓得伟贞日日盘踞在床上，全力保胎。

剧组的稿费发下来，数额有问题，正阳那份则迟迟没给，伟贞暂且不理论。现在她不能吵架，不能生气，要和谐，要淡化。正阳娘日日照顾着伟贞。伟贞心里感激，偶尔露一两句感谢的话。老母亲则说："你好就是我好。"这也是实话。这么长时间，两个人相依为命，已经成为彻彻底底的一家人。老母亲看得清，伟贞算有情义，她付出，伟贞看在眼里，领这个情。那么，她人生最后一段路，就敢交到倪伟贞手里。这期间，正阳娘的外孙女打电话给伟贞，说她妈，也就是老太太的养女去世了。外孙女怕外婆过于伤心，跟伟贞商量了一下。倪伟贞代表老母亲给了钱，说发丧的消息，以后再说。

不过，红艳一流产，倪伟贞就不好意思让庆芬再帮着照顾她妈。老太太如果接过来，她和正阳娘都没能力照顾。大哥大嫂二嫂都刚照顾过，得缓口气。伟贞能想到的可行的办法，就是下个月，找个护工，到家里来伺候。只是，钱上面，她同样感到囊中羞涩。这天她翻着手机，忽然想到一个办法。或许这个月，可以请周琴帮帮忙。周琴心怀愧疚，干起活来一定卖力。妈还住在他们家，让周琴上门，她监督就行。

四十五

伟贞打电话来约见面，周琴有点意外。自从老太太摔了之后，她和伟强的关系一直尴尬，她认为伟贞也应该恨她。她想弥补，但苦于没有切入点。伟贞的电话一来，她的第一感觉是：估计是伟强派来的，他想清楚了，想明白了，她没有恶意，一切只是意外，是天意。他们还是知心人。只不过，男人嘛，面子上下不来，于是派老妹打打前站，斡旋一下，不是没可能。

周琴兴冲冲选地方，伟贞说在家里，周琴这才想起倪伟贞是个孕妇。这天，周琴带着芬兰产的一副耳钉，上门拜访，重要人物，要下重金收买。到地方，香姨还在。周琴有点意外，这么个老朽的保姆，伟贞居然挺爱用，处出感情来了。进了屋，关好门，伟贞躺在床上，被子鼓起个包。周琴打趣："呦，怎么胖成这样。"

伟贞回击："等着吧，也有你这天。"

气氛一下轻松起来，像是能倾吐秘密的氛围。香姨送了杯茶来，笑着招呼了一下，退出去了。周琴说谢谢。然后，抓着伟贞的一只手："说吧。"

伟贞开门见山："有个事求你。"

"别说求，有事说。"周琴笑呵呵地。

倪伟贞悄声细语："我妈现在这样，三家轮着照顾，下个月到我。我这样，自己都顾不过来，你如果不太忙，看能不能过来搭把手。”

“你哥说的？”

“我说的。”

“我以什么身份过来？”

“我朋友。”

“不是有保姆？养着不用，过期作废。”

“保姆的事一会儿跟你说。”伟贞道，“顶多帮两个月，等我把孩子生了，自己就能腾出手。”

周琴道：“万一你哥知道了，那可是犯天条的事。”

“那就不让他知道，白天没事，就是晚上。”

“不行，我有心理阴影。”

“这不实在没办法吗。”

“你二嫂呢？”

“婚都离了，怎么好意思。”

“找我就好意思，我这还没结婚呢。”

“说了是我欠你人情，不是我哥。”伟贞反复阐明。

“我找保姆，高价，我对不住老人家，钱我出。”周琴爽利地说。伟贞一向收入不多，马上要生孩子，什么都省着用，周琴不肯出人，愿意出钱，她只好顺水推舟，笑纳。周琴反过头问：“保姆什么事情？”其实刚才倪伟贞本来想把香姨的真实身份告诉闺密。可既然周琴不来照顾老太太，伟贞临时改主意，又不想说了。

“没什么。”伟贞淡淡地。

周琴盯着鼓起的被子：“孩子爸到底是不是导演？”她知道杜正阳的死讯，早把两者联系起来。过去，她不点破，但今天话赶话说到这份儿上，又是这么个氛围，周琴不打算遮掩。这丫头。伟贞佩服周琴的慧眼如炬。不愧是搞密码学的，什么密都能解。可让她亲口承认孩子爸是杜正阳，她又不想那么直白。伟贞笑着说："吸取教训吧。"

算承认了。周琴叹了口气："不管怎么说，你落个孩子，我得到什么了？咱们这年纪，前不着村后不着店，优秀的男人，要不有老婆，要不发神经，屁股后头那些小男生，又靠不住。"完全是她的现实困境。伟贞见她推心置腹，忍不住道："一人吃饱全家不饿，挺好。"周琴道："你是饱汉子不知饿汉子饥，反正现在有个人陪你。"指她肚子里的孩子。伟贞却以为她说的是香姨，随即道："一年一年老，能到哪年，不知道。"

周琴愣住，许久，反应过来："那保姆……"

"算我婆婆。"伟贞坦白。

"你真伟大。"她真心赞美。

"都是人，人道主义。"

"你这值，一拖二。"

"没办法。"伟贞说。

"羡慕你有婆婆。"

伟贞打趣："第一次听说巴着要婆婆的。"

周琴不失幽默地："伺候过准婆婆，结果……"

"你跟我哥，还是算了吧。"

"你也这么认为？"

"他现在有点不正常。"伟贞用食指在太阳穴画圈。

"中年危机，觉得生活没意思，人生太虚无。"

"怎么才有意思呢？"伟贞问。

周琴瞟她一眼："也许，生个孩子挺有意思。"

“不过是自己给自己找点事罢了。”伟贞无奈道，“人生那么长，总得有事情打发时间。”

“你还觉得长，”周琴扭头看梳妆镜里的自己，下意识摸摸眼角，有鱼尾纹，“我都觉得我年龄太大了。”

“是啊，”伟贞叹息，“从前觉得，年龄不是问题，后来才发现，一切问题，都是年龄的问题。倒退十年，我怕谁，你怕谁，什么不敢？什么不做？”

周琴心有戚戚。她和伟强的问题，归根结底是步调不一致。步调不一致，归根结底是对生活的看法不同。对生活的看法不同，归根结底是处于不同的年龄。他已经萌生退意，她却在异军突起。周琴叹息，闺密俩枯坐着不说话。伟贞突然说：“去国外吧。”周琴问干吗。伟贞忍不住笑：“中国男人不配享你这福，外国男人里，或许能淘出俩大傻。”周琴啐：“那是你以为的，外国男人，能把你吃得骨头都不剩。”两个人互抓着手，哈哈大笑一番。伟贞笑出了眼泪。周琴忽然抱住她，狠狠哭了两声。然后突然又不哭了。

“没意思。”周琴说。

“是没意思。”伟贞同意，又说，“可还是得活着，跟吃螃蟹一样，整体没意思，只有砸碎了，才能剔到里面的肉，还是有点意思的。”

周琴悲叹：“我什么时候能剔到里面的肉呢。”

雕塑家郝奇胜离婚了，同学群炸开了锅。他发妻分了他近乎一半财产，有半个亿。他只留下山里租地盖的大宅，城里的房子，女儿的抚养权，还有几屋子雕塑。郝奇胜找伟强聚聚。因为觉得处境相似，格局差不多。伟强本讨厌这种应酬，但听说是单请，此前离家出走，也欠着老同学人情，便开车进山。山间别墅大院的，池子里还是那么多鲤鱼，屋角还是那么多栗子树，门口还是那几只狗，只不过，女主人已经换成一位年轻女子。说是硕士毕业，学物理的，现在在当女画家。

郝奇胜站在别墅门口等伟强。扎个丸子头，还是胖。他约伟强爬山，递给他一根竹仗。阴天，一点点细雨。郝奇胜说，这是学苏东坡，竹杖芒鞋轻胜马，一蓑烟雨任平生。沿着小道，两个人往山顶方向前进，走到半山腰，雕塑家气喘。太胖。伟强身体还不错，除了他脑中埋着的定时炸弹。郝奇胜叉着腰站着，眺望，好一会儿，气息平顺，他冷不丁说："没意思。"

伟强扭头看他："你适可而止。"

"你跟我不是一样？"雕塑家反问。

"我跟你不一样。"

"都是离婚，都找的学生。"郝奇胜掰着手指数。

伟强想辩解。他不是出轨，他跟周琴复合，是在和春梅和平分手之后——本来也没奔着复合去——何况现在已经接近再分手。再一想，解释什么呢，都是离婚，本质上都在逃离。

伟强附和："没意思。"

郝奇胜拿竹仗敲石崖："再过二十年，等身体不行了，我就往这下面一跳。"

倪伟强笑："叫上我。"

奇胜又说："我每天一睁眼，都不知道我为了什么活，挣钱，有意思吗？结婚，离婚，就那么回事儿。"

"为了你孩子，为了家里的老人，为你自己。"

"就够了吗？为这些就够了吗？"郝奇胜摊开一只手。

"那你想怎么样？"

“我真想穿越，”郝说，“让我去朝鲜战场我都愿意，那种精神状态，真不一样。”跟着又敲竹仗，“我想反抗，我要建设，我反抗什么，建设什么，除了离个婚，然后再结个婚，我不知道自己能反抗什么，建设什么。”郝奇胜遥遥一指，对着不远处的群山，“就那山窝，树林子里，死了个诗人。人有钱，有三儿，还是要寻死，我现在跟他状态差不多。”倪伟强连忙劝他，说别，你还有责任。一直到下山，开车回城，倪伟强脑子里仍旧盘旋着奇胜那句“我想反抗”，他倪伟强不也在反抗吗？可是，他反抗的又是什么，反抗的意义又是什么？一切打碎了，发现并没有新的东西生长出来，还是迷惘，还是彷徨。人生本来就是向死而生，没有例外。人生似乎没有意义，谁不是在努力赋予它一点意义？就在这点意义上，见出了每个人人生价值的高低。

四十六

斯楠回学校，老太太送大哥那儿，春梅暂时轻松。分数出来，倪斯楠各科成绩达线，院里老师支持，复试虽不说板上钉钉，但这个研究生，基本算考上了。张春梅松了一大口气，伟强也打电话祝贺儿子。

眼下的主要矛盾有所转移。春梅和伟强开始全力围剿斯楠和淑淑。天南海北，春梅不可能老飞过去，只能打电话，口头教育："楠楠，门不当户不对，以后吃苦的是你自己。"斯楠考上了研，底气足了些："你和我爸门当户对，苦也没见少吃！"春梅震怒："说的是你！"打春过后，严宁找春梅找得频。他见春梅愁眉苦脸，问怎么回事。春梅简单把斯楠的事说了。严宁说这叫"反差定律"，缺啥补啥。斯楠这种优秀老实的男孩子，就容易喜欢上那种叛逆女孩。春梅问有什么好办法。严宁说："找个人代替她，男人有几个不是喜新厌旧。"他说得轻松。春梅有点恍惚，她一直把儿子当男孩，而不是男人。严宁又分析，斯楠的学校，是理工科院校，女孩少，而且甘州又地处不发达地区，所以来个学戏剧影视文学的女孩就把他拿下了。"没吃过肉，觉得肉丝就是美味，你要给他上油焖大虾呢，是不是就会选择油焖大虾？"严宁举着叉子，叉向摆在他和春梅中间的油焖大虾。

严宁的工作卓有成效，没几天，他的"油焖大虾"便端上来，他给斯楠介绍了一个美国回来的女孩，刚毕业，女孩的老妈是严宁的老同事，她现在刚进入国内金融系统做事。春梅把女孩的微信名片转给斯楠，说好好跟人家学学，人十三岁就去国外独立生活了。倪斯楠一百个不情愿，但还是加了女孩微信。女孩英文名，克里斯蒂娜，中文名，王丽娜。隔两天，春梅问聊得怎么样。斯楠回复：聊着呢。

护理瘫痪的老太太，二琥逐渐得心应手，不过，她的抱怨声从没停过，这日，二琥给老太太捏胳膊，老人睡着了，二琥扭头跟伟民埋怨："竖着出去的，横着进来，这肇事者就一点不管了？没有人场，好歹也有个钱场，什么大学老师，没素质。嗳，老二跟那女的分了没有？现在可不能分，得负责任。"

伟民轻呵："妈不聋，少说两句。"

二琥道："听到也不懂。"

伟民道："妈只是反应慢，你别制造二次痛苦。"

二琥放下老人胳膊："倪秃子，你搞清楚，是你们老倪家，给我制造二次痛苦！"二琥伸手到老人屁股底下摸了一把，没好气："过来帮个忙，又尿了。"伟民只好过来，稍微把他娘的左腿抬起，二琥去抽纸尿裤，刚抽到一半，忽然叫唤："哎哟……我这腰……腰腰腰腰……"

为照顾老人，二琥的腰光荣"负伤"，居委会评道德模范，吴二琥以尊老之名光荣上榜。二琥觉得腰没白闪。中医诊所，二琥排队等着扎针。一名长胡子老头打眼前经过，看样子，是刚治疗出来。

二琥呵了一声，小声："这胡子！"

"九十了！"旁边护士小姑娘道。

“我到这岁数，要能有这身体，就阿弥陀佛了。”

“人家一个人住。”小姑娘又说。

“真敢。”二琥道，“我们家楼上，刚臭了一个，死了一礼拜都没人知道。”顿一下，又问，“他没孩子？”

“说都在加拿大。”

二琥叹：“养孩子有什么用。”

小姑娘笑：“现在养儿不能防老了。有本事的，飞了，没本事的，拖累你。”

二琥说：“照你这么说，就得中不溜[1]，不能太有本事，也不能太没本事。”说到这儿，二琥觉得自己挺幸运，倪俊就是中不溜。不太差，也不太好，所以能守在眼前，不那么讨厌。讨厌就讨厌在儿媳妇身上，贪得无厌，不劳而获，一想到还要等两年，二琥就觉得不耐烦。

居委会开表彰会，让二琥也准备准备，做个小演讲，结合自身，讲讲孝顺老人家庭和睦的故事。二琥严阵以待，连天加夜把二十四孝故事研读了一遍。临到演讲，她理论结合实际，博得个满堂彩。回来赶上倪俊来家拿东西，红艳没来。自二次流产后，刘红艳很少来婆家，二琥的解释是，羞，她自己都不好意思。伟民在家煮稀饭。老太太在里屋，躺床上看戏曲节目。二琥大摇大摆走进来，见到儿子，便说：“端盆洗脚水来。”

倪俊瞅了她一眼，反应两秒，捣鼓捣鼓，端了一盆，就要进屋。二琥连忙拦截：“这这这，放这儿。”她指着沙发边，自己脚底下。伟民唾：“又作什么怪！”

---

① 方言，中等的意思。——编者注

二琥对倪俊："儿子，帮你妈洗个脚。"

倪俊道："自己搓搓不得了。"

二琥啧了一声："你妈我整天言传身教，你都没学会百分之一？孝顺老人懂不懂？"

倪俊顶一句："你又不是老人。"

二琥道："你都多大了？长江后浪推前浪，赶也把我赶老了，我还没像你奶奶那样不能动呢，甭废话，洗还是不洗。"倪俊知道老妈牛脾气上来，不给洗今天别想过关，只能拿过小板凳，坐下来，端过老妈的脚，杵水里，照排实理[①]洗起来。伟民批评："一脚的潮湿（脚气），别传到儿子手上！"二琥扬扬得意："有潮湿，说明还不算太老，真老人，脚上潮湿都没，人都干了。儿子，用药皂抹抹，洗完脚，给妈挑挑水泡。"

台灯摆在旁边，倪俊捏着根针，小心翼翼帮二琥挑脚上的小水泡，挑破一个，就用卫生纸蘸蘸。二琥靠在沙发上，老滋老味地："别光伺候老婆、丈母娘，偶尔也想想你妈！现在的孩子，就是缺少传统文化教育，知道什么叫戏彩娱亲吗？知道什么叫卧冰求鲤吗？知道什么叫行佣供母吗？知道什么叫尝粪忧心吗？知道什么叫卖身葬父吗……"伟民不得不打断她："差不多行了！还尝粪，还葬父，儿子闻你这臭脚还不够，我还没死呢！"二琥嗷嗷："你别以为这都是古代故事，妈整天吃喝拉撒在床上，每次换尿不湿，熏得我脑袋都疼，不跟尝粪差不多？"伟民无言。倪俊为息事宁人，对他妈说："妈，今天我话放这儿，你要真到那天，我给你端屎倒尿。"二琥又是感动又流泪。"我的好儿子，你怎么不盼妈妈点好，寿终正寝无疾

① 方言，指认真严格地按流程做事。

而终不是更好，”随即叹气，“你要真孝顺，就自己过得开开心心，能有个保证。我一说，你又说妈催你们生孩子。说一千道一万，生孩子是为你们自己。现在老人独立了，可我们中华民族，养儿防老，千年万代，天理昭昭。妈是为你担心。”倪俊不吭声。伟民冲她一句弄完吃饭，才算结束这场谈话。

刘红艳想转行，做保险。一来，她流产两次，留在公司经常看到那些孩童，难免伤怀；二来，公司上市遥遥无期，董事长对她持放弃状态，留下来，没有希望，早走早好。红艳把想法跟倪俊说了。倪俊当即坚决反对，他认为保险是个不务正业的行当，多是坑蒙拐骗，杀熟。红艳当即反驳，她拿出例子，说她想要加入的团队，不是一般的优秀，这个是清华大学毕业的，那个原来是政府部门的，还有一个，过去是国企的副总，另一个呢，曾任高校老师、跨国公司中层，个个都在原本的领域颇有建树，偏偏都又转行做了保险。倪俊说：“你也看到了，人家是颇有建树，才转行，你这没建树，转行卖给谁？别到最后，周围的人卖了一圈，我可跟你说，我不会买。你也别逼我买。”红艳当即道：“你不买，宝宝……”话没说完，生咽下去，红艳又想起伤心事，“我不是跟你商量，就告诉你一声。”

倪俊赌气去丈母娘那狠狠告了红艳一状。庆芬也束手无策：“随她去，谁能管得了，而且，保险是不是也有点好处。”倪俊道：“妈，你就是受害者，还说有好处。”回自己家，倪俊又埋怨一通。伟民站在儿子这边，认为红艳的确不务正业，在他眼里，女孩子只要有份稳定工作，能相夫教子就行。不生孩子，不干工作，跑出去卖保险，实在糟糕。

二琥这回出人意料地站在红艳这边。她是保险的忠实拥趸，意外险、重疾险都买了，金额都不小。光重疾险，她就买了两种。每年需上交两万余元。二琥认为倪俊和伟民这是偏见，不与时俱进，她如果年轻十岁，能跑得动，搞不好也去做保险。她拿老太太做例子：“妈如果早买了重疾险，现在也不会这么被动。老二有钱，可整天往这里头投，也是无底洞，瞧着吧，妈的情况要再恶化，老二顶不住，一准殃及池鱼，咱们就得掏。”

老太太在屋里哼哼。二琥对倪俊：“去看看你奶奶。”倪俊匆忙走进去，一会儿，探头出来喊：“妈！好像尿了！”二琥骂骂咧咧。伟民道：“再坚持几天，马上该老三了。”

四十七

红艳劝了庆芬不止一次，让她去医院再查一下，如果确诊，该开刀开刀。“这是病！得治！”红艳大声疾呼。庆芬却坚定立场，咬住了不松口：“我的身体我知道，就是个结节，钙化了，没损害，根本不用动刀，开刀伤元气，我这个年龄不适合。”又说：“不还有那保险吗？等几个月不妨事。”

红艳无奈。如果不知道，没发现，等也就等了，现在知道了，发现了，还有什么理由等。庆芬又说：“下个月回老家再看看，有人民医院的熟人，不会坑咱。”红艳说不通，只好请倪俊侧面磨磨。

两个人躺在床上，倪俊玩手游，刘红艳在研究中医养生。红艳忽然扛着脸问：“假如，我妈得了大病，我手头没钱，你怎么办？”

倪俊头也不抬：“怎么不念着妈点好。”

“正面回答，我是说如果。”

倪俊快速看她一眼，视线立即回归手机屏幕：“没有如果，我那十万，不都贡献出来了吗？”

红艳道：“说出去谁信？工作那么多年，在某著名高大上的工作单位，就存那么点儿。”

倪俊打了个滚，脚朝天：“就这大本事，知足。”

红艳揶揄：“这辈子你是不是什么都不想了？就想着生个孩子，然后，继承你们家破房子。”

“说对了，挺好。”

“回答问题！”

“你先告诉我你想听什么。”

“我想听你一把掏，我什么都不用管，能行吗？”

“别说没用的，直接说目的。”

“那如果遇到这样的事，我只有两条路，一条是找你爸妈借钱。”红艳说。倪俊立刻道：“那估计行不通。”红艳翻了他一眼：“第二条，卖房子。”

倪俊倒抽一口气：“砸锅卖铁啊。”

红艳说：“不然怎么办？”

倪俊只能幽默化解：“我卖肾。”

红艳不理他，说自己的：“所以，保险多么必要，在家庭重大风险面前，人是多么脆弱，保险就是帮你兜底。”

倪俊道：“直接说让我买保险不就得了。”

“我没说，我只是告诉你这个风险。”红艳嘴硬。

倪俊哼了一声：“在你们这些人眼里，放个屁都是有风险的，喝凉水噎死保不保，吃干饭撑死保不保，生死有命，富贵在天！真要像妈买的保险那样，得两次不重样的大病才能赔付，有意思吗？”

“强词夺理！妈那是为你着想！”红艳拿着枕头朝倪俊扑过去。

无论谁怎么劝，红艳这个职是辞定了，而且她辞得意气风发，特别光荣，她觉得自己的中年危机都快被辞职治好了，因为接下来，她就要向着为千万家庭和个人设计保障，同时自己也顺带实现人生理想的目标奋进。红艳进了某著名保险公司，跟郝不是一个公司。她现在和郝，是竞争对手，同学群里，两个人明里暗里较着劲儿。

郝下手早，不少同学都是他的客户。这块蛋糕，刘红艳晚来了一步。不过，红艳从郝身上倒是学了一招，叫环环相扣法。类似于直销，发展下线。一个同学买了，再请这个同学给推荐他周围的人，如果推荐成功，就给这同学提成。只不过，经过郝地毯式轰炸，红艳再去，已颗粒无收。红艳想，行，反正现在是学徒期，先练练手再说。

她把目标锁定在婆家。庆芬劝女儿："少招惹他们，孩子没生出来，人气着。"红艳纠正："怎么叫招惹，我是去送福利的。"周末，刘红艳拎着两条甲鱼造访婆家，倪俊拦都拦不住。还没进门，声音就传过去："妈！爸！"热情得好像下乡扶贫。伟民推老太太出去晒太阳，不在家，倪俊领事馆有接待，晚点回来。二琥从里屋出来，看到两条甲鱼，吓了一跳。好多年没吃过，红艳拎着来，她又觉得好，又提防。红艳道："妈，这些日子，您照顾奶奶，照顾我，辛苦，一条给您，一条给奶奶，补补。"二琥浑身起鸡皮疙瘩，颇不适应。赶巧伟民推着老太太回来。二琥探头："妈，倪厨子，儿媳妇给你带俩王八，中午看怎么烧。"

中午吃清蒸甲鱼，葱段铺着，清汤。二琥喝一口，赞："哪儿弄的小甲鱼，真鲜，真补，瘫子喝了都能站起来走路。"倪俊看不惯他老妈那神叨样子，白了她一眼。红艳夸："爸的手艺好。"饭吃到一半，老太太闹腾，二琥只能盛了甲鱼汤，先去伺候。等搞好弄好，已经下午一点多，一家人坐成个小圈，在客厅喝茶。红艳叫了声爸，音调悠扬。

倪俊说："我爸不买保险。"

二琥看在甲鱼的分儿上："别多嘴多舌，听红艳说。"

刘红艳并不动怒，微笑着，直接问倪俊："都是自家人，我不是来让爸买保险的，是为我们自己家做咨询服务。妈现在退休了，身体不算太好，爸也退休，倪俊我问你，如果从儿子的角度出发，你最担心爸妈发生什么问题？”

二琥、伟民悚然。

倪俊憋了半天，说：“出意外。”

红艳冷静地问：“你说的意外是指什么样的事情？”有点书面语的意思，显得专业。倪俊轻轻咳嗽一声：“交通方面。”他就不说生病，不进她的套。红艳笑一下：“这种意外如果发生，是不是还是担心产生的医疗费用？以及万一出现意外，导致的严重伤残？”倪俊不作声。红艳追击：“还有没有其他担心？”倪俊说没了。红艳站起来，好像一名老师在给孩子上课，也像一名律师在法庭上辩诉：“好，如果就担心这些，那可以分为两部分，一部分，是因为意外或大病，给孩子和家里带来的大额医疗费用，尤其是医保范围没法覆盖的部分。另一部分就是意外造成的失能收入损失，对不对？”

伟民听得发愣，直眨巴眼。二琥认真听，入神。

倪俊避不过，只好说对。

红艳继续说：“像爸妈这样五十多岁的老人，我给你的建议是，可以给老人配置一些医疗险，属于住院报销类，可以跟医保互补，也就是说，医保没法报销的部分，它来补充报销。另外，不到六十岁的，还可以配置一些意外伤害医疗报销和意外收入保障，万一发生意外，小费用可以报销，造成伤残可以赔付，但是意外险一般超过六十岁或者六十五岁，就不能再买。”

倪俊心理不认同，嘴上却不知怎么辩解。

红艳又问倪俊：“你有医保，对吧？”

“有。”

“还有补充医疗，对吧？”

“也有。”倪俊自认单位待遇不错。

红艳很有自信地说：“好的，这个要具体看一下，你的所谓补充医疗包含哪些内容，但基本框架可以报销一部分医疗费用，如果是高端的补医，报销额度高一些，低端的，报销额度低一些，也许够用，也许不够用。”红艳左腿围着右腿打了个圈，仿佛圆规，“假设你够用，就是不论你倪俊住院花多少钱，都可以基本报销回来——”回来两个字音拉长，有节奏感，“好不好？”

倪俊点头。

红艳又问：“不知道你们单位那工作，如果因为生病中断了，工资怎么发？可能要中断很久哦。”红艳翻着白眼：“三年？五年？或者更长，怎么办？”

倪俊连忙说：“我们单位一般不裁人，生病可以办病休。”红艳依旧平静，问过去：“好，病休，你想过吗？得了大病的人是什么状况？”顿一下，继续问，“病休的话，工资一般怎么算？跟工作时一样？还是只有基础的一部分，会不会有断崖式下降？”

倪俊听得冒冷汗。感觉怎么全世界的坏事都被他摊上。红艳严肃地：“你都没考虑这些吧，能办病休的，都是国内比较好的单位，大多数单位，你觉得谁会管？”二琥附和：“对，我们单位就不管。”伟民轻打她：“闭嘴！”

红艳忧心忡忡地说：“如果没有了工作能力，单位也没有持续给你发薪水的义务的话，后面的路就更难走了。”全家人被她假定的情况说得很沮丧。跟着，红艳突然伸出一根手指，好像有了主意的聪明的一休，语速也蓦地加快，带着兴奋：“如果有一笔现金，五十万到一百万给到你，你至少三五年不用担心家里是不是没有收入，是不是很好？”

倪俊木然。

二琥说："对，就是这个意思。"

伟民叹息，为人类的不幸。

红艳乘胜追击："万一你这个挣钱的，家里的顶梁柱，生了病没治好，挂了，你老婆怎么办？"

倪俊说："不就是你吗？"

红艳说："对，就是我，你老婆，我怎么办？如果到时候还有了孩子，孩子怎么办？怎么养？谁来养？我带着娃改嫁？还是一个人拼死拼活拼了命养大？"

倪俊面色惨然。

红艳逼近他，指了指二琥和伟民："家里的老父亲老母亲怎么办？谁来养？还有房贷，得还房贷，怎么办？我们感情那么好，你是不是多为我考虑考虑？爸妈养大你那么不容易，你是不是也该考虑考虑？你有没有赡养义务？如果很不幸，走得早，要不要给爸妈安排好老年的生活费用？"

倪俊被逼问得几乎招架不住，屁股差点脱离小板凳，人眼看就要翻倒在地。红艳利落地发表结束语："如果你想考虑，那就可以想想，怎么来安排，人寿保险可以解决很多这样的担心，规避风险造成的财务问题。"

二琥拍小手："红艳，明白人！"

倪俊擦冷汗。伟民咳嗽两声，看老太太去。

红艳笑说："妈，咱俩是同一阵线。"二琥说风险是要规避。红艳摇头叹气，觑了一眼倪俊："有的人，未必是真没钱，而是观念上，太穷！"又转头对二琥，"妈，趁着你年龄还没到，应该考虑给自己多一份保障。"二琥抱歉似的："我买过重疾啦，两份呢，你忘啦！你该给你妈妈上一份。”红艳啧了一声：“我能忘了自己妈吗，早买了，再过几个月，都能去查体看大病了。”听着老妈和媳妇喋喋不休，倪俊觉得头疼，在他看来，红艳卖的不是保险，是焦虑，是人们对未来的恐惧。是，买保险，有赔付。只是，倪俊跟老爸的态度一样，更相信人各有命，应该听天由命，过去的世代，没有保险，人们不也一代一代活下来了？想到这儿，倪俊忍不住嘀咕：“买你的保险能不死？”

红艳转头：“什么？”

“买你的保险能不死吗?!”倪俊放大音量。

红艳冷笑：“哎哟，千年的王八万年的龟，只要是喘气儿的，都有嗝儿屁那天，保险不是保你不死，是保你活着的时候能好好活，明白了没。”

倪俊反驳：“照你这说法，是人都需要保险。”

红艳立刻说：“说实话，在我眼里，保险就是人人都需要，只不过每个人需要的内容不同，家庭情况不同，结构不同而已。我让你买保险，是为了规避风险。你，我，妈，整个家，咱们都是一条绳上的，我能害你吗？什么叫一荣俱荣，一损俱损，我现在做的，只是说如果有一天，有人损了，其余的人，损失能小一些，能活得好一些，能让我们这个家族，这条血脉，传承得久一些。”

二琥拉住红艳胳膊：“孩子，你用心良苦！”

最终，二琥答应买红艳一份意外险。刘红艳旗开得胜，意气风发，干劲更足。

红艳对着个胖胖的女孩，秀儿，他们班结婚最晚的那个。郝还没来得及做工作，红艳抢了先。她跟秀儿同住过一间寝室，过去，秀儿成绩一般，长相蠢笨，她很是瞧她不起，现在，秀儿却是她重点关怀的对象。红艳口气恳切："秀儿，真为你高兴，不过我是过来人，还是提醒你一句，多为自己考虑。"秀儿结婚，在彩礼问题上闹过不愉快，她很没有安全感。秀儿点点头，说是。红艳又问："秀儿，研究新婚姻法了吗？"

秀儿轻轻摇头。红艳继续："新婚姻法，主要的焦点是房子，有四个问题是需要关注的。"秀儿稍稍直起腰背，拿起手机，一副要记录的样子。她过去一直是红艳的跟班。

"第一，婚前买房，是个人财产，男人婚前买了房，女人是没有资格分的；第二，父母给男方买房，以前是夫妻共同财产，现在女方无权分割；第三，如果男方偷偷把房子卖了，过去，女方可以追回，现在，你没有这个权利；第四，只要没做公证，不管男方做出了什么样山盟海誓的承诺，女方也没办法拥有这房子。"说着，刘红艳抓住秀儿的手，"秀儿，听明白了没有，这根本就是男人法啊，淡化了对女性的保护。"

秀儿眨巴眼："那咋办？"

红艳问："你现在结婚了，成家了，面对这个小家，你告诉我，你最担心的是什么？"

秀儿不假思索："怕离婚。"

红艳轻柔地说："是不是担心离婚之后，生活没有保障，两手空空？还有没有其他的担心？"

"怕变老。"秀儿补充，"怕生病，怕出意外。"

"好的，"红艳及时切入，"如果担心的是这些，那可以分为三个部分，一部分是因为离婚或变老带来的贬值、财富缩水、赚钱能力下降，一部分是出现意外，导致的大额医疗费用，还有一部分就是因意外造成的失能损失，对吧？”秀儿眼珠子上翻，仿佛在思考，她说对。

红艳稳扎稳打，步步为营：“秀儿，我们赚钱的时间是有限的，就是二十五岁到六十岁，这期间，你必须赚够一生要花的钱，对不对？包括生活费，买房，生育抚养，创业成家，养老金的准备，还有一些平时需要的急用钱。”

秀儿自嘲：“我的赚钱能力一般。”

“对，”红艳立刻附和，“因为你是女人，你要生育，你要照顾家庭，这样就少了很多时间很多机会去职场上打拼，刚才你的那些担忧，也是大多数女人的担忧。一个是生病，一个是养老，就算你再有本事，这里面就是两个偶然，一个必然。偶然是生病和意外，必然是养老问题，这个就需要提前规划。”

秀儿问：“该怎么规划呢？”

红艳忍住了，继续往下问：“秀儿，你一般会把钱存在哪里？”

“银行。”

“好，存银行。”红艳单手挥动，像指挥家，“人吃五谷杂粮，谁也不敢保证不生病，生病了怎么办？”

“去医院。”

“去了医院，让你掏多少，你是不是就得掏多少？”

“是的。”秀儿略沮丧。

“那么，这就意味着，你要从银行里拿出钱来，送给医院，对不对？”

“对哦。”

红艳一笑：“如果说，有一个地方给我们掏去医院的钱，你觉得好不好呢？”

“当然好。”秀儿高兴。

红艳继续说：“幸福的家庭就像走上坡路，你现在刚结婚，刚买房，条件不算太好，再过几年，好一点，然后再过过，小康了，最后，变成富裕。这个富裕，都是一家之主在拉着幸福的快车，往上攀爬。”红艳换了一副口气：“你想过没有，万一一家之主生病了，或者出了意外，你怎么办？是不是这个幸福快车就往下滑？这个时候，如果有一双大手，帮你托住，是不是很好？”

“是好。”秀儿恍惚。

“你现在三十多岁，所以给你的建议是，可以配置一些储蓄险，既能保障后期还能做养老补充，万一离婚，你也不用担心这些钱被男方分走；其次，配置重疾险也是非常必要的，你有基本医保，所以只需要配置住院报销类，可以跟医保互补，医保没法报销的部分它来补充报销；另外，还可以配置一些意外伤害医疗报销和意外收入保障，万一发生意外，小费用可以报销，造成伤残可以赔付。你和你老公，都可以考虑一下。”秀儿有点被震住了，不吭气。红艳微笑。

四十八

天赋。刘红艳觉得自己绝对有天赋。入职一个月，提成三万，红艳认为过不了多久，她就能带团队。这三万块摆在那儿，老妈去医院检查甲状腺，连带手术，绰绰有余。红艳志得意满，忍不住教育倪俊："看到了吧，什么叫上进？什么叫奋斗？什么叫白手起家？什么叫自力更生？我比你光荣，你等着啃老，我是富一代。"倪俊不屑："行行，你富你的一代，你别逼着我买就成。"红艳随即道："先说好，万一你得了大病，我真不管你。"倪俊道："放心，真有那天，我就往沟里一跳，绝不拖累你。"红艳啃着苹果，言语含混："咱们家，至少有两座山头可以攻克，二叔不行，老顽固，成功男人没什么危机感，二嫂和三姑，都是需要保障的。"

倪俊说："行啦，别祸祸人，咱家没人整天排队找倒霉。"红艳不同意："你怎么就是不觉悟，我这是帮忙，是善举，是积德，怎么到你这儿就成祸祸。"无论倪俊怎么反对，不日，刘红艳还是敲响了春梅家的门。

春梅见红艳上门有点意外，连忙邀进来，好茶好水招待。红艳道："二婶搬家，我也没上门看看，真不好意思。"跟着奉上某口服液。春梅是长辈，红艳在她面前，不敢太造次，说话声音总讪讪的。春梅问红艳有什么事。红艳反问："斯楠还在读书？"春梅说："硕博连读。"这个谎她得撒一辈子。红艳说："哎哟，那有几年呢，出来挣钱不知什么时候了。”春梅道：“家里不指着他赚钱。”又补充，“上了研，有补贴，吃饭够，基本算独立。”红艳换成小心翼翼的口气：“二婶，你跟二叔，真……分啦？”

“分了。”

“不敢相信。”

“一个人，挺好。”春梅保持乐观。

“二婶，你就是太善，照顾老的照顾小的。”红艳皱眉，“这二叔，心怎么这么狠！”

“红艳，有什么事吗？”春梅失去耐心。

红艳连忙加快进度：“二婶，女人到了你这个年龄，可得为自己考虑考虑。”春梅心里有点数了，但她还是问什么意思。红艳问：“您为自己的处境担忧吗？”

“不担忧。”

“孩子小，短期内不打算出来挣钱，二叔虽然大方，可将来万一找了新对象，”红艳尴尬一笑，“对不起二婶，我说实话了，像二叔这样的成功男人，丢出去就是一块肥肉，群狼环伺！将来万一二叔再婚，有人把控钱，怎么办？”

“什么怎么办？”

“万一你生了一场大病，失去了工作能力，还有医药费要付，怎么办？”

春梅直接说：“到时候再说。”

“未雨绸缪，防患于未然。万一生病了，那等于把银行的钱往医院搬，医院是个无底洞，奶奶的情况就是个例子，二叔有钱，也快撑不住了。”红艳口气急促。伟强撑不住了？这个消息倒是第一次听，春梅有点紧张。倪伟强没跟她提过这事。红艳点题：“如果一旦生病，又是这个年龄，后面的路会很难走。”然后突然提高声调：“但是假如有一笔现金，五十到一百万给到你，至少三到五年，你不用担心家里没收入，是不是很好？”

春梅微笑：“红艳，你是不是转行了？你是不是要说，二婶需要买保险？”

“就是这个意思。”红艳稳住阵脚。

春梅随即问：“年金险我考虑过。”

红艳立刻介绍：“年金险，我建议你为未来的孙子投一份，孩子一出生就可以买，每年缴费十万，交五年。”说到这儿，红艳拿出小本子，又从包里摸出一支笔，写写画画道：“主要权益有：孩子五岁时，可以领取特别生存金十万元；六至五十九岁，每年可以领七千四百四十二元；六十岁，可以领关爱金，也就是所交的保费五十万元；六十一岁到终身，每年可以领一千一百一十三元。另外，每年都有保单分红，而且分红及每年返还金还可以自动进入万能账户月复利计息，万能账户终身年化利率保底2.5%。这样，宝宝的一生等于被规划起来了。”

春梅问：“你们年金险的IRR（内部收益率）是多少？”

红艳语塞。遇到专家了。

春梅拿出手机，调出软件，点了点，说：“其实这么多条收益项目，整个算下来，你们这款产品的年化收益率只有1.99%，如果这样，还不如买银行的保本理财。”

红艳傻眼。

春梅又问：“你们公司的偿付能力是多少？风险综合评级是多少？”

红艳连忙说：“我们偿付能力充足率是100%，我们的破产概率小于 0.05%。二婶，这个不用担心，只需要考虑产品就行。其实您这个年纪，是乳腺癌的高发期，完全可以考虑重疾险和意外险。”

春梅很有耐心，请她介绍。红艳口若悬河，一番讲解。春梅说：“你们这个产品不太适合我，我希望医疗险有垫付功能，你们没有，我想要丰富的保费豁免条件，你们的产品没法满足。红艳，不是二婶不信任你，主要是我们公司已经买了团体保险，互联网保险我也买了一些，目前没有特别的需要。将来如果有需要，我第一时间找你。”

红艳彻底歇菜。跟二婶比，她是武大郎摘柿子，够不上枝！回到家，红艳老大不乐意，倪俊见了，怀疑她吃了闭门羹，打趣说：“二婶买了几个？”刘红艳愤然：“难怪二叔跟她离婚！粘上毛，比猴儿都精，这种女人，谁敢跟她过日子！哼，将来她得大病找咱借钱，坚决不借。”倪俊哼哼笑：“她找你借钱？你不找她借钱就不错了。”

去医院，庆芬要先看皇历，选黄道吉日。红艳把三万块拍给倪俊——庆芬不愿意让女儿陪着，怕她大惊小怪，于是，刘红艳就让倪俊跟着去，尽尽做女婿的义务。进医院大门之前，庆芬给倪俊打预防针：“查出什么，都不许告诉艳儿！”倪俊无奈：“妈，就一个结节，能查出什么来，没事儿！别自己吓自己！”

去了一查，就是结节。两边都有，个头还不小。跟上一家医院的诊断一样，建议开掉。至于结节内部的具体情况，得开出来之后做活检。“妈，做吧，钱你不用担心。”倪俊鼓励。庆芬犹豫再三，还是决定接受手术。床位要排。手术安排在半个月后。诊断结果在红艳预料之中，她并不担心。眼下，当务之急，是拿下三姑伟贞这单保险。倪伟贞，单亲妈妈，又是大龄，为自己孩子考虑是题中之义理所当然，而且，她马上就要生了。红艳觉得，时机千载难逢，她必须上门拜访。选了个大晴天，她拎着两盒补品，施施然上伟贞的门。

伟贞家现在有两个“保姆”。一个是“香姨”，还有一个是新雇来的小姑娘，长得虎背熊腰。据伟贞说，一个照顾她妈，一个照顾她。三家轮，老太太现在住在伟贞这儿。红艳叹息：“三姑，你真是超人，自己这样，还照顾妈，天底下，有几个你这样的周全人。”伟贞坐在床上，笑：“没办法，人到中年，真是上有老，下有小，一个是妈，一个是孩子，都不能放弃。”

红艳问她什么时候生。伟贞说，还有一个礼拜就去住院。红艳又问是男孩女孩。伟贞撒了个谎，说不太清楚，不给查，男女都喜欢。红艳忽然小声，问：“三姑，孩儿他爸，真不管了？”伟贞走惯了大场面，见红艳这样鬼鬼祟祟很可笑，道：“他管不了。”红艳往下说：“三姑，你还打算再婚吗？”

伟贞呵呵道：“没那打算。”

红艳又说：“那等于说，将来的二三十年，一直到孩子能上班能赚钱能自立，都会是你一个人养孩子。”

“道理上是这样。”伟贞努力保持沉稳。她听春梅说，红艳在卖保险，早就有所防范。可人真到跟前，两句话一说，伟贞还是紧张。

红艳继续道：“三姑，不是我危言耸听，女人到了这个年纪，无论是身体，还是心理，都在经历一场革命。”

“是有点冲突。”

“你又是自由职业，”红艳忧心忡忡，“想过没有，万一你出现了一点，哪怕一丁点问题，对孩子的影响都会是一生。”

“什么问题？”

“三姑，您说，您对自己，最担心的是什么？”

“大病？意外？”伟贞做编剧，脑回路一向清奇，红艳这点套路，她玩得熟熟的。不过，奇怪的是，这么一来二去听着，红艳的担忧不无道理。

刘红艳继续阐释：“一旦失去劳动能力，就是说你没法写作，没法做编剧，没法跟剧组合作，又没有足够的存款应对，怎么办？”

“那就找哥哥嫂子，他们总不会不管我。”

红艳忍不住嗤了一声：“三姑，您怎么还看不透，人都是自私的，就算他们不自私，愿意管，也只能救急，不能救穷。二叔可能会伸把手。我公公婆婆是泥菩萨过河自身难保，哪还能管得着你们母子？”

“等会儿，”伟贞捂住胸口，“你这么一说，我这心跳得厉害。”是真话。红艳却认为是她的劝说有了突破性进展，再下一城道：“三姑，您有福气，我怀了两个，都没了。您这孩子能在肚子里待那么久，可见是诚心诚意来投靠您陪伴您的，您不为自己考虑，也得为孩子考虑，得护他一世周全呀！”伟贞不得不说：“有道理。”听红艳说话，她感觉气压低，呼吸困难。

刘红艳面容忽然平静，换了一副口吻：“如果有一笔现金，在你出现意外或者生大病的时候，直接五十到一百万给到你，至少你三五年不用担心家里没有收入，是不是很好？”

伟贞一脸痛苦地：“红艳，你先别说了。”

刘红艳继续：“是不是很好？”

“等会儿！”伟贞呼喊。

红艳不晓得三姑为什么突然抵触，于是再次强调：“直接给到你，五十到一百万，现金，是现金！”

伟贞额头沁出汗："别说了……"

正阳娘急忙快步走进来。伟贞说难受。正阳娘掀被子看。红艳只流过产，没生过孩子，吓得连忙后退。"要生了。"正阳娘口气着急，转头，对门外喊，"小段！快叫车，去医院！"红艳彻底不知所措，是自己的劝说，让三姑动了胎气？她不懂。伟贞呻吟着，痛苦一浪一浪涌上来。她叫得更大声。正阳娘回头求助，让红艳来扶着。小段打了电话，赶紧也过来扶。三个人搀着一个人往外走。伟贞疼得腿软，刘红艳和小段架着她。正阳娘腿脚本就不好，走得急，她一脚踢在桌角，顿时摔倒在地，疼得起不来。伟贞转头，叫妈。红艳以为她叫的是屋里的老太太，连忙去看一眼，说没事。正阳娘起了两次都又坐回地上，红艳要扶，正阳娘打发："别管我！快去医院！"红艳和护工小段不敢耽搁，连忙架着伟贞出门。

四十九

老太太在里屋躺着。整个家只有正阳娘的轻微叫唤声。左边小腿不能碰，一碰就疼，不排除骨折。正阳娘疼得满头大汗，四望，手机在电视柜旁边，距离她三四米，她把身体趴下来，又拿起身边椅子上的衣服撑子，努力想把手机够过来，无奈还是太远，怎么也拿不到。筋疲力尽，她仰面躺着，左手扶着左腿，大口喘气，一动不动。

正阳娘腿脚一直不太好，因此，在走路这件事上，她一贯小心加小心，因为她知道，她这个年纪，一旦失去行动能力，带来的打击将是毁灭性的。以前儿子不在身边，女儿病得不省人事，她只能靠自己，因此，行动上不能受到限制。

有人喊春梅，声音从里屋传出来，是老太太。正阳娘应了一声，她清楚，老太太来了之后，无论喊谁都是春梅，这种音调，八成是尿了或者拉了，正喊人去打扫。

老太太叫喊声越来越大，几近狂躁。正阳娘一边应着，一边拖着条废腿，两手抓爬着，匍匐前进。这真是一场长征啊！无外乎从客厅到卧室，若在平日，几秒之内便可抵达，可现在，正阳娘像要走一个世纪！她先是爬到电视机前，拿到手机，翻出号码，打给伟强，让他立刻来伟贞这儿，说老太太有情况，然后，再打给伟民、二琥，让他们马上跟红艳取得联系，说她知道伟贞的情况。伟贞现在很危险。老太太还在叫着。空气中已经有一股臭味。正阳娘继续前进，爬，一点一点，额头都是汗。钻心的疼痛让她的脸全变了形。

终于，来到床边，她的战场。她强忍着疼痛，把手伸进床铺，扯下老太太的尿不湿，一边还安慰她，说没事没事。老太太放声大哭，一个劲叫春梅。正阳娘又急又痛，眼泪直往外冒。

伟民和二琥赶到医院，倪伟贞已经被推进抢救室。护工小段和红艳站在那，焦虑无措。二琥见到红艳，问："你怎么会在这儿？"还没等红艳回答。伟民又问："你去找老三卖保险了？"红艳连忙说："还没来得及介绍，完全是突发状况，不信问护工小段，这事多突然。"小段佐证，是突发事件。红艳随即抱怨："这三姑也是，高龄中的高龄，还不早点住院，在家硬挺。"这事二琥知情，老三一直拖着没住院，也是为了照顾老太太。这才算刚交接。护士快步走过来，问谁是家属。伟民举起一只胳膊。护士问："你是病人什么人？"

"我是他哥。"

"她爱人呢？"

伟民语塞。二琥连忙救场："不在，出差。"

护士说："病人难产，子宫大出血，非常危险，家属谁签字。""他（她）……"伟民和二琥异口同声，都指着对方。护士问谁是直系亲属。"我来吧。"伟民声音颤抖。

红艳流产过两次，深知其中痛苦，二琥坐在她旁边，唉声叹气。伟民站在原地，听不得老婆这样子："别老叹气，人还没死呢！"二琥埋怨道："你说这老三，老大不小，突然要孩子，又没个爹，难产了让咱们签字，要是大人没了，孩子在，孩子谁养？孩子没了，大人还在，大人怎么活？人不能这么自私，上头还有个老奶奶！"红艳问："妈，如果大人和孩子都有危险，先救大人还是先救孩子？"

二琥答不上来。一旁的小段有经验，说：“按照惯例，是大人优先，因为按照我国的法律，产妇是真正意义上的人，孕妇的生命权高于婴儿。不过一般在生育之前，医生就会让你签责任书，你自己可以决定，万一出现特殊情况，是先保你自己还是先保婴儿。我以前做工，有两家都是坚决要求保大人，终止生育，但孕妇都是死活不肯，一定要生。”

“结果呢？”红艳着急，问。

“结果一家是母子平安，一家是一尸两命。”

红艳吓得连忙说：“这个得买个保险。妈，到时候万一出现这种情况，得先保大人。”二琥没好气，白了她一眼：“你先有孩子的影儿再说！”

手术室，无影灯下，手术紧张有序进行。孩子被取出来了，浑身发紫。护士轻拍婴孩，孩子并没有发出哭声。再拍，还是不哭。医生果断放弃，孩子被抱走，先救大人。迷迷糊糊，倪伟贞醒了，她全身湿透，眼神涣散，嘴里却还在喃喃念着，说我的孩子……我的孩子……还在哭……孩子在哭……医护人员觉得奇怪，他们并没有听到孩子的哭声。倪伟贞还在叫孩子。医护人员只好再去看看孩子，奇怪的是，这一次孩子竟发出嘹亮哭声。

“倪伟贞！”护士出来报，二琥、伟民、红艳、小段同时站起来，走上前，“男孩，母子平安！”

二琥和红艳兴奋地击掌。

伟贞家里。伟强快速走进来。正阳娘有气无力地喊这边这边。伟强进了屋，见“香姨”歪在地上，连忙去扶。香姨连忙说不不，又说自己小腿可能断了，让他先看看他妈的情况。伟强确认，老太太酣睡中。他连忙打120，再打给春梅，请她立刻到伟贞家一趟。二十分钟后，正阳娘被送往医院，倪伟强安顿好老太太，跟着上了救护车，他跟春梅保持通话。“还有多久到？”伟强问。春梅说堵车，会尽快，二十分钟之内。伟强说：“妈一个人在家。”春梅问伟贞人呢。伟强说一言难尽，回头再说，你尽量开快点。

张春梅跑步冲进电梯，上行，颤抖着把钥匙插进匙孔，冲进屋，大喊：“妈！”屋子里静悄悄的，她往卧室去。老太太正躺在床上。“妈！”春梅快速走到床边，轻轻摇晃老太太，“妈——我是春梅——”老太太一动不动，“妈，”摇晃力度加大，老太太还是不动。手指头在人中那探探，还有鼻息：“妈——”春梅抽出床边的氧气罩，迅速给老太太戴上，扭上气囊。几分钟后，老太太还是一动不动。张春梅急得双眼赤红，连忙拨打120。

三个人住在一家医院，倪家人楼上楼下跑。倪伟贞是剖宫产，大出血，身体十分虚弱，孩子出世浑身发紫，还放在保育箱里；老太太不是昏迷，是昏睡，医生说是老年痴呆的症状之一，不过，医生同时提醒，出现这种状况，不乐观；正阳娘小腿骨折，上了石膏，虽然不算很严重，但到了她这个岁数，骨头的生长能力基本为零，因此，恢复起来会很困难。医生说，如果不出现奇迹，恐怕她接下来的人生都要和拐杖、轮椅相伴。

陪护人员分配情况是：二琥陪伟贞，红艳偶尔来换换班；春梅照顾老太太；伟贞让护工小段看着正阳娘。红艳觉得时机大好，还不忘过来吹风，企图让伟贞给孩子和自己上保险，说话多半是一种痛心疾首的口气：“就差了一点，怪我，三姑，我要是早点找你，早点把保险上上，这次就能赔付。不过现在也不晚，宝宝需要一份保障……”二琥在旁听着也不耐烦，啧了一声，转头：“红艳，回头再说，没看你三姑喘气都困难，你让人喘口气。”红艳只好闭嘴，讪讪地走了。中午，二琥去打饭，路过三楼，探头瞅瞅，小段正在病床前护理香姨。二琥快速从门前走过去。回到伟贞这儿，她才说：“老三，你是真不觉得还是故意的？”伟贞问什么。

二琥说：“就你雇的那老太太，保姆，还不够找事儿的呢，就她那样她能保谁？自身难保！”

伟贞解释：“她是为了抢救我摔的。”

“抢救你，”二琥斜眼，“换个年轻人，从二楼摔下来也没事。赶紧辞了吧，大街上，老人倒了大家都不敢扶，你倒好，找一老太太当保姆，这医药费怎么算，还有康复费用，无底洞！”

“老人自己有钱，不用我们操心。”

“有钱？有钱还出来当保姆？糊弄谁。”

“大嫂，这事你就别管了，我有分寸。”

“我是怕你被骗！”

若在平时，伟贞可能还愿意周旋，可现在孩子在保育箱，情况不明，她自己身子弱，老太太摔坏了骨头，亲妈昏睡，一切乱七八糟，倪伟贞连撒谎的力气都没有了。索性直接说：“大嫂，我不会被骗。”

“你这就是！”

“她是孩子奶奶！”伟贞嗓门嘶哑。

二琥愣在那儿，嘴巴微张，轮到她气儿喘不过来。

“她是我孩子的奶奶。”伟贞再次强调。

“孩子奶奶的儿子呢？”二琥愣愣地问，兜兜转转地。

“死了，没了。”

重磅消息。

“她儿子是谁？”二琥深问。

“杜正阳。”伟贞不想再隐瞒。

人物关系清楚了。虽然没结婚，但伟贞是杜正阳的爱人，孩子是杜正阳的儿子，香姨是杜正阳的亲妈，因此，香姨是孩子的奶奶，是伟贞的婆婆。二琥很快把这消息散了出去，春梅早有预感，并不意外，只是说，老人可怜，两个人能搭伴把孩子养大，也算功德一件。伟强也没说什么。伟民忧心忡忡，二琥最愤怒。凑个空儿，她就跟伟民抱怨：“像话吗？自己妈不管，婆婆倒像尊佛似的整天在跟前供着，还瞒着我们，有意义吗？是不是理亏，不好意思？而且妈妈是在老三家出的事，他们是不是该多负责任，过去还能起来，出去晒晒太阳，现在比猫睡的时间都长！”伟民道：“得饶人处且饶人，要学会换位思考，如果你老了，我先走了，倪俊也走了，就剩你和红艳，她要把你撂出去，你什么感受？”

“她敢?!给她八个胆子！”二琥提眉。

伟民说：“妈要出院了，看看怎么弄，我看妈这病是越来越重，老年痴呆就怕有并发症。这一段，咱们护理得还不错，好歹没生疮，医生说，就怕脑血管梗塞，情况就更严重。”二琥说：“上次周琴带回来那药呢？”伟民说早吃没了。二琥说，老太太摔倒她有责任，再让她弄点儿。伟民说，人周琴已经出国，搞不好，跟老二都没了往来。

周围人都被“杀”了一遍，红艳客源渐渐稀疏，业务打不开局面，她只好向外省延伸。这日，刘红艳从合肥回来，这是她第二次去合肥，她同学，本科时代的好友姚菲说想了解保险，红艳立刻说，“没关系，我跑一趟”，可这一回，她一到家，就把包砸在沙发上。倪俊问：“又怎么了？”红艳愤愤然：“我是好心，说帮她看看怎么做，她说她想咨询，我就专程跑了两趟。”红艳拿起个苹果，狠狠咬了一口：“算了，不提了，只是觉得，熟人有时候也是陌生人！”倪俊劝：“实在不行，还回你们那幼儿园，到月拿钱，我看不错。”红艳道：“你少在这儿打退堂鼓。”倪俊说：“姚菲只说咨询，也没说一定要买。”

红艳激动：“是，我的错，因为我把人家当朋友，可惜，是我想多了！”

倪俊不想继续这话题，转而道：“妈明天做手术，我跟着，放心。”红艳太过疲劳，歪倒在倪俊身上，几分钟，她就睡着了。倪俊看着她沉睡的脸，他似乎觉得，只有在睡着的时候，怀里的这个人，才是他当初在网上认识的刘红艳，简单，有活力，对生活充满热情，一旦眼睛睁开，介入现实生活中，红艳的面目立刻变得紧张，甚至狰狞。她也有笑。只不过，她现在的笑容总是那么不自然。收放太过自如，这一秒是大笑脸，大夏天的大太阳，下一秒就是冷酷面容，冰冻三尺非一日之寒的样子。如果说为了生存，要把自己变成这个样子，倪俊是不愿意的。他对生活不能说满意，但他还算知足。偏偏红艳不知足。每回，倪俊把这个问题提出来，红艳总会说：“我也想知足，可我有什么，我怎么知足，我得先足，才能知足吧。你生在这儿，一出生就有房子等着你继承，家里再不济也有人脉关系，为你打点、铺路，我呢，我有什么，什么叫逆水行舟不进则退。”说到这儿，刘红艳总是手一挥，做出不解释的样子，一句话：“反正你不会理解。”刘红艳还有一个怨念，就是户口。她没有本市户口，按照规定，她在跟倪俊结婚十年后，才能办理属于自己的本市户口。红艳感到很不痛快。比如买房，她就不能买七十年产权的，只能选购五十年的。红艳打心眼里觉得，自己要努力努力再努力，直到这座城市彻彻底底被她征服，不得不接受她，容纳她，她可能才会停下前进的脚步。

医院手术室门口，倪俊抱着两臂站在那儿。红艳这周要去一趟安庆，也是给一位同学咨询保险。天大地大。跑吧。手术灯灭。医生走出来，摘掉口罩。倪俊赶忙去问情况。医生说手术很成功，不过，术中冰冻切片情况不是很好，左边的全切了，右边的两个太小，没必要切掉。

倪俊连忙问：“医生，我也不懂，情况不太好，是什么意思？”医生很利落，面无表情：“从切片情况看，怀疑是癌。”倪俊脑子嗡的一下，瞬间一片空白，他颤抖着掏出手机，打给红艳。通了。“红艳，办得怎么样，你回来一下。”他说。刘红艳有点不耐烦，说着正在弄呢。“你回来，回来一下。”倪俊又说一遍，有点语无伦次。红艳啧了一声：“到底什么事你说呀！”忽然，她反应过来，大叫：“妈怎么了?!”

红艳手里捏着报告单，翻开看，诊断结果那栏，写着个字：癌。真恐怖。刘红艳无法接受，自己妈还没享几天福，怎么突然……倪俊上前，抱住红艳的肩膀，刘红艳这才呜呜哭了起来。

五十

红艳没告诉庆芬真实病情，跟婆家也没说。只是，等治疗方案确定，治疗手段都上了的时候，庆芬立刻明白了。自己的身体自己知道。

红艳不点破，庆芬也不问，装傻。她怕女儿伤心。红艳故意大咧咧地："妈，没问题，你这小手术，小病，不出半年，肯定比以前身体还好。"庆芬挨了刀，嗓子受影响，声音暗哑，话不太说得出来，她重重地点头，她必须在女儿面前保持乐观，也是给自己打气。一旦背过脸，母女俩都偷偷抹泪。

倪俊安慰红艳："没事，你去医院看看，妈这都算小病，不对，根本都不算病。"红艳没好气："没生你妈身上，你是这么说。"倪俊感到为难，这种时刻，他安慰，她说他站着说话不腰疼，不安慰，她批评他不上心不在乎、冷漠。怎么都不是。红艳给的三万块很快用完，根据报销流程，庆芬住院，需要自己垫付，将来回老家才能报销，有些药，有些治疗手段，不在报销范围内。红艳咨询了医生，医生表示，庆芬的情况，只要积极治疗，康复大有希望。为了救妈妈，刘红艳什么都舍得，最好的医疗手段，最好的药，最好的护理，不在话下，因为这是她的妈妈呀！是她的精神支柱，她在世上唯一的亲人！她现在还没有孩子，未来有没有不好说，眼下如果失去妈妈，她奋斗是为了什么？生活还有什么滋味？太恐怖。为了妈妈，工作不能丢。保险事业要干下去。

老妈这事，反倒让红艳更加坚定，保险，是有必要的。大病，是随时都可能降临的。因此，在给客户做咨询时，刘红艳往往现身说法："比如我妈，就晚买了那么半年，这后果，多可怕！"西医手术，中医调理，刘红艳没少带妈看中医，挂号费再贵，照样去。倪俊觉得她有点过度治疗，但红艳认为这些都是必需的手段。这日，小两口坐在床上，红艳问："还有钱吗？"倪俊愣了一下，从床上爬过去，到书桌上拿起钱包，递过去一张银行卡："都在这儿了。"

"多少？"

"有五千。"

"够干吗的？"

"妈不是有医保吗？"

"根本不够。"

"补充保险还没给赔？"倪俊抱怨，"你专业怎么做的？"

红艳恼火："有就拿出来，没有就没有，哪那么多废话！"

除了老妈的医药费，日常支出，刘红艳还要还银行贷款。做保险，收入不固定，这一阵忙妈的事，业务拓展程度下降，收入断崖式下跌。刘红艳有危机感，只能出下策，让倪俊去找爸妈借点。是借，不是要，她反复强调。倪俊去了，三两句话就被二琥打发回来。抛去当初买房的钱，倪家那点老底，是留着养老用的，是保自己的命用的。二琥镇守着，谁也别想拿去。倪俊回来禀报，红艳问："你说是借了吗？不是要，是借，打借条的。"倪俊口气加重："真没有！这大事，妈要有，不会不伸把手。"

红艳不信。看来得亲自出马。她不相信公婆能做到这地步，救人一命胜造七级浮屠呀！无多有少，怎么可能一个子儿不出。进了门，二琥坐在那儿。老太太刚送到春梅那儿，她得空歇歇，麻将也不想打，没什么精神。一打好儿小时，二琥有点坐不住，这一阵，她瘦了很多，脸色偏差。红艳带着笑，叫了声妈。

“来啦。”二琥不是很热情。

红艳从包里拿出个文件夹，递过去：“上次那意外险，都办好了。”二琥接过去，没看，放在一边，停了一秒，才说：“你妈要早保上，哪至于到这地步。”红艳讪讪道：“接触得晚，小地方人，观念上太穷。”难得承认自己是小地方来的。

二琥不拐弯弯：“红艳，家里的情况你知道，奶奶那样，吃干耗尽，之前买房子，你爸把一点老底全贡献，家里这口鱼塘现在恨不得露塘底儿见泥巴，是真没鱼了。就月月那点退休工资，牙缝里抠抠，我买那保险，说出来你不信，还是找麻友借了点，没办法，得考虑呀。”说着，二琥起身，从屋里摸出个信封，交到红艳手上，“别嫌少，你爸和我的一点心意，从伙食费里硬抠出来的，代问你妈好。”一席话，滴水不漏，把刘红艳的话路堵得死死的，她什么都不用说了。

拿着这钱，走出婆家门，红艳哭了，她觉得又委屈又耻辱，手掌朝天，找人要钱，是那么那么难！红艳想去找二婶春梅再开开口，可是，奶奶刚出院，还在春梅那儿住着，她又刚卖保险给人家，闹得似乎不大愉快，怎么好意思再上门。可为了老妈，她又不得不厚着脸皮。到地方跟二婶一说，春梅二话没说，就让红艳把账号发过来，说先给她转两万。红艳感激涕零，真哭。春梅说：“都有难的时候，都是一家人，你帮我我帮你，一起往前走。”红艳更感动，瞧瞧，什么觉悟，要不怎么二婶越混越往上走，她婆婆却一再往下秃噜。人要积德！自己的事说完，红艳又问奶奶怎么样。春梅说：“偶尔醒，大多数时候昏睡，连我都快不认识了，实在不行，还得住院。”红艳听了咋舌，真是个钱窟窿，她巴望着老妈的病赶紧好，或者保险公司给赔付，如果再恶化，她真不知道怎么办。

伟贞、孩子和正阳娘都出院回家。小段还在家里伺候着，月子她不会伺候，那老母亲指挥，她做，还算合格。春梅来看过伟贞几次，问她要不要请个月嫂。伟贞为省钱，表示不用。当着伟贞的面，春梅拉住正阳娘的手，“家里有个老母亲，真好。我妈死得早，早些年，人都说我没教养，女儿，就得妈教。”大家都笑。春梅又说：“老母亲，老三小孩子脾气，你多担待点。”正阳娘坐在轮椅上，满面愧色：“她二嫂真会说话，我老了，不中用了，不想拖累孩子。”这也是自出院以来，老母亲一直跟伟贞说的话。

孩子躺在床头，伟贞撑着头，眼神离不开。老母亲道：“孩儿也看到了，我该走了。”伟贞劝：“妈，这问题不讨论了，以后的路，你扶着我，我扶着你，一起走，好歹有个孩子，有个盼头。”说完这话，伟贞自己也吓一跳。曾经，她是文艺叛逆女青年，最看不起把希望寄托在孩子身上的父母，现在，她初为人母，竟也把希望放在了孩子身上。老母亲照实说：“以前我能伸把手，现在这个样子……留下来只能是拖累……钱还够，就住养老院。”

倪伟贞着急：“妈，我跟你说了多少遍了，二嫂也说，家有一老是个宝，我妈情况不好，谁也不认识，上面没老人带着，孩子怎么养。我是编剧，虽然经常在家，但也有出去的时候，就算请保姆，总得有能信得过的人看着孩子吧，我一出去几个月，孩子怎么办。妈，真的别想太多。有那时间，你想想给孩儿取个名字。”话说到这份儿上，老母亲不好再坚持，只能顺着话问：“姓啥？”

“杜，尊重正阳。”

老人想了想，说："要不叫杜永安。"永远平平安安。土是土了点，但寓意好，伟贞同意了。

庆芬想吃荠菜馅饺子，红艳嫌速冻水饺没味儿，外卖用的都是转基因材料，于是满世界挖荠菜去。春季早过了，红艳去郊外野地里才找了点回来，洗干净，剁碎，配上好猪肉，包好，煮好，送到老妈嘴里。

"怎么样？"红艳眼神充满期待，望老妈好评。

"比我做得强。"

红艳亲昵地说："怎么能比过妈。"

"以后，要学着做饭。"

"我会做饭。"

"水平得提高。"

"家里那头猪，有的吃就行。"红艳说倪俊。

"脾气也得改。"庆芬又劝。

江山易改本性难移。红艳没改的打算："妈，怎么突然数落起我的不是，你女儿就那么差，那么不入你眼。"庆芬继续说自己的："跟长辈说话，要有礼貌，要心平气和。"说着说着，她眼眶有点发红，"别回头人家说咱没家教，爸妈没教。"听着像遗言。红艳怕听这个："妈，等你病好，专门给你开堂课，学生就一个，一对一，你教，我听。"庆芬忽然哭了："艳儿，我怎么这么不放心你。"红艳见妈哭，终于忍不住，放下筷子，也哭了。治了一阵，病情依旧反复，庆芬不由得多想，如果她走了，留女儿一个人在世上，别的不说，孩儿还没生，怎么在婆家立足。唯一的安慰是房子买了，好歹有个窝。她这个女儿，太执，太愣。红艳哭了一阵，庆芬反过头安慰她："得饶人处且饶人，吃亏是福，要学会示弱，以退为进。"她恨不得一下把全部的人生智慧传授给女儿。

隔日倪俊来，丈母娘和女婿单独相处。倪俊站在水池边洗碗，庆芬搬个小板凳，坐到他身后。倪俊时不时回头看丈母娘一眼。庆芬说：“以后艳儿有什么不周到的，你担待。”倪俊忙说是。庆芬又说：“你是男人，一家之主，里外都要协调，你妈跟红艳，都跟你亲，这个润滑剂你得学着做。”倪俊问妈怎么突然说这个。庆芬继续说：“红艳有时候是任性，但有一点，她眼里有你。你们俩谈的时候，里里外外上上下下，没一个不反对，你们坚持在一起，这就难得。以后不管遇到什么，只要想想当初为什么坚持，什么坎儿都能过，什么矛盾都能化，记住。”倪俊说：“妈，以后您多教着我们点。不周到的，您直说，不用留面子。”庆芬忽然悲叹：“在，能说，要不在了呢！”倪俊大惊：“妈！”想明白了，庆芬反倒镇定：“都有这天，迟早的事，有父母陪孩子一辈子的吗？要说我现在有什么心愿，就是想早点看到孩子，你看你三姑，那老太太有福，儿子没了，竟然留个孙子，不幸中的万幸。”倪俊劝道：“妈，我们也想要，也在努力，可红艳这身体，医生都说，现在只能封山育林，两年之后才能长苗苗，妈，我觉得您别太悲观，就冲这一点，您也得好好治疗，过两年没问题。”

庆芬又说：“俊，你是好孩子，今天咱娘俩关起门来说话，我不怕跟你说，我感觉自己身体不行，说不定哪天……”她哽咽，说不下去。倪俊连忙下意识伸手要扶她，庆芬继续：“无论到什么时候，无论遇到什么情况，你都不要跟红艳离婚。”“肯定不会！”倪俊当即表态，“不过，她如果要跟我离……”

“她不会！”庆芬抢着说，“她要敢提，你就坚决不同意，你就问她，当初那么辛苦要在一起是为了什么。”倪俊无言，愣了一会儿，说记住了。

五十一

再困难也得办满月酒。伟贞坚持一点，别人有的，自己的孩子也要有。转而她又觉得这想法实在可笑，别人的孩子有爸爸照顾，这叫祖上庇荫。永安呢，上面只有一个妈妈，一个奶奶。到了这个时候，倪伟贞才真正开始反思自己曾经的叛逆——她曾经认为没男人，自己一样生孩子、带孩子，但现在呢，老天随便给她出了个难题，她便不得不狼奔豕突，无处不捉襟见肘。首先，钱就是个困难，自怀孕以来，她基本上处于坐吃山空状态。一个人的时候，靠吃存款利息，都能过活，现在不成，是两个人，甚至三个人。而且，她要负责的不光是眼下，还有未来，孩子要读书、学习、买房、结婚……伟贞想得很远。恨不得把孩子的一生都打算了。可一想到这些，她又感到深深焦虑，焦虑到掉头发。她现在感觉刘红艳说的保险托底法，不是完全没道理。毕竟，她这样一个家庭，抗击风险的能力太低。她想找红艳再咨询咨询。偏偏，永安满月这天，红艳有事，没到。

大哥两口子和倪俊到了。倪俊派了红包，给小表弟的。伟民和二琥，一个给了银锁，一个给了一套冬天能穿的小衣服。伟贞看了，记在心里，不大高兴。怎么抠成这样。妈的月月工资，还攥在他们手里，这点破烂也好意思拿出手。

春梅、伟强推着老太太来了。伟贞上前，叫了声妈，老太太目光无神，没有反应，好像谁也不认识。春梅大声：“妈，老三叫你！”老太太眨了一下眼。伟贞凑到她脸跟前，表情说不上是哭还是笑，反正是万千感慨堆在脸上：“妈！您做姥姥啦！”说完她哭了。老太太还没反应。春梅安慰：“眨眼了，这就算知道。”春梅和伟强分别封了红包。春梅知道老大两口子未必给，于是只偷偷塞给伟贞。伟贞领会她意思，反倒点出来：“就你心善，还给他们留面子。”

春梅说：“毕竟是老大。”

伟贞不客气：“老大哪有老大的样子！”

春梅让她小点声，伟贞换别的话题岔开：“你现在跟二哥什么情况？”

“没情况。”

“这出双入对的。”

春梅苦笑：“算搭档吧，搭配着干活的护工。”

伟贞瞬间忧伤：“妈这情况……”

“估计又得住院。”

“那么严重？”

“家里没设备，有时候半夜喘不过气。”

伟贞心揪起来。两个人聊了一会儿治疗方面的事。倪伟贞问春梅，知不知道周琴的事。春梅诧异，问她怎么了。“结婚了。”伟贞说。她才接到消息，同学群里都是祝贺。

“跟谁？”春梅还算平静。

“一老外，”伟贞描述，“年龄相仿，长得不错，个头我看有一米九。”

“配她合适。”春梅点评。

“没了？”伟贞有点失望，她原以为春梅会多说几句。

“什么？”

“你就这点感受？”

“应该什么感受？”

“以为你会高兴。”

“是，为她高兴。”

“不是这种高兴。”

“毛病，”春梅轻打她一下，“高兴还分三六九等、七八十种？”顿一下，又说：“你的意思是，希望我幸灾乐祸？问题是人家这不是灾，是福。”

“是啊，”伟贞感叹，“离开我二哥这个魔头，开始新的生活。”

“总算有个明白人，你二哥，何止魔头，像被下了降头。”春梅开玩笑。伟贞呵呵笑，然后忽然说：“二嫂，我觉得二哥对你还有感情。”

“不提这个。”春梅打断，“一会儿多敬你婆婆几杯，老母亲不容易。”

杜永安的满月酒，也是正阳娘的“正名酒”。在这个家庭，她终于可以不再是保姆香姨，而是新出生的孩子的奶奶，伟贞的婆婆。老实说，正阳娘感到相当满足，当初她跟伟贞来到大城市，毫无疑问是一场赌博，赌儿子的眼光，赌伟贞的人品，赌自己的运气，赌一个安定的晚年生活。婆婆和媳妇之间的恐怖故事，并没有在她们身上发生，相反，因为相依为命，正阳娘和伟贞反倒异常团结，关系比亲母女还要亲近，如今又有孩子成为两个人的桥梁，正阳娘觉得，眼前的一切，远远超过她对于自己老年生活的预期。她满足。春梅率先举杯，以茶代酒，说要敬老母亲一个，还说羡慕伟贞能有这么好一个婆婆。二琥在旁侧听了撇嘴。做妯娌这么多年，她觉得春梅赢就赢在一张嘴上。她虚伪。婆婆再好，也是婆婆。别吹得跟妈似的。二琥认为，倪伟贞压根就是好好的日子不过，硬给自己找了两个大麻烦。

春梅说完，伟强对伟贞道："老三，当妈了，以后做事，稳妥点。"伟贞当即反驳："二哥，这点说不着我，这一桌人，要论稳妥，你跟我是疤瘌别说麻子，差不多。"伟民怕老二老三话一说多吵起来，解围道："俊俊，回去多跟红艳说说，向你三姑学习。"

谁不在就说谁，聚会惯用社交技巧。

倪俊问学什么。

二琥嫌儿子傻愣，抿嘴皱眉。

伟贞说："学生孩子？"众人大笑。新成员的到来，给这个很长一段时间内都愁云密布的家庭带来了一点短暂的快乐。有了孩子，倪伟贞才真正理解，一对夫妻，结婚之后，为什么一般会要个孩子，爱情的结晶是一方面，也有调节家庭气氛的功能。有了孩子，整个家庭里的空气似乎活泼许多，就像现在，虽然眼前那么多困难，但伟贞似乎并不像想象中那么发愁。只不过，等到人们逗完孩子，去另一个屋，看到虚弱的老太太，才不得不重新回归现实，做起打算。

是春梅先说的话。她简单介绍了老太太出院后的情况，胯骨没好，因为长期不活动，痴呆病症有所恶化，下一步，在家里可能无法做有效的护理，她和伟强商量过，倾向于让老太太住院治疗。说完话，春梅看着倪伟强。

伟强说："只能住院。大哥，老三，你们什么意思？"

伟民道："你都说只能住院了，那就住。"口气似乎有点抱怨。他能说不吗？谁说谁就是叛逆，谁就不是孝子，人人得而诛之。不过伟民打心底觉得，老妈目前的情况，没有必要这样日复一日年复一年去医院受罪。人生自古谁无死。

伟强看伟贞。伟贞道："该治就治，我没意见。"

春梅跟着说："费用怎么处理？"她的提法完全理性，并不是推托。即便跟伟强离了婚她也清楚，在老太太的医疗花费问题上，伟强没含糊过，但最近，连伟强都有点撑不住。妈是大家的，大家都得出力。

伟民不吭。二琥站出来："春梅，老二，按理来说，按照过去的惯例，这事应该三家平摊。跟照顾老太太似的，一家一个月。可毛主席教导我们，做什么事情，都要一切从实际出发。现在最大的实际就是，老三一个人带着孩子，要养孩子，上头还有个老人，怎么分担？我们家，刚给儿媳妇买了房子，不瞒大家，红艳妈得了癌症，刚把家里的老底端了，现在咱们家库里是一点余粮没有！"二琥突然说出这话，伟民和倪俊同时看她。真高。甩锅给红艳，庆芬得癌症的事也用上了。二琥瞥了他们父子一眼，继续说："要我说，还是有钱出钱，有力出力。"

伟贞听着不痛快，从接到满月礼物的一刹那，伟贞就对大哥大嫂不太满意，现在又说有钱出钱有力出力，这算什么，给她挖坑？满月酒的愉快一扫而光，伟贞不客气："大嫂，你这什么意思，给我挖坑？二哥能出钱，你们能出力，我现在这种情况，没钱也没力，你让我怎么办？"

二琥笑呵呵道："别啊，三妹，你怎么没钱，房子卖了，大把的钱。"伟贞一口火气冒到嗓子眼："大嫂你什么意思！房子卖了，我住哪儿?!"二琥还是笑脸："三妹，别生气别生气，一不小心实事求是了。"

伟贞大声："妈的退休工资谁拿着呢！"

二琥立即拉着春梅："春梅，这么多年，妈的钱都放谁那儿呢，你可得说清楚。"

本来不想管这事，可话赶话说到这儿，春梅只好说："以前，都是妈自己拿着，我们不问。我和伟强带妈的时候，从来没问妈要过一分钱生活费，那点退休金，供妈零花。后来糊涂了，我取过几次，都花在妈身上。再后来，大哥大嫂负责取。"

二琥手指地："羊毛出在羊身上，也花在羊身上，妈生病看病护理保养吃喝拉撒什么不花钱？妈的退休工资，取出来，也都花在妈身上。老三，你摸摸良心，妈在你家，都吃的什么。在我们家，你哥为了给妈补身体，自己舍不得吃，偏偏去给老太太买甲鱼！不信我给你看看，这照片，照片……"说着，二琥便到手机里翻照片，要把红艳送的那两条甲鱼给大家看。

伟贞问："妈的存款呢？"

二琥还嚷嚷。

伟强不耐烦："行啦！妈还有口气儿呢，别整天惦记她那点钱，咱们孝顺就说咱们孝顺。"二琥不同意："老二，妈如果存了钱，那就是为了防老用，现在不追究，什么时候追究，活着不用，人没了再用？买纸钱、折金元宝烧？有意义吗？"伟民说："老二，老三，要不查查妈的账户，清一清，有钱都用在妈身上，大家没话说。"伟贞同意。伟强没想弄这么复杂，可大家既然都同意，他只好附议。商量了一圈，最终决定，小段代表伟贞，春梅代表伟强，二琥代表伟民，三个人立刻拿老妈的身份证去工商银行详查，老太太工资卡里的钱，都落在工商银行。至于过去的存单什么的，则多数在邮政储蓄。一查，户头空空如也。三个人都觉得奇怪，又让银行工作人员核查老太太近来资金往来的情况。最终查到，老太太于一年多以前，先后八次，从自动取款机上，先后五次向不明账户汇款总计三十余万元。全家人瞬间炸了锅。立即报警，警方立案，但由于案情发生时间久远，调查起来有难度。警方表示一定会尽力。不过从目前看，短期内追回这笔资金的可能性不大。

晚间，二琥躺在床上，伟民坐在卧室里的小沙发上研究菜谱。二琥有气无力："你说妈是不是早就傻了，有钱不给儿女使，净往骗子兜里送，还不止一次！"伟民不接话，看菜谱。二琥埋怨："倪秃子，菜谱放下！"

伟民啧了一声："现在说这些有用吗？"

二琥道："事抵眼前，有用没用都得说，妈真要住院，你说咱们是出钱还是出力？"

"出力。"伟民不假思索。他心疼钱。他也没有多少钱。

"谁出？"

"我吧。"

二琥哼哼一声："就怕真到那时候，你想出力都没处出，医院只认钱！我说出钱出力的话，那是故意设置两个选项，是权宜之计。"

伟民说："等着吧，不还有老三吗？"

二琥不屑："你看老三那样，好像妈都不是亲妈似的，她现在眼里，只有那瘸老太太！"

伟民劝："反正，咱们跟老三保持一致，她怎么，咱们就怎么。"二琥道："老二也孬了，过去还大包大揽，妈他养老送终，现在好，出钱了，想到大家了。"伟民实话实说："老二这些年做得不错，要求别太高。"

小段把正阳娘的轮椅推到伟贞床前，她就要下班了。倪伟贞躺在床上，单手支着头，看着身边的小宝贝，用手指轻轻戳他脸蛋，鸡蛋白似的柔嫩。他咯咯笑，还不懂得世界的残酷。见正阳娘来，伟贞喊了一声妈。

正阳娘忽然说："车到山前必有路。"

"妈，没事。"

正阳娘肯定地："你妈那事，咱不装孬。"

"妈，您别管了，我处理。"

"他们给多少，咱们就给多少，关键时刻，得顶上。"

伟贞不懂婆婆的意思，只是望着她，不说话。

"钱从我这儿拿。"正阳娘说。

"妈！"

"卖房的钱还有，暂时不用，用你妈身上，应当应分。"

"妈——"伟贞声调拉得更长。那可是正阳留给老母亲的养老钱！不行，不能动，坚决不行。

"你怕钱花了，我会缠着你。"

"妈，不是那意思，那钱不能动！"

"该花花，我不怕你跑了。"正阳娘爽气地说。

"不行，不能动。"伟贞还是坚持原则。

"你要还认我这个妈，就拿去用，钱是死的，人是活的！养老也不是一天，有你在，比那些钱堆在我身边还让我放心。"倪伟贞泪眼婆娑，她想不到婆婆有这样的心胸和气度。她也知道，老妈看病，一旦住院，真可能是无底洞，钱投进去，只有进的，没有出的。万一钱花光了，将来正阳娘生病，一时拿不出钱来怎么办？那她真就成了千古罪人，百年之后去另一个世界，杜正阳恐怕都不会放过她。倪伟贞随即说："妈，别急，再想想办法。"老母亲恳切地："就用这个钱，别想了。父母对子女，子女对父母，该尽的责任要尽，该承担的义务要承担，尽人事，听天命，不后悔。"话讲到这地步，倪伟贞只能接受，她又难受又感动，难受的是，她从没想过自己竟会窘迫到这地步，感动的是，婆婆如此赤诚。倪伟贞下定决心养好身体好好赚钱，她现在不光是为自己活。或者干脆说，她现在就不是为自己活。不是不能，是想法变了，她要为儿子活，为婆婆活，为老妈活，为别人的幸福而活。

五十二

红艳从倪俊口中得知老太太即将住院的消息，瞬间觉得心惊肉跳。她现在最惧怕的地方就是医院。庆芬已经入院治疗三次。医生说，她妈活下来的概率是百分之五十。这等于没说。谁不是百分之五十，活在这世上，面对未知，本来不是生，便是死。经同学介绍，红艳找个大师给她妈看运势，大师说，庆芬今年岁运并临，大凶，能不能逃过一劫，就看农历七月。“你姥姥还没投胎，你妈不死，你姥姥没法投胎。”大师很严肃。红艳吓得满身冷汗。她姥姥都死了多少年了，还没投胎哪！红艳忙问破解之法，大师的意思是得补祖宗阴德，至少烧四万个金元宝。

宁可信其有，红艳做了法事，花了四千，至少买个心理安慰。听到倪俊的描述，红艳很怕老妈将来要走老太太的路，如果真到那一步，她一个人势单力孤，怎么撑得起来。老太太有病，家里要用钱，她似乎也能理解公婆手紧。都是穷人，谁的钱不是算着用。刘红艳思来想去，似乎只有卖房一条路。可是，当她委托中介把房子挂出去，好几天，一点动静没有。红艳觉得奇怪。她这可是吉屋！打电话过去问，中介解释，现在政策不稳定，有大变的可能，购房者都不敢出手，而且五十年产权的房子，一旦政策变化，买了等于砸手里。红艳绝望。为今之计，只能选择努力挣钱。

伟贞打电话来，说想咨询保险事宜，红艳立刻上门服务。仍旧是那套话，仍旧是对未来的考量。伟贞听了，暂时只考虑消费险，防止大病和意外的那种。红艳表示一定会办好。顺带，伟贞又把孩子满月酒那天二琥的无礼描述了一遍。她是编剧，尤其擅长渲染。红艳听了，气得不是二琥的刻薄，而是她明明有钱，却一点不肯外借！刘红艳的火重新烧了起来，老太太的命是命，她刘红艳妈的命就不是命吗？说句不好听的，老太太就算现在一闭眼走了，那也是喜丧，这辈子够本，她妈呢？什么都还没有享受过！她为妈妈这辛苦的一辈子不值！说到底，还是公婆太自私！太残忍！一回到家，红艳就向倪俊开炮："你妈可不是没钱，是不想给咱！"

倪俊道："她的钱，她想给谁给谁，不想给，谁也没办法。"

红艳反问："你是亲生的吗？"

倪俊躲开："不跟你说了。"

刘红艳追上前去："不把我妈放眼里，就是不把我放眼里，不把我放眼里，就是不把你放眼里，我就不明白，如果你是亲生，是唯一的儿子！他们抠什么，省什么，以后不都是你的！他们对你不好，以后你能对他们好吗？"

倪俊冷冷道："他们没有对我不好。"

红艳暴躁："瞧着吧，有他们受苦那天！"

倪俊想起庆芬的叮嘱，又压下火来，好声劝："红艳，妈没到那步，医生都说了，情况在好转，何必杞人忧天。马上发工资，你拿去。如果再不行，把那房子挂出去……"倪俊话还没说完，红艳就几乎喊劈了嗓子："那房子根本就没人买！"

倪伟强想好了，如果老大老三有困难，他就先兜起老太太的住院费用。春梅主动表示，她也愿意拿出一部分钱。当初离婚，倪伟强虽然不算完全的净身出户，但家里的钱，多半留给春梅。现在，春梅认为自己有义务支持老太太看病。春梅问伟强："款子追得怎么样？"

"什么款子？"伟强碾灭烟头，从厕所出来。

"诈骗。"

"不指望。"顿了一下，他又说，"谢谢你。"

"妈的事就是我的事。"

"你这样的女人，少有。"

"你这样的男人也不多见。"

"斯楠怎么样？"

"还没分。"春梅说。

"那女孩不简单。"伟强忧心忡忡。

春梅话题一转，直直抛出一句话："周琴结婚了。"

伟强愣了一下。他当然知道这消息。可听到春梅提，他有点意外。"听说了。"他尽量表现得自然。

"什么感受？"

"我？"

"难过吗？"

"你希望我难过？"伟强反问。真是棋逢对手。

"你们过去可是灵魂伴侣，"春梅带点揶揄，"看来灵魂，也不是那么可靠。"

"你比我还在意。"伟强说。

"你的中年反叛，得到什么了？"

伟强声音压得低："现在是做减法的时候。"

春梅呵呵，随即道："所以把我、周琴，都减了，是不是有点遗憾，儿子减不了，妈减不了。"

“你别胡思乱想。”

“我可能要做加法。”春梅口气包含意蕴，仿佛带着点笑意。嘲笑。

伟强转脸看着她，不说话，等下文。

“我准备结婚。”

沉默。两秒钟。倪伟强问：“儿子知道吗？”

“还没告诉他。”

“做好善后工作。”

“我儿子没那么脆弱。”

“和谁？”伟强不是不感兴趣。

“你见过。”

伟强明白了：“恭喜你。”

“你当初是不是觉得，离了你，我活不了。”春梅口气开始有点硬。

“没这想法。”伟强否定，“你结婚是跟我赌气？”

春梅哈哈大笑，那声音仿佛一名武林高手战胜了全部对手，终于笑傲江湖：“想过你的老年生活吗？”

“不用想，我已经处于老年生活中。”

春梅继续：“如果有一天，你像妈那样，你怎么办？”

倪伟强说：“我可能不允许自己像妈那样，也许在那天到来之前，也许，一觉醒不来，一头栽在地上，或者别的什么，人要死，最好死得快一点。”

春梅抓住问：“要真到那天呢，躺床上不能动，想死死不了，活又活不利索，你怎么办？”

伟强反问：“你是不是想说，到时候还是得你帮忙？”

“没那兴趣，”春梅说，“人生有两个大秘密，一个是什么时候出生，一个是什么时候死亡，现在我们都还剩一个秘密。有时候我会觉得，那些正准备进入老年就突然去世的人，也不失为一种福气，不必衰老，不必痛苦。”

“变老，没那么可怕。”伟强插话。

“你不就是因为怕变老才这么反常，你不就是因为觉得来不及了，没机会了，人生就这样了，才迫不及待要改变，去做什么酒店服务员，逃避到另外一个世界去，现在又说没那么可怕。”春梅双眼圆瞪，一副算总账的样子。

“人都会变。”

“你是变得太多太频！”

“妈的病，儿子的事，朋友的变故，里里外外的事情，说实话，都是麻烦事，可我就是没有以前那么焦虑了。”

“你喜欢麻烦，因为你自己就是个麻烦。”春梅下定义。

“年龄，都是年龄，也许过了那个坎，心态就会变化，一切就会不一样，我现在很容易满足。只要妈的病不继续恶化，儿子平平安安，哪怕妈永远痴呆，哪怕儿子跟那个什么淑淑在一起，我也能接受。”伟强恳切地说，“小梅，或许人生就这样，过去觉得糟糕，不能接受的，觉得很严重的问题，过几年，或许什么都不是。我现在愿意为别人服务，愿意上课，愿意伺候妈，愿意付出，没什么不好。都是过程。”

“你的过程伤害了别人。”春梅低吼着。

“可以补偿。”

“现在说这些会不会太晚？”

“小梅，如果我提出跟你复婚，你会同意吗？”

这古怪的问句。不提这个还好，一提复婚，仿佛这些年受的委屈瞬间充盈胸腔。早干吗去了，现在知道珍贵了，服老了，所以想回归家庭，把我张春梅当什么，召之即来挥之即去？我刚说准备结婚，你就提复婚，就对自己那么有信心？张春梅随手抓起旁边一束塑料花，直接朝伟强丢过去，转身走开。

春梅没撒谎，严宁又向她求婚了。她没同意。她认为和严宁的关系，还是应该谨慎处理。这是对自己负责，更是对严宁负责。不成夫妻，也不会成仇人，依旧是朋友，成了夫妻，处理不当，搞不好就成仇人。她已经进出围城一次，再进，务必慎重。她觉得自己和严宁，缺少一个契机，一种推动力。春梅进而又觉得自己有点可笑。既然没同意，干吗跟伟强说她准备结婚，是为了刺激他？报复他？还是为了自己的面子？不过细究起来，春梅又觉得自己的话没毛病。她是“准备”结婚，没错儿，时刻准备着，她不是没有少女梦。不过，春梅觉得自己跟严宁，虽然在某些问题的认知上有些出入，但还不至于到三观不一致。严宁表达过好几次无法理解——他无法理解她为什么要对前夫的妈，也就是前婆婆如此上心。他不反对关心，人道主义，但同时认为不宜过头。老太太有两个儿子一个女儿，她张春梅作为一个前儿媳妇，有必要把自己的时间、精力、金钱全都搭进去吗？有好几次，正吃着饭，高级饭店，严宁特别营造的浪漫氛围，一个电话来，春梅放下筷子就得走。问是什么事，她答：“我婆婆不舒服。”春梅当然能感觉到严宁的迷惑。可她总不能告诉他，这个婆婆曾经多么支持她，力挺她打败了竞争对手，帮助她成为当时还是倪助教的倪伟强的妻子，也不能告诉他，婆婆是多么优待她，把她当亲生女儿看待。情况一点不假。春梅父母走得早。上头就婆婆这一个老人，是个宝。何况婆婆对她有恩。她更不可能告诉严宁，当初伟强出问题，想要离婚，是婆婆压了下来，维持了她的体面。

只不过，现在所有的一切都没了意义，婆婆躺在医院，靠各种药物、机器辅助生命。她跟伟强也离了婚。老太太最引以为豪的次孙倪斯楠，也走上了“邪路”，跟一个不入流的、妖精似的女孩儿谈恋爱。

好在，严宁给春梅带来个好消息。他说那做金融的女孩去甘州出差，跟斯楠见了一面，两个人感觉都不错。春梅立刻要给斯楠打电话问情况。严宁制止她：“别打，容易弄巧成拙。”春梅才意识到，太关心反倒不好。她一向挺有分寸，可一遇到儿子的事，她立刻智商下降，冲动、暴躁、奋不顾身。老太太住进医院后，春梅感觉自己身体也不大舒服。月经还在，这是唯一的安慰。

五十三

第一笔住院费，三家一起出的。二琥把攒了几个月的老太太的退休金拿出来，是为羊毛用在羊身上，跟着又开始抱怨：“这窟窿，填不完！”停一下，继续对伟民说：“看到了吧，老三不是没钱，装穷！这些年，不声不响，不晓得从妈身上捞了多少，爸留的古董是不是都落她手里了？从那死了的导演身上，估计也没少榨油水，她倪老三是吃亏的人吗？没个千儿八百万，她能愿意给人生孩子，还给人那颤颤巍巍的老娘养老送终？”伟民听着不耐烦：“别废话了，好好伺候妈。”二琥恨道：“我哪天不伺候？上次话可说在台面上了，钱，力，只出一个，现在咱出了钱，下次出力，就没钱。”伟民着急：“这是伺候老妈，亲娘，不是做买卖！”二琥分辩：“我说的是实际情况。”

实际上，老太太根本没给他们出力的机会。没过多久，医院竟下了病危通知单，经过救治，建议进重症监护室，问家属意见，伟强坚决支持救。伟民、伟贞不发表意见，算是默许。一住进重症监护室，花钱便跟流水似的，费用几乎以一天一万的速度在走。病房门口，倪家人三三两两站着。二琥道：“医院就是个魔窟，就不该来！妈以前都说了，生病也要在家。”伟民瞪她一眼，不让她继续说下去。二琥心疼钱，一个人在塑料椅上坐了一会儿，又走到窗台边找春梅说话。她问：“妈这样，还能治吗？”伟强在不远处，春梅怕伟强听到冒火，连忙让二琥小点声。“这么活，哪还有质量。”伟强没听见，从厕所拐出来的伟贞捕捉到这句话，上前冲二琥：“大嫂，这里头躺的要是你亲妈，你救不救？”二琥不敢硬顶，讪笑着，说得救得救。只是一撇开众人，单独面对伟民，二琥立刻换了种说法：“老倪，别搞得好像就我一个坏人。我只是说出了你们内心深处的想法，坏人我做，其实是做善事。你说句实话，掏心窝子的话，真到这步了，跟撒钱似的，到底要不要这么继续消极地救。人生自古谁无死！安安静静走了不挺好吗？非要这么受罪？！死的得死，活的还得活，咱这么弄，是不让好死，也不让好活，有什么意义。”

伟民无奈：“要是你自己个儿到了这天，儿子把你管子拔了，你什么感受？”

二琥道：“妈现在谁都不认识，什么感受都没有，就是一把骨头一口气，跟……”她没说下去，“僵尸”两个字太狠。

伟民快速说：“要不这样，以后等我到这天，你给我拔管，我妈，我还是得负责到底，她就是谁也不认识什么也不知道，她也是我妈，我绝不能做那昧良心的事。”说罢，倪伟民背着手，快速往前走。二琥知道劝服不了，只好在后面嗷嗷：“倪秃子！不过啦？！”

婆婆垫了钱，老妈的医疗费这块儿，暂时顶住了。只是，倪伟贞依旧危机感十足。进重症，一天一万，几乎都不能报销，那就意味着，她一天的开销有三千多。不到一个礼拜，一万块下去。家里的开销也不容小觑。她年龄大，不下奶，只能喂奶粉，又只愿意给永安吃进口的。老母亲在康复，需要护理，小段还请着。所有的一切，都需要金钱来支撑。倪伟贞意识到眼下的当务之急，就是挣钱。到了这个时刻，在这种局面下，伟贞偶尔会想，要是正阳在该多好啊，他们还能联手，无论是生活上还是工作上，她肩头的担子好歹能轻一点。过去，她始终不认为做单亲妈妈有什么问题。现在，她仍旧这样以为，可现实的所有因素叠加在一起，却告诉她，家庭，是一种合作。一个人支撑，必然要付出更大的代价。

倪伟贞积极出去接活。可作为一个过气编剧，她没有议价能力。杨贵妃那个项目因为某位主演行为不端，无限期搁置，能不能上还两说。正阳的遗作，搞不好连见天日的机会都没有。倪伟贞接了点小活，竟然还被年轻的编剧总监批评，说她观念落后，跟不上时代，没有网感，跟团队其他成员没法配合。伟贞脸上挂不住，项目实在难以推进，她只好退出。钱，一分没有。倪伟贞的压力更大了。她综合分析，眼下能操作的情况，只能自己先拿出一个本子来，成稿。如果有人看中，就能缓解眼下的困难局面。干了这么多年，渠道还算畅通，伟贞逼自己出作品。天热，倪伟贞开工了。一天一万字，起码，要求自己一个月出活。正阳娘腿脚好了点，架个行走支架，勉强能活动，她里里外外，照顾伟贞，照顾永安，给伟贞递毛巾、送汤。老妈的治疗费又涨，正阳娘依旧是递卡过来。伟贞感动的同时，危机感更强。婆婆这张卡，也不是聚宝盆，不是哆啦A梦的口袋，取之不尽用之不竭，再这么下去，迟早得干。三五次之后，连伟贞都开始有点怀疑，继续这样治疗下去，有什么意义。

伟贞和伟民并排站着，目光一致，落在病床上的老妈身上。许久，两个人转头对看一眼，都没说话。这是第四次缴费。伟贞和伟民都觉吃不消，可谁也不愿意先说放弃治疗。老二伟强意志坚定，誓要坚持到底，在强势且相对富有的老二面前，伟民和伟贞多半选择闭嘴。快餐店里，兄妹仨挤在一角。伟贞、伟民坐一边，伟强坐在他们对面。伟民不动筷子。伟强抬起头："怎么了？"伟贞放下筷子。

伟民有点为难，可他跟伟贞商量好了，他是老大，他说：“老二，妈……”伟强抢先说：“钱交了，继续治，说有好转，不是没希望。”伟民用商量的口气：“妈这事，是不是该缓一缓……”大哥说出这话，伟贞脸上也有点尴尬。她也纠结，可说来说去，她现在是孩子妈，总不能只顾老的不顾小的。伟强放下筷子，瞅他俩。

伟贞帮腔：“二哥……大哥的意思是……妈在里头这样……也受苦……”话还没说完，伟强便抢白道：“你的意思是不治了？”伟贞连忙道：“不是不治，是这么一个治法实在……”

伟强大声：“不这么治就得死！”

伟贞声音很轻：“不是那个意思……”

伟强质问：“妈怎么对咱们的，这么多年，妈付出多少？为了咱们，她没再婚，为了咱们，她放弃了好几个工作机会，老大，妈以前每个月都贴补你一点，你都忘了？老三，你从小肆意妄为，妈责备过你吗？我知道，我明白，你们有你们的困难，可再困难，也不能不救妈！”

伟贞苦口婆心：“二哥，谁也没说不救妈，我们讨论的是怎么让妈少受点苦，也许妈也想早点解脱呢，她只是说不出来。”

伟贞话音没落，伟强手里的勺子就砸在桌面上，蹦得老高：“你怎么不解脱！”站起来，转身就走。伟贞吓得两手缩着。伟民叹气。

伟强把这事跟春梅说了，春梅同样气愤，只不过，张春梅懂得换位思考，她能理解老大、老三。“大哥大嫂工资不高，身体也不太好，老三要养孩子，上头还有个瘸腿婆婆，都有困难。”伟强口气依旧严厉：“困难就说困难！别说不治！这是性质问题，原则问题！只要动了那念头，就是不孝，就是谋杀！”春梅不说话，这个时候，她不能给任何建议，她虽然非常关心老太太的安危，但她同时逼自己铭记，在这个家，她现在就是一名志愿者，没有决策权，尤其在这种兄妹纷争比较大的时候。老实说，她跟伟贞、伟民想的一样，她也觉得婆婆在受苦，但在应对方案上，目前她跟倪伟强保持一致，无论多么困难，只要有一线希望，只要还有能力，就不要保留，不要给自己留遗憾。

伟强自言自语："金科那股票，得卖了。"那股票伟强抱了许多年，峰顶的时候没卖，现在躺谷底。眼下出仓，亏的不是一点半点。"真舍得？"春梅问。"钱算个屁！"伟强一副视金钱如粪土的口吻。春梅说："我还有点，先垫着。"伟强抬头看春梅，这位他曾经的妻子，这十年，他从来没觉得她像现在这么可爱。"羊毛出在羊身上。"春梅微笑。这些钱，原本是她离婚所得。"别误会，"春梅补充，"我是为妈。""为妈就是为我。"伟强说。春梅没接话，她不觉得自己和倪伟强的故事还会有续集。

庆芬的病大为好转，吃药就能控制，医生说康复在望。红艳心情大好，专为老妈摆了一桌。唯一的遗憾是，保险赔付似乎没有希望。发病、开刀都在保险生效之前，公司不予赔付。红艳安慰自己，早治早好，老妈转危为安，值。庆芬听说老太太的情况，非要去看看。红艳说妈，您自己都是病人，别惹事，医院病菌太多。庆芬追问倪俊一句："真不打算治了？"倪俊说："都说怕奶奶受苦。"红艳不屑，斜着眼道："看到没有，这就是家庭之间的区别，如果是我，倾家荡产割肉卖血，那也得治！"庆芬说："那也没必要，是人都得死。"红艳俏皮："多活一秒是一秒。"庆芬说："孝顺得在平时，多陪伴，多理解，哦，到最后死拖着不让走，就是孝顺了？搞不好，那也是一种自私，是自己感动自己，不过是用平时没时间陪父母挣来的钱，往那个黑窟窿里堵，好安慰自己是孝顺儿女，有什么用。”红艳说：“那我双管齐下，平时也陪伴，关键时刻也坚决顶上。”

庆芬又说：“以前我也觉得，好死不如赖活，进了一趟医院，发现赖活真不如好死，那种躺在床上受尽折磨才断了最后一口气的，跟在阴曹地府里受一通折磨有什么区别。一耗多少年，那不是福，是罪！真正有福气的人，一闭眼过去了。听说有个中学老师，活到九十多，有慢性病，最后是自己不想活，断食七天，安安静静走了。”

红艳忍不住打断她：“咱先活九十多再说。”又补充：“现在医学发达，搞不好以后人能活两百岁。”

庆芬苦笑，摆摆手：“千年王八万年龟，有什么意义？人这一世，来了就是受苦的、偿业的，你还让这苦延那么久？自找苦吃。”

红艳轻轻抱住老妈：“妈，下辈子，咱还做母女。”

庆芬看看倪俊，才对红艳说：“那得是你当妈，我做女儿，你生我，让你也尝尝苦头。”再对倪俊：“生她的时候，我差点没背过去，身体好，八斤多，巨婴。”笑笑，最后说，“我现在满足得很，就巴望着你们有个孩子，一家三口，开开心心。”红艳连忙说：“妈——这不遵医嘱暂时休耕嘛，强行作业，只能事倍功半，搞不好还无功而返，元气大伤。”庆芬不理女儿，拍拍倪俊：“加油。”

五十四

老太太出重症病房了。伟强不理伟民、伟贞。二琥站出来，向春梅解释：“真不是不想治，老二绝对误会，自己亲妈，就是说看怎么治合适，少受点苦，怎么教授一理解，就成不治，就成谋杀！不是那样！你跟老二说说，春梅，你是大明白，不会不理解这里头到底什么意思。”

春梅含笑：“大嫂，我跟你们家老二都离婚了。”

二琥着急：“离婚也是干女儿，也是大侄女！你为妈出了多少力，你跟老二说说。”春梅拉住大嫂的手：“真没事，他就那样，一阵一阵的。”二琥斜眼：“我也发现了，你跟他离婚离对了，是不是知识分子都这么神经？”春梅不想继续这个话题，搪塞两句。二琥又问：“爸留下包古董，你知不知道？”

“什么古董？还一包？”

“全是值钱货，妈没跟你说过？木头盒子。”

“没有。”

“都是老东西，传给谁了不知道。”

“没传给大哥？”春梅问。

“天地良心！”

“没听伟强提过。”

二琥继续渲染：“说爸当成宝贝疙瘩，睡觉都放枕头边，值钱。”

春梅说："可惜妈糊涂，问她也白问。"二琥说："排除法，老大这没有，老二这没有，你说能在哪儿？"那只能是在老三伟贞那保管着。二琥反复强调自己不是贪财，只是到了这个十万火急的时候，如果确实有，就应该拿出来，用在妈身上。不应该藏奸存私，想留着等妈去了之后独吞。春梅回去问伟强有没有这事。倪伟强说好像有印象，他爸确实有个木头盒子。

"传家宝？翡翠？钻石？还是字画瓷器？"

伟强道："一穷二白，清廉一辈子，能有什么宝贝？"

春梅好奇："要不你问问老三。"

伟强说："大嫂来问，就是拱我们去戳破，何必找个不愉快。老三不是小孩子，要真值钱，她会拿出来。"

"她万一忘了呢？"春梅问。

思来想去，到最后，这份"友情提醒"的任务，竟落到刘红艳头上。伟贞从她那买保险，有业务往来，由红艳"不经意"提醒，隐蔽性是有的。红艳对伟贞又奉承，又带气。奉承是因为伟贞毕竟是她的客户，还可能带来更多客户，得招呼周到；带气是因为倪伟贞从中牵线的房子，买了就卖不出去，而且，她最近才知道，那房子竟然就是死去的导演的。买死人房子，晦气！难怪她流产，老妈得病。红艳知道这茬后，连着三天在房间里炸炮。只为炸跑晦气，免得那什么导演阴魂不散。因此，二琥一提这事，红艳满口答应。三姑得付出点代价。

红艳上门给伟贞送保单材料。伟贞客气，问她妈庆芬的情况。红艳说基本稳定住了，又抱怨："指望谁都指望不上，想找别人借钱，比登天还难，连自己家人都不行。"伟贞夸红艳孝顺。红艳说："多亏我亲爹留下来的那沓邮票。"伟贞好奇心重，入了套，忙问什么邮票。刘红艳就此进入故事模式，什么祖上传下来的啦，最早的邮票能追溯到大清啦，一本卖了不少钱啦，就是她妈的命啦，还说自己同学在做古董生意，出价公平，童叟无欺。最后，红艳才点题："三姑，你这儿要有什么，想出，找我，价格保证合适。"伟贞哎哟一声，笑呵呵道："我倒想！做梦都想，就是没有。"红艳摸不清她是真没有还是装傻，可一时半会儿又不好点破，只好顺着这话题往下再挖一挖，把鉴宝栏目那些民间的宝贝往伟贞这引一引："好多东西，咱不懂，以为不值钱，可一拿出来，搞不好就值了老钱！"伟贞想了想，还说没有。红艳回去把情况跟二琥禀报了，二琥认定，"她装，一定在装。"又问，"你点了木头盒子吗？"红艳说："那怎么好点。"二琥想想，也觉得不合适，她觉得要实在不行，下次集资的时候，她就让倪伟民张口，让伟贞把那木头盒子交出来。

伟民听了建议，直接问二琥："你要让老三交东西，首先自己得以身作则，把妈的退休工资交公。"二琥犯难，考虑再三，还是觉得舍不得孩子套不着狼，又开家庭会议的时候，她直接把工资卡交给春梅，请她秉公处理。至于供老太太看病的费用，依旧三家摊匀了分担。一摆出天下为公的架势，二琥胆子更足，当着大家伙的面，便问伟贞："老三，爸留什么东西没有？"

"什么东西？没有。"

二琥紧逼："老三，都这时候了，到处要用钱，但凡有一点力，都得往妈身上使。如果有，别藏着。"伟贞被逼急了，也急赤白脸："大嫂你什么意思，子虚乌有，什么传家宝，你说清楚点。"

"大木头盒子。"

伟贞道："妈收着。"

"然后呢？"二琥还问。春梅见情况不妙，连忙打圆场，但已经来不及了。倪伟贞撕开了说：“大嫂，你为了找个大木头盒子，用心良苦，红艳前阵来我这儿，拐了十八道弯，就为了这大木头盒子。我就不明白，这盒子里是有金还是有银，值得你这么惦记！”

二琥不惧，朗声道：“有就拿出来！别藏着。”

“不在我这儿。”伟贞一口咬定，“妈才在我那儿住几天？而且都是脑子不清楚以后，她会巴巴地带来个大木头盒子？”二琥一想也是，她转头看春梅。春梅连忙说：“别看我，我不知道。”

扒开大箱子，里面是纸盒子，扒开纸盒子，里面是鞋盒子，扒开鞋盒子，终于看到个大木头盒子。老太太的床底下是个宝藏之地。二琥猫着腰，弄了一头灰，终于入宝山带宝回，她对春梅抱怨：“这灰，也稍微打扫打扫。”春梅无奈：“大嫂，我不住这儿。”伟贞站在旁边，不笑，一言不发，等答案。擦擦灰，是个木头盒子，但不算大，像过去梳妆用的妆奁。打开，里面装着的，竟然只是些毛主席像章，奖状，还有爸的入党申请书，以及老太太和老头年轻时的合照。再翻一遍，终于翻出个玉佩，青灰色，看上去十分古旧。二琥连忙道：“就这个值钱，搞不好是商代的。”伟贞瞧不上大嫂这样子，麻利地把那些纪念品全部收拾好，找了个文件袋包着。二琥得带走。春梅看二琥那大惊小怪的样子可笑，随即说：“大嫂，这玉佩，你带去鉴宝节目上验验，看能值多少钱。”二琥没有信心，可顶在这儿，只能破罐破摔，她尴尬笑笑：“没准真值钱。”

一番折腾，铩羽而归，吴二琥领了那盒子和玉佩回家，摆在床上。伟民煞有介事打开，又煞有介事拿起玉佩，对着灯光，看玉佩，又郑郑重重交到二琥手上，用戏谑的口吻：“能值一百万。”说罢，倒洗脚水去。二琥气得大喊：“真值钱你一个子儿别想占！”倪俊回家，也给二琥打退堂鼓：“妈，我这业余的，都能看出这玩意儿不值钱，顶多是个青白玉的山料，能掀起什么风浪来。”二琥说：“你懂什么，我让红艳看看。”

其实，二琥不是让红艳鉴宝。而是刘红艳在这件事上没跟伟贞撒谎，她的确有个同学张无极在搞文玩，还在旧货市场有个店，算专业的。二琥一打电话，红艳乐得奉陪，一来，遵妈嘱，她得给婆婆面子，二来，她也打算借此机会，去张无极的店里瞅瞅，看有没有机会卖他份保险。礼拜六一早，红艳就到婆家，二琥准备好了，抱着个大木头盒子，放在饭桌上。红艳诧异，说妈，这么多宝贝。二琥打开盒子，里面琳琅满目都是“古玩”，集她几十年搜集之力，有袁大头、方眼钱，还有玉疙瘩、玛瑙块……索性一块儿鉴定了，省得挂心。红艳问：“这都是爷爷传下来的？”二琥戴着白手套，从里头挑出那块玉佩，红艳伸手，二琥喝止：“别用手拿！”红艳手连忙缩回去。两个人跟扛聚宝盆似的，把这一盒宝贝扛到旧货市场张无极店里。张无极先看那玉佩，肉眼看过放大镜看，红艳、二琥一旁焦急。红艳问：“怎么样呀，值多少万？”张无极不客气：“两千我收。”二琥顿时瘪了气。红艳不忿：“你糊弄人吧，想用低价收宝贝？杀熟呀！”张无极只好耐下心来，拿起放大镜，把这玉佩不好在哪里一一说明。肉眼可见，无懈可击。红艳绝望了。二琥不放弃，打开箱子，哗啦取出一堆东西，堆在绒布台子上。张无极无奈，对红艳说：“你们家宝贝会不会多了点。”红艳道：“好好验，真有宝，打折卖给你。”张无极碍于同学面子，只好暂且关了店门，一件一件仔细验过，一圈下来，熬眼受罪，却没见到一样真货。红艳攘他再仔细看看。张无极嫌她们耽误生意，直接说：“别验了，这一堆，连带这玉佩，我给一万块钱收了。”

二琥眼珠子瞪得跟蛤蟆似的：“才一万！不卖。”说着，她便把木头盒子从地下拿上来，往里头抓东西。

张无极眼睛一亮，盯着盒子，手一伸："等会儿！"

黄花梨的质地，晚清做工，盒子是好盒子。张无极出三十万，当场拿下。红艳和二琥回不过神来。中午在快餐店，二琥手机响，短信通知钱已到账。

红艳和二琥你看着我，我看着你，都不说话。没钱的时候，大家拧成一股绳，前进，钱到了，婆媳俩的心态都起了变化。刘红艳觉得，这钱，是她牵线挣的，见者有份，理该分她一笔。二琥觉得，这钱属于她，她谁也不想告诉，可现在红艳知道内情，不封红艳的口，又不太合适。

服务员叫号，红艳取餐，端着盘子回来的时候，二琥已经换上笑容等着她。红艳还没落座，二琥便说："红艳，今天辛苦。"

红艳笑容活泼："应该的！"又问："妈，到账了？"

五十五

二琥扭扭捏捏嗯了一声。餐摆在眼前，两个人都没急着动筷子。红艳刚想说话，二琥抢在前头，带笑不笑地：“红艳，你今天有功，妈不亏待你，给你个大红包。”

刘红艳夹了个鸡块放嘴里，开口道：“妈，瞧您说的，好像我带您来，就是为图这钱似的。这么一大笔，你说二婶三姑知道了，该多高兴。”说着她就要摸手机。二琥连忙摁住她手，沉下脸。好不容易得这笔外财，吴二琥岂能轻易外露，善后她都想好了——玉她没卖，回去甩给他们，说就值五千，谁爱要谁要，至于木头盒子，她就来个神不知鬼不觉，不知所踪。可刘红艳一旦泄露事情，那就功亏一篑吃了大亏。红艳这么做，实在是损人不利己，狠。二琥笑笑，说：“红艳，我进这个家的时候，你三姑还是个小丫头，你二婶还没影儿呢，我伺候老奶奶，那是尽心尽力，她老人家一百个满意，她现在就是糊涂了，但凡她清醒一点，也铁定把这盒子传给我。长子长孙长儿媳妇，我们家占点优，也应当应分。”

红艳道：“妈，听您这意思，您是想……”故意不说下去，又改口，“要是二婶三姑知道了……”

二琥连忙道：“天知地知你知我知。你不说，我不说，她们怎么会知道，除非你故意透露出去。”

红艳用手掩住笑容：“妈，我这嘴有时候……”

二琥终于不耐烦："行啦！今儿就咱娘俩，谁也别装，要多少，说吧。"

刘红艳分析："妈，要是二婶三姑知道了，那就是三家劈三份，您只能得十万，再加上是明面儿上的钱，铁定要往奶奶瞧病上使，到时候，落在您手里的，能有五六万就不错。"

二琥没耐心："都是大明白，不用算账，直接说数。"

红艳笑呵呵地，放下筷子，竖起手掌，在桌子上一砍，意思是对半劈。二琥惊得心乱跳，这小丫头，狠呀！

红艳跟着说："妈，这样最好，都没意见，而且说一千道一万，没我介绍，也没这钱，何况你的我的不都是咱家的？肥水不流外人田。"二琥没辙，只能认栽。这笔款子，硬是劈了一半给红艳，且谁都不能说。红艳扬扬得意到家，跟倪俊炫耀。倪俊问："怎么了这么高兴，鉴定出来了？值钱？"红艳转头："值个屁！是老娘我签了新单了。"那一边，二琥却没有因为得了外财而欢欣鼓舞，一到家，她跟伟民抱怨："刘红艳不是个东西！咱儿子怎么跟这么个玩意弄一块了。"伟民不解，问怎么回事。二琥不能说实话，只好说："那玉，不值钱！回头你还给他们去。"伟民得其所哉："早就告诉你不值钱，你非不信。"二琥没好气："你们家从人到东西就没值钱的！"

不日，二琥把古玩鉴定结果告诉伟贞和春梅，俩人只是一笑，二琥认了个怂，将玉佩完璧归赵，至于木头盒子，没提。钱放自己兜里，二琥自在。有了这笔外财，二琥痛痛快快打了几天麻将。一个麻友见她玩得大，便从网上介绍给她一个人。看照片，是个中年男子，叫小陈，成熟，稳重，帅气。"他麻将打得不错。"麻友说，"网上也能打。"二琥加了小陈。小陈果然跟她在网上玩起麻将来。没出三天，二琥就赢了不少。小陈又说麻将没意思，大姐这种手气，应该下注。二琥问什么注。小陈发来个二维码，二琥扫了，安装了个软件，名叫建设集团，实际是个博彩网站。小陈教二琥下注，第一次下五百，中了一百多。第二次下两千，中了五百，第三次下一万，中了三千，第四次下五万，中了五千,二琥赌瘾被勾起来，一发不可收拾。不出一个礼拜，二琥先赢后输，跟坐过山车似的，十五万全搭进去，二琥这才反应过来，想找小陈讨个说法。小陈见她没钱再投，痛痛快快把她骂了一顿，然后消失了。二琥去找麻友理论。麻友却不知道什么建设集团，只说是网上麻将游戏。吴二琥吃了个瘪，有口难言，报警，钱不对，得跟伟民解释，搞不好，老二老三都得知道，事情难圆。不报警，又实在难解心头之恨。晚间，二琥窝在床上，脸色灰苍苍。伟民凑上前，近距离观察："怎么，得大病了？"二琥还沉浸在心痛里："怎么我就没有富贵命。"

伟民骇笑："才知道？会不会晚了点。"又说："明儿妈那儿，你去。"二琥喃喃："什么时候是个头儿！"

暑假斯楠回来，照例，各家拜访，算是礼数。这一回，伟强忙，去国外交流，春梅陪着。到伟民大伯家的时候，二琥多一句嘴，问："楠楠，这都研究生了，谈女朋友了没？"斯楠不遮掩："有一个。"

"哟，"二琥感兴趣，"哪儿人？"

"河北邯郸。"

不妙，春梅内心拉响警报，还没断呢。

"有照片不？你同学吧？哎呀，真好真好，不像你哥，不开窍……"二琥又要抱怨红艳。伟民制止了她。春梅也制止了儿子，不让他拿出照片。她认为萧淑淑根本不适合出现在家庭成员的视野里。出了伟民家门，春梅对斯楠说："你到底中了什么魔？她真就那么好?!”

“妈，你就别管了。”斯楠道。

“我是你妈，我不管，谁管。”

“管好你自己就行，你不是要结婚吗？我同意。”

春梅气得头疼，她想独裁，可她知道，这招对儿子不管用，还得尽量用民主的办法协商。春梅道：“要不这样，周末都去看你奶奶，咱就当着你奶奶的面，大家投票。”

“我自己的事，为什么让大家决定？”

春梅气壮：“因为你是家里的一分子，因为你的决定会影响到其他人，因为你必须对这个家负责！”顿一下，又问，“怎么，你不敢？”

“投就投。”斯楠毫不在意。

周末，老太太病床前，人基本齐了，除了红艳和伟强。伟强出差，红艳她妈病情反复，也住了院，她只能去看着。倪俊代表她到。春梅简单说明情况，要求大家表态。二琥立刻站在春梅一边，对斯楠苦口婆心：“楠楠，大妈是过来人，找老婆，不能光看长相，一定要门当户对。门不当，户不对，过起日子活受罪。”斯楠不吭声。伟贞原本喜欢这种叛逆，她年轻时候也是这么过来的。可如今上了年纪，经受了考验，她想法变了，觉得实在没必要自己给自己找麻烦，结婚，找个有实力的，或者至少是旗鼓相当的，非常重要。伟贞问侄子斯楠：“你了解她吗？”斯楠回答：“爱情和了解不是对等关系，等到你完全了解了，可能就没爱情了。”伟贞说：“那么是不是可以理解为，你现在在谈爱情，而不是打算结婚。”斯楠说：“我不能保证，也许会结婚。”伟贞道：“我支持你谈恋爱，至于结婚，再说。”

春梅有危机感："老三——"她连恋爱都不支持跟萧淑淑扯上关系。春梅说："投票吧。"她环顾，然后说："支持斯楠跟萧姓女子在一起的，请举手。"无一人举手。斯楠意外，对倪俊："哥！"对伟民，"大伯！"他提前做了他们的工作，他们也答应支持，没想到却临阵倒戈。春梅放下心："好了，这个家族的态度，你清楚了。楠楠，你都是研究生了，应该知道自己要怎么做。什么是对，什么是错，什么叫是，什么为非，要有个标准，要清楚要明白。今天这些都是你的长辈，你走的这些路，大家都走过，不会害你，只会帮你。这些都是有益的经验。"二琥接话，帮腔，跟着教育他一通。斯楠被逼到绝境，眼看家庭议会就要绞杀他的爱情，他终于爆发，指着他妈："你，自己的婚姻都经营不好。"又指二琥："你，抱怨了一辈子，永远嫌大伯穷。"再指伟贞："你，年轻时候胡混，年龄大了未婚生子。"最后指倪俊："你不求上进，总被老婆抱怨！你们自己的婚姻都一塌糊涂，凭什么指导我的感情，我的婚姻，我的未来！"春梅没想到儿子会这么无礼！这不等于把她张春梅的脸扔在地上践踏吗？骂她，还兼带骂了全家，为了那个狗屁女人，他居然要与全世界为敌。春梅好像排球队员追球一样快速上前，一伸手，啪，打在儿子脸上。瞬间起五个手指印。二琥嚷嚷，说别打孩子。伟贞、伟民、倪俊也上前劝。斯楠扭头跑了。春梅哭着叫："逆子！"从小打大，她从没这么打过斯楠。春梅觉得自己恨，是因为感觉遭到了背叛。自己人投靠了敌方阵营，那滋味不好受。不过好在，这一巴掌并没有把斯楠打走，这一次，他没出走，伟贞找到他，叫回家。伟贞建议，都冷静冷静。

倪伟贞很重视侄子对自己的评价。她觉得她需要了解年轻人的想法，可能对创作有帮助。斯楠几次要走，都被伟贞拦了回来。伟贞说："怎么，我还没生气，你倒来脾气？"斯楠认错态度良好，说了对不起，并表示当时自己有点激动，口不择言。伟贞挥挥手指："不不不，就是你的真实想法，也没关系。"停一下，继续，"不过我现在要告诉你，事实不是你想的那样。"斯楠盯着姑姑。在他眼里，姑姑一直是个先锋式的人物，敢于将陋俗踩在脚下。

"说说你的剧本。"伟贞说。

"什么剧本？"

伟贞用手指点了点房间的四个角："这里，全部，你怎么理解我的故事，我的选择。"

"真要我说？"

"说。"

"你别生气。"

"肯定不生气。"

"算了。"斯楠犹豫。

"你不说我才生气。"

斯楠吸一口气，真说："你为了走红，跟导演复合，导演只愿意谈恋爱不愿结婚，你不答应，故意制造怀孕，逼导演结婚，结果导演死了，你继承了遗产。"

"没了？"伟贞笑笑。

"没了。"

"谁告诉你的？"

"没人告诉我。"

"你的想象力太差了。"伟贞说，"恰恰相反，是导演要跟我结婚，怀孕是意外。不过是我不愿意结婚，是导演求着我。"

"为什么？"

“他老了。”伟贞也不知道自己为什么说那么多。

“然后呢？”斯楠感兴趣。

“然后我们打算结婚，很不幸，出了意外。”

“他打算对你负责。”

“别用这个词，我不需要任何人对我负责。”

“可我得对淑淑负责。”

“什么意思？”

“她怀孕了。”

伟贞瞬间从感伤、浪漫的情绪中抽离，这一代年轻人啊，做事怎么比她还没有头脑。这才是这个夏天最劲爆的新闻。伟贞第一时间告诉春梅。春梅听了，差点没晕过去。等人镇静下来，伟强回来了。她先劈头盖脸把倪伟强骂一顿，措辞大概为：“都是你带的！”“上梁不正下梁歪！”“有过之而无不及！”意思是，过去伟强在外面玩，还没把人肚子玩大，他儿子这回算“青出于蓝而胜于蓝”了。春梅抓狂：“孩子必须打掉。”伟强说那得女方同意。春梅立刻说：“什么都放下，妈让老大照顾，咱们再去邯郸一趟。”伟强说：“那可是人家的主场。”

春梅想了想，也觉得直接杀过去不妥，于是想看看能不能把她请过来，到了自己的主场，事情好办些。春梅让伟贞跟斯楠沟通。斯楠给淑淑打电话，淑淑立刻就同意了。春梅痛心疾首：“看到没有，就是处心积虑，人都等着呢！”春梅不敢往下想，虽然已经到了结婚年龄，生育年龄，可斯楠还是学生啊，刚考上研，全院上下包括院长、导师都对他期望那么大。他不搞学术，搞大女孩肚子，这传出去，丑闻一桩，没有翻盘机会。铁证如山啊！可是，春梅也意识到难度，想要“消灭证据”，是不是有点太不人道。那可是一条人命。

消息传得很快。二琥知道了，顿时叫老天，不过，她不骂萧淑淑，却反过头骂红艳：“人年纪轻轻小姑娘都知道早点开花结果，她好，开了一朵，蔫了，又开一朵，又蔫了，整天连个影儿都见不着。”

伟民说：“那不是她妈又病了嘛。”

“装病！”二琥批判，“就一个甲状腺开刀，能病到哪儿去，小姐身子丫头命，咱这种人家，别那么娇气。”

五十六

医院走廊里，庆芬红艳母女几乎吵起来。“妈，不用考虑钱的事，是病就得治，不能讳疾忌医！”红艳急得跺脚。庆芬半搂着女儿：“刚挨过一刀，哪能再挨一刀，吃药就行，不严重，自己身体我自己知道。”红艳说：“上次是甲状腺，这次是往下一点。”庆芬连声说不用。红艳控制不住，终于说：“妈，切掉的是癌！你要让癌细胞继续留在身体里吗？你要让我日日夜夜担惊受怕吗？早都说了，钱不用考虑，我来解决。”

庆芬瘪着嘴：“你哪还有钱……”

“有，别管了，安排住院。”

刘红艳算清楚了，从二琥那儿弄的十五万，加上一部分医保报销，老妈二次手术，应该能挺过去。甲状腺癌，上次做得不彻底，必须二次治疗。倪俊也劝，给庆芬打气，同样安慰她，钱的事不用操心。不日，庆芬被推进手术室。结果，手术很成功。不过，令刘红艳始料未及的是，手术花钱，术后恢复，更花钱。康复方案有好几个，用不同的药，康复效果不同，医生给选项，红艳总是选最贵的那个。给老妈花钱，她从不含糊。那十五万很快见底。红艳对倪俊说：“你找妈借点。”倪俊为难：“上次不是借过吗？妈没有。”红艳说：“不一样，这次肯定有，不多要，五万就行，两个月后还。”她算准二琥能松口，她要是不松口，她就把丑事放出去，大家都别想好过。谁知，倪俊去交涉一番，只带回来两个字，“没了”。红艳不理解：“什么没了？”倪俊说：“她就说没了，没钱了，没有。”红艳气得肺炸，抠也得分什么事！这可是人命关天！上次没钱，这样，这次得了外财，还这样，红艳感觉二琥根本存心。她原本想干脆撕破脸，把这事抖搂出去，可十五万已经花出去，要往外吐不可能，万一二婶三姑知道了，找她刘红艳要钱，那真是搬起石头砸自己的脚，不划算。于是，红艳只能隐忍。

四处询问，最后在春梅那儿借到一笔款子。春梅说：“红艳，过两天有空吗？”红艳不知什么事，但拿了人家钱，只能说有空。春梅说：“到时候你过来。”红艳问什么事。春梅说到时候你提前点来，有事拜托你。红艳想都没想，就答应了。

药用上了，治疗都跟上了，庆芬躺在病房里，怎么都觉得难受，分分秒秒都是钱，刀也开了，病也治了，何必再乱花这钱。回家躺着，不一样恢复吗？这日，趁红艳不在，庆芬跟护士说要办出院。护士劝：“阿姨，今天大风，你明儿再出院吧。”庆芬问：“明儿出院，算明儿的钱吗？”护士说算钱。庆芬当机立断：“就今天出院。”护士没办法，只好给办了。孙庆芬走出医院，想叫个车，可站在路口，半天都没车过来。起风了，果然来势汹汹。天气预报说，这一回，是本市近五十年来最大的一场飓风，部分地区，风力达到十级。庆芬等不到车，只好沿着人行道，往公交站方向去。风还在吹，仿佛万匹野马，脱了缰绳，庆芬也没见过几次这样的大风。路上，有人的伞被大风吹走，跌跌撞撞，有小树苗被连根拔起，又被风拖着走，庆芬吓得连忙加快脚步，可刚手术完没多久，身子弱，脚下走不快。又一阵狂风，更凌厉。巨大的广告牌在风中颤抖着，终于支撑不住，整个儿倾倒下来。庆芬来不及躲闪，被压在下面。

给新入职员工做的培训课刚上到一半，刘红艳接到电话，没听两句，就直接昏倒在讲台上。老妈突然离世，刘红艳觉得自己整个世界仿佛坍塌了。她努力，她拼搏，她在这座城市奋不顾身找一个属于自己的位子，她所做的一切，就为了给自己找一个栖身之所，为了给老妈一份安稳的生活。可现在呢，哪还有什么安稳，一切都被打破，尽管倪俊抱着她，安慰她，陪伴她，但不一样，红艳还是感觉自己成了孤儿。在这个世界上，从此之后，她彻彻底底一个人活。她的过去，她的不甘，她的痛苦，她的快乐，她所有的秘密，大的小的，都随着老妈的去世烟消云散，没有人再能那么深入地了解她，没有人能像老妈那样包容她。再没有人。什么房子，什么赚钱，什么奋斗，什么成功，有意义吗？红艳绝望。

简单的葬礼过后，红艳哭了三天三夜，那哭声让倪俊都感到害怕，哭到筋疲力尽，红艳甚至想，要不干脆自己眼一闭，也那么过去算了。可老天不让她死，哭累了，睡一会儿，再睁眼，她还活着。她现在似乎才明白老妈那句话的含义。活着，未必比死了幸福。活着说明还有业，还要还，还得继续受苦。她突然有点羡慕自己的亲生父亲。他死在四十岁，照片中，永远是一张还不算太老的脸。刘红艳扁桃体严重发炎，说不出话，发烧，倪俊不得不把她送到医院。红艳一听说去医院，立刻像一条垂死的鱼，乱蹦。怎么也不去。没办法，倪俊只好把社区医院的医生护士请来，在家治疗。无神的双眼盯着塑料管里落下的点滴，冰冷的药水注入红艳的血管。她的心似乎也慢慢冷硬起来。妈不在了，她还怕什么。她谁也不怕，谁也不用考虑，想怎么活怎么活。

病房里，二琥在帮老太太翻身。伟民站在一边，二琥抬头指示：

"背过脸去。"伟民连忙背过脸。男大背母，女大背父。夫妻俩背对背说话。二琥手上不停，擦拭着："这么利利索索走了，换个角度想，或许是好事，省得受苦。"伟民呵一声："那可是砸死的，你去试试。"二琥哼哼："你说，是轰的那一下，人没了好，还是像妈这样，慢慢地，给你手术，给你插管，给你这样折磨那样折磨好？一个是快刀杀人，一个钝刀割你的肉，哪个好？知道了吧，快刀是要你命，刽子手，下刀快就是仁慈，钝刀，是活活把你疼死。"

恐怖故事。伟民听得心惊，忙让她别说了。

二琥嘴不停："老天对她不薄，人死了，走意外险，保险公司还赔她五十万，还想怎么样。"

伟民批评她："你脑子里别总想钱，这是人命，都什么话。"二琥把毛巾投在水盆里："人话，实话，你们这些人，心里想一个样，嘴上说另一个样，我只不过把你们心里想的说出来。实际呢，我不比你孝顺？你伺候过你妈几天？"伟民跳脚："男大背母！天理伦常，懂不懂?!"背后没声音。伟民问："好了没有?!"再回头，二琥早端着盆从后门出去了。

淑淑要来。春梅原打算让红艳做"缓冲"，做做她的工作。一来，红艳跟她年龄差距小一点，二来，毕竟刘红艳有过两次流产经历，方便给淑淑打"预防针"。只是，庆芬去世，红艳服丧，这个安排被迫取消。春梅问伟强，要不让伟贞做做工作。伟强认为，老三只需要把斯楠盯住，女方这边，不适合她再出面。春梅头疼。看来，跟淑淑谈判的事儿，还是得她亲自来。硬碰硬刚对刚，没有缓冲。

斯楠还在伟贞那儿。正阳娘偶尔做做他工作，可毕竟隔着好几代人，斯楠的想法跟正阳娘完全对不上。正阳娘问他："知道有了孩子代表什么吗？这是个包袱，生下来的是人，一辈子你都得负责。你准备好了吗？”斯楠却觉得车到山前必有路。这个年纪有个孩子，挺酷，等孩子长大，他还没变老。挺好。“万一离婚了呢？或者出了意外，你中途失去了劳动能力，或者得了大病。”伟贞用红艳卖保险的那一套话给斯楠压力，“你这样不是爱孩子，是害孩子。”结果斯楠说：“那我就找嫂子买一份保险。”天，红艳的业务拓展得够宽。

火车站广场，一个女孩拉着行李箱，身材依旧窈窕，看不出来有什么“异状”。春梅朝她招了一下手。女孩走过来，春梅要帮她拉箱子，女孩说不用。车开过来，两个人上车，司机是伟强。女孩问斯楠呢。春梅说：“他这两天在外地。”转头对伟强：“先去宾馆。”

房间提前预订好，淑淑来了，做登记，入住。毕竟男女有别，伟强在外面等，春梅一个人在房间跟淑淑说话。春梅让她先休息休息，明天先带她去做个身体检查。淑淑非常平静，既没有过激的言论，也没有要求立刻见到斯楠，来之前，她已经跟春梅达成一致，在没取得共识前，暂时不跟斯楠见面。淑淑看上去仿佛只是一次寻常的旅游。春梅感到这女孩实在难对付。

伟贞家，倪斯楠却有点坐不住。他知道淑淑来了，暂时却无法见面，必须等待。伟贞劝他：“你要想天长地久，就要能忍耐一时。”斯楠不客气：“你们这是犯法！逼一个达到法定生育年龄的女性堕胎！我可以报警！我才是孩子父亲！我有权决定生还是不生！”伟贞有点恍惚，她眼中永远的小屁孩倪斯楠，竟然嚷嚷着自己是“孩子的父亲”。她只能请斯楠少安毋躁。斯楠真要报警。伟贞提醒他：“打吧。打出去，就不用谈判了，我可以保证，你们铁定成不了。”斯楠又犹豫了。

翌日的主要内容是带淑淑产检。当陪着萧淑淑走进妇产科的时候，张春梅感到一种强烈的荒诞感。两个人都还是孩子，却孕育了一个新的孩子，现在又得由她来负责善后。这孩子不能要。还嫌世界不够乱？还嫌生活不够麻烦？关键是，这俩孩子都还没有独立的生活能力和经济能力，孩子生下来怎么办。可是，负责B超检查的医生说出“恭喜，孩子很健康，你看，这个小点”，淑淑撑着身子看，春梅也看到屏幕上那黑白的活动的小颗粒。那是生命，是她儿子的孩子，跟她也并非毫无关系。这一瞬间，张春梅又心软了。

车平稳开着，司机还是伟强。春梅和淑淑坐在后排，两个人都没说话。春梅内心天人交战得厉害，情感上讲，她不排斥这个孩子，理智上看，她又必须说服淑淑放弃这个孩子，淑淑和这个孩子，会影响斯楠的前途。斯楠还只是个硕士研究生，还有大把未来，没有必要在这个年龄，就被两颗图钉钉在墙上。斯楠现在的坚持，只是少年意气。如果生下来，他未来一定会后悔。

到宾馆，伟强还在外面等着。春梅陪淑淑进去，她抱着包坐在床边上，又拍拍柔软的床铺，让淑淑坐。淑淑慢慢走过来，轻轻坐在她旁边。春梅说：“淑淑，阿姨也是从年轻时候过来的。也为爱情疯狂过，不顾一切过，但我可以负责任地告诉你，所有非理性的选择，最后都只能是自尝苦果。你还年轻，干吗非这么早就把自己圈起来呢？”

淑淑道：“阿姨，我已经不年轻了。我很清楚自己想要什么。这个孩子也许是意外，但意外之后的选择，我是认真的。”

春梅耐下性子：“淑淑，阿姨尊重你，阿姨也能理解你们这种女孩的梦想，所以阿姨想支持你。”

淑淑淡淡微笑，等她下文。

“阿姨给你五十万。海阔天空，你读完了书，想去哪儿去哪儿，去大城市，去北京，发展你的事业，认识更多的人，那里有更多机会，不比留在一个搞什么枯燥物理的臭小子跟前好很多吗？”

“我不是因为钱跟斯楠在一起的。”

“我知道，我明白。阿姨只是想补偿你，你很辛苦，作为女孩子，你精神有损失，身体有损害。”

“我没觉得这是种损害。”

春梅凝望着淑淑，这女孩比她想象的还要顽固。

“那你想怎么样呢？”春梅问。只能引蛇出洞，然后再打。

“刚才做B超的时候，您不是也笑了吗？”淑淑说。春梅心里咯噔一下。这么微小的情绪变化，她都能捕捉到。

春梅只好换一个方向，跟红艳学：“你现在每个月的收入是多少？”

“暂时没有收入，毕业之后会有。”

“会有，那就是还没有。”

“可以这么说。”

“你确定能找到稳定工作？”春梅问。

“不能百分之百确定。”

“斯楠读研，至少三年。”春梅说，“也就是说，三年内，即便你有工作，也只能一个人供养孩子。”

淑淑一笑：“如果确定要生，孩子就不仅仅是我和斯楠的，我想阿姨您也会帮忙。”

岂有此理！这丫头已经把其他人都算进去了。

“如果我不认呢？”春梅努力硬起来。

“您不会不认的。”淑淑依旧平静，“就算您不肯相认，这孩子仍然是您的孙子辈，您仍然是孩子的奶奶，这个是永远也不会改变的。”

春梅终于坐不住。她站起来：“这个孩子不能要，我们也不会承认。如果你还想跟斯楠在一起，如果你真的爱他，就不应该一意孤行，以为用这个孩子就能绑住他，这不是爱，这是绑架！他现在还在爬坡，需要学习，拼一个未来。你不能打扰他。”

淑淑依旧笑脸：“阿姨，我没说一定要这个孩子，是您一直在做这种假设。”

“你愿意……刮掉……”春梅好不容易说出后面两个字，很艰难，仿佛在杀一个人。

“有个条件。”淑淑站起来，两手叠在小腹部位。

“请说。”

淑淑带着永恒的微笑：“如果您同意我和斯楠订婚，我可以流掉孩子。”好一招舍车保帅。春梅头晕，这女孩段位太高，她应付不了。坐在伟强的车上，张春梅一个劲揉太阳穴。在张春梅看来，这简直就是一次“钓鱼”，是一个贫家女孩，处心积虑找一张长期饭票，好脱离自己原有的阶层。而这个孩子，就是她最好的筹码。目前的情况，淑淑几乎立于不败之地，生下孩子，她就和斯楠有了永恒的纠缠，一辈子都甩不掉，流掉孩子，她也能取得阶段性胜利，跟斯楠订婚，完成小目标。不过，春梅考虑再三，还是认为，流掉孩子比较妥当，儿子好不容易考上硕士，学业必须保住，没有孩子，就算订婚，以后万一感情破裂，还可以分手，还有转机。她不喜欢淑淑。这么个早熟的女孩嫁进来，家里还有安宁？她不敢指望这样的人给她养老送终。

春梅把内心的考量跟伟强说了。倪伟强笑：“想那么远，还养老送终。”打了一下方向盘，又说：“你不是要结婚了？孝顺的儿女不如半路的夫妻。”春梅没往下说。她知道，倪伟强或许在试探。严宁的确又提过结婚的事，可今年事儿太多，春梅认为最好缓一缓，也多给彼此考察和思考的时间。严宁笑说：“你继续考察我，我已经考察好了，都考察几十年了。”实际上，春梅是感谢严宁的。至少，他的出现，重新给了她信心。离婚过后，她一步一步重新找回自我，严宁也是她信心复盘道路上很重要的一块拼图。

五十七

二琥给伟民上了一份重疾险，属于消费险，从红艳那儿买的，算抚慰她丧母之痛。二琥说："从你这儿买，好歹放心点，也算肥水不流外人田，你爸好喝酒，万一呜呼，多少能补贴给你和倪俊一点，也算死得其所。"伟民端菜过来，道："你就巴不得我早点走。"二琥好笑，对红艳："听听，这都什么话，不过也是，像你爸这样歪歪倒倒这病那病的，偏偏千年王八万年龟，积德行善的早死。"话锋一转，她又对红艳说："不过这次意外险的理赔，真算一笔钱。"

红艳内心不屑，这个女人，除了钱还认识别的吗？但面上，她却说："妈，我都快过去了，还提。"二琥连忙说不提不提。中午又吃甲鱼汤，算给红艳补身体。清补。吃完饭，倪俊去馆里忙事，伟民回饭店帮忙。二琥没去打麻将，坐在沙发上跟红艳闲聊。二琥忽然小声："红艳，你别怪妈，上次借钱，是真周转不开。"她总觉得不好意思。可是被诈骗的事，她又不好意思实说，跌份儿。红艳连忙道："妈，过去的事，咱能不提吗？我现在看透了，钱这玩意儿，多少是够，人没了，要钱又有什么用。"二琥给她竖起大拇指："大明白。"

没几天，老三伟贞来电话，通知大哥大嫂去医院，说要见证一下斯楠的订婚仪式。二琥吓了一跳，问怎么不是春梅通知。伟贞道："还气着呢。"二琥问怎么去医院。伟贞说要当着妈的面，神圣。二琥觉得瘆得慌，问："想清楚了？"伟贞说："二嫂跟斯楠谈了，先承认他们关系，缓兵之计。"实际上，张春梅和淑淑谈妥后，又认认真真跟斯楠谈了一次。主要内容是：现在可以做男女朋友，家里不反对，哪怕订婚也可以，只是不能领证。正式领证，得到斯楠学成毕业，参加工作，两个人都有独立生活能力才行。斯楠和淑淑都同意了。这天，在老太太这边忙完，小段来接班，倪伟强开车接春梅回住处。春梅坐副驾驶，头靠在椅背上，叹气："做梦都想不到，我能有这么个儿媳妇。"伟强反劝："宽容点，妈以前怎么对你的。"春梅侧过身子："能比吗？我什么样，她什么样，学历长相家世她哪样比得上我，反正，这人我有点瞧不上。"伟强道："儿子瞧得上，没辙。"春梅不想说这话题，改问伟强最近学校里的事，倪伟强说，院里有个芯片项目，他牵头，过一阵有可能闭关研发。春梅说："闭就闭吧，妈这儿我管着。"伟强又想说谢谢你。可说的次数多了，他也觉得没意思。这一年，倪伟强觉得自己与世界、与他人、与自己的关系似乎都没那么紧张了。即便老妈依旧躺在病床上，病情甚至又有恶化，儿子学业、感情问题一起爆发，还有家里家外、校内校外的种种一起袭来，他也没有像过去那么焦虑。他仿佛一个长跑者，已经度过了痛苦的第一次呼吸，进入第二次呼吸，他发现当人不再反击痛苦，而是与痛苦认真相处的时候，反倒能够找到平衡，继续走下去。"靠边停车。"春梅说。伟强连忙岔向辅路。"你不回去？"他问。"有点事。"春梅说。伟强抬头看看，当看到不远处商业银行的牌子的时候，他大概明白，春梅是来见严宁的。不知为什么，此时此刻，倪伟强心里竟有些酸酸的，这种滋味，他多少年没品尝过。

病床前站满了人。斯楠和淑淑站在最前面。身后是二琥、伟民，两翼有伟强、春梅，伟贞也来了，留正阳娘和小段在家带孩子，作为编剧，她不肯错过这场大戏。刘红艳和倪俊站在最外围，他们是小字辈。

春梅看看伟强，不说话。伟强也觉得有点别扭。

二琥不含蓄，率先站出来，对老太太：“妈，大家来看您了。”老太太睁开眼，目光无神，眼皮子许久才开合一次。二琥指着斯楠和淑淑：“妈，你二孙子，斯楠，带女朋友来看你了！”斯楠的脸红了，淑淑却一派自然。二琥话音刚落，淑淑就对老太太柔声道：“奶奶，我是淑淑。”说着，手抓过去，“我是萧淑淑。”老太太看着她，仿佛看着外星人。红艳觉得好笑，这场面太滑稽。可又不得不忍住，倪俊掐了她一下。春梅最后做总结陈词，也是对老太太：“妈，您最疼爱的楠楠，也长大啦，有女朋友啦，今天带来跟您见面，请您放心。”又转脸对淑淑：“小萧，今天算见家长，以后，你和斯楠要相互帮助，共同进步。”斯楠和淑淑都当即表态。“仪式”到此结束。伟强回学校。春梅让伟贞带斯楠回去，她跟淑淑还有话要说。家离医院不算远，为省钱，二琥和伟民打算溜达回家。人都离开病房，春梅才对淑淑说：“小萧，阿姨答应你的做到了，你准备好了吗？”淑淑笑说准备好了。春梅问：“那一会儿再做个检查，明天下午安排手术。”春梅打算趁着心还没软，快刀斩乱麻，免得夜长梦多。她想来想去，还是觉得，这孩子来得不是时候，绝不能要。

二琥刚走下台阶。伟贞追过来，叫大嫂。二琥站定，伸手搭在眉毛上遮太阳。“大嫂——”伟贞又跑了两步，上前。二琥问什么事。倪伟贞不藏着，直接问：“爸留下那大木头盒子，回头我去你家拿，那些零碎东西，还是用它装好。”二琥的心一下提了起来。老三突然提这事，有蹊跷。二琥面无表情：“丢了。”

“真丢了假丢了？”伟贞嗤笑。

“老三你什么意思？”二琥语速加快，“那么一破盒子，放家里都嫌占地方。”

伟贞哼哼一笑：“破盒子？我怎么在一家店里，看到这盒子卖着高价，当成个宝盒子呢。”说着，她拿出手机划开照片，盒子端端正正摆在那儿，“六十万！”

“胡说！只有……”二琥差点说漏嘴，连忙生吞话头。

伟贞呵呵笑：“大嫂，盒子不会被你卖了吧？”

“没有。”二琥的反驳很无力。

“那东西呢？”

“丢了。”

“丢哪儿了，能找回来不？”伟贞紧逼。

“丢了就是丢了，垃圾站运走了，销毁了。”二琥咬紧牙关。

“大嫂，你的意思是，你把盒子丢了，被古玩店的人捡走了。”

“行了！”二琥破釜沉舟，“盒子我卖了，一万块钱，回头我拿给你，三家分三份，你得三千三。”

伟贞骇笑，一秒后停止，说：“二嫂，你糊弄谁呢，上好黄花梨木的盒子，就值一万块钱？”

“就这么多，回头拿给你！”二琥大手一挥，扭头走了。一路上，吴二琥越想越不对，本来天知地知的事情，老三怎么能知道？这不摆明了是红艳反水吗？否则，老三怎么可能那么巧，刚好去了那古玩店，刚好见着那盒子。而且，按照古玩店的规矩，真东西怎么可能摆在外头。绝对是红艳。二琥立即给刘红艳打电话，问伟贞怎么知道盒子的事。红艳佯作不知，反问：“妈，是不是您说漏嘴了？”

二琥着急：“别装了！你说的是不是?!”

红艳保持冷静：“妈，是不是有什么误会。”

“就你我知道，你不说，她们怎么知道？”

“妈，您是不是糊涂了，我这还压着十五万呢，我不知道钱好？”二琥一想也对，损人不利己的事，刘红艳何必做呢。只是，又过几天，几个女人凑到一块儿，又为老太太不断上涨的住院费想办法，伟贞又把木头盒子的事提了出来。春梅听了也诧异，问：“大嫂，那盒子到底怎么回事，现在妈急需要用钱，你要真卖了，只要钱拿出来，大家不会追究。”二琥虎着脸，一言不发，还是一副咬定青山不放松的样子。红艳突然跳出来承认错误：“二婶，三姑，这事，是我不对。是我牵的线，去卖的盒子，钱我也拿了，可自从拿了这钱，我就没安心过。救人一命胜造七级浮屠，为了奶奶，我现在就把这钱拿出来。”

“多少？”春梅问。

“十五万。”红艳说。

“你那儿呢？”春梅偏头问二琥。

“我这儿一分没有！”她横横着。老实说，如果这钱没有被博彩网站骗去，二琥可能一咬牙，会把钱拿出来。本来就是“外财”，她何必撕破脸护着。可现在，钱被骗得一干二净，要是再掏，那就是从自己口袋里出钱——那可是她的养老本、看病钱、救命钱，是她多少年从吃穿用里抠抠出来的，她怎么能舍得！不，绝不！可事到如今，她也不可能跟春梅他们解释，说钱是拿了，可全赌输了。她们不但不会信，可能还会笑话她。

二琥、红艳告辞。春梅和伟贞相对叹息。其实倪伟贞也不是想逼大嫂。只是，老太太的治疗费用不断上涨——治了那么长时间，情况时好时坏，经过上一回教训，伟贞、伟民都不敢在伟强面前说放弃治疗的话，只能治，就算是无底洞，也只能继续填。可倪伟贞又确确实实感到财务的巨大压力。她的剧本写完了，拿给几个制片朋友看，都瞧不上。本子卖不出去，伟贞只能靠接点零散小活儿度日。尽管正阳娘依旧愿意出钱，可坐吃山空，终非长久之计。春梅陪伟贞在药房排队，正阳娘有慢性病，肾不好，她帮正阳娘拿药。春梅问情况严不严重。伟贞说好多年了，老糖尿病，一直靠药物控制，问题不大。伟贞问春梅斯楠和淑淑后来的情况。春梅说暂时稳住了，一个上学，一个找工作。伟贞说："那丫头主意大着呢。"春梅说："我也是才知道，当初，全家人就供她一个人出来上学。"伟贞问什么意思。春梅无奈："还能什么意思，投资是要回报的。不过现在家里人都没了，就剩她一个。对这种女孩来说，学业，工作，重要吗？抓到一个优秀的男人，一辈子不愁。"伟贞道："比我聪明多了。"春梅笑："你是傻。"伟贞反驳："你也不聪明。"话音没落，两个人都笑。

五十八

一出医院门，二琥就痛骂红艳，说她吃里爬外脑袋不清。红艳作痛心疾首状："妈，现在是中饱私囊的时候吗？奶奶危在旦夕，咱们做子孙后代的，能出力尽量出力不是吗?!"二琥虎啸："你倒是个孝子贤孙！你因为你妈那事得了几十万，是不把十五万放在眼里！"

红艳脑子瞬间嗡的一下，老妈是她的底线。是，她妈出意外，保险公司是赔了几十万，可谁想拿这几十万要命钱！二琥这么说，是对生命的极大不尊重！红艳愤怒，随即道："妈，您这种价值观我实在不能认同，人重要钱重要？人没了，要钱干什么？留着买墓地?!奶奶生病，你恨不得算到骨头里，你是不是巴着奶奶死呀，很遗憾，家里除了那个木头盒子，没有其他值钱东西，没有金山银山等着你分！"二琥气得浑身乱颤。红艳不管她，扭头就走！最坏的情况她想过，大不了离婚！也不能任由这个恶心的女人侮辱自己妈妈！二琥气得东倒西歪，扶着电线杆子站了一会儿，才步行回家。她怎么也想不到，刘红艳宁肯不要那十五万，也要反水倒戈，把她那十五万炸出来。她是何居心？还是不是一家子?!二琥打电话给倪俊，命令："你要还是我儿子，就治治你那混账老婆！"倪俊一头雾水，只能安慰。许久，才挂了老妈电话。又打给红艳，谁知红艳也是一腔怒火，鲸吼："你那个三观扭曲魔鬼一样的妈，我刘红艳这辈子跟她尿不到一个壶里！"

回到家，二琥气得躺在床上，揉肚子。她胃疼。伟民下工一进门，她就一通抱怨。伟民听了半天才明白，他问：“那到底有没有那钱？”

“有。”二琥跟丈夫倒没撒谎。

“钱呢。”

“没了。”

“没了？”

“这钱就不能给。”

“妈现在要用钱，先拿出来。”

“没有。”

“吴二琥！”伟民不客气，原则问题，“这算祖产、遗产，不可能你一个人吞。”

二琥披头散发，嘶喊：“那老三住那房子，是不是祖产?!是不是遗产?!该不该也拿出来?!”

伟民跟倪俊交代，让他做好老婆的工作，不要激化矛盾。下了班，倪俊到家，还是以协调为主。红艳却说得干脆：“不行咱们就离。”倪俊连忙说不至于。红艳脸上贴着黑面膜，鬼似的，口气犀利：“那不能让你做选择题啊，我不会问我和你妈掉水里你先救谁，人都是父母生养的，孝顺父母，理所应当，你妈是唯一，老婆还能换。”

“没那么严重。”倪俊还是老好人口气。

红艳一把撕了面膜，露出真面目：“奶奶生病要用钱，妈昧了祖产，合适吗？是，我是贪心，当初也分了点，可现在情况紧急，就得舍小家为大家，这还用考虑吗？”

倪俊上前，双手圈成个圈，环抱住红艳：“知道你生气，上次妈生病，我妈没借钱，你心里有点过不去……”红艳被点中心事，瞬间恼羞成怒，倪俊话还没讲完，她就一把挣脱他的臂弯，厉声道：

“我还真不是那么小肚鸡肠的人！你别以小人之心度君子之腹，什么仇什么怨，至于吗？就事论事，妈攥着钱不撒手，不给奶奶治病添砖加瓦就是不对。”红艳指着倪俊：“就你们家这种做人理念，我要是早知道，我根本不会嫁进来，我不敢嫁，我怕哪天躺在病床上的是我，你们会不会撇下不管直接走人。”

倪俊还是灭火：“我自己不活了都不会不救你。”双臂再次圈住，这一回，红艳挣扎了一会儿，无效，终于安安分分留在他臂弯里。

伟贞进门，正阳娘坐在门口沙发上，眼神迷蒙。她近来视力下降得厉害。伟贞叫了声妈。正阳娘问药开到没有。伟贞说：“有的有，有的没有。”说着，她放下药，去厕所。又喊小段给正阳娘倒水，老母亲匆忙吃了药。伟贞从洗手间出来，把她扶到里屋跟永安待在一块儿。伟贞有话跟小段单独说。伟贞拿了个信封，递到小段手上：“小段，这些日子辛苦你。可家里的情况现在比较困难，硬留你有点吃力，真不好意思。”小段立刻明白，又说愿意再帮忙几天。伟贞感激，说自己现在没有活出去干，老母亲身体好转，能照顾得过来，又说以后赚到钱，一定再找她。相伴一场，即将离别，小段也抹眼泪。伟贞抱了抱她，就算告别。正阳娘眼睛不好，耳朵很灵，小段走后，她才问伟贞是不是遇到什么困难。“那钱，你用。”她说。伟贞道：“妈，放心，没困难，只是现在我不用出去做事，照顾得过来，能省还是省。”正阳娘不信也得信。这段日子，怎么着得先顶过去。

老太太又进重症了。一天基本一万。倪家人不说，强撑，但私底下，连伟强都愁得头发白。又到了缴费日，几个女人凑在一块儿开会。伟强正式带队出去闭关，家里都交给春梅。伟民因为二琥闹了那么一出，不好意思来，因此开会仍让二琥去拼着老脸。伟贞不客气，当着二嫂春梅的面，又把木头盒子的事提出来。红艳的钱已经上缴了，这会儿已经给老太太使上。二琥霸着的那十五万，理应拿出来。谁知伟贞一提，二琥立刻说："拿出来可以，如果执行这个标准，那就执行到底，你住的那房子，是祖产，也是遗产，都这时候了，为什么不拿出来？"

伟贞气极了，这根本是"公报私仇"。她倪伟贞不是心疼房子，关键现在要卖了房，她一家三口老的老小的小，住哪儿？二琥追问："是不是那房子已经改成你名字了？"

伟贞唾："别血口喷人！"

春梅一时无措，站在哪边似乎都不合适。

二琥伸出右手，手掌朝上："房产证拿来看看。"

伟贞咬牙切齿："你没有资格看，这房子，卖还是不卖，跟你没关系！"

二琥不示弱："我没资格，你大哥总有资格吧？哦，不想卖？总不能双重标准，木头盒子能卖，房子就不能卖，房子不是为人服务的？现在火烧眉毛了，你口口声声说救妈要当孝女，这时候怎么没见你为母埋儿，鹿乳奉亲！"二琥学的二十四孝故事还没忘。

二琥又对春梅说："老二媳妇，你是大明白，你给断断，咱们这事，是不是该怎么办就怎么办。老三要卖房，我立马交钱，完事儿！"春梅犯难，老头留下的房子，老三一直在住，过去老太太明白，镇着，没人敢提。她也犯过嘀咕，一套房，儿女都有份。要是都给老三，也不是不可以，但好歹有句话。兄弟们愿意让，是情分，不愿意让，是本分。如今老太太病重要用钱，舍房治病也不能说不在情理之中。只是，老三如今这个状况，孩子小，身后又拖着个瘸腿老奶奶，这时候逼人卖房，住哪儿？睡大街上去？实在太不人道。春梅只好说再商量商量。二琥听罢，扬长而去。独自面对春梅，伟贞才落下泪来，她不是为自己哭，是为一老一小哭。他们上辈子是做了什么孽，这辈子要跟她受苦。只是，面对这样的伟贞，春梅也不好给准确答复。她只能说再想想办法，红艳给的钱还能顶一阵儿。她需要跟伟强商量商量。

晚上轮到春梅值班，一天无恙。傍晚，严宁打电话叫她过去吃晚饭，春梅婉拒，严宁说是自己生日，春梅没法再拒绝了，只好打电话让倪俊过来顶几个小时。她吃完饭就回来换班。谁知到了地方，生日是没错，客人就她一位。

春梅告诉自己，既来之，则安之。可偏偏一晚上她都心不在焉。酒尽羹残，严宁说："今儿别走。"

春梅立刻说不行。

"又是婆婆？"严宁问，这次他的态度有点微妙变化。酒劲也掩盖不住他的失落。春梅说是。严宁开玩笑似的说："一年就一天，我都比不过你这前婆婆。"

"她还能活几天？你还有后半辈子。"春梅声音大了点，略失态。严宁听了发怔。春梅连忙说不好意思，她最近情绪容易失控。严宁问怎么了。春梅原本不想说，可伟强不在，她没人商量，只好说婆婆的医疗费用还缺个口子。严宁二话没说，直接转给春梅二十万。他有春梅的银行卡卡号，因为春梅在他们银行买过理财。春梅连忙说这不行。严宁拖着调子，故作生气："我过生日，我说了算，这算借的，以后还我不就行了，别那么小气。"

怎么成她小气了。话说到这份儿上，春梅只好暂且收下，以解燃眉。但这点钱毫无疑问是扬汤止沸，住进重症没几天，老太太病情恶化，痴呆引发的并发症来势汹汹，肺又出了问题，整日依靠呼吸机喘气。伟民见状便对春梅说，跟老二联系，让他赶紧回来。

因为是“闭关”，春梅没法跟倪伟强直接联系。她向朱院长汇报情况，朱院长再打内部保密电话，告知伟强家里的情况。等他赶到医院，老太太已经下了两次病危通知单。黄昏时，春梅和伟强站在医院走廊，灯光暗淡，气氛阴沉。春梅把大嫂卖木头盒子，伟贞要钱，大嫂逼着交出房产证等事跟伟强说了。伟强听了头疼，他最怕听这种啰唆事。听完，他总结：“不就钱的事？”他现在视金钱如粪土。“是钱的事，”春梅说，“妈现在……”她话没说下去，太难听。她不能说婆婆是吞钱机器，可事实如此。伟强说他解决，春梅问他打算怎么解决。

伟强深呼吸：“不行只能把我那房子卖了。”

“不能卖！”春梅下意识回答。那房子是留给斯楠的，全家就这一个大套。伟强道：“你放心，卖了大套，换个小套，剩下的给妈治病。”又说，“老三那房子不能卖，她孩子小。”春梅一方面感动于伟强的“无私”，一方面又责怪他不为自己考虑。伟贞孩子小，他们也不是没有孩子。到了这个地步，老大老三都各扫门前雪，只有伟强依旧故我，奉其所有。有意义吗？看着躺在那只剩一口气的婆婆，春梅严重怀疑这种抢救的意义。伟强侧过身子，也面向老妈所在的方向：“妈没有对不起我们，我们也不能对不起妈。”

“妈现在什么都不知道。”春梅提醒。

“知不知道都一样！”伟强气得血压升高。

“回头给我二十万。”春梅想起这事，她得还严宁的钱。伟强忙问怎么回事。春梅说明了原因，又说是找朋友借来救急的。伟强又问：“什么朋友？”春梅本能反问：“别问了行吗？”

“那个人？”他猜到了。脸色瞬间又一变。

“不是。”春梅口气低沉，说反话。

“就是他。”

“你到底在纠结什么？”

“我妈的事用不着他多管闲事！”伟强声音更大。护士走过来提醒他不要大声喧哗。倪伟强站在角落里，像受伤的猛兽。春梅无奈，这就是男人，无论到什么年纪，无论经历了多少次精神危机，都还是好斗。这是雄性动物的魅力和通病。

五十九

伟强把房卖了。他暂时住学校宿舍。伟贞得知后，感动得恨不得亲二哥几口。二哥真是亲二哥。这下财务压力减轻是一方面，更重要的是，伟贞觉得通过这件事，可以看出二哥坚决站在她这边。伟民觉得面子挂不住，把二琥狠狠骂了一顿，说这是打他的脸。二琥反驳："你老脸值几个钱？老二愿意顶，让他顶！"伟民不痛快，菜谱摔得啪啪响。二琥说："我把话搁这儿，哪天等妈一闭眼，兄弟姐妹的，谁认识谁呀！我们家不就是例子！"二琥的几个兄弟姐妹因为分产不均，早断了来往。伟民道："你们家，全国少有！"

倪俊佩服二叔，认为他的选择"很男人"。到儿子这儿，二琥便换一副口吻："看到了吧，这才是榜样，你以后也要学你二叔，别学你爸，只知道装鳖。男人就要能扛。"倪俊不说话。红艳听后跟倪俊说："瞧着吧，她跟你爸铁定另一套话。"

老太太病重，几度弥留，伟强只能暂时放下项目，守在旁边。学校召回周琴顶上，暂时率领项目组继续工作。伟强知道后没说什么。春梅从朱院长那儿听说这件事后，特地安慰伟强："项目是做不完的，妈就一个，你选得对。"伟强不理她，他现在才不在乎周琴。这一个礼拜，医院又下了两次病危通知单。凌晨，倪家人都守在医院。春梅甚至给斯楠打了电话，让他赶紧回来见奶奶最后一面。谁知，守到太阳出来，老太太又缓过来了，治疗继续，费用继续。二琥只觉得心脏受不了，悄悄跟伟民说："妈这怕不是故意的吧。"伟民道："阳寿没尽呢。"次日，斯楠打电话回来，说导师找他有事，只能改航班，春梅又让他暂时别回来，奶奶安好。谁知，斯楠竟让淑淑来，代他尽孝。春梅觉得厌烦，可实在抽不开时间反对，再一抬眼，淑淑已经站在她身旁。客观地说，淑淑算是懂事的，来的这一会儿，跑单据，买饭，待人接物都做得得体周到。

晚上轮到春梅值班，伟强也要陪着。春梅看他实在疲惫，怕他身体顶不住。再倒一个，这个家一准完蛋。她打发伟强回学校休息，淑淑却来了。面对病体沉重的老太太，春梅和淑淑都不说话。入夜，淑淑突然说："我妈那时候也这样。"春梅望着她，仍旧不出声。她觉得这丫头心思很重。淑淑又说："人这一辈子，太短了。"春梅脑子嗡的一下，这哪应该是一个二十多岁小姑娘能有的感受。淑淑转头看着春梅："好多人都等到这个时候，才懂得换位思考，才懂得珍惜身边人。"淑淑忽然拿出手机，念念有词。春梅问她在说什么，淑淑说在念《药师佛心咒》，她希望能为奶奶减轻一点痛苦。

春梅苦笑："你信这个？"

淑淑说："阿姨，你相信人有来世吗？"

"不知道。"

"前世呢？"

"应该有吧。"

"为什么有前世？"

"因果。"春梅叹息，"如果没有前世，我们为什么会站在这儿？为什么会有交集？"

淑淑笑了一下："阿姨前世肯定欠我的。"又补充："我也欠阿姨的。"

“欠你什么？”

“欠我一个斯楠。”

“你欠我什么？”

“欠你一场孝顺。”淑淑对答如流，她诚恳地说，“阿姨，我能照顾好斯楠。”

春梅盯着她，看了许久才说：“如果将来，我也像这样，躺在这儿受苦，不能动，麻烦你们不要给我继续治疗。”淑淑喜极，眼泪快流下来，春梅这个话等于认可，认可她和斯楠的关系。她强忍住泪：“阿姨那么善良，怎么会有这一天。”春梅叹息：“谁也没规定善良的人就不会受苦。”

站在医院缴费处前，对着电子大屏，伟强感觉像当年站在证券大厅炒股，只不过，眼下这只股票，永远在跌。弥留了六次，救回来六次，老太太的病不断损耗着这个家庭几十年积累起来的财富。连伟强都感觉有点吃不消，可他必须坚持。坚持到底。二琥慌里慌张跑过来，嘴里念叨着，妈不行了，妈不行了。口气里似乎带着兴奋。那感觉仿佛一场马拉松终于跑到终点。只是，看到伟强凶狠的目光，她又连忙改口：“妈……弥留……”她用了个文绉绉的词。伟强连忙往病房跑。病床前站满了人。老太太躺在那儿，被子里像是没有人。她太瘦了，一颗头反倒显得尤其大。她闭着眼，还在呼吸。春梅站在一旁哭。红艳想起自己的妈妈，眼睛红红的。淑淑扶着春梅，面色凝重。斯楠手里拿着帽子，耷拉着脸。伟民鼻孔撑得老大，好像呼吸困难。倪俊站在老太太脚头，见他妈来，连忙迎上去，小声说了几句话。伟贞趴在床边，无声哭泣。倪伟强走进来，拨开人群，凑到老妈跟前蹲下来。他喊：“妈——还有什么要说的……”

老太太睁开眼，什么话也说不出来。春梅也半蹲着，抓住老太太的手。老太太抓紧了，不肯松。伟强突然叫："医生呢？这还能治！继续治！给药啊！"扭头对倪俊说："去！去叫医生！"倪俊看了老爸伟民一眼，寻求意见，伟民摆摆手，让他快去。倪俊只好往外走，去找医生。实际上，适才他已经去找过一次。医生表示没有再给药的必要。倪俊刚跑出病房，就听到背后传出凄厉的哭声。他连忙转回去，却看见病床前，伟民、伟强、伟贞跪成一行。老太太还抓着春梅的手。倪俊走到老妈二琥跟前。二琥如释重负，一直轻耸的肩终于放下来，好像在说"都解脱了"。

直到医护人员前来，张春梅才终于放开婆婆的手。恍惚之间，她感觉自己仿佛灵魂出窍，仿佛到了这个时刻，她过完了前世，往后的日子，她将开始新的生活。只是，同时注定失去人生最宝贵的一部分。

事实上，婆婆去世后，张春梅再一次感觉自己老了。只不过，跟上一回不一样。直面了死亡之后，她对人生的要求又放低许多，她不再介意衰老。她感觉倪伟强也没有了此前的焦灼。殓葬了老妈，倪伟强再度回归团队，他又是倪教授。只不过，此倪教授非彼倪教授，他不再有那么多焦虑、不甘，经历了震荡，伟强才真正明白平凡、平常、平淡的可贵。他不再要求自己中年以后的生活波澜壮阔。偶尔，倪伟强脑袋里的两个小人儿还会对话。这个问：你的人生就这样了吗？那个答：我的人生这样挺好。

老太太去世后，张春梅开始了新生活。斯楠在读书，淑淑竟然在本市找了份工作，每周都来看春梅。她没当上婆婆，就开始享受婆婆的高级待遇。春梅逐渐接受了淑淑，不接受也没用，儿子选的，她只能顺流而下。只是，过了许久，春梅都没从老太太离世的悲伤中走出，严宁又求了一次婚，她还是没同意。严宁不解。过去是为了照顾婆婆，现在呢，为了什么？春梅的解释是先缓一缓。不过，两个人的关系有了突破性进展，春梅正式搬去跟严宁同住。他们不是夫妻，却已经确定是男女朋友。因为老妈在自己恋爱问题上的宽容，斯楠让一步，暂时接纳了这位叔叔。他跟春梅开玩笑说："咱们家一下多了两个人，一个叔叔，一个淑淑。"

不过，老太太一去世，果然如二琥预料，几家的关系大不如前。伟强原本就"高冷"，有话则长无话则短，不太注重走亲戚。二琥和伟贞因为历史遗留问题——房子——死掐，老妈去世后就再无往来。不过，二琥和春梅，伟贞和春梅都保持着良好的"外交关系"，虽然张春梅不过是个前任嫂子。伟贞认为，二哥对二嫂还有意思。春梅断言："那不可能，他有意思，我没意思。"

二琥埋怨伟民不去找老三要房子。伟民劝道："我现在还有几个亲戚？留半步吧！人家孤儿寡母，事别做得太绝！"二琥骂："你当人家是亲戚！人家当你是大哥吗？这事迟早还是上法院解决。"伟民吓唬她："你敢去，咱们就离婚。"二琥气得张牙舞爪："你个王八龟孙倪秃子，吓唬谁呀？离！现在就离！不离不是人造的！"只是，闹过八次，离字挂嘴上都说厌了，两个人还是没去办离婚。他们都明白，活到这岁数，放眼四周，能够依靠的只有彼此。晚上，二琥一边帮伟民剪脚指甲，一边嘀咕："要是没我，看你一个人怎么活！让你儿子媳妇带你，你也尝尝那受虐待的滋味。"伟民看天花板："我儿子孝顺着呢。"二琥不屑："孝顺，当然孝顺，儿子孝顺，难伺候的是你！除了我，你跟谁能过到一起？"伟民道："你要心疼我，就好好保重，别死我前头。"二琥嘿嘿一笑："你放心，女的本来就比男的活得长，我还不是一般女的，命更长。"

老妈去世后，伟贞日子平静许多。正阳娘休养得当，小腿竟然恢复得不错，慢慢能走了。永安活泼可爱，伟贞每天看着儿子，就有了奋斗动力。老妈去世一年的时候，她和正阳此前拍的戏播出了。反响特别热烈。她作为编剧之一，身价顿涨。就连她囤着的那个剧本，也立刻被人高价买走。伟贞的财务一下宽松许多，她又请回小段做保姆，将自己从日常生活的烦琐事务中解放出来。她打算再出两个本子卖钱。她憋着一口气，等钱赚够了，就把这房子卖了，分三份，清楚明白。她再凑点，换一套新房住住。

六十

一晃快两年过去了。刘红艳组了个团队，保险做得风生水起。现在她的月收入屡破十万。经济基础决定上层建筑，就连二琥都不得不对这儿媳妇另眼相看。

夜色深浓。伟民和二琥从大酒店台阶上下来，二琥忽然想到什么，歪着头对伟民说："他爸，红艳今天这个答谢会，是不是把我们当托儿呀？"

"你吃得满意就行。"

"不光吃，要是托儿，咱得收费。"

伟民不理她。

二琥追上去，拉住他胳膊："你还没看明白？这卖保险是要立人设的，你没看红艳整天往朋友圈里发自己的简历，掐头去尾，高大上。我跟你说，咱们今天，也是红艳人设的一部分。"伟民停下脚步，愿闻其详。二琥连忙说："如果你是保险业务员，你自己日子过得一塌糊涂，家庭也不好，人家会买你保险？"伟民摸下巴。二琥继续："咱们到场，就是给红艳营造一个美好的家庭的形象，你看，我卖保险，丈夫支持，公公支持，婆婆支持。"伟民说二琥分析得有点道理。二琥话锋一转："可惜，这个完美家庭缺少画龙点睛之笔。"

伟民看着她，等她说下文。二琥一拍手说："孩子呀！完美的家庭得有孩子！这是关键。"伟民唉了一声，这也是他心里的疙瘩。两年了，刘红艳的肚子一点动静没有。休养足了，按理说应该“开荒种地”了，可红艳似乎压根儿不着急。

二琥问：“你跟俊俊说了没有？”

“提了。”伟民不看她。

“不能光提，你得强烈要求。”

“我怎么要求，到人房子里要求？又不是三岁孩子，荒唐！顺其自然吧。”伟民说。

二琥连忙道：“是顺其自然，不是任其自然，得引导，要不然再过一阵儿，淑淑生她前头，难不难看？”

实际上，老太太从生病到去世的整个过程给刘红艳的刺激很大。她现在事业正处于大势，根本没打算忙孩子。而且，从老太太这儿不也看到了，能不能善终，跟有没有孩子，未必有必然联系。万一生出的孩子不像二叔，而像她公婆这样，或者像三姑那样，只能是自食苦果。而且，红艳也打心眼儿里想跟二琥较劲。过去，她弱势，他们强势，逼着她生孩子，才连带生出那么多事来。红艳认为她老妈遭遇意外，追根溯源，不能说跟二琥他们对她刘红艳的逼迫完全没关系。因此，她现在占了主动，在经济上崛起，变得强势，她多少有点抗衡的资本。他们越希望她生，她就越不想让他们如愿。红艳暗暗觉得，这个家该轮到她全面掌权，一切都得她说了算，包括什么时候生孩子。因此，当倪俊温柔地对她表示抗议，红艳并没有当回事。倪俊说：“爸妈可要请你吃饭了。”这话听着有点鸿门宴的意思。可红艳立刻说：“行，咱去。”她有底气，主意已定，说破天也没用。而且，有钱的红艳现在学会了做面子，在物质上，她从不亏待公婆，买这弄那，特别丰富。她必须占据道德上风，让他们有口说不出。就比如这次去婆家，红艳又拎了一大堆补品。两只甲鱼已经是老惯例，除此之外，还有梅花鹿茸、阿胶、冬虫夏草。二琥见了，忍不住偷笑，但还是提醒自己，要抓主要矛盾，不能网开一面。

饭桌上，二琥给红艳盛了一碗甲鱼汤。

刘红艳低头喝着，也不客气。

二琥看了伟民一眼。伟民皱眉，对她使眼色，意思是让她开口。二琥又看看倪俊。倪俊面目严肃，严阵以待的样子。

二琥启朱唇，笑呵呵道：“红艳，今年多大啦？”

“妈——”红艳抬头，带笑不笑，没正面回答。

二琥很不自然地：“艳儿，你看你，说大不大，说小也不小，是不是该考虑……”

红艳脸色立刻晴转阴，她用那种看陌生人的眼神看着二琥：“妈，我现在不打算要孩子。”

二琥着急：“还不打算啊？”

倪俊满脸不自在。

红艳讲理：“妈，现在是我事业关键期，冲一冲，等进入一个稳定阶段，再要不迟。”

二琥提醒：“你现在已经是高龄了。”

“没关系，现在医学发达。大不了试管。”

二琥摊牌：“一年一年的，你等得起，我和你爸等不起，我俩身体都不好，就想着早点……”

红艳露出不耐烦的神色，放下汤勺，拦话道：“妈，这话我就不明白了，我有生育自由吧，想什么时候生是我的自由，你们这么逼迫我可不好，我现在就可以告诉您，今年我不想生，至于明年生不生，再说。”

“红艳！”倪俊喝斥道。

红艳风平浪静，跟没事儿人似的，捏起汤勺，继续喝汤。

伟民脸色十分难看。

喝完汤，刘红艳站起来，收拾好她那高级包包，说了声下午还要见个客户，拍屁股走了。

刘红艳一离开，倪家才真正炸开了锅。二琥指着儿子："看到了吧，这就是你老婆！一个女人不肯给你生孩子，意味着什么，你自己想去！"倪俊脸色铁青。"我跟你说我早就发现了，卖保险的女的，没几个婚姻能到头的！那么强势！"二琥继续埋怨。倪俊不吭声。二琥跳脚："你倒是放个屁呀！"倪俊抬头看妈妈不说话。伟民凑过来，对儿子说："回去跟你老婆说，她有个人自由，但集体有集体的要求，生孩子是政治任务！"他停了一下，又嘀咕一句，"你怎么一点都不像我，老婆要管，不然得上天。"倪俊斜眼觑了老爸一下，嘟囔道："没见你管得多好。"伟民伸手要打："你个废物东西！"

走出婆家，刘红艳觉得特别解气。对，就是这样，就要这样，就是要挑战他们的权威。长江后浪推前浪，这个家要轮到她掌管了。晚上倪俊到家还是气鼓鼓的，红艳不理他。到休息的时候，倪俊过来抱着枕头，似乎要去沙发睡。

"站住！"红艳从背后喊。

倪俊果然站住，但也不动，背对着她。

"去哪儿？"她问。

"留在这里没意义。"

"怎么才有意义？"红艳觉得好笑。见他示弱，她的气瞬间消了，反倒想要捉弄他。

倪俊继续往外走。

"喂！"红艳在他背后又喊了一下。

门拉开一点，客厅的光透进来，倪俊站在门口，背影拉得老长。红艳又喊倪俊一次，倪俊转头，却看见他老婆刘红艳玉体横陈，内衣裸露出来，是蕾丝工艺，还是他最喜欢的那套艳红色内衣。他总是说，红艳，就得艳红。

倪俊愣在那儿，还是不动。

红艳抱怨道："你什么意思，怎么还站着？"

倪俊嘿嘿笑，丢下被子枕头，朝刘红艳扑过去。倪俊深刻体会到一点，女人多半是口是心非的，就比如刘红艳，在他妈面前斩钉截铁，说不要孩子，可照实际表现看并非如此。她这片土地，重新开耕，允许他播种，至于能不能发芽，长出苗苗来，看天意。红艳排斥试管，她只笃信六个字：尽人事，听天命。倪俊握拳鼓劲："人定胜天！"倪俊忽然明白，红艳的"任性"，是一种对于家庭权威的挑战，一山不容二虎。现在全家人中，她刘红艳挣得最多，因此，她开始要求与之匹配的家庭地位，这可以理解。倪俊把红艳积极备孕的事跟爸妈做了解释，伟民沉吟，二琥道："这丫头鬼着呢，能不能生还是未知，咱们骑驴看唱本，走着瞧。"

伟贞想换房子，想把老房子卖了，拿自己的那三分之一，再整点钱，买个新的。这两年，她做编剧赚了一点。靠杨贵妃的戏翻红后，她趁热打铁。好几回，她都累得几乎晕倒，体力耗尽，只能靠人参吊着继续写。倪伟贞太明白运道的重要，运来天地皆同力，运去英雄不自由。运气不错的时候，累一点没关系。她不是为自己，是为儿子，为老人。她想把卖房子的钱三家分了，但伟贞不想跟老大那边接触，于是找春梅沟通，做个缓冲。春梅担忧，问她钱上吃不吃紧，伟贞表示没问题。春梅说："老大现在不提，你就住着，何必那么着急。”伟贞认为，迟早都要解决，趁现在有能力，就把这事了了，免得人家惦记。

伟贞又问：“你跟二哥怎么样了？”

“没联系。”春梅说实话。老太太去世后，他们似乎也没了联系的必要。除了儿子那边必须要合力处理的事务，张春梅和倪伟强再无交集。伟强找过她几次，春梅基本能推就推，能躲就躲。她现在跟严宁在一起，必须注意严宁的感受。她和严宁，始终是相敬如宾的。

春梅问正阳娘的情况。伟贞说，腿脚利索了，慢性病有点新问题，带她做过透析，现在眼睛视力不是太好。

伟贞最后问：“什么时候结婚？”

“到时候通知你。”春梅打了个太极。

其实自老太太去世后，张春梅就一直在审视和严宁的关系。毫无疑问，严宁对她的帮助很大，无论是生活上，还是事业上。他带给她的，全是正面的，正能量的，春梅甚至觉得不太真实。毋庸置疑，严宁现在处于最好的年华，老不算太老，事业达到一定位置，还有往上走的可能，他是社会贤达，受人尊重，最关键的是，他状态很好，对待生活，对待人生，他没有倪伟强那么多形而上的痛苦。他对生活的态度就两个字：享受。只不过，一个人享受多没意思，所以，他邀请春梅参与进来，共同享受生活的盛宴。在春梅看来，严宁不是一般地讲究，她也是跟他住在一起之后才发现的。首先，他很惜命，非常养生。虽然是一个银行的领头人，但他很少加班，基本晚上十点就上床睡觉。他不吃过夜菜，定期锻炼，打太极拳和高尔夫（中西合璧），研究中医，吃进口的保健品。春梅几次疑惑地问：“吃这些有用吗？”严宁会立刻严肃回答：“据说全球很多顶级企业家都在吃，你没觉得我吃了之后，状态大勇吗？”严宁一边说着一边比着肱二头肌。“好吧，大勇。”不过春梅也承认，严宁比同龄人的状态要好，红光满面。他们的性爱也是有规律的，而且每次完事之后，严宁都会服用一点补品。过程还不错，但春梅总是对结束之后的附加品不耐烦，这是生活态度的不一致。老太太去世后，春梅多少变得有点“粗放”。过去，她巨细无遗，明察秋毫，总是保持紧张状态，但现在，她“得过且过”，难得糊涂，对很多人，很多事，乐于睁一只眼闭一只眼。都这个年纪了，有时候，知道要说不知道，看到也装作看不到，少找麻烦。在她看来，严宁这不是享受人生，是让人生变得复杂。

严宁趴在春梅身上，在她乳房边缘揉按着，忽然停了。“这儿好像有点不对。”严宁说。

“老了。”春梅回答。

“不对，有个硬块。”严宁皱眉，能看出来他很担忧。

春梅伸手自己摸摸，是有点硬。但原因难以判断。

“去看看。”他叮嘱，“好好查查。”春梅回想，去年体检，没有问题，不过保不齐今年没问题。既然严宁要求，春梅打算去查一查。顺带叫上大嫂二琥，她得把老三要卖房的事跟老大家通个气。

既然来医院，二琥索性也查了查。从B超结果看，两个人都没什么问题，其余的等检查报告出来再说。医生暂时认为春梅左乳上的硬块只是增生，按说问题不大。二琥鼓励春梅：“肯定没问题，咱寿命长着呢。”查完一起吃饭。二琥一个劲儿地批评伟贞，大致意思是，不是自己的财，占着也会丢。春梅听不进去，问红艳最近怎么样。二琥又骂：“还是不下蛋！”春梅笑：“大嫂，别那么激动，对身体没好处。”二琥道：“我倒希望一觉醒不来，省事！眼不见心不烦！”

还没到家，严宁电话就打来了，问检查结果。张春梅说回去说。严宁继续追究问。春梅说我这开车呢，回去说。一到家，春梅就看到严宁一副严阵以待的样子。

“到底是什么？”

“不太好。”春梅故意逗他。

严宁痛心疾首：“让你平时注意注意，就不听！冰冻三尺非一日之寒！你这样，怎么跟我一起享受人生？”

又是这话，春梅听了有点失神。就为了陪他享受人生，她连生病的资格都没有了？别说没病，就是有病，又有什么大不了呢。这人太不豁达了。能共富贵却不能共患难，这日子过的，有意思吗？能经得起考验？张春梅鞋都没脱，直接拿起包扭头就走：“享受你的人生去吧！”她还是觉得自己跟严宁不合适。没有一起经历风雨，这日子总是轻飘飘的。她张春梅不过是他严宁怀旧的一部分。这样的感情没有未来。

六十一

二琥头上的绒线帽子，款式有点像浴帽，也像尼姑帽。她脸色苍白，整个人瘦得几乎脱了相。她坐在床上，面前支个简易小竹桌，伟民和倪俊在她对面坐着，一家三口开小会。病是跟春梅一起体检的时候查出来的，是胰腺癌。虽然和癌症斗争过一阵子，但眼下家里人都认识到，治愈的概率极低。换句话说，二琥现在已经走在通往死亡的道路上了。呵，谁不是呢。只是这种可以预期的死亡，还是让人沮丧。二琥不让父子俩说出去，因此，老二老三都不知道。红艳虽然知道，但她工作忙，很少过来看她。这日，出了院在家等死的二琥把倪俊叫来，伟贞卖房的钱来了，她有事要交代他们爷俩。避开红艳最好。自她生病后，刘红艳就没来过几次。二琥把这理解为儿媳妇盼着她死，因此更恨她。

二琥握着圆珠笔在小本子上写写画画，因为虚弱，她的字迹很扭曲。她嘀咕着，这二十万，倪秃子留着，那十五万，给倪俊，括号：不能让红艳知道。还有保险公司理赔。她已经委托倪俊去办，她买的重疾险终于派上了用场。二琥又说："要是再得一个大病就好了，还能赔付一次。"

"妈！"倪俊惊呼，眼眶也红了。二琥把后事安排得越详尽，越仔细，他越觉得心痛。过去，他受老妈影响，觉得钱重要，可真到这个时候，哪怕让他倾家荡产，他也愿意拿出来，换老妈一命。伟民神色凝重。

倪俊已经哭了。

二琥挤出笑容："老天爷怎么安排都行，咱们就按老天爷的办。你看，你三姑也送钱来了，咱还有存款，还有保险公司赔付。"说到这儿，脸色一沉，"你妈我这辈子，知足，就一个不满意，到了到了，还是没看到孩子。"二琥叹口气，"算啦！就是这命！"倪俊脸色惨然，他始终没能"完成任务"，他有责任，红艳也有责任。二琥打发倪俊去保险公司再催催，重疾险不是在红艳那儿买的。说是十天到账，现在已经十一天了。倪俊含泪离开。

房间里只剩二琥和伟民两个人。

二琥还是带着一贯的笑容，只是少了泼辣，多了淡然。伟民眼眶湿润。少年夫妻老来伴，闹了一辈子，吵了一辈子，相互不满了一辈子，真到这个时候，伟民眼里只剩二琥的好。二琥又在本子上算了一阵账，每一笔都跟伟民交代清楚，又叮嘱说这笔那笔，是儿子都不知道的，我不在，你谁都别指望，这些钱留好了，能保你下半辈子。

伟民道："别说了，多休息。"

二琥嘿然："倪秃子，我够意思吧。"

"这病能治。"伟民给她打气。

"我的身体我清楚。"二琥推开桌子，歪在那儿。倪伟民连忙将小桌子收了，又过来抓住二琥的手。

二琥问："后悔吗？"

伟民不理解她意思。

"这辈子跟我在一块儿，后不后悔？我既不温柔，也不漂亮，还抠，脾气还大，给你不少气生不少苦吃，你应该找个张瑜那样的，也来个‘庐山恋’。”

伟民忍不住哭了。

“你男的女的？”二琥强行坚强，“我还没哭呢，要死的是我。”伟民紧紧抓住二琥的手：“下辈子咱还做夫妻。”二琥笑着说：“别了，我吃不了你那饭，太油。我这病，搞不好就是吃你那饭吃的。”伟民无言，手抓得更紧了。二琥突然换了一副口气：“老头子，倪秃子，我要走，最不放心就是你。你老了怎么办？有自理能力吗？劝你一句，别指望儿子媳妇，也别指望他们能照顾你，更不要一块生活，你受不了那气，能找，就尽量再找一个。蠢点笨点穷点没关系，只要能伺候你，跟你过日子。你现在手里有俩钱，能找到，倪秃子，想不到啊，老了老了，还能再开一季花。”伟民泣不成声，让她别说了。二琥苦笑：“现在不让说，以后想听都听不到。”夫妻俩执手相看泪眼，沉默了许久。二琥又说：“不是我这个做妈的巴着儿子不好，看到没有，自我病，红艳来过几回？”说着咳嗽两声：“人家正等着呢，没了我，显着她，她早就等着接管这家，老倪你记住，钱，不到你最后一刻，你一个子儿都不能放，有钱，你还是爸爸，没钱，你就是孙子！咱俩在的时候都镇不住那丫头，要只剩你一个……”二琥又长长地叹了口气。

钱的事都安顿好后，二琥想见见春梅。不过，这次见面，春梅对二琥的病情还是一无所知。二琥严令禁止泄露机密。她要以一个正常人的身份，跟张春梅见最后一面。二琥不能吹风，她约春梅在柳岸公园五角亭见，那亭子一圈都是玻璃，挡风。春梅刚跟伟强恋爱的时候，经常到这儿，后来春梅等老太太意见，也是在这亭子等待二琥来传话。两个人坐在凉亭里。二琥戴着假发。春梅看着别扭，问：“你这头发怎么弄的？”二琥撒了个谎，说想剪短，失败了，所以弄个假发套。

春梅问："你最近没事吧？"

"有，"二琥不假思索地回答，"打麻将。"

春梅呵呵笑。

二琥道："怎么样，快结婚了吧。"

"掰了。"

二琥诧异："哪儿不好？"

"过不到一块儿去。"春梅直说。

二琥感叹："最难最难，不过半路夫妻。"她指了指远处的花树，问春梅，"记得不，那一片，过去还很小。"

春梅说记得。

二琥道："还是我领你进这个门的。"

春梅较真："怎么是你领，我是自由恋爱。"

二琥来劲："我不帮你说好话，妈能同意？"

突然提到老太太，两个人都有点怅惘。春梅道："不知道妈在那边过得怎么样。"

"成仙了吧。"二琥说。

"你又知道。"

二琥嘿嘿一笑："回头帮你去看看。"又问："人这一辈子，活来活去，活的是什么？"

春梅也迷惑。二琥说："钱？情？理想？事业？子女？父母？还是为了天天能摸上麻将？"她苦笑，"我都不知道我这一辈子活的是什么，真是糊涂账！"

春梅想了想："想这个没有意义，只能说，你还有想要为之付出的，就是意义。过程就是意义。"

“相信定数不？”二琥问。

春梅点了点头。过了这岁数，她也开始相信，很多事情已经注定。

“做人一辈子，做鬼五百年。”二琥又说，“死了以后，得做五百年的鬼，才能偿还一辈子，偿还短短几十年的罪孽。”

春梅听得浑身发冷，问那怎么办。

二琥无奈笑笑：“慎始善终，心安理得，我现在谁都能原谅，没什么。”

春梅挽着二琥。二琥疼得轻微叫了一声，连忙忍住：“以后孩子们得来回走动。”

“走。”

“相互帮衬。”

“当然。”

“你有心，稳重，多照顾照顾他们。”

春梅感叹：“我哪有那能力，谁听我的。”

“你大哥身体不好。”

“有你在身边，大哥有福。”

二琥苦笑：“谁先走还不知道呢。”

“死在夫前一枝花。”春梅开玩笑。

二琥听她说起那事，又劝道：“跟老二，能凑合还是凑合。”

春梅轻轻说一声知道了，她让二琥保重身体，说现在太瘦。二琥幽默地说：“有钱难买老来瘦嘛。”

春梅说：“大嫂，等再老一点，咱们租块地去乡下住怎么样？”二琥还是微笑着表示赞同。

春梅跟严宁分了手，还是搬回去住，跟淑淑同一屋檐下。伟强依旧住学校宿舍，偶尔回来一趟。春梅的病还在治，她居安思危，又弄了几本乳腺癌防治的书回来翻翻。伟强回来看见后，先问淑淑："这谁看的？"淑淑说阿姨平时在看。伟强心里打鼓。见到春梅，直接问："你什么情况？"

春梅不明白他意思。

伟强拿起书，晃了晃。

春梅有意试探他一下："是不太好。"

"几期？什么程度？怎么不早说？开始治疗了吗？"伟强连珠炮一般发问。

春梅忍住笑："咱们什么关系？"

伟强道："不是夫妻，还是朋友吧。"又责备地问："这么大的事，你怎么能隐瞒？"

春梅反驳："当初你不是一样？说消失就消失，你跟谁打招呼了？你说你有病，到现在不还活得好好的。"

"治疗方案是什么？"

"你别管。"

"我必须管。"

"有意义吗？"春梅道，"这世界有我没我对你来说一个样，有你没你我也照过日子，没有谁非谁不可。"

伟强深情地说："春梅，以前是我错了。我焦虑不堪，迷茫失落，总以为挣脱家庭，摆脱过去，就能重新开始。"

"你说得没错，告别过去，重新开始。"

"未来不会凭空出现！"伟强大声，"莲花从泥里出来，未来根植于过去！"他停了半秒，"让我补偿你。"

“谢谢，不需要。”春梅婉拒，“现在这样挺好。”

伟强走上前，要搂住她。春梅挣脱，说不要这样，站在他面前的是病人。伟强坚持用双臂圈住她。

“我得了……癌症。”春梅打算演到底。

伟强傻眼了，但是马上说：“治，我陪你。”

“不需要你的可怜。”

“这不是可怜！”

“那是什么？爱情？可笑不可笑，这个年纪，经历了这么多，你对我产生了爱情？”春梅不信。

“不算爱情，”伟强说，“像……战友之情。”

“战友？”

“是你陪我，陪妈，走到了最后。”

“都说了，照顾妈不是因为你。”

“我现在什么都不在乎。”伟强说，“但我要你活着，咱们可以不结婚，但我要你活着，我要世界上还有张春梅这个人，这种身材，这个长相，这个脾气，知道我全部的过去，包容我的全部，我要这个善良的女人活着，开心，快乐，活着！我的人生就这样了，挺好的，我满意，我要你在！”

他太激动，语无伦次，浑身颤抖。

春梅微微抬头凝望着他，抓着他胳臂。伟强不失时机低下头，深吻春梅。糟糕！这强劲的吻。张春梅仿佛遭雷劈了一下，猛地跌进沙发里，她觉得体内仿佛发了洪水。两个人缠成一团，难分彼此。淑淑进屋，顿觉辣眼睛。她连忙轻轻关上门，躲了出去。

六十二

二琥死于车祸。肇事司机赔六十五万。在意外险理赔范围之内，保险公司应当赔付五十万。作为保险经纪人，刘红艳领着倪俊和伟民，去公司客服部申请理赔。这个流程快速、智能，在微信公众号上就可以提交。第二天，公司打电话来，说有两个地方由于涉及法定继承人，需要伟民和倪俊的签字并按手印。红艳让伟民和倪俊按了并签字，拍了照片，提交给工作人员。当天，红艳就通知家里，理赔申请提交成功。

一个礼拜过后，保险公司来电话，直接打给倪伟民。问他吴二琥女士还在哪里购买了保险。伟民如实答了。他们又问，是否已经赔付。伟民说那是重疾险，已经赔付了第一期。工作人员问："请问您太太的病情，是已经到了无可控制的地步了吗？"伟民坚称，二琥当时已经出院，在家休养，并没有到不可控制的地步。

又过了几天，红艳带着工作人员上门调查。据悉，他们已经去医院调查了二琥生病的情况。这次来家里，也是希望跟家属做一次沟通。工作人员问了很多，红艳从中周旋。人走后，倪俊很不舒服，他不解，说该提交的材料已经提交了，为什么还要调查情况。

红艳说："怕妈骗保。"

"骗保？"倪俊第一次听说这个词。

红艳只能告诉他，所谓的骗保，就比如知道自己命不久矣，就买很多保险，然后找个时机自杀或者制造事故死亡，以此来获取理赔。而且国内的保险公司有“拒赔率”一说。

倪俊非常肯定地说：“妈不可能自杀，妈不是自杀，她也不会自杀，她那么热爱生活，还有那么多麻将要打……”

红艳压低嗓子：“这是两码事。妈的病到了什么程度咱们都知道，就算不是意外……”红艳没把句子说完全，“感情上，我肯定是帮助妈，可你想想，如果妈考虑到一旦出了意外，保险公司会给赔付，还有肇事者的钱，那她会怎么选择？搞不好对妈来说，选择这种死法，就是她生命价值最后释放的利益最大化！妈最爱什么？钱。”

“不许这么说妈！”倪俊大吼，眼珠子布满血丝，“妈不是自杀！”他反复强调这一句。

红艳继续劝：“大冷天，妈身体不好，怎么会突然出去散步。据肇事司机说，那天人影是突然斜着冲出来的。不排除蓄谋的可能。”红艳停一下，继续说，“妈还算聪明，找个劳斯莱斯撞，要是找个大众，人死活赔不起，也没辙……”话没说完，刘红艳突然感到一股巨大力量，她脑子嗡的一下，脸偏到右边。

倪俊打了她一巴掌。

“妈不是自杀。”倪俊的音调像个冷酷杀手。他接受不了老妈的这种离开方式。尸体是他去验的，遗体太过惨烈，他亲爱的妈妈不该是这种结局。

刘红艳尖叫起来：“做鸵鸟就那么舒服？妈自杀，也是为了咱们！就算保险公司不赔，不还有肇事司机那笔！为什么就不能面对现实！”

伟民拿着毛巾从里屋走出来。他擦了一把脸。二琥去世后，倪伟民的精神世界坍塌了。他脑中跟放电影似的，总是回想二琥去散步前跟他说的话。排骨在冰箱里，咸菜记得收，把被子拿出来，换个枕头皮子……怎么也不像个要去自杀的人……可事实就是，二琥死了。在她病死之前，找到一种更“轰轰烈烈”的死亡方式。车祸还有个目击证人，是常跟二琥一起打麻将的胖婶。她目睹了二琥过马路，进而被撞飞的全过程。实际上，从约胖婶这个点上，倪伟民已经明白二琥的用心，她是自杀，因为她跟胖婶早就不一起打牌，牌桌上闹翻许久。而且，生病过后，二琥已经戒了麻将。这次特地约她出来，还说是打牌，这其中的意思很明显。只是，二琥既然以命博钱，伟民就有必要帮她落实这最后的心愿。伟民还想起来，事发前三五天，二琥就总说，想帮他再赚一笔养老钱，好让他老有所依。还说，不同意他再找老伴儿，免得钱被人骗去……一想到这个，倪伟民老泪纵横。二琥啊二琥！何苦！何必！下辈子咱们还做夫妻……出了卧室，伟民已经不哭了，他听到儿子和儿媳妇争吵，便走了出来。他对刘红艳：“红艳，你们怀疑倪俊妈骗保，有证据吗？所有的一切只是怀疑，红艳，保险是从你那儿买的你最清楚，你妈买保险的时候，可是什么病都没有，这都过去几年了，怎么叫骗保呢。谁会在几年前就预料自己会得绝症？红艳，你嫁进咱们家，虽然没有锦衣玉食给你，但从来也没有怠慢过你，房子要买，买了，你要搬出去住，也搬出去了，倪俊妈到死都说想看孩子，你和倪俊没生，那也就没生了，你不能帮着外人欺负二琥，不能这样！”

红艳继续讲理：“爸，我肯定帮家里帮妈，可妈的病例摆在那儿，白纸黑字，这病也不治了，跟着人出车祸了，换位思考，如果你是保险公司，你怎么想？”

伟民气接不上，依旧吼出来：“买的就是意外险，防的就是意外！”

红艳低声："我再去跑跑，不能保证。"说罢，红艳夹着包走了。家里只剩倪俊和伟民，对着二琥咧着嘴笑的遗像。看着看着，倪伟民又哭了，肩膀抖动着。倪俊上前安慰老爸。伟民伸手打了儿子的头一下："看到了吧，这女的，心思根本就不在家里！不生孩子，吃里爬外！你妈建议离，你看着办！"倪俊劝道："爸，有问题解决问题。"伟民愤怒地问："这种女人你还留着？你本地户口有工作有房有车，非找她？离！你妈最后的心愿就是让你们离！不然死不瞑目！"

"爸！"

伟民颓然倒在椅子里："我干脆跟你妈一起死了算了。"他从未见过如此激动的老爸。

自老妈去世后，倪俊一直住在老房子，没回新家。他跟红艳也很少通电话。对于红艳在老妈生病到去世这段时间的表现，他跟老爸一样，感到不满。就算过去有多少矛盾，可面对一个病人——生了病的老妈，红艳都应该解开心结，善意对待。针对理赔的事，倪俊给红艳打了个电话。说着说着，他很激动。红艳说："倪俊，这是法治社会，我在跟你讲理。"自从做了保险之后，刘红艳变得更加强势。倪俊反驳："我不跟你讲理，我跟你讲情，行吗？"红艳当即说："如果都讲情，保险公司早破产了，都别干了！"

"刘红艳！"倪俊失控，"你到底还想不想过？"

红艳没回答，直接挂电话。

一周过后，保险公司理赔部人员给伟民打电话，说总公司意见下来了，结果是拒赔。倪伟民一听，气得高血压都犯了。有目击证人，有肇事司机，好好的一个意外，就因为死者患了绝症，就拒赔？当然，没人能证明两者没有联系，可是，同样没人能证明两者有必然联系。作为保险经纪人，你刘红艳在做什么？伟民对红艳更加不满。倪俊在电话里跟理赔人员理论：“为了这点钱，至于把命都搭进去吗？!”理赔人员强调，死者所患病症，已经到了无法治疗的阶段。倪俊反驳：“可以治！正在治！能治好！”理赔人员又强调，在两年前签保单时，死者没有如实告知自己的健康状况。

倪俊又找红艳沟通。红艳说目前的情况是，虽然拒赔，但还可以退保费。只要签了退保费的协议，就正式下拒赔通知单，这已经是人道主义的做法。如果不签协议，直接下拒赔通知单，那就不能给退保费了。

倪俊愤怒：“刘红艳，我跟你说了一万遍了，你不要先入为主，先认定了一个前提，直接就认定我妈自杀！你首先得认为这就是场意外，然后去跟公司沟通。”

红艳道：“倪俊，咱们一张床上睡着，我站在哪一边还用怀疑吗？可你总不能让我睁着眼说瞎话。”

倪俊厉声：“那你就告诉我，如果当初保险公司说你妈是自杀，你什么感受？!”

“我理解你的感受。我很同情，我很伤心，可任何主观感受都不能歪曲坚固的事实。我是一个合格的保险经纪人，我自认在处理这件事的过程中没有任何不到位的地方，你不能砸我金字招牌！”

“只顾卖不管赔！”

“不是不管，是赔不了！”红艳说，“要不我私人赔给你一点，成不成？”

“不签协议，就直接下拒赔通知单，不退保费，是吧？”倪俊最后问。

倪俊倾向于打官司。伟民考虑再三，还是决定放弃。一来，他知道二琥的真实动机；二来，他知道自家的情况，一没钱，二没权，三没势，更没有那么多的时间和精力耗，人家那么大的保险公司，养着法务部门不是吃干饭的，对付他们这样的小老百姓，还不跟玩似的。更何况家里现在还有个“内奸”。胳膊拧不过大腿，他认了，忍了。他宁愿早点结束，忘掉这一切。倪伟民又认认真真跟倪俊谈了家庭问题。其核心，就是刘红艳的去留问题。伟民说：“爸不强迫你，你自己决定，你妈死了，我只有你这一个儿子，我希望你好。”倪俊不吭声。他也在挣扎，他也不知道自己和红艳的婚姻怎么就一步一步走到今天。是不相爱吗？他们曾经爱得死去活来，不顾一切要在一起；是物质匮乏吗？过去也不能算匮乏，现在手里更是有了几个钱。他只是觉得红艳变了，变得冷酷无情，日子变得越来越没意思。“爸不逼你。”伟民反复说这句话。倪俊考虑了几个晚上。决心去签退保协议的时候，他同时给红艳递上了另一份协议书。

红艳接过去，看了一眼抬头，石化。过了不到一秒，她看都没看协议内容，立刻拿了笔，潇洒地签上自己的名字。一别两宽，各自安好。她妈都死了，她没什么放不下的。她伸出手，去握。倪俊抓住了，轻轻捏了一下。“祝你幸福。”她脸上洋溢着保险经纪人的标准笑容。倪俊一句话没说，转身走出房间。门关闭的刹那，刘红艳的眼泪毫无征兆，忽然倾泻而出，止都止不住。她感觉自己像已经活完了一辈子，眼看要转世投胎。

六十三

张春梅站在二琥遗像前。二琥没变化，还是那种狡黠的笑容。春梅却觉得自己的心老得像核桃皮。她回想起那天在那亭子里二琥跟她说的那些话，每一句似乎都饱含深意。她为什么没觉察，那已经是告别了。

张春梅忽然觉得人生真没意思。她感觉自己已经走过另一个轮回。倪伟强离家出走之前，她觉得人生是有意思的，添砖加瓦，逐渐壮大；伟强出走，斯楠出事，老太太生病之后，她又觉得人生太可怕，没意思；可适应这一切之后，她走进了一个新的阶段，又觉得人生大抵如此，还是有意思的；可眼下，最具活力的大嫂二琥撒手西归，张春梅不免有点物伤其类，兔死狐悲之感。人生真没意思。换位思考，如果得绝症的是她张春梅，她会怎么选择？她能像二琥那么冷静，安排好一切，最后还以那么惨烈的方式捞一笔吗？春梅又想起二琥说的那句“做人一辈子，做鬼五百年”，她担心二琥这种死法，没法快速投胎。春梅捏了三根香，点燃，恭恭敬敬拜了三拜，插在香炉里。二琥让她多关照大哥和倪俊，春梅谨记。因此，这天伟民一打电话，她就立刻来了。

倪俊单位岗位调整，他主动要求下来，刚办了离职，据伟民说，他精神状态十分颓靡。一个礼拜都不出他那小屋几次。春梅认为这是双重打击所致。一来二琥去世，死得那么惨烈，他受刺激；第二，跟红艳离婚，估计也是难以接受。消化这一切是需要时间的。

尽管有心理准备，可当春梅推开倪俊房间的门，冷不丁还是被吓了一跳。乌烟瘴气。到处都是衣服，方便面盒子，外卖袋子，书丢在地上，最糟糕的是那种酸腐气味。倪俊背对着门，坐在电脑前，左手摁着键盘，右手操纵鼠标，打游戏打得欢快。张春梅进门，他也没发现。房间里时不时回荡着他憨傻的笑声。春梅喊了一声俊俊。倪俊回头，叫了一声二婶。还不错，还认人。春梅问："中午想吃什么？"倪俊说："二婶你别忙了，咱们买，我妈留了钱。"春梅的心咯噔一下。她只好找了个垃圾桶，迅速收拾着，家应该像家。好一会儿工夫，屋子规整了。春梅又去开窗户。倪俊大叫："别开！"春梅连忙缩回手。

她走出屋。伟民在客厅等她。

"一直这样？"

"有一个礼拜了。"

"心病。"

"照这架势，迟早进五院。"

五院是精神病院。

春梅轻声抱怨："就不该离。"

伟民推卸责任："不是我让离，是他们自己要离。"伟民手指指向地面，点了两点，"理赔的事，红艳给咱们难受，她心不在家里，你大嫂活着的时候，也赞成离婚。不是过日子的人。"

春梅道："就算想离，也不能离得那么猛，老妈去世，老婆离婚，现在工作也没了，搁谁谁受得了？倪俊虽然不算娇生惯养，到底也没经历过什么事。"

伟民叹息，说不晓得怎么办，本来指望儿子养老，谁能想到变成啃老。

“心病还得心药治。”

两个人正说着，伟强到了。他也为侄子操心，二琥去世，办丧事，都是倪俊在撑。伟强目前状态不错，又投入无限的“为人民服务”当中。一进门，伟强脸上都是批评：“哪能这样，一点困难就打倒了？”春梅嫌他太冲，让他好好说话。伟强又嚷：“男人得有个男人样！”春梅要拉他。拉不住。倪伟强已经进了屋。

“起来！”他生拽。倪俊屁股离开椅子。他叫了声二叔。

“不过了?!”伟强质问。

“二叔，你让我安静会儿。”

伟强突然从书桌上抓起那面圆镜子，对着倪俊：“瞧瞧，是人是鬼，你妈在天上要知道你这样，恨不得能下来打你。俊俊，有点男人样，不要一点困难就败成这样。你姓倪，别丢人。”

倪俊一言不发，又坐下，手放在鼠标上，重操旧业。

伟强迅速摁灭电脑屏幕：“我现在的情况跟你一模一样，我妈也去世，我也离婚，我像你这样了吗？我一蹶不振了吗？”

“你有儿子，我没有，”倪俊麻利答，“你有奔头，我没有。”

“你还有个爸！为了你爸你都不能这样！”桌子被伟强敲得咚咚响。

“我爸好着呢。”倪俊的冷淡口气和伟民的激动形成强烈反差，“我现在谁也不为，就为自己，想怎么过怎么过。”

“你浑蛋！”伟强要打人。春梅冲进来拽住他，君子动口不动手。人被拉出去，伟强对伟民：“大哥，到底怎么回事？”伟民委屈：“想死了……都想死了……”伟强反而愤然道：“这要是我儿子……我就……”掐字没说出来，春梅戗他：“你儿子也好不到哪儿去！找个邯郸大名县的！”春梅对淑淑，还是谈不上满意。

张春梅安慰伟民，说她去找红艳再聊聊。

保险公司小会议室，张春梅站在后门。刘红艳站在讲台上，投影仪呈现PPT，她讲得忧心忡忡：“以前我上社保课，有同学感到忧虑，我总是习惯性安慰大家，养老金再少，总不至于饿死，所以该交还得交，因为我总是相信会有各种各样的政策能解决这个问题，比如，财政补贴、地区调剂、延迟退休、放开二胎……不过现在，我看看这些基于数据的分析和预测，我再次有了焦虑……我的工作，是为了唤醒更多的人……”

春梅听了半天，终于下课。她进了门，站在会议室后排。红艳一抬头，看到她，立刻抱着讲义，走了过去。

门关好，会议室只有两个人。

“倪俊现在的情况很不好。”春梅开宗明义。

“二婶，我没你那么伟大，离了婚还会管前婆家的事。”红艳口气冷酷。

“真到那一步了吗？真就至于离婚。”

红艳抱起双臂，好像又变成了讲师：“你当初为什么离婚？原因是什么？”一时把春梅问住。她也不晓得怎么答。红艳继续说：“是不是因为对婚姻失望？如果两个人在一起，还没有一个人生活过得开心，过得有质量，那在一起还有什么意义？我们要找幸福，不要找麻烦。”

“麻烦也是幸福，”春梅快速道，“两个人在一起也是责任，哪能随便就退场。”

红艳反过来劝她：“二婶，咱们都是离婚女人，将心比心吧。”

春梅换个角度："艳儿，我知道你对婆婆有意见，我在旁边看，也觉得她有的地方的确苛刻了点儿，你可能觉得她看不起你，苛待了你，有好几次，没有及时伸出援手，你失望你伤心。可是现在人已经不在了，就算你恨她，还有意义吗？如果因为二琥，你和倪俊分开，很可惜。"

"是他让你来的？"

"我自己来的。"春梅说，"他辞了工作，整天在家，颓废消沉，状态很糟糕。"

红艳不屑："这就是他，没错儿，永远不求上进，永远一击即溃。龙找龙，凤找凤。一个人如果想要找到优秀的伴侣，自己也得变得优秀才行。"

"你有新打算？"春梅问。

"我现在什么都不想，只想唤醒更多的人……"话音还没落，春梅便大声说："你自己都没醒！"顿一下说："你再想想。"说罢，张春梅转身走了。刘红艳一个人待在会议室里，人都走光，她全身的肌肉才突然松懈下来。她几乎站不住，只好扶着椅背，绕过半圈，在椅子上坐下来。冷静下来，客观分析，她刘红艳是真的不关心倪俊了吗？似乎也不是，有好几次，她都下意识点开他的朋友圈，看看有什么新动静，结果是一片空白，什么也没有。要不是二婶今天来，她还不知道他现在痛苦成这样。红艳心软了。她希望自己修炼成刀子嘴刀子心，可修炼至今，她那颗心还没完全坚硬，虽然不至于软成豆腐，但至少还能容纳感情。不过她该怎么回头呢？当初是他提的离婚，她的自尊心不容许她有半点迟疑。人搬走了，房子分了，刘红艳逼自己全力投入工作中。她现在每天都回家很晚，她喜欢加班，即便没有工作任务，她也会找个地方待一待。过去，她梦想在这座城市有一套自己的房子，现在，她害怕那房子，她怕一个人待在里面，思绪不受控制，她怕想起妈妈，想起倪俊。刘红艳怔了一会儿，她告诉自己不能哭。她扶着桌子站起来，腿打软。背刚直起，她忽然觉得一阵恶心，随即猛烈地呕了几下。停半秒，再呕，这下来势更凶，仿佛要把一颗心呕出来。

倪伟民端着杯牛奶走进儿子卧室，倪俊还在打游戏，但面容却十分严肃，打到关键处，他拍鼠标，砸键盘，像要发泄什么。“喝了。”伟民走到倪俊旁边，牛奶杯还没放到桌子上，倪俊一挥胳膊。杯子被打翻，砸在地上，伟民的前胸湿了半片。“臭小子！”伟民伸手要打，倪俊一转身，伸手一挡，死死掐住老爸的手腕。

伟民挣扎，却无从发力。他哪里干得过正当年的儿子。倪伟民只好用另一只手攻击。结果，倪俊再次轻巧钳制。他站起来，死死抓住伟民的手腕，一点一点把他往床铺方向推，眼睛里都是寒光。

“谁让你叫二叔二婶来的？”倪俊说。伟民吼：“撒开！”倪俊不示弱，声音更大：“再来我不客气！”他猛一发力，撒手，倪伟民跌坐在床上。

倪俊冷笑：“满意了，现在这样不好吗？自由，自在，想干吗干吗，别劝我找工作，我不需要工作，我妈给我留钱了，我想怎么花怎么花，想怎么过怎么过，谁也管不着！”

谁是老子?!谁是儿子?!反了！倪伟民拼尽所有力气跳起来，抓起床头柜上的变形金刚模型往倪俊头上砸。倪俊一个利落的踢脚，轻轻一蹬：“去你的！”倪伟民再次摔倒在床上。

六十四

三天前，正阳娘开始不吃东西。伟贞怎么劝都没用。到第四天，倪伟贞也没了主意，慌乱间，她只好把二嫂春梅叫来，想想办法。屏住呼吸，春梅伸手在正阳娘眼前轻轻晃了晃，没反应，真看不见了。春梅和伟贞又蹑手蹑脚出屋，走到门口，碰到桌角，吱一声。正阳娘问："谁啊！"春梅连忙敲敲门："阿姨，我是春梅。"伟贞也说："妈，春梅来看您了。"

春梅装作大咧咧走到床边坐下，又喊了声阿姨。正阳娘道："都忙，还来看我。"脸上露出不好意思的神色。春梅放大音量："阿姨，哪儿不顺心啦！"正阳娘歪在那儿，声音微弱："都顺心，顺心。"春梅道："今儿我来，咱不做，出去吃。想吃什么都行。"

正阳娘说："年纪大了，吃不动，不能吃。"

春梅和伟贞对望一眼。春梅抓住老奶奶的手："阿姨，人是铁，饭是钢，这么不吃饭可不行，别说我们心疼，就是永安，也知道疼奶奶。"

正阳娘苦笑："吃了难受。"

劝解无效。春梅对伟贞，故意说："你出去，我跟阿姨说几句。"伟贞故意站起来，弄出点动静，又说："妈，我出去了。"说着真出门，把门带上，只留一条缝。

春梅两手捉住老奶奶的手，轻轻摩挲着。

春梅柔声道："阿姨，您得吃饭。您不能不吃饭。"

车轱辘话。老太太脸上的笑看不出是什么意味，她不言声。

春梅开始说正题："阿姨，我知道您心重，面情皾，伟贞这人，在家是老小，又是个搞艺术的，您别看她写电视剧挺在行，可真碰到实际情况，她有时候脑子考虑不了那么多。她真要有什么不周到的，您得原谅，您要是有什么要求，跟她不好说，您跟我说，我去协调。"

正阳娘脸上还是带着淡然的笑容："没有不满意，都满意。"春梅见没效果，继续说："这个家，虽然是半路凑起来的，可我在一旁看，真觉得您跟小贞处得好，别说是半路母女，就是母女，比你们处得好的也不多。现在有孩子，有盼头，伟贞也挣钱，日子越过越好，您有什么要求，都可以提。"

正阳娘道："她二嫂，我没要求。"

春梅换个角度说："谁老了没个病啊灾的，你看我妈，在床上躺那么久，人又糊涂，不也照活，照有开心的事。"提到老太太正阳娘就心颤。她不想那么活着。

正阳娘很平静："活够本了，是时候了。"

春梅连忙道："阿姨……您可别想不开……这好日子……"

正阳娘幽幽道："我活得太长了……"

春梅一时不知道怎么劝。正阳娘接着说："她二嫂，不瞒你说，正阳走的时候，我就想吃把药一闭眼，过去算了。后来伟贞来，又有了孩子，我要求不高，就想看孩子一眼，然后，走了算了。再后来伟贞这儿需要帮忙，我得撑一把，现在都好了……"停顿一下，"人到七十古来稀，我早超了，寿到这岁数，知足。我真是活累了，太老了，不想再受苦，人这一辈子，干干净净来的，要能干干净净走，也是福气。”

“可是……”春梅还想劝解。正阳娘拦住她：“我的身体我知道，她二嫂，你是好人，善人，以后伟贞，还有我那小孙子，你能关照就多关照点，伟贞亲人也不多了。”倪伟贞一双眼藏在门缝后头，早已经泪海滔滔。听到此处，她终于忍不住，推开门，跌跌撞撞跑到正阳娘床边，趴着哭。正阳娘伸手，终于摸到她的手，抓住了：“咱娘几个缘分一场，能好好道道别，就是福气，赶明儿洗个澡，里外都干净。”

伟贞泣不成声。

春梅蹲在一边，她不禁想到未来，几十年后，她的人生会有怎样的结局。她能像正阳娘一样洒脱吗？还是会像婆婆那样，受尽百般苦楚，才终于解脱。又或者像二琥那样……遭遇一场意外，一闭眼就过去了。生老病死，人生之大关。春梅觉得眼下，自己仿佛就在死神的门口站着。刚开始害怕，慢慢地，她发现自己似乎也没那么害怕了，这只是人人都要经过的一道关。而且，春梅突然悟到，人，不管你怎么死，基本上都是好事。因为你把一生要演的戏，要扮演的角色，都演完了，尽心了，你的任务完成了，那么，回去就是。一个躯体用了七八十年，不是这儿坏就是那儿坏，老送修也麻烦，还不如干脆过了那关，换部新的。想到这儿，春梅似乎没那么忧伤了。如果人有来世，死亡不过是一个节点，是另一个开端罢了。不必庸人自扰。春梅又觉得，其实到了她这个岁数，她或许都不用去想，自己该做什么，她想不如老天替她想，老天安排她什么，她就做什么。伟强的情况也是一样。在离家出走之前，他总是想着自己把控未来的方向，何苦，何必，人生有变数，可更强大的是定数，顺其自然就好。什么叫自然，知其然而不知其所以然，就是自然，正阳娘、伟强、她张春梅，还有伟贞、永安、红艳、二琥、伟民、倪俊、斯楠、淑淑……不都是自然的一部分吗？

伟贞还在哭。她这个岁数，还悟不到这么深。生离死别，就是痛苦无边。春梅摸着伟贞的头："阿姨走，我们都不要哭好不好。"伟贞抬头，不理解她的意思。春梅微笑："阿姨将来比现在要好，还哭什么？这样哭，反而会影响阿姨的情绪。"

正阳娘静静坐着，仿若一尊菩萨像，面容安详。

伟贞泪眼蒙眬，问："妈以后去哪儿？"

春梅也说不好，她只说，一定是比现在更好的地方。第五天，正阳娘更虚弱，只是躺在那儿，还有气儿。春梅日日来，跟伟贞一同守在旁边。倪伟贞把永安也弄到床边，让他守着奶奶。伟贞还没放弃，时不时，她还会端来一碗稀粥，希望能唤起正阳娘生的意志。正阳娘一口也没吃，只喝点水。第六天，正阳娘躺在那儿，眼已经闭上了，只有一口气在，伟贞时不时给喂点清水。春梅还陪在旁边。到第七天凌晨，丑末寅初，正阳娘才真正断了气。等着这时刻到来的时候，倪伟贞满腹悲伤，可等一切来临，她和春梅都顾不上难受。擦身体，换上寿衣，伟贞又前后帮正阳娘化了点淡妆。然后，打电话请殡仪服务人员上门。让婆婆体面地离开这世界，也是伟贞的心愿。

葬礼没通知老大，伟强和斯楠都在，淑淑依旧搀扶着春梅。斯楠马上研究生毕业，伟强找关系帮他安排在本市某研究所。养儿子二十几年，总算尘埃落定。春梅知足。

红艳竟然来了。她妈去世的时候，伟贞随了礼。她来还礼钱。春梅看见红艳，点了点头。红艳点头致意。两个人都没有多余的话。

该走的流程一个没落下。取了骨灰，伟贞一手抱着坛子，一手牵着永安。春梅问怎么处理。伟贞说，她婆婆生前交代，希望撒在山南那条河里，说是风景不错，想在那儿。几个人开车过去。下了车，走到桥上，倪伟贞打开坛子盖，没风，她静默了一会儿，便把骨灰倾倒入河中。

春梅和伟强站在一边。伟强忽然说："以后，我的也这么处理。"春梅故意说："跟我说的？"

伟强说是。

"应该跟你儿子说，他负责给你养老送终。"

"他办事，我不放心。"伟强含笑。他现在与世界的关系不再紧张。

"也许我走你前头。"春梅说。

"不会。"伟强连忙否认。

"生死有命，富贵在天，说不准。"春梅转身走开。事情处理完毕，张春梅才把倪俊的现状跟伟贞说了。伟贞诧异，她想不到老实巴交的侄子会这样。春梅说："受的刺激太大。"伟贞揶揄："大嫂想留钱，现在好，老的小的都靠这钱，混吃等死，坐吃山空。"

春梅感叹："当时就不该离。"

伟贞道："说一千道一万，还是大嫂身前作孽，她要是对红艳好点儿，哪至于今天这局面。"两个人又聊了一会儿，伟贞决定隔几日去看看倪俊，和大哥也破破冰，毕竟一母同胞。放眼四周，亲人也没留几个，要珍惜。

过了几日，伟贞果然带着孩子，亲自上老大家拜访。大哥是见着了，过去的心结，两句话就解开了，只是，倪俊的面没见着。家里一来客人，倪俊就把门反锁上。伟民敲门，说三姑来了。可倪俊谁也不认。伟贞也有点意外，她劝了几句，让伟民别激怒他，等等再说。伟贞怕万一出事故伤害到永安，稍微站了一会儿，连忙带孩子走了。

六十五

倪俊房间又成垃圾场。他几乎二十四小时活在自己的小房间里，白天睡觉，晚上起床，整夜上网，看电视剧或者玩游戏，断绝了和外界的一切往来。他甚至跟老爸伟民也不沟通，他不想跟爸爸说话。发展到后来，爷俩只靠手机交流。

伟民能理解儿子的伤悲，他不理解的是儿子怎么能悲伤到这个程度。他倪俊没了妈，他倪伟民不同样没了老婆？他倪俊老婆走了，他倪伟民老婆还死了呢！他比他受伤严重！再这样下去，好好的一个儿子就废了！伟民觉得，当务之急，是迫切找到一个办法，把倪俊从那间屋子里拖出来。伟民当然想到了刘红艳。他甚至还给红艳发过两条信息，口气都是好商好量的，类似于“最近怎么样”“有空回来坐坐”，红艳没回复。伟民认为红艳太过冷酷。人和人真不能比，你看人家春梅，离了婚，还愿意回过头关照前夫，照顾前任婆婆，她刘红艳呢？连个人影儿都没有。还是二琥说得对，这人不值得托付！

也难怪，这种不痛不痒的东西，刘红艳才不会中计。只是，当深更半夜红艳接到这种消息，思绪还是忍不住乱飞，睡不着。回去看看？这念头一闪而过，立刻被她否认了。一个人过得好，干吗还要回那个大坑。不回去，坚决不回。离了婚，最好的前任，就是当个死人。手机又亮，这次跳出个微信，是倪俊发来的。只有四个字：

“最近好吗”，没有标点符号。刘红艳的心瞬间又软下来。她有孩子了，倪俊还是孩子爸爸。她觉得这次怀孕怀得像个“事故”，她有预感，感觉自己在走三姑的路。有什么不好，三姑不照样把孩子生下来，养得白白胖胖。她刘红艳一样可以做到。手机又亮，还是倪俊，这回是三个字：“对不起”，没有标点符号。红艳握着手机，深呼吸，一时也想不清楚，到底该怎么处理。

二琥生日。倪伟民一早就起来准备菜。活着的时候没认真过，死了，反倒要有点仪式感。他想她。蒸了香肠，炒了宫保鸡丁，煮了毛血旺，伟民特地做了二琥最喜欢吃的红烧肉和糖醋大鲤鱼，下了长寿面。一桌子琳琅满目。伟民把酒满上，瞧了二琥的遗像一眼：“老太婆，给你过寿！”二琥还是那笑容。

老妈过寿，倪俊总该出来，伟民喊了一声，屋里一点反应都没有。“倪俊！”伟民又喊一声，“出来给你妈过生日！”还是没动静。伟民走过去，轻轻敲门，尽量耐下性子，隔着门板说话：“俊俊，今儿是你妈生日，炒了两个菜，出来一起吃，为你妈高兴高兴。”

没人回答。只能听到键盘啪啪啪的声音。

“倪俊！”伟民有点生气，提高音调。平时再怎么任性都忍了，今儿可是二琥的冥寿，他做儿子的，怎么能这么不懂事！伟民猛烈地敲起门来。

天雷在头上打，倪俊也不会动窝。他打他的游戏。

伟民擂了一阵，无效，一头汗。他转头去厨房抓了把菜刀——这兵器跟了他一辈子，最服手。撬了一阵，不得其法，干脆挥刀重砍，砍掉了把手，捣毁了锁芯，终于破门而入。“出来！”伟民举着刀，像巨灵神下凡。倪俊不吃那套，继续游戏。

伟民举刀逼近。

倪俊吓了一跳："爸，你把刀放下。"他虽然颓废，还不想死。伟民见刀起到了效果，便用刀尖指着儿子："出不出去？今儿你妈生日，你混账不能混账到这地步。"

倪俊起身，往一侧躲。伟民作意挥了一下，刀刃划过皮肤，倪俊胳膊上立刻一道红口子。"真砍?!"倪俊被杀出了血性，揭竿而起。伟民被他推倒在床上，跟上回如出一辙，只不过这回，伟民手里有刀。倪俊一个肘击，击打在伟民手腕上。当啷一声刀落在地上。伟民环抱住儿子，一个大摔，倪俊被压在下面。

"来真的！"倪俊嗷一声，胳臂一拧，伟民扛不住疼，又倒在一旁。手上还不闲着，死死掐住倪俊的下巴。倪俊当即还以颜色。他毕竟年轻，一只手就能掐住伟民脖子。

倪伟民快不能呼吸了。

仓皇之中，他摸到床头柜上的紫砂壶，下意识，不顾一切朝倪俊头上重击。一下，两下，三下。血流如注，紫砂破碎，倪俊倒在地上。房门口，邻居胖婶端着一盘水果站在那儿，呆愣。她是来给二琥献果的。伟民转头看见胖婶。胖婶突然尖叫起来。

红艳一脸焦急，站在抢救室门口。是胖婶给她打的电话。老邻居，联系方式都留着。春梅和伟强第一时间赶来，问情况怎么样。"伤着头，在抢救。"红艳言简意赅。其实她已经准备回家看看，只是因为一张保单，耽搁了两天。

一会儿，警示灯灭。医生走出来，三个人围上去。医生说，病人情况不太严重，轻微脑震荡，不影响智力，休息休息就可以出院。大家松了一口气。侄子出事，大哥还在派出所，倪伟强要留下来守夜。红艳道："我看着吧。"伟强坚持。春梅见红艳松口，认为没准是好事，便坚决让伟强离开。出了医院，伟强不解："人都离婚了，你非麻烦人家干吗？"春梅道："离了就不能复？"

"能复？"伟强来兴致。

"看什么情况。"

"怎么才能复？"伟强顺着问。

"起码得头上挨几下，脑震荡，进急救室抢救才能复吧。"

伟强嬉皮笑脸："那我合格，我脑子里有东西。"

"别胡说。"

"真的，医生说了不好处理，属于定时炸弹。"伟强解释，"不是早告诉你了。"春梅不语，她为他担心。"有空还是去看看，找专家，总能解决问题。"她说。伟强只说医生说暂时观察，跟着又回到老话题："定时炸弹也能复婚吧。"春梅没接话，加快脚步，开车门，先上了车。她当然明白伟强的意思。那次激情过后，两个人的感情明显升温，她又找回了点当年初见时的感觉。只是，激情归激情，有没有必要复婚，春梅严重怀疑。尤其是正阳娘去世之后，她索性秉持一个原则，让老天帮她选择做什么，她不去想，不考虑。事缓则圆，好多事，不到必须去做，不得不做，她一般不去找麻烦。这个麻烦，当然包括复婚。当情人还有点激情，真再次做夫妻，她又要成黄脸婆。有什么意义。

晚上睡觉前，春梅给红艳挂了通电话。刘红艳说倪俊还没醒，还有点低烧。春梅叮嘱她多注意，有什么情况随时跟医生沟通。

病房里，刘红艳一个人坐在倪俊病床前，他还没恢复意识。红艳不明白，再怎么吵，他爸怎么能下这么重的手。这不等于把人往死里打，倪俊死了对他有什么好处？红艳心疼倪俊。她抓着他没打吊针的那只手，冰凉，对着光看，她突然发现手腕上有两道疤痕。是英文字母？HY？刀刻斧凿般。刘红艳不由自主念出来，再延伸成汉语：红艳。他还爱她？一瞬间，她心里满满的，原本坚固的决定轻微晃了晃。第二天，倪俊醒了，刘红艳还坐在他身旁。他抓了抓她的手。她醒了。揉了揉眼睛，见他醒来，起身就走。他叫她的名字。她还是往前走，只是脚步放慢。倪俊着急，要下床追，却一不小心绊倒，吊水架子砸在地上。红艳听到身后一片乱响。她站住脚。终于还是不忍心，扭头回去把他扶上床。

刘红艳其实也不想走。她跟他有孩子了。只是，没有台阶，你让她怎么下得来。

"别走。"他再次恳求。

"咱们结束了。"

"可以重新开始。"

"还有别的事吗？"

"有！"倪俊欠着屁股。

红艳坐下来，像陪审团听报告。

"那个……"倪俊必须急中生智，"其实……"

红艳像煞有介事地望着他，看他怎么表演。

"其实……"他拖延时间，冥思苦想，"我想找你……买一份保险。"终于编出来。

这个好。她感兴趣。

"什么险种？"她问，"重疾险？意外险？还是寿险？医疗险？是定期险还是终身险？"

"终身的！"倪俊抢着说。

"终身，保什么？"

“保终身在一起。”他很着急。

“我要是不同意呢？”

“那我可能会有生命危险。”

“不跟你胡扯了。”

倪俊又要站起来：“你也看到了，”他指着自己的头，“我跟我爸过不到一块儿，你不来，我真可能牺牲。”

红艳背对他。她不想让他看到自己复杂的表情。

“回来吧，”倪俊说，“我的错我改。”

红艳还是往外走。倪俊跑过去要拦。红艳佯作生气：“行啦，我得去看看爸！人还在派出所呢。”

派出所，红艳跟民警点头微笑，解释缘由。不一会儿，倪伟民被带出来。民警招呼一声：“认识吧！”伟民抬头，一见是红艳，立刻往回走。

红艳三两步上前：“爸！”

伟民不回头，往回走。

红艳道：“我和倪俊打算复婚。”

伟民站住，重新转身，看了她一眼：“你们的事，我不管！”又问，“那小子怎么样？”

“伤得不重，是他让我来的。”

“回去吧。”

“爸，以后我和倪俊给您养老。”红艳表态。

“别了，我就在这儿养老吧。”伟民说话间，旁边的民警忍不住笑。

“孙子您也不管了？”红艳笑着问。

倪伟民慢慢转头，看着刘红艳。

六十六

生日刚过，春天还没来的时候，张春梅遇到两件事。

一件是坏事。另一件，说不上是好是坏。

坏事是尽人皆知的。倪伟强倒在了讲台上，拉到医院抢救，开颅，至今没醒。医生说，伟强脑中的瘤，其实早就可以开，只是有风险，是他自己选择保守治疗。倪伟强不允许别人动他大脑这件精密仪器。他搞密码研究半辈子，深信一把钥匙开一把锁。能打开他大脑的钥匙，恐怕还没造出来。

照顾人的任务，又落在张春梅身上。淑淑倒是主动请缨，可哪儿有准儿媳妇照顾公公的，斯楠孝顺，偶尔能陪着过夜。日常细碎的伺候工作，还是得春梅亲自上前线才能完成。于是乎，坊间关于春梅的传言很多，有人夸她贤惠，照顾完婆婆，又开始照顾前夫，也有人说她晦气，送走了婆婆，马上又送走前夫。不过，这次伺候病人，春梅完全平静。她就当老天派给她一个任务，她索性把昏迷不醒、有可能成植物人的倪伟强当成一个物件。不可思议，一个月前，他们躺在一张床上，看着塞班岛的风景度假。一个月后，他就人事不知。春梅暗叹，伟强啊伟强，你真说到做到，真让我给你养老送终。不过，正因为这场昏迷，春梅彻底原谅了伟强。他没撒谎，他当初离家出走有了合适的理由。进而，因为懂得，所以慈悲，伺候就伺候吧。

春梅坐在伟强床头看书，儿子斯楠来找她："妈，我得跟淑淑结婚。"够直接。春梅放下书，看着儿子，表情充满疑惑。她终于说："你爸这样，再等等。"

"不能等了。"

"什么意思，"春梅不高兴，"你是怕你爸死，要戴孝，耽误你们结婚？"春梅偶尔会想到后世。

"妈——"斯楠埋怨地说，"你怎么不说，结婚也是给爸冲喜呢，也许他老人家一高兴，醒了。"

春梅苦口婆心："你刚参加工作，还没稳定下来，淑淑也要稳定稳定，有点基础之后……"

斯楠拦话："淑淑又有了。"

春梅瞬间头大。她脑子里对儿子有一百个埋怨，可转了个弯，算了，她又不想提了，结就结吧，顺其自然。也许对伟强的病真有好处呢。春梅找来伟民，他是大伯，最长的长辈，负责主持婚礼，三姑伟贞做婚礼策划，倪俊做伴郎，红艳当伴娘，永安做花童，婚礼迅速操办起来。伟贞建议办两场，酒店一场，家里一场。家里那场，是专门办给她二哥看的。目的很明确，遵医嘱，多给他刺激，没准人能醒。

婚礼当天，斯楠和淑淑都穿中式礼服，笨笨拙拙的样子。在众人簇拥下，一对新人来到卧室。倪伟强躺在那儿，好像睡着了。伟贞奉上两只蒲团，搁床边。伟民让斯楠、淑淑跪下。红艳连忙提醒，孩子孩子！于是淑淑得赦免，拿个椅子坐一边。倪斯楠一个人跪在蒲团上。

春梅道："跟你爸说两句。"

倪斯楠清了清嗓子，说："爸，今儿我结婚，你不来喝酒，我很生气。”众人都笑。斯楠继续：“对不起，让您失望了，我没做博士，没搞研究，干的工作很平凡，现在还很不争气地准备当爸。恭喜您，要当爷爷了。”

又是一阵笑声。

倪斯楠又说：“爸，你这辈子，值了，事业有成，感情经历丰富，什么都见过，什么都经过，不过我得批评你，你对不起我妈。你当初要是珍惜我妈，没准今天不会躺在这儿。”轻轻咳嗽一声，“爸，你要还有点良心，想要将功补过，你就睁开眼，别把任务都甩给我，这是你的任务，是你要赎的罪，你应该陪我妈到老，给我妈养老送终。”

说得实在刺激，众人皆惊。

斯楠拿起床头柜上准备好的那杯白酒：“爸，我敬你一杯。”说罢，一饮而尽。

房间里静悄悄的，没人出声。大伙都盯着伟强看，他依旧面容舒展，平静得像个孩子。只是，丝毫没有醒过来的意思。

“吃饭吧。”春梅说。

冲喜失败。不过酒席大家吃得乐和。倪俊、红艳复婚，即将迎来新生命。斯楠和淑淑马上也为人父母。伟贞事业走高，孩子乖巧……一切都令人满意，只有张春梅有点落寞，不光是因为伟强的事故，生日刚过，她还遭遇了一件事：她的月经又消失了。

她有种不祥的预感。上次是个警告，算离家出走，这一次，恐怕就是永别。她将不再是一个完全的女人，雌激素会下降，人会迅速衰老，她即将进入所谓的更年期，成为一个老女人。春梅沮丧。

夹着块鸡翅，送到嘴边，春梅呕了一下。再送，再呕。伟贞捕捉到这一幕。等饭局散了，她才拉住春梅问：“你什么情况？”

“什么什么情况。”春梅不懂她意思。

“那个还来吗？”伟贞问。

春梅赧颜。这个她都知道，真不愧是作家、编剧，观察力敏锐。春梅叹了口气。

“真没来？”伟贞再问一遍。

“老了。”春梅愁云惨淡地说。

“会不会有情况。”

“什么情况？”话刚说出口，张春梅自己也吓了一跳。塞班岛。美丽的海景，美好的夜晚。算算日子……天。姑嫂俩连忙下楼去买了支验孕棒。一验，果然中标。还不敢相信，再去医院。这下确实了。

张春梅坐在医院走廊的椅子上发呆。她不晓得这是上天给她的礼物还是考验。伟强躺在床上，能不能醒过来，说不好。她在这个节点有孩子……要，下半辈子有的忙了，不要，她又觉得不忍心……

伟贞看嫂子失魂落魄，忍不住打趣：“响应国家号召，二胎。”春梅嗔：“还开玩笑！”

伟贞这才叹息：“老天给咱们的，是一张卷子啊。”

张春梅这才意识到，自己眼前的处境，跟当初的伟贞多么相似。唯一的区别是伟强还有一口气。

伟贞道：“咱们家这几个女人，估计是杨门女将转世。”

春梅依旧皱眉。

“打算怎么办？”伟贞逼着她想。

春梅捏了捏睛明穴，一时难以做决定。这消息传得很快。淑淑摆回门酒的时候，一家人又坐在一起帮春梅出主意。大哥伟民赞成要，说这是倪家后代，哪怕老二有个三长两短，也算个念想。春梅苦笑，婚都没复，要什么念想。红艳说：“婶，反正你现在没事，就当养个小猫小狗，家里热闹。”春梅反驳：“想热闹，淑淑生了不就得了。”出人意料地，斯楠竟然鼓励老妈生育，他从科学角度分析，说多次生育的妇女更长寿。伟贞不作声，她不愿意给任何意见，因为她自己走了这步险棋，其中苦乐，她都觉得负荷太重。而且二嫂不是没孩子，儿子已经长大成人结婚，马上生子，究竟有没有必要再要一个老二，伟贞表示怀疑。何况二哥眼下这个情况，能醒过来当然最好，完满。要是醒不过来呢，死了也还算利落。要是这么一躺多年，跟她妈那样，那二嫂的负担就太重了。在这个年龄生孩子，又是这样一种状况，这是赌博，是豪赌。张春梅自己，倒是不自觉想起过去看过的一部电视剧，里面也是二嫂，五十来岁生了孩子，挽救了和丈夫的感情。老来得子，实在是乐事一件。可前提是，丈夫得在，伟强得醒啊！

张春梅抚摸着肚子。眼下还是一片平原。再过过，就成丘陵，然后成山峰。她必须在肚子成丘陵之前做决定。春梅考虑再三。她打算给孩子、伟强和她自己两个月时间，如果倪伟强还是醒不过来，她只能在自己生日到来之前，把孩子流掉。

尽人事，听天命。春梅全力以赴，她请了两个月的假，每天守在伟强床边，想尽一切办法，只为唤醒他。医生说有可能，有希望，还没到三个月。三个月不醒才是永久植物人。斯楠、倪俊、红艳、伟民、伟贞都来帮忙，轮流跟伟强聊天。一合计，聊天方案是，得刺激他。伟民认为刺激分两种，好的刺激和坏的刺激。于是，这些人又分成三拨。伟民、斯楠负责说坏的，伟贞、红艳、倪俊说好的。春梅好坏都能说。全说心里话，掏心窝子。

都准备好，倪伟民第一个坐到伟强床前。

门关好，绝对保密，伟强现在更像是个树洞。

伟民说："老二，当你哥可不好当，从小你就优秀，当你哥，抬不起头来。可我才是这个家的老大啊，在外头，在家里，你得把我抬起。好多事情，不是我不愿意出头，可我还没说话，你就大包大揽。"伟民咽了咽口水，"老二，不过话说回来，等你闭上眼，躺在这儿，我才意识到你的重要，你能扛呀。这辈子咱俩投错胎了，下辈子，你做老大，我当老二……"

斯楠坐在伟强病床前："爸，我就想问你一句，你当时为什么出轨？"伟强不动。斯楠推他一下："爸！"伟强静默如谜。斯楠又说："爸，反正，该说的上次都说了，你对不住我妈，你不能闭眼，你得睁眼，醒过来，补偿。"

红艳弄了弄衣服，朝外头瞄了一眼，确定没人，安全，才开始她的问话。"二叔，其实我一直好奇，人家都说你在外头还有个孩子，周琴那个是你的孩子，对不对？"她探头，看看伟强的反应，纹丝不动。她放心了，继续说："怪你自己！上次我介绍你买人寿险，你不听，现在好了吧，你说如果现在有现金，五十万到一百万给到你，二婶肯定想都不想就把这孩子生了。财力很重要的，你说你这一走，老婆怎么办，孩子怎么办，又没买保险，对不对？二叔，我跟你说正确的做法就应该是你醒来，把保险上上，以后怎么样都行。"

倪俊嘴里念念有词，坐下，对着伟强，突然从怀里掏出一张纸来，读："亲爱的二叔，其实小的时候我想，要是你是我爸爸就好了，但后来我又觉得，还是让倪伟民当我爸爸吧。你有钱，有地位，脾气太大……"

伟贞走进来，坐下，不出声。过了好一会儿，才说："二哥，我理解嫂子现在的感受，当初正阳也是……二哥，真的，你不能这么耗着，要么死要么活，你给个答案，别让嫂子为难！二哥……”她感觉他眼睛动了一下，“二哥！”伟贞激动，伸手推了伟强一下。谁知用力太大，伟强朝床那边歪下去，伟贞大叫哎呀妈呀，急得喊人。

淑淑坐在床边，微笑着：“爸，你不是反对我跟斯楠在一起吗？起来继续反抗呀！世界是你们的，也是我们的，但归根到底是我们的，爸，起来。”淑淑用小拇指戳了他一下。

张春梅坐在病床边，深呼吸，两次，还没说话，她已经哭了。转而又笑：“故意坑我是不是，难怪去塞班岛。又给我出选择题。想要孩子早说啊。你离家出走之前，只要你开口，我都没问题。可现在不行。我一个人照顾不了那么多人，我老了，没力气了，不像从前了……还记得我们刚在一起那会儿，你要跟那人离婚，其实跟我没关系，可我背了多大的骂名，所以我说，开始就不好，猪猴相害不到头。现在好了，你知道外面人家都说什么，”春梅停了一下，“说我克婆婆克前夫，送走一个又一个。”春梅表情惆怅，“过去我恨你，后来离婚了，都解脱了，又不恨了，人生就那么回事，有时候我想，只要世界上有你这么个人在就行。咱们还是有点美好回忆吧，是不是？”春梅抓住伟强的手，“不过现在我怨你，怨你又给我挖坑，我说到做到，你要不醒，孩子我真不留，我数三声，一，二，三……”

伟强平静得好像一具死尸。

春梅放声大哭，嘴里胡乱念叨着，手不自觉东掐掐西掐掐，她过去最喜欢掐他耳背后面的皮，这次下手更狠。她怨他恨他怪他，怪他不死不活，给她留了这么个包袱。坏人都让她做了！

忽然间，伟强眼睛里滑出一道泪。

春梅呆住了。

又一道。两只眼都在冒水。

春梅又是惊又是喜，手忙脚乱，大喊医生！医生！医生！

生日刚过，春天还没来的时候，张春梅遇到两件事。

一件坏事，另一件说不上是好还是坏。

不过，随着伟强的眼泪喷涌，张春梅忽然觉得，原来这两件事，都是好事。

（全文完）

后记

《熟年》的出版过程本身就是一本书。

第一版是2013年推出的，成书后，我对小说的面貌不是特别满意。题材很好，故事很接地气，完成度却不高，那时候我的笔力还不足以驾驭这个故事。古今中外，作家不断改写自己作品的事屡有先例，杜拉斯把《情人》改成《中国北方的情人》，张爱玲把《十八春》改成《半生缘》，当然，有的改的力度小，有的力度大些。我对《熟年》里面的人物是满意的，结构也基本满意，但故事走向和表述方式，有些地方不甚满意。2016年，在朋友的建议和催促下，我动了改写的念头，但又很犹豫。因为一旦提笔改，那就不是小打小闹，而是个巨大工程，等于是把楼房的装饰拆了，二度装修。过去的编辑跟我说，别改了，有这个精力，何不再写一个新的。我一听也是，虽然很喜欢这个故事，恋恋于这个题材，也几度动笔，从头改起，但改改停停，始终停留在前几章。一晃六年过去了。其间不断有人来问这个小说，到了2018年、2019年，问的人更多了。有影视公司的朋友找到我，说打算把这部小说改编成电视剧。酒桌上，我拒绝了。我告诉他们，这部小说我不满意，你们不能改，我不能卖给你们，将来等改得首先我自己满意了，再说。朋友很着急，说你要相信专业，我们还会请专业的编剧进行改编的，没有问题的。我坚持说请编剧是你们的事情，但这个文本是我的，首先我得自己满意、自己认可，觉得像个样子了，才能拿出去。这个是你们管不了的，也是对你们负责。朋友说那是。好，就不卖，等着改。可是，我回到家，打开电脑，还是下不了决心。手头有小说在写，何必自找麻烦呢。磨蹭了几天，又搁浅了。

2019年一开年，新果文化的吕佳女士找到我，说她很喜欢这部小说，希望再版，但前提是，有些地方需要修改。这和我的想法不谋而合。我说吕主编，我本来就要改，而且改动会比较大。吕主编说，你改动的想法随时可以跟我说，另外，放心，我们可以等你。我说“你们”是谁。她说是她的“老领导”。后来我才知道，她背后的“老领导”并不老，是业内知名的出版推手成果先生，年纪比我还小几岁。好，说定了。开始改了。这一改就是昏天暗地没日没夜，九九八十一难，我很痛苦，也很投入。《熟年》第一版有个副标题，强调养老，其实这个故事里，养老只是一张皮，小说归根到底讨论的是中年危机。我改了开头，故事发展跟着也变了，故事发展变了，结尾也得变。二手房装修，除了外部年头比较久，内部几乎跟新的一样了。在这个过程中，成果先生比我心急，但又不好意思催稿，所以屡次顾左右而言他，反复暗示，你该交稿了，我看出了他的目的，不愿意食言，只能逼迫自己再下苦功。骨头打碎了，挑能用的，用黑玉断续膏黏合起来再让它长肉，变得丰满些。有意思的是，直到此刻，我还三不五时接到朋友的电话，一张嘴就是：“那个《熟年》呢？”天晓得一个弃儿怎么就突然成了宠儿。我只能礼貌地告诉朋友，《熟年》这本书已经签出去了，朋友捶胸顿足：“亮子，太不够意思了！”我心想，什么意思不意思呢，世界上的事就是这样，没有早一步，也没有晚一步，刚巧遇上了，便是缘分。无缘，怪谁呢。

春天过去了，夏天过去了，秋天过去了，冬天过去了……小说终于改完了，又有幸得到中信出版社李静媛主编的支持和厚爱。没有她的点拨，《熟年》的呈现不会像现在这样完善。最后还要感谢中信编辑陈佳迪的帮助，在出版这件事上，她非常专业。好了，千淘万漉虽辛苦，吹尽狂沙始到金，新版《熟年》终于面世了。不敢相信是真的，但它确实发生了。